ラザロの迷宮

The Labyrinth of Lazarus

新潮社

神永学

目次

装画　青依　青

ラザロの迷宮

青く冷たい月明かりが、湖畔に立つ桜の木を照らしていた――。

葉を失い、枝だけになった桜の木は、既に枯れ果てたように見える。

だが、そうではない。死んだふりをしながら、復活のときを待っているのだ。

湖から、冷たい風が吹き付ける。

それに誘われるように、白いワンピースを着たショートカットの女性が歩み寄って来た。

凍てつくような寒さの中にありながら、彼女は素足だった。

霜が降りた草の上を、一歩、また一歩と歩みを進めた彼女は、桜の木の前で足を止めた。

彼女は、細い腕を伸ばし、木の幹にそっと触れる。愛しい恋人に接するように、優しく艶めかしい動きだった。

やがて、彼女は月を見上げ、薄い唇の間から、白い息を漏らした。

私は、桜の木の前に立つ彼女の儚くも美しい姿から、目を離すことができなくなった。

彼女は、胸を張り大きく息を吸い込む。

一瞬の間を置いたあと、彼女の唇から、歌が零れ落ちた。

凪いだ湖面　月が浮かぶ
枯れた桜は　やがて芽吹くけれど
私の心は　抜け出せない憂愁の中

私の血肉に刻まれた罪は
全てを奪い　蝕み続ける
決して逃れることのできない呪縛

もしも　あなたが私を愛しているのなら
どうか　私を殺してください
それが　私のたった一つの願い

悲しまないで
私は消えるけれど
ラザロのように蘇り　あなたを想い続けるから

歌詞は哀しみに満ちているのに、響きは、荘厳で、透き通っていて、何より美しかった。

彼女の歌声に呼応するように、枯れ果てていた桜の木に、薄紅色の花が開き始めた。

一輪や二輪ではない。

無数の桜の花が、文字通り咲き乱れる。

風と共に舞い上がった花びらは、渦を巻きながら月に向かって上ってゆき、薄紅色の光る柱となった。

その光景に心を奪われながらも、頭の中では分かっていた。

これは幻覚だ。

彼女の歌声に魅惑され、私はありもしない光景を目の当たりにしているのだ。だが、彼女の歌声には、それほど妖しい力があった。
だからこそ――。
私は、守るために、彼女の願いを叶えなければならない――。
ナイフの柄を強く握り締めると、歌声に誘われるように、ゆっくりと足を踏み出した。

序章

来訪者

「お願いです。ミオを、ミオを捜して下さい」

美波(みなみ)紗和(さわ)の向かいに座る女性が、身を乗り出すようにして訴えてきた。

フローラル系の香りが濃度を増し、紗和は思わず小鼻に皺を寄せたが、すぐに気持ちを切り替える。

「まずは、少し落ち着きましょう」

紗和が宥(なだ)めると、女性は「は、はい」と掠(かす)れた声で応じ、椅子に座り直した。

彼女の名は、藤木(ふじき)ナミ。ルームシェアをしていた友人と連絡が取れなくなっているので、捜して欲しいと警察に相談に訪れたのだ。

高級ブランドのバッグにアクセサリー類を身につけているが、着衣は、格安量販店のスウェットというアンバランスさだ。金髪の髪は、枝毛が目立ち、かなり傷んでいる。色とりどりのネイルは、お世辞にもセンスがいいとは言えない。

いかにも夜の仕事をしているといった感じだ。

不自然に膨らんだ涙袋と唇。それに、シャープ過ぎる顎のラインなどを見る限り、頻繁に整形を繰り返していることが窺える。

昨今は、ファッション感覚で整形を施すというが、ナミもその口なのだろう。

リストカットの跡らしきものがあるのも引っかかる。

隣に座っている同僚の刑事の白井(しらい)和成(かずなり)が、大きなあくびをした。

紗和は、テーブルの下で白井の足を蹴った。

「いって……」

不満そうに口を尖らせた白井だったが、紗和が睨(にら)みつけると、居住まいを正した。

白井は優秀な刑事だが、事件の大きさで力の入れ方を変えてしまうところが玉に瑕(きず)だ。

「お友だちは、何時(いつ)から行方不明になっているんですか？」

紗和は、丁寧な口調で訊ねる。

「三日くらい前です」

「これまでも、そういうことはありましたか？」

「こんなことは初めてです。メッセージを送ったら、ミオはすぐに返事をくれるのに、既読もつかなくて……電話もしたのに、出てくれなくて……」

「そうですか」

「お願いです！　ミオを捜して下さい！　絶対、何かあったんです！」

ナミが、強い口調で訴えてくる。

「気持ちは分かるけどさ、事件性がないと、警察は動きたくても、動けないんだよ。分かる？」

白井がため息交じりに応じる。

「白井さん」

紗和が窘(たしな)めるように言うと、白井は不機嫌そうに口を閉ざした。

ぞんざいさはともかく、白井の言っていることは間違いではない。友人と三日連絡が取れないというだけで、警察が捜査をしていたのでは、人手がいくらあっても足りない。

だが、話は全て聞いておく必要がある。

「お友だちに何かあったと思う理由は何ですか？」

紗和は、改めてナミに向き直り訊ねた。

「私、彼氏に暴力を振るわれていて……」

「彼氏をＤＶで訴えたいってこと？　友だちの行方不明じゃないの？」

白井が再び口を挟んできたので、紗和はそれを制する。

「どうぞ、続けて下さい」

紗和が促すと、ナミは大きく頷いてから話を続ける。

「殴られるのは、私が悪いんです。でも、少し距離を置きたくて……。そのことを、同じ店で働いているミオに相談したら、ルームシェアをしようって提案してくれたんです」

「ミオさんは、ルームシェアをしたい理由があったんですか？」

「ミオはストーカーに付き纏われていたんです。それで、一人で住むのが怖いって言っていました」

「具体的に、どんな被害を受けていたんですか？」

「毎日、何百通もメッセージがくるんです。〈殺してやる〉って。実際、何度か待ち伏せされて、命からがら逃げ出したこともあって、それで、私とルームシェアを考えたみたいなんです」

ナミの話が本当だとすると、殺人事件に発展し得る危険な状態――ということになる。

「ストーカーのことは、警察に相談しているんですか？」

「分かりません。だけど、連絡が取れなくなる少し前に、ミオが、またストーカーに家がバレたって怯えていたんです」

ナミが、ミオの身を案じている理由は、ストーカーの存在にあったようだ。

さっきまで、気の抜けた態度を取っていた白井も目つきが変わった。

ストーカーに狙われていた女性が、行方不明になったのであれば、事件性が一気に高まる。

「被害届が出ているか、こちらで調べてみます。ミオさんのフルネームを教えて頂けますか？」

紗和が訊ねると、ナミが「え？」と驚いた顔をした。

「もしかして、ご存じないんですか？」

「ミオって名前しか……」

ナミが膝に置いた自分の手に視線を落とした。

名前しか知らない人と、ルームシェアをするなんて、紗和からすれば信じられない行為だが、それはあくまで自分の感覚に過ぎない。

気にしない人は気にしないのだろう。

ナミの勤務先が夜の仕事だとすると、ミオというのも源氏名である可能性がある。本名すら知らない人物を捜すというのは、相当に骨が折れる。だが、ストーカーが殺人を仄(ほの)めかしていたのだとすれば、無視することはできない。

「ミオさんの写真などは持っていますか？」

紗和が訊ねると、ナミは「はい」と頷いてからスマートフォンを取り出し、画面に写真を表示してから差し出して来た。

受け取って写真を確認する。

そこには、一人の女性が映っていた。キャバクラの宣材用らしく、加工された画像ではあったが、素が綺麗な女性であることが分かる。

ショートカットの黒髪と、少し垂れ目がちだが涼しい目元からは、知的で清楚な印象を受ける。それでいて、情欲的でもあった。

この女性に見覚えがあるような気がするが、思い出せない。

「この写真の……」

紗和の言葉は、廊下の奥から聞こえてきたどよめきにかき消された。

警察署に連行された人間が、悲鳴を上げたり、喚(わめ)き散らしたりということは、日常的にあるが、それとは違うようだ。

何人もの人が、慌ただしく駆け出して行く靴音がする。そして――。

錆びた鉄のような匂いが、鼻を掠めた気がした。

紗和は、白井と顔を見合わせたあと、ナミに「少し待っていて下さい」と告げ、応接室を出て、廊下の先にあるエントランスに向かった。

歩みを進める度に、血の匂いが濃くなっていく。

鼻を腕で押さえながらエントランスに入った紗和は、目の前に広がる光景に、言葉を失った。

そこには、一人の青年が立っていた。

不自然なほど整った造りの顔立ちで、生気のない目でじっと佇んでいる。

柔らかそうな白い頬に、塗りたくったように血痕が見て取れた。

頬だけではない。青年はコートを羽織っていたが、その下から覗くシャツは、元の色が分からなくなるほどに、大量の血で染まっていた。

ホラー映画に登場する、屍肉を食ったばかりのゾンビのようだ。

それだけではなく、その青年は、右手に刃渡り十五センチ程の、大型のナイフを手にしていた。

強く握り締められたその刃物にも、大量の血痕がこびりついている。

コートを着ていて、判別し難かったとはいえ、凶器を持った人物の侵入を許すなんて――張り番の警察官は何をしていたんだ。

怒りがこみ上げるが、今は責任を追及している時ではない。

何とか対処しなければならない。

「持っている凶器を捨てなさい」

制服警官の一人が、距離を詰めながら強い口調で命じる。

だが、青年には、その声が届いていないのか、身動き一つせずに、虚ろな瞳をゆらゆらと揺らしている。

「おいおい。何だよあれ」

白井が、困惑した声を上げる。

「知らないわよ。でも、早く確保しないと大変なことになるわ」

下手に刺激して、暴れでもしたら犠牲者が出る。警察署内で通り魔――なんて新聞の見出しは、絶対に見たくない。

「凶器を捨てろ！」

再び、制服警官が威圧的に叫ぶ。

このままでは、余計にあの青年を刺激しかねない。

紗和は、白井に視線で合図を送ると、ゆっくりと青年に近付いて行く。

距離を詰めるほどに、青年の身体から漂ってくる血の匂いが濃くなる。まるで、目の前で人体を解体しているかのように強烈なものだった。

「話があるなら、私がお聞きします」

これまで、微動だにしなかった青年が顔を上げ、虚ろだった目が紗和を捉えた。

口を動かしたようだったが、何を言っているのかは判然としなかった。

「言いたいことがあるんですよね。まずは、それを話して下さい」

紗和は、襲いかかられても対処できるギリギリの距離を保ちながら、再び声をかける。

ちらっと視線を向けると、紗和の意思を察してくれた白井が、気付かれないように、青年の背後に回り込んでいるところだった。

「あなたの目的は何ですか？」

紗和が問いかけると、青年は再び口を開いた。

今度は、聞き取ることができた。

「ラザロ……」

彼は、確かにそう言った。

ラザロとは、新約聖書に出てくるラザロのことだろうか？

確か、イエス・キリストの友人で、病で命を落としたが、それを嘆いたイエスによって復活した男。

紗和が考えている間に、青年はふらっと前に足を踏み出した。

「助けて……下さい……」

青年はそう言うと、その場に頽れた――。

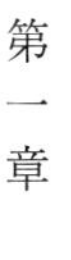

第一章

喪失

I

西日が目に入り、一瞬、視界が真っ白になった――。

ハンドルを握る月島理生(つきしまりお)は、堪(たま)らず目を瞬(しばた)かせて首を振った。

「疲れたのか？」

車の助手席に座っていた永門学(ながとがく)が、声をかけてくる。

急勾配のワインディングロードが続くが、さほど疲労はない。

「大丈夫。ただ、ちょっと西日が目に入っただけだ」

「なら良かった」

永門が、目を細めて笑った。

その表情は、何処(どこ)か作られたものであるように感じる。永門は、人当たりはいいが、底が見えないタイプだ。

「それで、何の話だっけ？」

月島はハンドルを捌(さば)きながら聞き返す。

「あ、そうそう。この前、ミステリ好きの集まりで、芥川龍之介の『藪の中』で、真実を語っているのは誰か――って話になったんだ」

芥川龍之介の『藪の中』は、一人の侍の死を巡って、捕らえられた盗賊、死体の発見者の木こり、盗賊を捉えた放免(ほうめん)（検非違使(けびいし)の召使い）、さらには、侍の妻、死んだ侍など、それぞれが事件の有様を語るという構成の短編小説だ。

登場人物の証言が、全て異なっていて、結局、真相は分からず終いになっている。〝真相は藪の中〟

という慣用句の語源になった作品だ。

純文学として読まれることが多い芥川作品を、ミステリとして解釈するというのは、いかにも永門らしい。

「それで、結論は出たのか？」

「一応はね。で、現役推理作家である月島の意見を聞きたかったんだ」

永門が挑発的な視線を向けてきた。

「新人作家相手にハードルをあげるなよ」

確かに月島はミステリ作家だが、大学の夏休み期間中に書いた作品が、運よく新人賞に引っかかり、そのまま細々と作家を続けているに過ぎない。

「謙遜するなよ。去年のミステリランキングにも入ってたじゃないか」

「あの程度で持ち上げられてもな……。お笑いの賞レースとかもそうだけど、一位じゃないと、世間は注目してくれない」

これは謙遜ではなく事実だ。

ミステリのベストテンに入ったくらいでは、重版はかからないというのが、昨今の出版業界だ。月島からすれば、ミステリのランキングという名より、ベストセラーという実を取りたい。そうでなければ、生活が立ち行かなくなる。

「そう悲観するな。実力はあるんだ。ブレイクは時間の問題だよ」

ありきたりな慰めの言葉だと思うが、永門が言うと妙な説得力がある。

「別に悲観なんてしてないさ」

「それならいい。それで、さっきの質問に戻るけど、月島はどう思うんだ？」

「他人に意見を求めるなら、まずは自分の見解を言えよ」

「まあ、それもそうだな。私の考えでは、真相を語っているのは、盗賊だと思う」

「その根拠は？」

「盗賊は、既に捕まっていて、どう足掻こうと死罪は免れない。つまり嘘を吐く理由がないんだよ」

永門らしく、何の捻りもないシンプルな回答だ。

「それを言うなら、武士だって同じだろ。彼は、もう死んでいる。生き返れるわけじゃあるまいし、嘘を吐く理由がない」

「それは違うよ。武士には、嘘を吐くメリットがあった」

「どんなメリットだ？」

「武士としての名誉を守りたかったんだ」

「名誉というなら、盗賊だって同じだろ？」

「盗賊に名誉なんてないだろ」

「それは、永門の価値観だ。盗賊には盗賊の名誉がある」

「それは意地じゃないのか？」

「武士の名誉だって、ただの意地だろ？」

名誉なんて、所詮はそういうものだ。他人にどう見られているのか？　どう見られたいのか？　どう取り繕うかの世間体に過ぎない。

月島の反論を受けた永門は、不満そうに口を尖らせる。

「確かに一理あるな。とにかく、私の考えは言った。月島はどう思うんだ？」

「そうだな――ぼくは、全員が真実を語っていると思う」

「それだと辻褄が合わないだろ」

「合うさ。質問の内容は、誰が真実を口にしたか――だろ？　認知している世界が、人それぞれ異なっていたというだけさ」

人間の脳は、カメラのように、そこにある事実を正確に記録するのではない。それぞれの価値観に強く影響を受け、自分の都合のいいように解釈し、それを事実として受け止めてしまう。

作品の登場人物たちも、嘘を吐こうとしたのではなく、その認知の歪みが出てしまった結果に過ぎない。

「言わんとしていることは分かるけど……まあ、そうだな。だったら、質問を変えよう。あの事件の真相は何か？」

――それは難しい質問だ。

月島は、丁寧に運転しながら思考を巡らせる。

峠道を抜け、湖を周回する道路に入っていた。その道に沿って、幾つものホテルやペンション、それに土産物店が建ち並んでいる。

夕日に照らされた湖面に、釣り船が何艘か浮かんでいた。

「それについては……」

月島が質問に答えようとしたところで、永門が「あっ」と声を上げた。

「あの辺りじゃないか？」

永門がフロントガラスの前方を指差す。

ホテルやペンションの密集地帯とは離れて、建物が少なく、鬱蒼（うっそう）とした木々に覆われた、寂れた一角だった。

「ナビ通りなら、そうだね」

「あった。見えてきた。多分、あの建物だ」

永門は、再び前方を指差した。

改めて目をこらすと、白い漆喰壁に明るいオレンジ色の平瓦屋根の建物が見えてきた。

南仏のプロヴァンス風で、湖畔の風景によく似合っていた。ライトアップされていることもあり、そのまま絵葉書になりそうだ。

「思っていたより、お洒落な感じだな」

月島は、そう言いながら建物の前で車を減速させる。

入り口の角には、駐車場に案内する看板が設置されていた。それに従って、月島は建物の脇に車を停めた。

「ご苦労さま。疲れただろう」

永門が労いの言葉をかけてきた。月島は「これくらい平気だよ」と応じる。

疲れていないと言ったら嘘になるが、運転は嫌いじゃない。

「よかった。月島には、謎を解く探偵役をやってもらわなければならないからね」

「丸投げするつもりか？」

「もちろんだとも。私は、ワトソン役に徹するよ」

永門のあっけらかんとした返事に、思わずため息が漏れた。

これから月島は永門と一緒に、この場所で開催される謎解きイベントに参加することになっている。

宿泊しているペンションで起きる殺人事件を解決するという、今流行の参加型イベントだ。

本当は、この手のイベントに参加するのは嫌だった。興味はあるが、月島は、まがりなりにもミステリ作家として活動している。謎が解けなかったとき、大恥をかくのはもちろん、自尊心を大いに傷つけられる。

だが、永門が勝手に申し込みをしてしまい、こうして足を運ぶことになったのだ。

「謎が解けなくても、文句を言うなよ」

逃げになるかもしれないが、予防線は張っておく。

「月島は、その道のプロなんだから、楽勝だろ？」

「だから、そこが違うんだよ。ぼくは、ミステリ作家であって、名探偵じゃない」

「そんなの分かってるよ。小説に登場するのは、何も職業探偵ばかりじゃない。大学生や高校生の探偵だって登場する。もちろん、作家が探偵役ということだってあるだろ」

「いや、それは物語の話であって……」

「謙遜も過ぎると、嫌みになるぞ」

永門は、冗談めかして言うと、後部座席に置いた荷物を取って車を降りた。

ここまで来てしまったのだから、今さらごちゃごちゃ言っても仕方ない。どんな謎が提示されるかは分からないが、それを楽しむことにしよう。

月島もボストンバッグを肩にかけて車を降りると、永門の後に続いて歩きながら、改めて建物に目を向ける。

瀟洒な造りではあるが、なぜか全ての窓に鉄格子が嵌（は）め込まれている。

ふふっ——。

月島の耳に、柔らかくて温かい、少女の笑い声が届いた。

足を止めて声のした方に目を向ける。芝生が敷き詰められた敷地の中央には、桜の木が立っていた。

今は、季節的に枝だけの状態で、枯れて死んでいるように見えるが、春になれば息を吹き返し、満開の花を咲かせるはずだ。

そして、桜の木の傍（かたわ）らに、十歳くらいの少年と少女が向かい合って立っていた。

少女は白いワンピースが印象的で、柔らかい笑みを浮かべながら少年に、何やら話しかけている。

少年の方は、俯（うつむ）きながらも少女の言葉に耳を傾けているようだった。

二人は、月島の視線に気付いたのか、手を繋いで逃げるように走り去ってしまった。

「何かあった？」

永門に声をかけられ、はっと我に返る。

「いや。何でもない」

月島は首を左右に振って答えると、永門と並んで建物の正面玄関に向かった——。

装飾を施された木製の扉には、十字架の形にステンドグラスの明かり窓が付いている。インターホンの類いは無かった。

ドアノッカーを叩くと、コツコツと乾いた音が響く。

しばらくして、扉が半分ほど開かれ、シックなメイド服を着た女性が姿を現した。

すっきりした顔立ちの美人ではあるが、年齢は二十代後半というところか、メイド服が痛々しく見える。

「イベントの参加者の方々ですね」

メイド服の女性が、たどたどしい口調で声をかけてくる。

この手のイベントでは、なりきらないと興が乗らないのだが、彼女は恥ずかしさが抜けていない気がする。

「はい。永門と月島です」

永門が微笑しながら告げると、女性は目を伏せて頷いた。

「皆様、お集まりです。中に入る前に、スマートフォンなどの通信機器を預からせて頂きます」

女性は、金属製のボックスを月島たちの方に差し出して来た。

ボックスの中には、既に、幾つかのスマートフォンが入っていた。

「提出しないとダメですか？」

月島が訊ねると、女性は「そういうルールです」とだけ告げる。

渋る月島とは対照的に、永門は素直に自分のスマートフォンをボックスの中に入れた。こうなると、月島だけごねるわけにはいかない。

まあ、急ぎの仕事もないし、たった一晩のことだと踏ん切りをつけ、月島もスマートフォンをボックスに入れた。

女性は満足そうに頷くと、「どうぞ――」という風に身体をずらして、通れる隙間を空けてくれた。

「ようこそ。ラザロの迷宮へ――」

月島と永門が足を踏み出すのと同時に女性の放った言葉が、耳にざらっとした感触を残した――。

2

「記憶喪失って、あの記憶喪失ですか？」

紗和は、思わず聞き返した。

「お前が言うあの――が何を指すか分からん。何を訊きたいのか、はっきりと示せ」

会議室の向かいの席に座る、上司の降田は、でっぷりとした腹をさすりながら、吐き捨てるように言った。

降田が高圧的な態度を取るのは、いつものことだ。特に、紗和に対しては露骨だ。

昭和の時代に育ってきた古参の刑事からすれば、紗和のような女性をどう扱っていいか分からないのだろう。

配属された当初は、腹が立ちもしたが、今は決して分かり合えないと諦めている。

「失礼しました。記憶喪失にも、色々と種類があります。どういう状況なのか、詳しく説明して頂けますか？」

紗和が冷静に訊ねると、降田はたるんだ頬を引き攣らせた。

「おれは医者じゃない。詳しい状況が知りたいなら、担当医に聞け」

捜査課の課長という立場にもかかわらず、疑問を放置する姿勢は感心できないが、ここでそれを指摘したところで、話が余計に拗れるだけなので、反論は控えた。

何れにしても、厄介なことになったと思う。

ナイフを所持した血塗れの青年が警察署に姿を現したのは三日前のことだ。紗和は、偶々、その現場に居合わせた。

青年は、「ラザロ」「助けて」という二つの言葉を発したあと、意識を失った。その後、すぐに救急車が手配され、病院に搬送された。

青年の衣類に付着していた血痕を簡易鑑定に回したところ、彼のものでないことが判明した。つまり、第三者の返り血を浴びていた――ということだ。

あの青年は、誰かを殺傷した、或いは、その現場に居合わせた可能性が極めて高い。

すぐに、青年の身許を洗おうとしたが、彼は免許証、保険証といった身許を証明するものを所持していなかった。携帯電話すら持っていない状態で、今に至るも身許不明のままだ。

便宜上、あの青年のことはAと仮称している有様だ。

被害者の線から捜査を進めようと、近隣の警察署に照会をかけたが、該当する事案は見つからなかった。

防犯カメラの解析を行い、その足取りを追おうとしているが、今のところはかばかしい結果は得られていない。

なぜ、彼は血塗れだったのか？　なぜ、警察署に出頭したのか？　被害者は何処にいるのか？　そうした謎を解明するためには、青年――Aからの事情聴取が一番の近道だった。

今朝になって、ようやく担当医から面会の許可が出たのだが、Aが記憶喪失だと伝えられたというわけだ。

「まったく……何が記憶喪失だ！　ふざけやがって！」

降田が不満を露わにする。

「記憶喪失は、偽装だとお考えですか？」

「当たり前だろうが！」

「根拠は、あるのですか？」

「根拠もクソもあるか。言いたくないことがあるから、知らぬ存ぜぬで記憶喪失のふりをしているに決まってるだろ。少し頭を使えば分かる」

降田は、早口にまくし立てる。

もし、Aが隠し事をするために記憶喪失を偽装しているのだとしたら、どうして警察に出頭したのかという疑問が浮上する。

警察に言いたくないことがあるなら、そもそも警察署に来る必要はないのだ。それにAは、意識を失う直前、「助けて」と言った。

降田の考えと矛盾があるが、指摘はしなかった。

それよりも、一つ分からないことがある。

「どうして、私が呼び出されたのですか？」

捜査会議で伝達するのならまだしも、降田が紗和を単独で呼び出したことが解せない。偏見から女性の能力を低く見積もっている、前時代的な降田なら、なおのことだ。

「被疑者が、記憶喪失という特殊な状況もあって、本庁から専門知識を持った刑事が派遣されることになった」

降田が、いかにも面倒臭そうに話し始める。

昨今、多様化する犯罪に対抗すべく、警察は各分野の専門知識を持った人材を、積極的に採用している。

「捜査本部が立ち上がるということですね」

「捜査本部ではない」

「え？」

「現段階では、被害者が判明していないんだ。傷害事件なのか、殺人事件なのかも分からん」

「そうですね」

降田の言うように、今は傷害あるいは殺人事件があったであろう――という推測でしかない。

「お前は、本庁から来る刑事とコンビを組んで、Aの事情聴取に当たってもらう」

「私が――ですか？」

「おれだって、お前なんかにやらせたくないが、被疑者と接触した人間を寄越せというお達しだ」

――なるほど。

偶然ではあるが、紗和は青年と言葉を交わしている。そのことが、抜擢の理由というわけだ。

降田の部下についているうちは、延々と小間使いにされると思っていたが、思いがけず実績を積むチャンスが回ってきた。これを活かさない手はない。

「分かりました」

「本当なら、白井を出すはずだったが、Aと会話をしたのは、お前の方なんだろ？」

「そうです」

あのとき、直接Aとやり取りしたのは、紗和だけだ。

「最初に言っておくが、くれぐれも、おれの顔に泥を塗るような真似はするなよ」

――既に泥塗れの顔ですので、ご安心ください。

喉元まで出かかった皮肉を、どうにか呑み込んだ。

「心得ています」

「何が心得ていますだ。振り回されるこっちは、堪ったもんじゃない」

「それで、本庁の刑事は、こちらにいらっしゃるのですか？」

紗和は、降田の言葉を遮るように言った。

「十時に、被疑者が入院している病院で合流することになっている。本庁の担当は、久賀瑛人警部。話は以上だ。さっさと行け」

降田が、蠅でも追い払うように手を払った。

本当に勝手な男だ。降田の奥さんは、不倫の末に家を出たらしいが、その心情には共感する。

「では、失礼します」

紗和は、一礼してから会議室を後にした。

「本庁の刑事とコンビを組むらしいな」

廊下を歩き始めたところで、背後から白井が声をかけてきた。

「耳が早いわね」

紗和は、足を止めることなく答える。

「降田さんが愚痴ってたからな」

「さっきも嫌みを言われたわ」

「あの人は、責任取りたくない癖に、成果を欲しがる最悪の上司だ。おまけに、頭髪の多い奴に、やたらと当たりがキツい」

白井は、ウェーブのかかった豊かな髪を掻き上げた。

「少し分けてあげれば？」

紗和が冗談めかして言うと、白井は「死んでも嫌だね」と笑った。

こうやって気軽に冗談が言い合える同僚がいることは、紗和にとって救いだ。彼のお陰で、捜査課の中で浮かずにいられる。

「で、そっちはどうなの？」

「この前の行方不明の件、おれが担当することになった」

紗和の脳裏に、取り乱して「ミオを捜して下さい」と訴えてきたナミの顔が浮かんだ。

ストーカーに付き纏(まと)われていたというナミの証言や、ミオの部屋に、彼女の持ち物が残されたままになっていることから、事件性が高い特異行方不明者として扱われることになったのだろう。

「それはそれで大変ね」

ナミは友人であるミオの本名すら知らない状態だ。まずは、行方不明になっているのが誰なのかを調べるところから始める必要がある。

「まあ、何とかして見つけるさ」

「珍しくやる気になってるじゃない。ナミって娘に惚れちゃった？」

「かもな」

白井は軽口を叩くと、手をひらひらと振りながら、廊下を曲がって別方向へと歩いて行った。

III

月島は、永門と並んでペンションの中に足を踏み入れた。

入ってすぐは、広いロビーになっていて、吹き抜けの二階天井から、豪華なシャンデリアがぶら下がっている。

中央に大理石で造られた円卓が設置されていた。円卓にはトゥエルブポインテッドスターの模様が描かれている。一部塗り潰されている部分もあって、何とも仰々しい。

その円卓を取り囲むように椅子が並んでいるが、誰も座っていなかった。ただ、入り口から一番奥にある席に、マネキンが一体だけ座らされていた。

――あれは、何かの演出か？

右側の壁際には、暖炉が設置されていて、その上には、大きな絵画が飾られている。

見たことのある絵――あれは、カラヴァッジョの「ラザロの復活」だ。右手を天に伸ばし、左手をだらりと垂らしたラザロが、人々に運ばれていく姿が描かれている。

左手は、死という状況を受け容れていることを表し、右手は救いを求めて、キリストに向かって伸ばしていると言われる。

本物はイタリアの美術館にあるはずなので、レプリカだろう。今回のイベントの名称「ラザロの迷宮」を印象付けるために置かれたものか――。

正面には、扇状に広がる階段があり、その脇には振り子の付いた大時計が置かれていた。

左側には、ホテルのフロントにあるようなカウンターが設置されていたが、中に従業員の姿はない。

カウンターの前には、ソファーセットが置かれていて、その周辺に数人が集まっていた。おそらく、イベントの参加者だろう。

「こんばんは」

カウンター近くに立っていた一人の青年が、こちらに歩み寄って来た。

年齢は月島と同じで二十代半ばくらい。ビジネスカジュアルな格好が、細身の体型によく似合っている。

顔立ちも整っていて品があり、シルバーフレームのメガネが知的に見える。

「イベント参加者の方ですよね」

青年は、指先でメガネを押し上げると、眩（まぶ）しいくらい爽やかな笑みを浮かべた。

「はい」

「初めまして。私も参加者で新城亮貴（しんじょうあきたか）といいます。よろしくお願いします」

新城と名乗った青年は、握手を求めてくる。

欧米式の挨拶に馴染（なじ）みはないが、新城がやると自然に見える。

「月島です。月島理生です」

月島は握手に応じる。永門は少し離れて、会釈するだけに留めていた。

「せっかくなので、他の皆さんにも紹介しますよ」

新城は、こちらの返答を待たずに、ハミングしながら、人が集まっているフロントの方に歩いて行く。世話好きというか、仕切りたがり屋のようだ。

月島は、永門と顔を見合わせてから後に続いた。

「音楽が好きなんですか?」

気分良さそうに、ハミングしている新城に訊ねた。

「はい。聴く専門ですけど」

新城が照れたように笑いながら答えた。

「そうですか」

「あっ、愛華（あいか）さん」

新城は、ソファーに座っている女性に声をかけた。

愛華と呼ばれた女性が立ち上がる。年齢は、二十代前半くらいだろう。濃い目のメイクと、金髪に近い派手な髪色をしていて、ギャルっぽく見える。

背中と肩を出したベージュのニットにショートパンツを合わせた格好のせいで、余計にそう感じるのかもしれない。

「どうも。愛華です。よろ」

見かけによらず、ハスキーな声だった。

「初めまして。月島です」

月島のあとに、永門も名乗る。

「うち、こういうイベントに参加するのは初めてなんだよね。あんま慣れてないから、色々と教えてね」

愛華は、左の肩にかかる自分の髪の毛先を弄りながら、月島にすり寄って来る。

「ぼくも初めてです」

「そう。良かった。正直、不安だったんだけど、うち以外にも、初めての人がいて安心した」

愛華が、月島の腕を摑んで来る。

「お互い頑張りましょう」

月島は会話の終了を暗に匂わせつつ、少し身を引いて愛華から離れた。

「月島に気があるんじゃないのか?」

永門が耳打ちしてくる。

「そんなわけないだろ」

愛華は、他人との距離が近いだけだろう。

「じゃあ、次に行きましょう。亜人夢君」

新城は愛華の向かいのソファーに視線を移した。そこには、膝の上に置いたスケッチブックに、黙々と鉛筆を走らせている小太りの青年がいた。

「な、何？」

亜人夢は、座ったまま顔だけ上げる。

長い髪は何日も洗っていないのか、ベタ付いていて、黒縁メガネのレンズは、脂で曇っていた。

ただ、スケッチブックに描いている女性の肖像は、繊細で美しいタッチのものだった。

「月島理生です」

「そ、その名前は本名？」

月島が名乗ると、亜人夢が訊ねてきた。

「いや。ペンネームです」

本名は別にあるが、最近はペンネームの方で通すことが多い。永門も、それに合わせて月島と呼んでくれている。

「つ、つまり、あなたは、月島理生本人ってこと？」

どうやら、亜人夢は月島のことを知っていたらしい。

「一応は」

月島が答えると、亜人夢は、ふっと息を吐き出すようにして笑った。

「う、嘘吐き」

「どうして、そう思うんです？」

「べ、別に……。でも、あ、あんたの作品は、古くて、面白くない。斬新さがない」

亜人夢の批判を聞いても、別に腹は立たなかった。ネット上にこの手の罵詈雑言は溢れ返っている。

亜人夢の批判にこそ斬新さがない。

「貴重な意見をありがとう」

大人の対応を取った月島が癪に障ったのか、亜人夢は怒ったように鼻息を荒くする。

「い、言っておくけど、あんたが作家になれたのは、まぐれだ。ぼくだって、本気を出せば」

――やっぱりそうか。

この手の批判をしてくる人間は、決まって自分も創作をしている。自分に結果が出せないから、その原因を外部に求め、批判することで自己満足するのだ。

「だいたい、い、今のミステリ界と言うのは……」

「月島さん。作家さんだったんですか。先に言って下さいよ」

新城が、亜人夢のご託を遮るように会話に割り込んでくる。そのまま「次の人を紹介しますね」と、亜人夢から引き剝がしてくれた。

空気を読んだ自然な振る舞いだ。

「助かりました」

「いえいえ。でも、彼に悪気はないんですよ」

「分かってます」

月島自身、作家としてデビューする前は、口にこそ出さなかったが、亜人夢と同じような思考を持っていた。

改めて亜人夢の方に目を向けると、まだ何やら言いたいようだった。永門はそんな亜人夢を眺めながら、その反応を面白がっていた。

「アッシュさん」

次に新城が声をかけたのは、グレイの瞳をした青年だった。

おそらくカラーコンタクトだ。オールバックに撫で付けた髪も、グレイに染めていた。いや、この場合はアッシュというべきかもしれない。

　革ジャンに黒のパンツという格好で、シルバーアクセサリーをじゃら付けしている。耳だけでなく、唇にもリング状のピアスをしていて、腕や首筋には、蛇を模した模様のタトゥーが彫られていた。

　パンクバンドのメンバーといった感じだ。

「何だよ。うるせぇな。殺すぞ」

　アッシュは、蛇のような鋭い眼光を向けてくる。

「それ、脅迫になるからやめた方がいいですよ」

　新城が笑顔で言うと、アッシュは「マジでうぜぇ」と舌打ちをする。

「気分が乗らないのは分かるけど、挨拶だけはしておいた方がいいよ。月島さんだ」

　新城が紹介する。

「月島です。よろしくお願いします」

「あん？　分かったよ。分かったから、もう行けよ」

　アッシュは、壁に寄りかかり、唇のピアスを指先で弄っている。

　出血があるらしく、血が滲(にじ)んでいた。

「そのピアス、外した方がいいですよ」

　月島は、お節介だと思いながらも助言する。

「は？」

「炎症を起こしています。化膿しているかもしれない」

「お前には関係ねぇだろ」

　アッシュは、月島の言葉を掻き消すように言うと、立ち去れという風に手を払った。

「何だかすみません」

「別に新城さんが謝ることではありませんよ。ぼくも、余計なことを言ってしまいました」

謝罪する新城に、月島は笑顔で応じた。

あの手のタイプは、何処にでもいる。ポリシーがあるわけではなく、反抗することが目的になっている。反抗期のまま、大人になってしまったのだろう。

「夏野さん」

続いて新城は、カウンターに、寄りかかるようにして立っている若い男性に声をかけた。

アイドルグループにいそうな、中性的な顔立ちをしていた。

紺のスラックスに紺のブレザーという制服のような格好のせいで、中学生くらいに見えてしまう。

「夏野さん。月島さんです」

新城が改めて声をかけると、夏野は目を細めて人懐こい笑みを浮かべた。

「どうも。夏野です。よろしくお願いします」

軽い調子の喋り方も、若さを感じる。

「月島です。あっちにいるのは永門といって、ぼくの……」

「さっき聞こえたんですけど、月島さん、作家なんですよね。頼りにしてますよ」

夏野が遮るように言う。

「謎を作ることと、解くことは、全く別なので、あまり期待しないで下さい」

「やだな。今から予防線張らないで下さいよ。そういうの、かっこ悪いですよ」

「そうだね」

月島は、苦笑いを浮かべて応じた。

「まあ、適当にやりましょう」

夏野はそう言うと、月島に対する興味を完全に失ったらしく、窓ガラスに映る自分を見ながら、前髪を直し始めた。

「次に行きましょう。辻村さん――」

新城は、ソファーの脇に立っている、白いワンピースを着たショートカットの女性に声をかけた。

こちらに顔を向けた女性を見て、月島は思わず息を呑んだ。

美しくはあったが、その存在が希薄な感じがする。水彩画で描かれた肖像画のような雰囲気を纏った女性だった。

首から下げたロザリオのせいか、聖女のようにも思える。

「辻村さん。月島さんです。月島理生さん」

新城が紹介すると、女性の顔に明るい笑みが浮かんだ。

それは、さっきまで感じていた儚さのようなものを、一気に打ち消す瑞々しさがあった。

「玲といいます。よろしくお願いします――」

玲と名乗った女性から発せられた声は、美しい響きとなって月島の鼓膜を震わせた。

「初めまして。辻村さん。月島です」

「私のことは、玲と呼んで下さい。名字が好きではないんです」

「素敵な名字だと思いますけど……」

「お上手ですね。でも、私にとっては、呪いですから」

美しい笑みに似つかわしくない「呪い」という言葉に、違和感を覚えたが、共感できる部分はある。

月島も、自分の本名が好きではない。だから、ペンネームで押し通している。

「分かりました。玲さんとお呼びします」

「月島さんは、作家さんでいらっしゃるんですね。創作ができる方って、本当に尊敬します」

「いえ。ぼくなんて、まだ駆け出しで……」

月島は、途中で言葉を呑み込んだ。

突き刺さるような、鋭い視線を感じたからだ。

目を向けると、その場にいる全員が、こちらを見ていた。さっきまで、月島にはろくに興味を持たなかったアッシュや夏野までが、じっとりと湿ったような視線を向けている。

――何なんだ？

「どうかしたのか？」

永門が声をかけてきた。

全員が、自分を見ていたことを説明しようとしたが、もう誰も月島を見ていなかった。

何かの勘違いだったのだろうか。

「いや。何でもない」

月島は、首を左右に振る。

アッシュや夏野の態度に不自然さを覚えたが、現段階であれこれ指摘するようなものではない。

「あ、分かった。そうか。そういうことか」

永門が、ニヤニヤと笑いながら、ぽんっと手を打った。

「何がだ？」

「彼女、素敵な女性だよね。月島のタイプだろ」

永門が玲に視線を送る。

「急に何を言い出すんだ。聞こえたらどうする」

月島は低いトーンで言いながら、玲の様子を窺う。こちらが何を話しているのか、聞こえていないらしく、不思議そうに首を傾げていた。

月島は、それに笑顔を返すと、「本当にやめろよ」と永門に念押しした。

洞察力はあるのだが、ときどき、空気を読めない発言をするのが、永門の悪いところだ。

月島がため息を吐いたところで、バタンッと大きな音がして、正面の扉が閉まった。

「大変、長らくお待たせ致しました。改めまして、『ラザロの迷宮』にようこそ――」

扉の前に立ったメイド服の女性が、声高らかに宣言した。

4

紗和は、合流場所として指定された総合病院に足を運んだ――。

クリーム色の外壁で、一階部分はガラス張りになっていて開放感がある。一見すると、病院というよりラグジュアリーなホテルといった趣だ。

エントランスへと通じる小道には、桜の木が立ち並んでいた。今は季節柄、枝だけになっているが、あと二ヶ月もすれば満開の花を咲かせるだろう。

桜を見ると、紗和は必ず思い出す歌がある。

ノルというシンガーソングライターの『願い』という楽曲だ。

荘厳で美しい響きの曲に乗せ、自分を殺して欲しいと願う破滅的な歌詞で、動画配信サイトで話題を呼んだ。

桜の木の前で歌う幻想的なMVに惹きつけられ、繰り返し聴いていた曲だ。

てっきりメジャーデビューすると思っていたのだが、ノルは『願い』一曲だけで忽然と姿を消してしまった。

そうしたミステリアスさも、魅力の一つだったように思う。

紗和は、小道を抜けて、病院の正面玄関の前に立った。ここで合流することになっている。ガラス越しにロビーを見回してみたが、それらしき人物は見当たらない。指定された時間まで、あと二十分もある。

中に入ることも考えたが、粗相がないようにと念押しする降田の言葉が浮かび、紗和は自動扉の外で待つことにした。

空に向かって白い息を吐き出したところで、近くのベンチに座り、読書に耽っている三十代半ばと思しき男性の姿が目に入った。

誰もが、暇さえあればスマホの画面を見つめる時代に、こんな風に屋外のベンチで読書を愉しむ人の姿を見るのは新鮮だ。

それに——紳士然とした男性には、その姿がよく似合っていた。

男性が本から顔を上げてこちらを見た。目が合ってしまった。紗和は逃げるように視線を逸らした。何かしたわけではないのだが、居心地の悪さを感じ、場所を移動しようとしたところで、「あの——」と声をかけられた。

低く、深みのある声だった。

顔を向けると、さっきベンチで本を読んでいた男性が、紗和のすぐ傍らに立っていた。

痩せて、骨張った顔立ちをしているが、口角が自然に上がっているので、柔和な印象がある。シルバーフレームの眼鏡の奥にある目は、垂れ目がちだが、頼りない感じはせず、理知的だ。

「失礼ですが、美波紗和さんでいらっしゃいますか?」

男性は、丁寧な口調で訊ねてくる。その瞬間、紗和はこの男性が誰なのかを理解した。

「はい。世田町署捜査課の美波紗和です。久賀警部ですね」

紗和は自らの警察手帳を提示する。

「久賀瑛人です」

久賀も警察手帳を提示しながら応じる。

「気付かずに、大変失礼しました」

紗和が詫びると、久賀は「いえいえ」と首を左右に振った。

「気付かれなくても仕方ありません。警察官っぽくないですよね。よく言われるんです。まあ、元々精神科医ですし、私自身、警察の中で浮いていることは、自覚していますから」

「そんなことは……」

否定してみたものの、最初に見かけたとき、久賀が警察官だとは露ほども思わなかった。

シックなスリーピースのスーツをスマートに着こなしている姿は、警察官というより、成功を収めた青年実業家といった感じだ。

「普段は、分析がメインの仕事で、こうやって現場に出るのも初めてのことなんです」

「え？」

「今回の事件は、非常に特殊なケースですから、直接現場に出る必要があると判断したんです。右も左も分からないので、ご迷惑をおかけすると思いますが、よろしくお願いします」

年齢も階級も、久賀の方が上だが、そうしたことを鼻にかけない態度は好感が持てる。降田にも、少しは見倣って欲しいものだ。

「最善を尽くします」

「お願いします。——あっ、ちょっと待って下さい」

久賀は、慌てた様子で、さっきまで自分が座っていたベンチに置きっ放しになっていた、四六判の本を手に取って戻って来た。

「その本は、事件に関係するものですか？」

「まさか。ただの暇潰しに読んでいただけです。実は、ミステリ小説が好きなんですよ」

久賀が、持っていた本を掲げながら、子どものような笑みを浮かべた。

「ミステリ小説ですか……」

紗和は、呟くように言いながら、久賀の持っている本に目を向けた。

年季の入ったカバーで、湖畔に建つペンションのような建物と、その前に血塗れのナイフを持った男が佇んでいる。

月島理生という著者名と『湖畔の迷宮』というタイトルが躍っていた。

「ええ。最近はこの作家に嵌まっているんです。大学在学中に新人賞を受賞した作家でしてね。多少、古さはありますが、叙述トリックを得意としていて、最後の一行を読むまで油断できないんですよ」

「あの――」

紗和は、久賀の話を断ち切るように言った。

このままでは、延々とミステリ談義をされ兼ねない。彼の話を聞くのが嫌なのではなく、今はそのタイミングではない。

「失礼しました。もう時間ですね。行きましょう」

久賀は、ベストのポケットから懐中時計を取り出し、時間を確認すると、そのまま病院の自動扉に向かって歩き始めた。

今どき、懐中時計を持ち歩くとは、相当に強いこだわりを持っているようだ。

紗和は、久賀の後に続いて病院に足を踏み入れた。薬品臭が入り交じった、病院独特の匂いが鼻を突く。

てっきり、受付で来訪の意図を伝えた上で、担当医の元に足を運ぶのだと思っていたのだが、久賀は廊下を真っ直ぐ進んで行く。

そのまま、廊下の奥にあるD診察室の前で足を止めると、迷うことなく、扉をノックした。

すぐに「どうぞ――」という女性の声が返ってきた。

久賀は、「失礼します」と応じながら、診察室のスライド扉を開けて中に入って行く。紗和も、迷いながらも後に続いた。

診察室は、診察用ベッドとデスクにパソコン、それと丸椅子が置いてあるありきたりのものだった。

「久賀君。久しぶりね」

腰掛けていた白衣の女性が、すっと立ち上がりながら言う。

年齢は、久賀と同じ三十代半ばくらい。手足が長く、立ち姿が様になっている。はっきりとした顔立ちに、声の太さも手伝って、宝塚の男役にいそうな感じだ。

「及川(おいかわ)さん。ご無沙汰しています」

久賀が丁寧に腰を折って頭を下げる。

感じからして、二人は以前からの知り合いのようだ。だから、受付などを通さず、直接診察室に足を運んだのだろう。

「警察に入庁したという噂は聞いていたけど、まさか本当だったとはね」

「似合いませんか?」

「いいえ。久賀君には、直接患者を診るより、向いているかもしれないわね」

女性はおどけたように言った後、紗和に視線を向ける。

「ごめんなさいね。申し遅れました。担当医の及川瑞希(みずき)です」

首から下げたネームプレートを掲げながら、改まった口調で挨拶をしてきた。

「世田町署捜査課の美波紗和です」

紗和も警察手帳を提示しつつ挨拶をする。

「お二人はお知り合いのようですが――」

紗和は、久賀と及川を交互に見ながら、言葉を続ける。

「大学時代の先輩後輩なの」

及川は、自分と久賀という順番で指差した。

「そうでしたか」

二人の距離の近さに合点がいった。学生時代の繋がりというのは、社会人になった後のそれとは異質の距離感がある。

「美波さんだったわね。久賀君とコンビを組まされるなんて、不運だったわね」

及川が、真顔でそう続ける。

「不運――ですか？」

「久賀君は、一見すると、人当たりがいいけれど、まっとうな人間を演じているだけだから」

「及川さん。やめて下さい。それでは、まるで私が変人みたいではありませんか」

久賀が柔和な笑みを浮かべながら反論する。

「みたい――じゃないわ。久賀君は変人なのよ」

及川の言葉は、本気なのか冗談なのかイマイチ分からない。訊ねてみようかと思ったが、久賀が「昔話は、これくらいで」と会話を断ち切ってしまった。

「それもそうね。仕事の話をしましょう」

及川は椅子に座り直すと、紗和と久賀に丸椅子に座るよう促した。

「例の患者さんの状態を、詳しく教えて頂けますか？」

久賀がそう切り出した。

及川は、一つ大きく頷いてからデスクの上のカルテを手に取った。

「後頭部に殴打されたような裂傷があって、縫合処置をしたけれど、傷はそれほど深くないわ。CTの結果も異常なし。それから、両掌に深達性二度の熱傷があったわ。全治二ヶ月といったところかしら。痕が残るかもしれないわね」

紗和は、青年Aから指紋を採取、照合して身許を特定することを考えていた。だが、深達度二度の熱傷を負っているとなると、指紋を採取することはできない。

「なぜ、そんなところを火傷したのですか？」

紗和が疑問を投げかけると、及川は小鼻に皺を寄せた。

「残念だけど、それは分からないわね。ただ、傷の状態からして、焼けた金属などを素手で摑んだ可能性があるわ」

「でも、そんなに熱いものを摑んだら、人間は反射的に手を離しませんか？」

「普通はそうね。もしかしたら、誰かに強制的に摑まされたのかもしれない。何れにしても、それを調べるのは警察に任せるわ」

「そうですね」

及川の言う通りだ。何があったのかを調べるのは、警察の領域だ。

「その他、目立った外傷はなし。ただ、問題はここからね。既に報告を上げているけど、この患者は、心因性の逆行性全生活史健忘——分かり易く言うと、記憶喪失の可能性がある」

「具体的にどういう状況なんですか？」

「逆行性というのは、発症時点からの過去のこと。全生活史健忘というのは、全ての記憶が無いということ。つまり、事件前の自分に関する記憶の全てを失っている」

「自分に関する全てというのは、何処の誰かも分からないということですか？」

「ええ。その通りよ」

及川の説明を改めて聞き、事態の深刻さがじわじわと胸の奥に広がっていく。

現状では、Ａから事情を聞き出せないということだ。唯一の望みが絶たれたようなものだ。

だが、だからといって諦めるという選択はない。

「何かの間違いということは、ありませんか？　記憶喪失のふりをしているとか――」

紗和の言葉に、及川は大きくため息を吐いた。

「私たちも、問診だけで判断しているわけじゃないの。ポリグラフ――つまり嘘発見器での反応や、脳波の測定の数値なんかを総合的に検証した上で、診断結果を出しているのよ。演技である可能性は低いわね」

紗和は、問診だけでの判断だと思っていたが、そうではなく、様々な根拠を元に結論を導き出しているということだ。

「それは失礼しました。失礼ついでに、一つ伺ってもよろしいですか？」

「どうぞ」

「心因性の健忘において、記憶が戻る可能性はあるのですか？」

「可能性だけなら、あるわね。だけど、一生戻らないこともあるし、仮に戻ったとしても、部分的だったりすることもある。何れにしても、時間をかけて記憶を取り戻す努力をしていくしかないわ」

「でも、それでは……」

反論しかけた紗和だったが、及川が手を翳（かざ）してそれを遮る。

「気持ちは分かるわ。あなたたちの立場としては、少しでも早く事件を解決したいのよね。でも、無理してどうにかなる問題ではないの」

「……………」

「私は、医者という立場で、彼の治療を最優先に考えます。事情聴取は許可しましたが、それが悪影響を及ぼすと判断した場合は、中断させてもらうこともあるので、そのつもりで。久賀君も、それでいいわね」

及川が久賀に視線を送る。

「もちろんです。担当医の許容する範囲で構いません」

久賀が大きく頷いてみせた。

V

その場にいる全員が、固唾(かたず)を呑んでメイド服の女性に視線を注いだ。

彼女は、しばらくじっとしていたが、やがて靴音を響かせながら歩き始めた。

円卓の脇を抜けた彼女は、ゆっくりと階段を上り、踊り場まで来たところで足を止め、改めてこちらに向き直った。

「これから、当イベントのルールを説明させて頂きます。各自指定された場所にお座り下さい」

メイド服の女性が円卓を指し示した。

「指定された場所って何処？」

愛華が口にすると、亜人夢がふっと小馬鹿にしたような笑い声を上げた。

「ちゃ、ちゃんと目は付いていますか？　円卓の椅子に、名前が書かれたプレートが貼ってありますよ」

「相変わらず嫌な言い方。普通に教えてくれればいいのに」

愛華が聞こえよがしに深いため息を吐くと、亜人夢は「注意力散漫です」と追い打ちをかける。

会話の感じから、この二人は以前からの知り合いのように見える。

「まあまあ。とにかく、皆さん自分の席に座りましょう」

新城が二人の間に入りつつ仕切り始める。

集団の中に、こういうタイプが一人いてくれると助かる。

「ぼくたちも席に着こう」

「そうだな」

永門に賛同する形で、月島も椅子の背もたれを確認しながら、自分の席を探す。

月島の席は、扉を背にした場所だった。左側には三つの空席があり、時計回りに夏野、玲と続く。玲の隣、ちょうど月島の正面になる階段前の椅子にはマネキンが座っていて、空席を一つ挟んで、亜人夢、愛華、新城、アッシュと並んでいる。

「永門の席は何処だ？」

月島が、未だに立っている永門に訊ねた。

「主催者が、私のプレートを忘れたらしい。取り敢えず、月島の隣に座っておくよ」

永門は、苦笑いと共に言うと、月島の左隣の空席に座った。

全員が座るのを待ってから、メイド服の女性が一つ咳払いをした。

「改めまして――皆さんの案内役を務めさせて頂きます。私のことは、そうですね――エムとお呼び下さい」

「エ、エムというのは、どういう字を書くんですか？」

亜人夢が手を挙げながら質問をする。

「エムは、アルファベットのMです。これからイベントのルール説明に移らせて頂きます――」

Mは、白い表紙の冊子を取り出し、それを開くと、淡々とした調子で説明を始める。

「このペンションでは、これから三件の連続殺人事件が発生します」

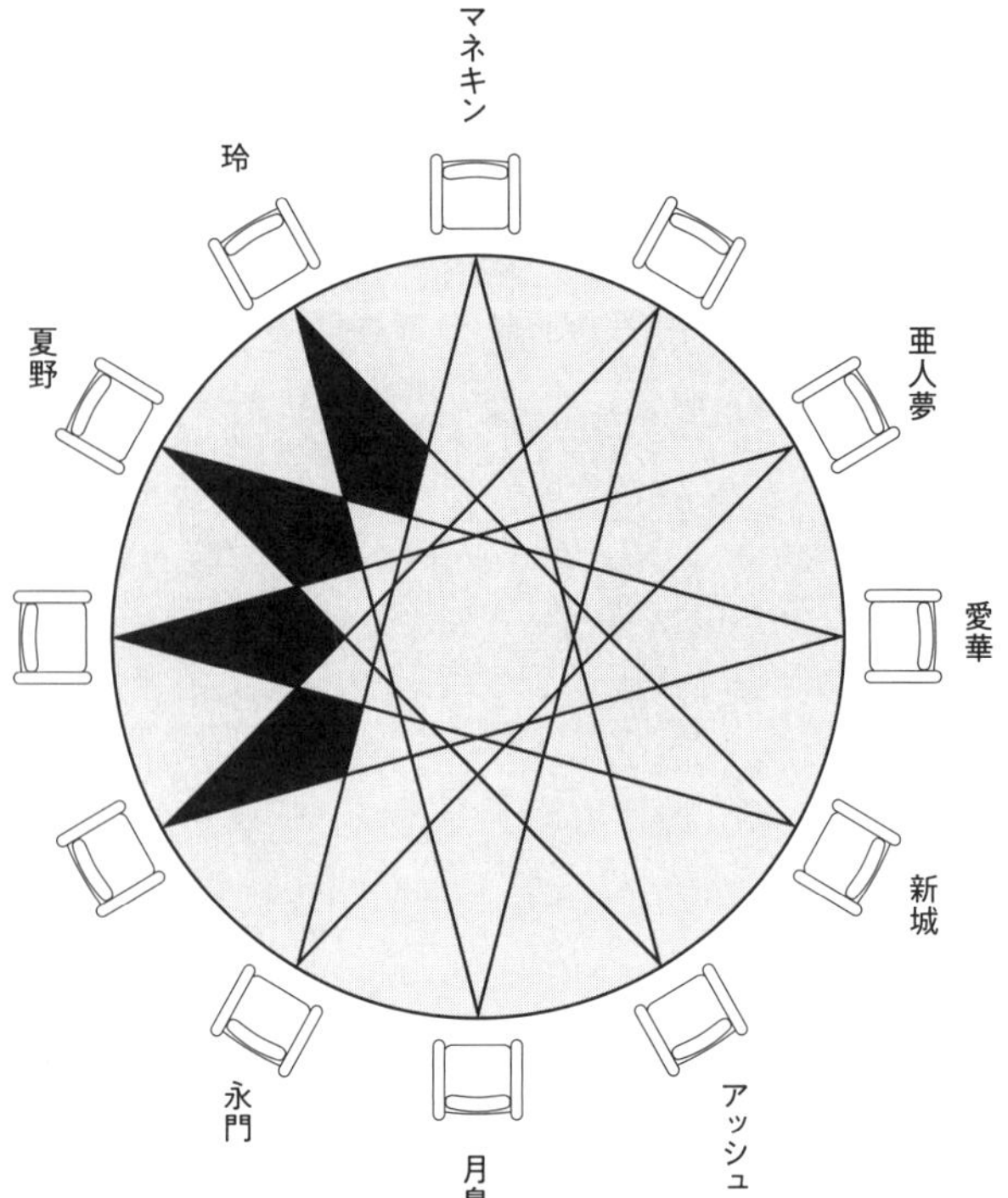
マネキン
玲
亜人夢
夏野
愛華
新城
永門
アッシュ
月島

いきなりの一言に、集まったメンバーたちがざわつくが、Mはそんなことはお構いなしに説明を続ける。

「皆様には、その犯人が誰なのかを推理して頂きます。犯人の特定が終わっている、いないにかかわらず、時間の経過に応じて次の殺人事件が発生するシステムになっています」

シンプルなフーダニット（誰が犯人か？）がお題というわけだ。

一件目の事件で、犯人が分かってしまったら、興醒めもいいところだ。主催者側は、三件の殺人事件が起きると断言しているのだから、それまで犯人は特定されないという自信があるわけだ。

「制限時間は設けません。但し、犯人を見つけるまで、皆さんは、このペンションから出ることはできませんので、ご承知おき下さい」

「おい！　閉じ込められるなんて、聞いてねぇぞ！」

アッシュが、声を荒らげる。

相当に苛立っているのか、指で弄っていた唇のピアスから、血が流れ出ている。

「ってか、それって監禁じゃないの？」

愛華は、自分の肩にかかった髪を弄りながら、不満を口にする。

「二人とも大げさだな。これはイベントですよ。そういう設定ってだけですよね？」

新城は、アッシュと愛華を宥めつつ、キザったらしくメガネを押し上げると、同意を求めてMに視線を向けた。

「いいえ。設定ではありません。謎が解けるまで、皆さんをここに監禁します」

Mが冷淡に言い放ったことで、再び円卓がざわつく。

「そんなに心配しなくても大丈夫ですよ。謎が解けなければ、相応のヒントを出してくれるはずです。そうですよね？」

新城が視線を送ると、Mは無表情のまま「あなたたち次第です」とだけ告げた。

「何だよそれ！　ヒントを出すのか、出さねぇのか、はっきりしろよ！」

ドンッとテーブルを叩くアッシュを、亜人夢が笑った。

「じ、自信がないんですか？　ぼくは、ヒントなんてなくても、謎を解くことができますけど」

「何だと？」

アッシュが立ち上がり、亜人夢に摑みかかろうとしたので、月島もさすがに見過ごせず、二人の間に割って入った。

「少し、落ち着きましょう。まだ、話は終わっていません」

「そうですよ。一旦、座って話を聞きましょう」

新城も手伝い、何とかアッシュと亜人夢のいざこざを収束させることができた。

自分の席に戻った月島は、自然とため息が漏れた。

寄せ集めのメンバーなので、仕方ないことなのだが、先が思いやられる。

「では、ルール説明を続けさせて頂きます――」

Mは、円卓でのいざこざなど一切、意に介さない様子で話を進める。

「当イベントは、勝ち抜き方式ではありません。証拠集めや検証などについては、皆さんで協力して行って頂いて構いません」

月島は、思わず笑ってしまった。

ここまでのやり取りを見る限り、チームワークを発揮するのは、絶望的な状況だ。他の面々も、同じことを感じたらしく、困惑した表情を浮かべている。

そんな状況を嘲(あざけ)るように、Mは「但し――」と口を開いた。

「犯人は、この中にいます」

Mが放った言葉は、大きな波紋となって広がった。

人狼ゲームのように、この中に羊の皮を被った狼が紛れ込んでいる——ということだ。まあ、フーダニットが主題のイベントであれば、当然のことか。

月島は円卓にいる面々の反応を窺った。

亜人夢は、緊張と驚きとで引き攣った顔をしている。愛華は、怯えているのか、自分の肩を抱くようにして、周囲に疑念の視線を送っていた。

新城は、指先でメガネを押し上げ、名探偵よろしく楽しげな表情を浮かべ、アッシュは険しい顔で、唇のピアスを指で弄っている。

夏野は、特に何も感じていないのか、薄く笑っていた。玲は、驚きが勝っているのか、目を丸くして、胸の前で手を合わせている。

反応は様々だが、今の段階で、犯人を特定するのは難しい。そう思った矢先、あることに気付いた。

容疑者は、もう一人いる——。

月島は、チラリと隣にいる永門に目を向ける。

永門は友人であり、月島をイベントに誘った張本人ではあるが、だからといって完全に信用していいわけではない。

彼が、主催者側の人間という可能性もある。それをカモフラージュするために、月島をイベントに誘ったとも考えられる。

視線に気付いた永門が、「どうした？」と小声で訊ねてきた。

月島は「何でもない」と、音に出さず、口だけ動かして答えると、Mに視線を向けた。ちょうどそのタイミングで、新城が手を挙げて発言を求めた。

Mが「どうぞ」と促す。

「一つ確認ですけど、もしかして、被害者役も、この中にいたりしますか？」

口調は軽いが、鋭い質問だと思う。

「はい。犯人と同様に、被害者はこの中にもいます――」

Mの放った言葉は、新たな波紋を投げかけることとなった。

彼女の言葉が真実だとするなら、裏切り者は一人ではない――ということだ。犯人役だけでなく、被害者役も主催者側の人間ということになる。

Mの語ったルールを纏めると、概ね次の通りだ。

1、ペンションで三件の連続殺人事件が発生する。
2、イベント参加者は、協力して証拠を集め、犯人を特定する。
3、犯人を特定するまで、ペンションから出ることはできない。
4、イベント参加者の中に、犯人役が紛れている。
5、被害者役も、イベント参加者に紛れている。

「以上で私の説明は終わりです。皆様には、部屋を用意させて頂いています。フロントでチェックインの手続きを済ませ、事件が発生するまでは、自由にお寛ぎ下さい」

Mはそれだけ告げると、階段を降り、円卓を回り込むようにロビーを進むと、正面玄関の扉の前に立った。そこで、腰を折って深々と一礼したあと、扉を開けて外に出て行った。

扉が閉じられ、Mの姿が見えなくなると同時に、ガチャンッと金属の打ち鳴らされる音がした。

扉が施錠されたのだろう。本当に外に出すつもりがないらしい。

窓に嵌め込まれた、ペンションと不釣り合いな鉄格子は、参加者たちを閉じ込めるためだったのだと、今になって理解した。

Ⅵ

　Ｍが去ったあと、口を開く者は誰もいなかった。

　暖炉の炎の中でパチパチと薪の爆ぜる音が、やけに大きく響いていた。月島は、ゆらゆらと揺れるその炎を見つめながら思考を巡らせる。

　参加者の配置、不自然な空席、一体だけあるマネキン——引っかかることは色々あるが、現状では情報が少な過ぎて、推理を組み立てるに至らない。

　ただ、壁に飾られた絵といい、イベントの名称といい、ラザロが重要な意味を持っていることは間違いない。

　古くから、ラザロは復活の象徴として扱われてきた。連続殺人の起こるイベントの暗喩とするには、いささか不適当だ。

「想像していたより、ずっと凝ったイベントですね。楽しくなってきました」

　新城の陽気な声が沈黙を打ち破った。

「こ、こんなの、ありきたりでしょ」

　水を差したのは亜人夢だった。

　喋りながらも、スケッチブックに鉛筆を走らせている。

「そうやって批判から入る癖、直した方がいいと思いますよ」

「べ、別に、批判しているわけじゃない。ただ、事実を言っているだけだ。こ、このシチュエーションは、綾辻行人の館シリーズの模倣でしょ。円卓だってそうだ。どうせ、仕掛ける謎は、何かのミステリ作品のパクリってところだ」

「黙れデブ」

アッシュが舌打ち混じりに言う。その迫力に気圧されたのか、亜人夢は、鉛筆を止めてフリーズしてしまった。

「苛立っても、しょうがないじゃん」

愛華は席を立ち、アッシュの許まで移動すると、艶っぽい動きで彼の肩に手を置いた。

「は？」

「うちらは、仲間なんだから、仲良くやろうって言ってるの」

愛華は、アッシュの耳許に顔を近付け囁いた。

たいていの男なら、それで骨抜きになるのかもしれないが、アッシュは違った。

「お前のような股の緩い女と、仲間になる気はねぇよ！」

「何それ。そんなだから、あなたは彼女に相手にされないのよ」

「てめぇ！　いい加減にしろよ！」

アッシュは愛華の腕を振り払い、椅子を鳴らして立ち上がった。

「まあまあ」

慌てて新城が仲裁に入る。

ここまでギスギスしていると、謎を解くより、参加者の和を保つことの方が大変だ。

「あの――まずは、チェックインの手続きをしませんか？」

玲が、取り繕うように提案してきた。

彼女の言う通りだ。この場所で、顔を突き合わせていても、諍いが起こるだけだ。一度、部屋に入って気持ちを落ち着けた方がいい。

「そうしましょう。まずは部屋で少し休んで、それから今後のことを考えるのはどうでしょう」

月島は、永門と頷き合ったあと、賛成の意思表示をして立ち上がった。他のメンバーも、これ以上の言い争いは不毛だと感じたのか、同意を示した。

月島が先陣を切るかたちで、フロントのカウンターに向かったが、誰もいなかった。

カウンターの上には、ペンションの案内パンフレットが置いてあった。手に取り、目を通してみると、簡単な見取り図が掲載されていた。

その隣にある呼び鈴を押してみたのだが、チンと甲高い音が響くだけだった。

「誰も来ないね。寝てるのかな」

永門がカウンターの奥にある鉄製のドアに目を向ける。そこには、〈ＳＴＡＦＦ　ＲＯＯＭ〉と書かれたプレートが貼ってあった。

月島は、もう一度呼び鈴を鳴らし、「すみません！」とドアに向かって声をかけた。

「うるせぇな……」

ぼやくような声とともにドアが開き、ガタイのいい中年の男が出て来た。

口ひげを生やしたいかつい顔立ちで、髪をオールバックにしていた。おまけに、派手な和柄のシャツを着ていて、チンピラ感が漂っている。

酒を呑んでいるらしく、顔が赤く、吐く息が酒臭かった。

シャツの胸にネームプレートが付いていて、〈島田(しまだ)〉という姓が確認できた。

島田は、無言でカウンターの上に宿帳とボールペンを置く。記帳しろということなのだろう。

月島が記帳を終えると、ガシャンッと音を立てて、島田は無造作にカウンターの上にアクリルプレートの付いた鍵を置いた。

プレートには、〈２０６〉と記されている。月島と永門は同室ということらしい。

「ど、どうして、こんな男をフロントに置くのか、り、理解に苦しみます」

亜人夢がぶつぶつ文句を言いながらも、宿帳に記帳していく。

「そういう演出なんじゃないかな」

それが月島の意見だった。

島田はフロント係という役割からして、主催者側の人間であることは間違いない。

「こ、こんなの、安っぽいハリウッド映画そのものじゃないか」

亜人夢の不満は、的を射ている。

島田の風貌は、古いハリウッド映画に出てくる、モーテルの管理人そのままだ。これまでの演出と比較して、一気にチープになった感じがする。

「私は、なかなか面白い演出だと思うけどね。最初の被害者って感じがするよね」

亜人夢に続いて、新城も宿帳に記載しながら言う。

確かに、映画では、この手のタイプの男が、最初に殺されたりするものだ。

「最悪……」

愛華は、髪を弄りながら呟くと、カウンターの前に立った。

その途端、虚ろだった島田の表情が一変した。ねちゃっと唾液の音を立てて笑みを浮かべたかと思うと、宿帳に記載しようとペンを持った愛華の腕を摑んだ。

「おやおや。誰かと思えば……」

島田は愛華の腕を引き寄せると、彼女の耳許で何事かを囁いた。

愛華は「離して！」と叫びながら、島田の手を振り払う。その拍子に、バランスを崩して倒れ込んでしまった。

「大丈夫ですか？」

玲が愛華に駆け寄ろうしたが、島田がそれを邪魔するように彼女の腕を摑んだ。

「お前も、なかなかいい女じゃねぇか」

島田が玲に顔を近付ける。

演出にしても、やり過ぎだ。月島は止めに入ろうとしたが、それより先に、アッシュが強引に島田の手を玲から引き剝がした。

「クズが。彼女に触るんじゃねぇ」

「何だ？　ああん？　邪魔すんなよ！　ガキが！」

島田がアッシュを威嚇する。

だが、アッシュは一切怯えることなく、「殺す——」と低い声で告げた。

ただの脅しではない、狂気がそこにはあった。

——マズい。

「アッシュさん。ダメです」

月島は、アッシュを羽交い締めにして取り押さえようとしたが、力の強い彼に、簡単に弾き飛ばされてしまう。

新城と夏野が加勢してくれたことで、ようやくアッシュを押さえることができた。

「何をごちゃごちゃ騒いでるのよ」

声とともに、フロントの奥にあるドアが再び開き、中年の女性が姿を現した。

厚化粧の上に、年齢に似合わない露出の多い服を着ていて、場末のスナックのママといった感じだ。

「うるせぇ。お前には関係ねぇ」

島田が舌打ちをする。

「どうせ、また女にうつつを抜かしてたんでしょ。ロリコンが！」

中年の女性は、蔑んだ目で島田を睨め付ける。

「他人のことが言えんのかよ。文句を言うなら、後はお前がやればいいだろ」

島田は、吐き捨てるように言うと、中年の女性を押しのけるようにして、ドアの奥に歩き去ってしまった。

機嫌を損ねて持ち場を離れるなんて、まるで子どもだ。

「こっち見るな！　ガキが！」

「ごめんなさい。ごめんなさい……」

ドアの向こうから、島田の怒鳴り声と、それに重なるように、泣きながら謝る子どもの声が聞こえてきた。

そして、何かを叩き付けるような鈍い音――。

「今のは何ですか？」

月島は、身を乗り出すようにして中年の女性に訊ねる。

スタッフルームには、子どもがいるようだ。そして、島田は、その子どもに暴言を吐いた。暴力も振るっているかもしれない。

月島の脳裏に、嫌な記憶が蘇り、腹の底を虫が這い回るような不快感が広がっていく。

「あんたたちには、関係ないでしょ」

中年の女性が、ドアを隠すようにして立った。

「いや、でも……」

「他人の家庭に口出ししないでくれる」

そんな言葉で、納得できるわけがない。もし、子どもを虐待しているのだとしたら？　考えるだけでおぞましい――。

吐き気と目眩がした。

「月島。これは、イベントの演出だ。現実ってわけじゃない」

永門が窘めるように声をかけてきた。

「そうか、そうだな……」

月島は、自分に言い聞かせるように呟く。

島田たちは参加者ではない。主催者側の人間だ。さっきの諍いも、子どもの存在も、全てイベントのための演出に違いない。

女性は、深いため息を吐きつつも、それ以上は何も言わず、島田に替わって受付業務を再開した。

無愛想ではあるが、仕事には慣れているらしく、チェックインが途中になっていた愛華、アッシュ、夏野、そして玲の順に手続きを済ませた。

やることを終えると、女性は、もう用はないとばかりにフロントを離れ、奥の部屋に戻って行った。

月島は、近くのソファーに移動すると、さっき手に取った案内パンフレットの見取り図に、参加者たちの名前を記載する。

「いつの間に、そんなものを?」

永門が声をかけてきた。

「ああ。ついさっき。それぞれの部屋の位置くらいは把握しておきたいからね……」

「ごちゃごちゃうるせぇ!」

「は? あんたは、何様のつもり?」

月島の言葉を掻き消すように、閉ざされたドアの向こうから、島田と中年女性が言い争う声が漏れ聞こえてきた。

それに重なるように、子どものすすり泣く声――。

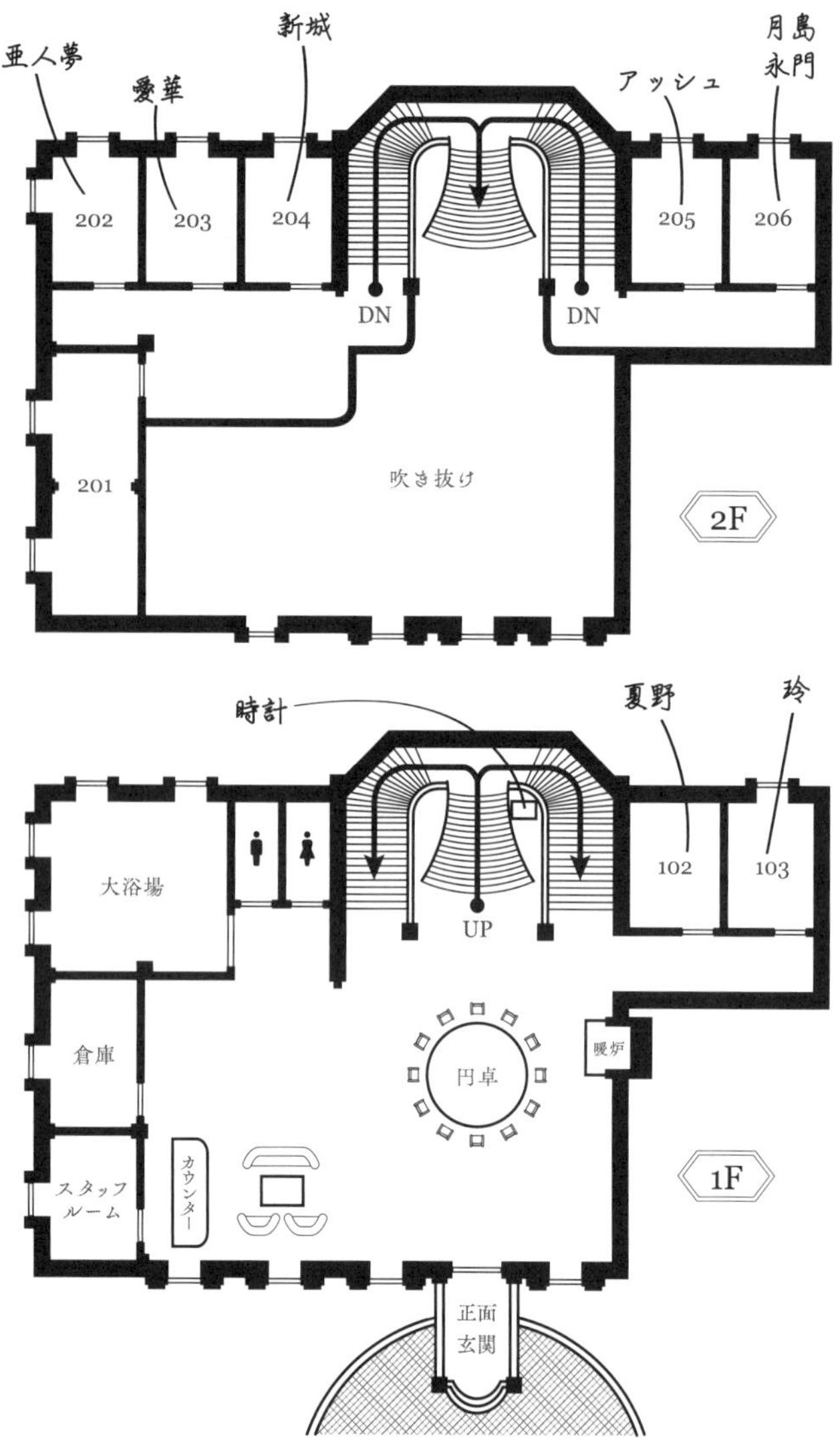
亜人夢
愛華
新城
アッシュ
月島
永門
202
203
204
205
206
DN
DN
201
吹き抜け
2F
時計
夏野
玲
大浴場
102
103
UP
倉庫
暖炉
円卓
スタッフ
ルーム
カウンター
1F
正面
玄関

演出だと分かっている。それでも、月島の中に眠る嫌な記憶が呼び覚まされる。

腹の底に潜んでいる黒い虫が、みるみる増殖していく。その勢いは、留まることを知らず、月島の内臓を食い破ろうとしているかのようだった。

「大丈夫ですか？　顔色が悪いみたいですけど……」

玲が、月島に声をかけてきた。

「ええ。大丈夫です」

月島は、平静を装って立ち上がろうとした。

だが、それがいけなかった。

血の気が一気に引く。

耳鳴りがして、視界がぐわんと歪んだ。

立っていることができなくなり、ゆっくりと倒れていくのが分かった。

「月島さん――」

玲が呼びかける声を、遠くで聞いた気がした。

7

病室のドアを開けると、あの日、警察署で嗅いだ血の匂いが脳裏に蘇り、軽く目眩がした――。

紗和は、息を詰まらせつつも、覚悟を決めて病室の中に足を踏み入れる。

広さはないが、一人用の部屋で、室内にはトイレやシャワーも設置されている。容疑は確定していないが、何らかの事件の重要参考人であることから、他の患者と同室になることを避けたのだ。

病室の前には、監視として制服警官が二人控えている。

部屋の中央に医療用のベッドが置かれていて、その上にAと仮称される青年が座っていた。

窓から差し込む光を受け、色白の肌が発光しているように見える。血塗れだった三日前とは印象が大きく違っていた。

両手は包帯が巻かれていて、後頭部にはガーゼが貼られている。

「調子はどうですか？」

及川が声をかけると、Aが顔を上げた。

切れ長の目は、形が整っているのだが、虚ろな瞳のせいで、何処か作り物めいている。

「はい。まだ傷が少し痛みますけど……」

Aが答える。

「今日は、警察の人が、少しお話を聞きたいそうです」

「警察――ですか？」

Aは、形のいい眉を歪めながら、紗和と久賀に視線を向けた。

「ええ。覚えている範囲で構わないので、話をして下さい。あなたの記憶を取り戻す助けになるかもしれませんから」

「分かりました……」

「何かあったら、ナースコールで呼んで下さい」

及川はそう告げると、紗和と久賀に目で合図をしてから病室を出て行った。

彼女が出て行くのと同時に、一気に空気が重くなった気がする。それは、紗和の中で不安が広がったからであり、Aが警戒心を強めたからだろう。

「初めまして。私は、警視庁の久賀瑛人です。こちらは、世田町署の刑事、美波紗和さんです」

久賀が丁寧な口調で自己紹介をする。

Ａは戸惑いの色を浮かべながらも頭を下げた。

「あなたに、色々と伺いたいことがあります。お手数ですが、少しだけお付き合い下さい」

「はい。あ、どうぞ。座って下さい」

Ａは背筋を伸ばしてこちらに向き直ると、ベッド脇にある丸椅子を指し示した。

「ありがとうございます」

久賀は笑顔で応じながら椅子に座る。紗和もそれに倣った。

「通常の事情聴取と同じ手順で問題ないと思います」

久賀が紗和に耳打ちする。ここからは、紗和に任せるということだろう。

「まず、あなたの名前を聞かせて頂けますか？」

紗和は居住まいを正してから訊ねた。

「すみません。分からないんです」

Ａは即答した。

「覚えていないということですか？」

「はい。思い出そうとはしているんですが、こう頭の中に靄がかかったみたいで……」

「本当ですか？」

「嘘ではありません。本当に分からないんです」

Ａは、力なく首を左右に振った。

あまりにあっさりした受け答えに、紗和の方が戸惑ってしまう。

記憶喪失と聞いて、頭を抱えながらもがき苦しむような姿を想像していたが、それは思い込みだったようだ。

「では、年齢は分かりますか？」

「分かりません」

「出身地は何処ですか？」

「思い出せません。頭に浮かぶ風景はあるのですが、それが自分の出身地かどうか……」

「職業が何かは覚えていますか？」

「覚えていません」

「何でもいいので、自分のことで、覚えていることはありますか？」

「いえ。何も。気付いたら病院のベッドに寝ていたんです。自分が何者で、どうして病院にいるのか、さっぱりです」

Ａは自嘲したように小さく笑った。

——参ったな。

このまま質問を続けていても、埒が明かない。覚えていないにしても、もう少し情報が無いと追及のしようがない。

「少し、揺さぶりをかけてみましょう」

手詰まりになっている紗和に、久賀が囁いた。

「揺さぶりですか？」

「ええ。彼は、まだ自分に起きたことを把握していません。それを伝えることで、何か思い出すきっかけになるかもしれません」

「そうですね」

久賀の言う通りだ。

Ａが警察署に来たときの状況を伝えることで、変化が起きるかもしれない。久賀が、現場に居合わせた人間を相棒に指名したのは、こうした事態を想定してのことだろう。

「質問を変えましょう。あなたは、三日前の夜に、血塗れの状態で警察署に現れました。そのことは、覚えていますか？」

　紗和は、敢えて直接的な表現で訊ねた。

「血塗れ？　ぼくが？」

「はい。大量の血を浴びた状態で、警察署を訪れたんです」

　Ａは、ガーゼが貼られた自らの後頭部に手を当てる。

「違います。あなたの身体に付着していた血は、頭部の傷によるものではありません」

「え？」

　Ａの眉間に深い皺が刻まれる。

「簡易鑑定の結果、あなたの衣類に付着していた血は、あなた以外の誰かのものだということが判明しました」

「それって……」

「あなたは、自分以外の誰かの血を浴びていたんです。着ていたシャツの色が分からなくなるほど大量に――」

「そんな……」

　Ａは、呟くように言うと、包帯の巻かれた手で頭を抱えて俯いた。

　呼吸が荒くなっているような気がする。この反応――何かを思いだしたのだろうか？

　久賀に視線を向ける。彼は、表情を隠すように口許に手を当てていたが、紗和の視線に気付くと、大きく頷き返した。

「それだけではありません。あなたは、ナイフを所持していました」

　紗和は、Ａの様子を観察しながら続ける。

「ナイフ？」

「そうです。これです。見覚えがありますか？」

紗和はナイフが写っている証拠写真を取り出し、突きつけるようにしてAに見せた。刃の部分だけでなく、柄の部分にも、べったりと血痕が付着した、生々しい写真だ。

「こんなもの知りません」

「知らないはずはありません。これは、あなた自身が持っていたものです」

声に若干の震えがある。ここが勝負所と判断し、紗和はさらに畳み掛ける。

Aは堪らずといった感じで、写真から目を逸らした。

「本当に知らないんです。ぼくの物ではありません」

「覚えていないのに、自分の物ではないと、言い切れるのですか？」

「それは……そうですけど……何かの間違いでは？」

Aは苦しそうに言葉を絞り出す。

「いいえ。間違いではありません。あの日、私も現場にいました。あなたが、血塗れの状態で、このナイフを持っているのを、この目で見ています」

説明している紗和の脳裏に、あの夜の光景がフラッシュバックした。

血塗れのシャツを着て佇むA。騒然とする現場の空気。あのときのAから漂っていたのは、殺戮の匂いだった——。

「そんなこと言われても、本当に覚えていないんです……」

Aの額には脂汗が浮かんでいる。手も小刻みに震えているように見える。まるで、何かに怯えているようだ。

「本当に覚えていませんか？　あの日、あなたは私と話をしています」

「話？」

「そうです。私に『助けて下さい』と言いました。あなたは、何かから、逃げていたのですか？」

「分かりません」

「惚(とぼ)けないで下さい」

「そんなつもりは……」

「他にも、妙なことを言っていました」

「………」

「ラザロ――と」

「ラザロ……」

何かが引っかかったのか、Ａは「ぐっ」と唸り声を上げると、苦しそうに身体を丸める。肩が、ビクッと痙攣(けいれん)する。

専門家ではないが、この反応に確かな手応えを感じた。

「ラザロという言葉は、何を意味しているんですか？　あなたは……」

「やめろ！」

紗和の質問を遮るように、Ａが一際大きな声を上げた。

あまりの迫力に、紗和は思わず息を詰まらせる。

Ａは、ゔー、ゔー、ゔーと虫の羽音のような、奇妙な唸り声を上げながら、身体を前後に揺らし始めた。

チック症を起こしたように見える。

「大丈夫ですか？」

紗和はＡの肩に手をかけたが、「離せ！」と、すぐに振り払われてしまった。

「よせ！　頼む！　やめてくれ！」

Aは繰り返し叫びながら、めちゃくちゃに手をバタバタと動かし始める。

「落ち着いて下さい」

紗和は、必死に呼びかけたものの、どう対応していいのか分からず、久賀に視線を送る。

彼はじっとAを見つめていた。

手で口許を押さえていたが、それでも笑っているのが分かった。

「頼む……お願いだから、やめてくれ！　そんなことは望んでいない！」

Aは、なおも叫び続ける。

文脈からして、Aは誰かに許しを乞うているようだ。

「やめろぉぉ！」

Aは、一際大きな声で叫ぶと、電池が切れたように、ピタッと動きを止め、ゆっくり紗和の方に顔を向けた。

目つきが、さっきまでとは大きく変わっていた。

「全部あいつだ。あいつが仕組んだことだ……」

Aは、これまでとはうって変わって低い声で言った。

「あいつとは、いったい誰のことですか？　いったい何が仕組まれていたんですか？」

「ラザロ……」

Aは、そう言うなり、白目を剝いてベッドの上に仰向けに倒れてしまった。

久賀が、素早くAに近寄り、呼吸や脈などの確認を始めた。

「意識を失っているだけです」

静かに告げたあと、久賀はナースコールを押した。しばらくして、看護師と及川が病室に駆け込んで来る。

久賀も手伝い、Ａが病室から運び出されて行く。

紗和は、慌ただしく行われるその作業を、傍観していることしかできなかった。

Ⅷ

冷たい――。

息ができない――。

いっそ、このまま死んだ方が楽になるのに、そうしたかったはずなのに、どういうわけか、身体は生きようと足掻く。

手足を必死にバタつかせて、光のある方に浮上しようとする。

いいことなんて一つもないのに――。

「月島」

名前を呼ばれて、月島ははっと目を覚ました。

ぼんやりとした視界の片隅で、じっとこちらを覗き込んでいる顔が見えた。

「永門」

「良かった。死んだかと思ったよ」

永門が縁起でもないことを、冗談めかして言う。

「勝手に殺すな」

月島は、ゆっくりと身体を起こした。

まだ、少し後頭部に疼痛(とうつう)があるが、目眩や吐き気は収まっていた。

少しずつ、何があったのかを思い出してきた。

月島は、チェックインしたあと、フロントで急な目眩に襲われ、そのままブラックアウトしてしまったようだ。

原因は分かっている。フロントの前で耳にした、子どもの泣き声だ。

あれは、島田による子どもの虐待を連想させた。それが演出だとは分かっていたが、月島のトラウマを呼び覚ますことになってしまったのだ。

月島は、幼少期に親から虐待を受けていたことがある。

母親とその愛人である男に罵声を浴びせられ、暴力を振るわれ続けた。躾だと、鞭代わりにしたズボンのベルトで殴られたり、水を張った浴槽に頭を沈められたり、拷問まがいの行為が日常的に繰り返されていた。

別に珍しいことではない。子どもを愛せない親というのは、何処にでもいる。

厄介なのは、月島が虐待を受けながらも、母を嫌いになれなかったことだ。

母をクズだと断じることができれば、少しは心が楽だったのだろうが、それができず、周囲に助けを求めることなく、必死にすがりついた。

母に愛されようとしたのだ——。

小学校高学年のときに警察に保護され、劣悪な環境から解放されることになったが、今でも何かの拍子に、過去の記憶がフラッシュバックして、さっきみたいに発作を引き起こしてしまうことがある。

PTSD（心的外傷後ストレス障害）というやつだ。

「少しは、落ち着いたか？」

永門が真顔に戻って訊ねてくる。

彼は、月島が抱える事情を知っていて、こうして寄り添ってくれている。

「ああ。大丈夫だ。それより、ここは……」

月島は、自分がいる部屋を見回す。

白い壁に囲まれた、殺風景な部屋だった。月島が寝ているベッドと、二人がけのソファーが置かれている。

「２０６号室。私たちの部屋だよ」

月島が意識を失っている間に、永門が部屋まで運んでくれたようだ。

「思いのほか狭いな。それに、ベッドが一つしかない」

月島と永門は二人部屋のはずだ。ベッドが一つというのは、どうにも不自然だ。

「手配ミスだろうね。後でクレームをつけておくよ」

「部屋は、もう一つ空いていたはずだから、そっちに移ったらどうだ？」

確か、２０１号室が空室になっていた。

「いや。私はここでいい。部屋が分かれていると、ワトソン役としては、何かと不便だからね」

永門の言うことにも一理ある。

部屋のことは、後で考えるとして、問題はこれからだ。月島は、腕時計に目を向ける。午後九時前だった。一時間以上も、眠りこけていたことになる。

「他のみんなは？」

「一旦、部屋に戻ったよ。新城さんたちが、月島を部屋まで運ぶのを手伝ってくれたんだ」

「後で礼を言わないとな」

「玲さんも、凄く心配していたよ。目覚めるまで、ここにいると言っていたんだけど、一旦、帰ってもらった」

「そうか……」

「玲さんには、残ってもらった方が良かったか?」

永門がにっと笑ってみせる。

「どうして」

「目覚めたときに声をかけるのが、私か彼女かでは、月島の気分が全然違うだろ?」

「確かに雲泥の差だな」

「酷(ひど)いな。友だちだろ」

「お前が友だちなんて、とんだ災難だ。それより、この先はどうすることになっているんだ?」

自分が眠っている間に、何が起きたのか把握しておきたい。

「月島が目を覚ましたら、一度円卓に集まって、今後について話し合うことになっている」

「じゃあ、準備をしないとな」

「そう急ぐなよ。もう少し休んでからでも遅くない。それに、今の状況を整理しておきたい」

「それもそうだな」

休むのはともかく、みんなで顔を合わせる前に、これまでの情報は纏めて、共有しておいた方がいいだろう。

「で、犯人の目星は付いたのか?」

永門が少年のように目を輝かせながら訊ねてくる。

「いくら何でも現状で犯人を特定するのは、気が早いだろ。まだ、殺人事件は発生していないんだ」

永門は、「確かに」と頷きつつ、おもちゃを取り上げられた子どものように、肩を落としてしまった。

こういう反応をされると、何だか申し訳ない気分になってしまうから不思議だ。

「犯人については分からないけれど、被害者になりそうな人間は、目星がついている」

「誰？　夏野さん？　それとも愛華さん？　いや、亜人夢君とかも殺されそうだね」

永門が食いつくように身を乗り出し、訊ねてきた。

「簡単な話さ。円卓にいたのは何人だった？」

「私と月島を入れて……八人」

「そう。で、Mが言ってたルールに当て嵌めて考えてみよう。彼女は、犯人はこ、の、中、に、い、る――と言っていた」

「そうだね。そうなると、実質、イベントの参加者は七人ってことだね」

「それは違う」

「どうして？」

「Mは、もう一つ重要なことを口にしていた。被害者はこ、の、中、に、も、い、ま、す――と」

「なるほど――ん？　でも、それっておかしくないか？」

永門が不思議そうに首を傾げる。

やはり永門は勘がいい。少しヒントを与えただけで、不自然さに気付いたようだ。

「そう。おかしいんだよ。円卓にいたのは八人。犯人役が一人だとして、三件の連続殺人事件が起きるから、被害者を三人だと仮定すると、残っているのは――」

「四人。私と月島を除くと、あと二人。イベントにしては、バランスが悪いね」

「そうだ。円卓にいた面々だけで考えると、主催者側の人間が、あまりに多過ぎるんだよ」

「確かに……そうなると、Mが嘘を吐いているってことになる」

「いや。Mは多分、嘘を吐いていない」

「どうして、そう言い切れるんだ？」

「もし、ナビゲーターであるMが嘘を吐いていたとしたら、謎解きの前提条件そのものが崩れてしまう。アンフェアなミステリみたいなものだ。イベントとして成立しなくなる」

「ミステリ作家らしい視点だね。でも、だとしたら……」

「Mは、巧妙な言い回しをしたんだよ」

「巧妙な言い回し？」

「彼女は、被害者はこの中にもいます——と言った。つまり、円卓にいたメンバー以外にも、被害者役がいることを暗示している」

永門が「なるほど」と手を打つ。

「さらに言うと、円卓には空席が四つあった。まあ、一つはマネキンが座っていたから、厳密には三つかな」

「つまり、その空席に座るはずだった三人がいる——と」

「正解」

「私たちが、まだ会っていない三人がいるってことだね」

「それは違う。これもミステリ的な観点になるけど、最初の段階で、存在を提示していない人間を、被害者役や犯人に仕立てるのは、アンフェアだ」

「そうだけど……」

「よく考えろ。ペンションには、円卓にいたイベント参加者以外の人間も存在するだろ」

「M！」

「他にも居るだろ」

Mに宛がわれた席は、空席ではなく、マネキンの席だと月島は推測している。本来、空席に座るべきは——。

月島が口を開く前に、永門が「分かった！」と大きな声を上げた。

「フロント係の島田。それと、後から出て来た中年女性。奥の部屋にいた子どもの三人だ」

「ご明察」

月島は、拍手をしてみせた。

「なるほどね。彼らが被害者役なら、参加者と主催者側の人数のバランスが取れるね」

「ついでに言えば、フロントでのやり取りが、あまりに不自然だったんだよ。島田と中年女性は、ここぞとばかりに、自分たちの存在をアピールするような立ち振る舞いをしていた」

「愛華さんに、変な絡み方してたしね」

「そう。あれも、きっと何かの伏線になっているはずだ」

「ちょっと待って。ということは……愛華さんが犯人ということにならないか？　だって、二人は顔見知りみたいだった。それだけじゃない。玲さんやアッシュの立ち振る舞いも、違和感があった」

そのことは、月島も考えないでもなかった。だが――。

「それでは、あまりに露骨過ぎるだろ」

「確かに……」

「あれは、我々が愛華さんに嫌疑を向けるための、仕掛けの一つだったとぼくは睨んでいる。ああやってミスリードしておけば、この先、島田が被害者役になった際、ぼくたちは、間違いなく愛華さんを疑うからね」

月島が言い終わると、永門は「やっぱり、お前って凄いよ」と嬉しそうに笑った。

別に凄くも何ともない。今、月島が披露した推理は、警察の捜査などでは役に立たない。作家の理屈に沿って組み立てたものに過ぎないからだ。

実際の事件には、バランスもないし、フェアもアンフェアもない。ただ、謎解きイベントである以上は、そこに物語としての一定のルールが敷かれているはずだ。それを読み解いただけだ。

「分かっていると思うけど、この推測は、他のメンバーにも伏せておこう」

月島の提案に、永門は大きく頷いた。

秘密にすることで、アドバンテージを握ろうというわけではない。裏切り者がいると分かっている以上、迂闊に話をするわけにはいかない。

「何れにしても、そろそろ円卓に行くとしよう」

月島が立ち上がると、永門も「そうだね」と応じる。二人でドアに向かったところで、妙なことに気付いた。

ドアの隙間に、白い封筒が差し込んであったのだ。

「これは？」

月島が訊ねると、永門は「知らない」と首を振った。

部屋に入った後で、誰かが差し込んでいったということか。月島は封筒を抜き取ると、ドアを開けて廊下を確認したが、人の姿はなかった。

「中を見てみよう」

「ああ」

月島は、封筒を開け、中に入っている便箋を取り出し目を通す——。


「親愛なる私の使徒へ——。」


妙な書き出しだ。あまりにも芝居がかっていて、どうにも胡散臭い。

「私は、これから一人の女性を殺す。

きっと、多くの人は、私のことを残虐な殺人者と罵(ののし)るだろう。

それはいい。どんな理由を並べようと、現在の法律において、私が殺人者であることは間違いない。

ただ、君にだけは分かっておいて欲しい。私の行いは救済なのだ——と。

私は、彼女を救うために殺すのだ。


最初の使徒」


「これを書いた奴は、重度の中二病だね」

便箋を覗き込んでいた永門が、半ば呆れたような口調で言った。

確かに、子どもっぽさを感じる文体だ。文章が芝居がかっている上に、いちいち回りくどく、意図がまるで伝わってこない。

曖昧な言い回しをすることで、必死に読み手の注意を引こうとしているのが、ありありと伝わってくる。

「同感だよ」

だが、わざわざドアに挟んであったのだから、イベントに関連するものであることは確かだ。

「それで、月島は手紙の意図をどう汲み取るんだ？」

「どうもこうもない。これだけじゃ、何のことだか分からないよ」

「嘘だね。隠してないで言えよ」

「いや、だから……」

「顔を見れば分かるんだよ。お前は、謎は解けるけど、嘘を吐くのが下手だからな」

口調はふざけているが、目が真剣だ。何か言うまで永門は逃がしてはくれないだろう。月島は、諦めてため息を吐く。

「本当に大したことは分からないんだ。ただ、手紙の内容から察するに、これは犯人の手記のようなものだ」

「内容を見る限り、そうだね」

「冒頭で一人の女性を殺す――と宣言している。つまり、被害者役のうち、少なくとも一人は女性ということになる」

「玲さんと、愛華さん。それと、フロント係の中年女性だね」

「そうだ。三人の女性の言動に注意を払った方がいいだろう。それから、この部分で『殺人ではなく、救済なのだ』と強く主張しているだろ」

「自己弁護ってところかな」

　月島は「違う」と、永門の意見を否定した。

「多分、これを書いた人物は、殺害することが、救済になると信じているんじゃないかな」

「そんなわけないだろ」

「永門の価値観では、そう思うかもしれないけれど、犯人はそうじゃない。おそらく、犯人は強い信仰を持っている」

「信仰だって？」

「そう。署名として、『最初の使徒』という言い回しをしているだろ。使徒とは、キリストに仕えた高弟を意味する。キリストは、人の罪を背負って一度死んだあとに、復活を果たした。それと同じことを、やろうとしているんじゃないのかな？」

「復活の儀式――みたいなことか？」

「まあ、そうだね。今回のイベントの名称の『ラザロの迷宮』というのも、復活の暗喩になっている。ロビーに飾ってあった絵は、カラヴァッジョの『ラザロの復活』だった。復活というのが、このイベントのキーワードであることは、間違いない」

「なるほどね」

「多分だけど、これから起こる事件は、宗教的な儀式を模倣しているはずだ」

「それは、ますます面白そうだ」

永門が興奮気味に声を上げたところで、月島は「しっ――」と口の前に人差し指を立てて、口を閉ざすように促した。

「どうした？」

永門が、声を低くして訊ねてきた。

「変な音がしないか？」

微かにではあるが、ずー、ずー、ずーっといった感じの音がする。エアコンの室外機が唸っているような音。

「音？」

日常生活において、奇妙な音が聞こえることは幾らでもある。放っておいてもいいのかもしれないが――。

「何か嫌な予感がする」

月島は、返事をすると同時に廊下に出た。

9

紗和は、病院のロビーにあるベンチに座り、大きく深呼吸をした――。

肺の中まで消毒液臭の混じった空気で満たされる。

冷静になろうと努めるほどに、さっき病室で見た光景が、鮮烈に脳裏に蘇る。

そして、彼が放った言葉が、何度も頭の中を駆け巡る。

——ラザロ。

彼は、警察署に姿を現したときも、意識を失う前に「ラザロ」と口にしていた。

ラザロは「ヨハネによる福音書」に登場する、イエス・キリストの友人の名前だ。病で命を落としたが、それを憐れんだイエスが、墓にむかって「ラザロ出て来なさい」と命じると、生き返ったとされている。

ラザロの蘇生は、後のキリストの復活の伏線だと考えられている。

近年でも、脳死の患者が手足を動かすことをラザロ徴候と呼んだりする。

Aが口にした〈ラザロ〉は、復活を象徴する意味として用いたのか？　それとも、特定の誰かの呼称か？

思考を巡らせてみたが、現段階で答えを見いだすことはできなかった。

気持ちを切り替え、顔を上げたところで、久賀と及川がロビーの隅で話をしているのが目に入った。

二人とも深刻な表情をしている。

Aに、何か不測の事態が起きたのではないか？　紗和は不安を抱えながらも、久賀たちの許に歩み寄って行く。

「それを本気で言っているの？」

及川の声が、一際大きく響いた。

感情的なもの言いをするタイプに見えなかっただけに、驚きを覚える。

「もちろん本気です。彼の記憶が戻るなら、その可能性にかけるべきだと思います。それが、彼のためでもあります」

久賀の方は、薄い笑みを浮かべたまま、淡々とした調子で応じる。

「本当にそうかしら？　私には、久賀君が楽しんでいるように見えるわ。患者を使って、実証実験をしようとしているとしか……」

及川が途中で言葉を呑み込んだ。視界に紗和が入ったからだろう。

「あの——何かあったんですか？」

紗和は、差し出がましいようだが、口を挟まずにはいられなかった。

会話のはしばしから察するに、あの青年の処遇を巡って、意見が対立しているようだ。であれば、紗和も無関係ではない。

「いいえ。何でもないわ」

及川は、逃げるように顔を逸らしてしまった。

明らかに不自然な態度と言わざるを得ない。さらに、質問を重ねようとしたのだが、それを制したのは久賀だった。

「本当に何でもないんです」

「でも……」

「ちょっとした意見の相違です。美波さんは、気にする必要はありません」

子どもに言い聞かせるような久賀の口調が、紗和にはどうにも胡散臭く思えた。それに、一人だけ蚊帳の外に追いやられたような居心地の悪さ。

「意見の相違ねぇ。ものは言いようね」

まだ怒りが収まっていないらしく、及川が吐き捨てるように言った。

「事実です」

「だとしたら、はっきり言っておくわ。患者は、あなたのおもちゃじゃない」

及川は強い口調で久賀に言うと、くるりと踵（きびす）を返して歩いて行ってしまった。

「いったい、どんな意見の相違があったんですか？」

紗和は真っ直ぐに久賀に視線を向ける。

久賀は、参ったな——という風に、頭をぽりぽりと掻いたあと、諦めたように説明を始めた。

「そうですね。言うなれば、立場の違いですよ」

「立場——ですか？」

「ええ。及川先生は、医師としてあの青年の治療を優先させようとしている。しかし、私は警察官です。事件解決のために、多少、強引な手段を取ろうとしてしまったんです。それが、及川先生の気分を害してしまった」

久賀の説明を聞き、そういうことか——と納得した。

紗和も久賀と同意見だ。多少、強引な手を使ってでも、Aから情報を引き出したいが、及川からすれば、それは看過できないといったところだろう。

「彼は大丈夫なのですか？」

紗和が肝心な部分を訊ねる。

「大丈夫です。今は、落ち着いているので問題ないでしょう」

久賀が小さく頷く。

「急に言動がおかしくなったように見えました。まるで、何かに怯えたように。あれは、いったい何なんですか？」

紗和は、引っかかっていた疑問をぶつける。

「譫妄（せんもう）の症状が出たのだと思います」

「譫妄？」

聞き慣れない言葉だ。

「譫妄というのは、意識混濁に加えて、強迫観念や幻覚、幻聴、錯覚などが起きる症状のことです。心因性の健忘は、心的外傷や過度のストレスによって発症するので、譫妄のような症状を合併することが多いんです」

久賀の丁寧な説明で、紗和にも理解することができた。

「つまり、彼はあのとき、何かしらの幻覚や幻聴、強迫観念に囚われていた可能性が高い――ということですか？」

「ええ。それが何なのかを確かめるためにも、彼の記憶を取り戻す必要があります」

この口ぶり――。

「記憶を取り戻す方法があるんですか？」

「外傷性ではなく、心因性なので可能性はあります。ただ――」

「ただ、何でしょう？」

「心因性の健忘というのは、さっきも言ったように、心的外傷や過度のストレスが原因になっています。本能が心を守るために、それを思い出さないようにしているんです。無理に思い出すことは、患者にとって大きな負担になってしまいます。じっくり時間をかけて治療していくのが、セオリーですね」

「そんな悠長なことは言っていられません」

紗和は、思わず口調が荒くなる。

Aは、誰かを殺傷した、或いはその現場に立ち会っていた可能性がある。つまり、被害者がいる可能性が大きいということだ。

あれだけの量の血を流して、無事なはずがない。正直なところ、既に死亡している可能性が高いと思う。それでも、わずかな可能性に懸けて、被害者を救いたい。

「私も、速やかな事件解決を優先すべきだと思っています。だからこそ、及川先生と対立したんです」

久賀の言いようから、ある種の覚悟を感じたが、同時に、何処か楽しんでいるようでもあった。

「何れにしても、これからのことは、追ってお伝えします。色々と手配しなければならないことがあるので、今日はこれで失礼します」

久賀は、ポケットから懐中時計を取り出し、時間を確認すると、足早に病院を出て行ってしまった。

去り際、気のせいか、ほんの一瞬だが、久賀から血の匂いがした——。

X

月島が廊下に出ると、音がさっきよりも大きくなった。

ずー、ずー、ずー……。

この音は、機械的なものではない。おそらくは、人の唸り声だ。

月島はその唸り声を辿るように、廊下を進む。聞こえてくるのは、階下からだ。

階段の上から下を覗き込むと、円卓の置かれたロビーが見えた。だが、そこに人の姿はなかった。

誰かの部屋からなのかもしれない。とにかく行ってみるしかない。階段を駆け下りたところで、

「月島さん」と声をかけられた。

玲だった——。

「何か変な音がしますよね」

玲も音に気付いたようだ。月島は、「はい」と応じながら、ぐるりと視線を巡らせる。

音の出所が分かった。

「多分、フロントの奥からです」

月島は、駆け足でフロントに向かう。玲も、その後について来た。

フロントのカウンターまで来たところで、音が大きくなった気がした。回り込んでカウンターの下を覗くと、そこに膝を抱えるようにして座っている、十歳くらいの子どもの姿があった。

唸り声を上げていたのは、この子どもだった。

「君――」

月島が声をかけると、子どもはピタリと声を止めて、ゆっくり顔を上げた。

その顔を見て、月島ははっとなる。

ペンションに入る前に見かけた少年だった。桜の木の傍らで、少女と一緒にいたあの子だ。

「ねえ。どうして、こんなところにいるの？」

玲が、屈み込んで子どもに話しかける。

子どもは、何度か瞬きしたあと、無言のまま奥にあるスタッフルームのドアを指差した。

あのドアの向こうで、何かがあったということなのだろう。

「ぼくが見てきます」

月島は、玲をそこに残してドアの前に立った。

耳を近付けてみたが、何の音も聞こえなかった。誰もいないのだろうか？

月島は、ドアをノックしてみる。

応答はない。

間を置いて、もう一度ノックしてみたが、やはり応答はなかった。

「何があったんだ？」

遅れてやって来た永門が、月島の横に立った。

「分からない。だけど、酷く嫌な予感がするんだ」

根拠はない。ただの感覚に過ぎないのだが、それでも、このドアの向こうで、大変なことが起きたと感じさせる。

「もしかして、いよいよイベントが始まったとか？」

永門は、月島とは対照的に、軽い調子で訊ねてきた。

それだけなら、本当にいいのだが、そう単純なものとは、どうしても思えなかった。

「月島さん。足許――」

玲が、震える声で言った。

月島は、指摘された方向に目を向ける。

いつの間にか、ドアの前に立つ月島の足許に、真っ赤な液体が流れ出てきていた。

これは――血だ。

月島の靴の爪先の部分を囲うように血溜まりができていた。

慌ててドアの前から後ずさる。

「中で何かあったんだね。入ろう」

永門が言う。

「ああ。分かってる」

月島は、ノブをひねってドアを押し開けようとしたのだが、なかなか開かない。鍵が閉まっているのではない。

何か、錘(おもり)のようなものが邪魔をして、ドアが開くのを阻んでいるといった手応えだ。

「くそっ。何かが引っかかってる」

「手伝うよ」

月島は、永門と一緒にドアに体当たりして、強引に押した。

バタッと何かが倒れる音がして、ドアが少しだけ開いた。そこから、二人で力まかせに押して、何とかドアを開けることができた。

入る前から想像はついていたが、部屋の中は見るも無残な状況だった。

床一面に血溜まりが広がっているだけでなく、壁や天井にまで血が飛散していた。

そして――。

部屋の中には、二人の男女が倒れていた。

チェックインの手続きをした島田と、中年の女性だった。

冗談で予測した通り、島田と中年の女性が被害者になったようだ。だが、何かがおかしい。月島は、ドア脇で横倒しになっている中年女性に近付き、呼吸と脈拍を確認する。

――何てことだ。

「凄いリアルな演出だね」

感嘆の声を上げる永門の言葉を、月島は「違う」と打ち消した。

これは、被害者役の演技などではない。

「本当に死んでいる」

月島は、自分の声を他人(ひと)ごとのように聞いた――。

第二章

目眩

1

「催眠術——ですか？」

紗和は、驚きで声が裏返ってしまった。

向かいのソファーに座る降田は、相変わらず不機嫌そうに、たるんだ腹の肉をさすっている。

昨日の再現映像を見せられているようだ。

「そうだ。久賀警部からの提案で、上層部がそれを了承した。担当医からも許可が出たそうだ」

降田が気怠げにこぼす。

久賀からは、今後の対応については追って連絡すると告げられていたのだが、今朝になって降田に呼び出され、Ａの記憶を取り戻すために、催眠術を施すと伝えられたのだ。

「失礼ですが、催眠術で記憶が戻るとは思えません」

テレビ番組などで目にした程度の知識しかないが、催眠術といえば、指を鳴らすだけでたちどころに相手を眠らせたり、意のままに操ったりする、あれのことだろう。

正直、オカルトの範疇としか思えない。そんなもので記憶が戻るなら、苦労はしない。

「言いたいことがあるなら、おれじゃなくて久賀に言え。提案をしてきたのは、久賀なんだ。催眠術も、担当医じゃなくて、久賀が直接やるって話だからな。まったく、何を考えてんだか」

降田が苛立たしげに舌打ちをする。

「分かりました。久賀さんに直接お伺いします」

確かに、ここで降田にあれこれ訊いたところで、何も始まらない。

「訊くのは構わんが、くれぐれも出しゃばった真似はするなよ。どうせ、何の役にも立たないんだから、言われた通りに動いていればいいんだ」

――あなたのようにですか？

喉まで出かかったが、辛うじてそれを呑み込んだ。

「心得ています」

「不満そうだな」

言葉にはしなかったが、顔に出てしまっていたようだ。「いえ」と否定してみたが、もう遅かった。

「……ったく。お前らは不平不満ばかりだ。そういうのは、実績を積んでから言え。だいたい、お前は、女の癖に出しゃばり過ぎなんだよ」

――また始まった。

実績を積め。出しゃばるな。言っていることが矛盾している。

紗和は、反省した素振りを見せながら、ただ嵐が過ぎるのを待った。

「では、失礼してよろしいでしょうか？」

小言が一段落着いたところで、紗和はソファーから立ち上がろうとしたが、降田に止められた。

「まだ話は終わっていない」

「何でしょう？」

「久賀警部の要望で、催眠術は入院先の病院とは別の場所で行うそうだ」

「警察署ですか？」

「違う。久賀警部から、合流場所の住所を聞いている。ここに向かえ」

降田がメモ用紙を渡してきた。

それを受け取りさっと目を通す。記されていたのは、多摩川沿いにあるマンションの住所と部屋番号だった。

「どうしてこんな場所で?」

病院でないなら、警備の面も考えて、警察署で行うのがベターだ。それを、わざわざマンションの一室でというのが、どうにも解せない。

「だから、おれに訊くなと言ってるだろ」

降田が再び舌打ちをする。

そうだった。降田に何を訊ねても意味がない。紗和は「承知しました」と告げると、今度こそ席を立って会議室を後にした。

エントランスの前まで来たところで、紗和はふと足を止めた。

Aが血塗(ちまみ)れで姿を現した、あの日の光景が、脳裏にフラッシュバックしたからだ。

反対方向から歩いて来た白井が、声をかけてきた。

「ぼうっとして、どうした?」

「別に、ぼうっとしているわけじゃないわよ」

紗和は、意識を現実に引き戻す。

「そうか? お前のことだから、本店の刑事とやり合ってんのかと思った」

「トラブルメーカーみたいに言わないでよ」

「だけど、いつも降田さんに突っかかってるだろ?」

「冗談はやめてよ。突っかかってくるのは、向こうでしょ」

「それもそうだな。ただ、気をつけろよ」

白井が周囲を見回しながら、紗和に耳打ちをしてきた。

「何が?」

「同期で本店にいる奴から聞いたんだけど、久賀って刑事、ちょっと訳ありらしい」

「訳あり？　不祥事でも起こしたの？」

自分で言いながら違和感があった。

顔を合わせたのは一度だけだが、それでも、久賀は不祥事の類いとは無縁な潔癖さがある。

「何でも、奴さん、殺人事件に関与しているらしいんだ」

――何を言い出すのかと思えば。

あまりに子どもじみた内容の噂話に、紗和は思わずため息を吐いた。

「そんなわけないでしょ。もし、本当に殺人事件に関与しているのだとしたら、そもそも警察が採用しないでしょ。変な噂に振り回されるのはやめてよ」

「確かに……」

白井は、今その事実に気付いたという風に、ポンッと手を打ってみせた。

人懐こく、ノリがいいのが白井の利点だが、刑事なのだから、もう少し熟考して発言して欲しいものだと思う。

「他人の心配より、そっちの失踪人の捜索はどうなの？　身許は分かったの？」

「いや。まだ全然だ。これから、ナミとミオが働いていたキャバクラに、事情聴取に行くことになっている」

白井は、苛立たしげに頭をガリガリと掻いた。

「あんたの方が、浮かない顔をしているわね」

「ああ。正直、あのナミって女には、もううんざりだよ。捜査の進捗はどうなっているかって、一日三回は電話してくる。そんなに、すぐに見つかるわけねぇってのに……」

「気に入られたんじゃないの？　良かったじゃない。あなたの彼女になってくれるかもよ」

紗和が冗談めかして言うと、白井が肩を落として深いため息を吐いた。

「メンヘラは勘弁だね。電話してくるだけじゃなくて、自殺を仄めかすんだぜ。たまったもんじゃねえよ」

「それは、ご愁傷様——」

事情聴取のとき、ナミの手首にリストカットの痕があることには気付いていた。

別に本気で死ぬつもりはない。そうすることで、周囲の注意を引いているのだ。誰かに依存していないと、生きていけないタイプだ。

だから、ルームシェアをしていたミオが行方不明になったことで、あそこまで取り乱したりする。

今は、その対象が白井に移ったというだけのことだ。

「顔は好みなんだけどな……」

白井がぽつりと言った。

この口ぶりからして、白井はナミの整形癖に気付いていないようだ。いや、好みの顔なら、整形していようがいまいが、関係ないのかもしれない。

「深入りしないようにね」

「分かってるよ。まあ、気長にやるさ。で、そっちの捜査は順調なのか？」

「催眠術で記憶を呼び戻すんですって」

「冗談だろ？」

白井が身体を仰け反らせて声を上げる。少々、大げさな気はするが、気持ちは分かる。

「それを確かめに行くのよ」

紗和は肩をすくめるようにして言うと、エントランスから外に出た。

II

横たわる二つの死体を前にして、月島は唇を噛んだ――。

こんなことは、嘘であって欲しい。そう願ってみたが、血を流して倒れる二人が、復活するはずもなかった。

何れ(いず)にしても、こんな凄惨な現場を、少年に見せるわけにはいかない。

月島の心の内を察したように、玲が一つ頷(うなず)くと、「あっちに行きましょう」と、少年を連れてフロントの前を離れて行った。

「まさか、本当に死人が出るとは……」

隣に立った永門の呟(つぶや)きが、月島の胸に重く響いた。

「そうだな」

「これも、イベントの一環なのかな？」

「そんなはずはない」

月島は、首を左右に振った。

謎解きイベントで実際に人を殺すなんて、絶対にあり得ない。これはイベントに関係ない不可抗力によって起きたものと考えるのが妥当だ。

だが――。

月島の思考を遮るように、ザザッとノイズが走る音がした。

何事かと辺りを見回す。

何処(どこ)かにスピーカーが仕掛けられていて、それがノイズを発したようだった。

〈皆様。大変長らくお待たせしました。第一の殺人が発生しました――〉

聞こえてきたのは、淡々としたMの声だった。

〈犯行現場は、当ペンションのスタッフルームです。被害者は、島田健司（けんじ）。そして、その内縁の妻――かなえの二名。犯人はいったい誰なのか？　存分に推理をお楽しみ下さい――〉

言い終わると同時に、ブツッと放送が途切れた。

月島は愕然（がくぜん）とした。

「冗談だろ……」

謎解きイベントのために、本当に人を殺したというのか？　それでは、もはやデスゲームではないか。

「放送のタイミングからして、こちらの様子をモニターしているっぽいね」

永門が天井を見上げながら言った。

彼の言う通りだ。月島が死体を発見したタイミングで、Mの放送が流れてきたことを考えると、スピーカー以外に、監視カメラも仕掛けられていて、こちらの様子を観察しているに違いない。

何れにしても、ここで呆（ほう）けていても仕方ない。放送を聞いて、参加者たちが集まって来るはずだ。

「一旦、円卓に戻ろう」

月島は、永門と一緒に円卓のあるロビーに移動した。

円卓では、椅子に座った少年が、両耳を塞ぎ、背中を丸めて、ずー、ずーっと声を上げている。ああやって外部を遮断することで、壊れそうな自分の心を守っているのだろう。月島にも、記憶がある。

少年の傍（かたわ）らに立った玲が、彼の背中をさすりながら宥（なだ）めている。

「いよいよゲームの始まりですね」

楽しげな声が降ってきた。

新城が陽気に言いながら階段を降りて来るところだった。亜人夢、愛華、アッシュも、その後に続いている。

一階の奥の廊下からは、夏野が眠そうにあくびをしながら姿を現した。

「あれ。その子は？」

愛華が、円卓にいる玲と少年に気付いて声をかける。

玲は、どう説明すべきか迷っている様子だ。助け船を出そうとした月島だったが、それを遮るように、亜人夢が目の前に立った。

「だ、第一発見者は、月島さんですか？」

「そうなるね」

「し、死体は、どんな状態ですか？　発見したときの状況を、詳しく教えて下さい」

亜人夢が鼻息を荒くする。

色々と口で説明するより、実際に見てもらった方が早い。月島は、フロントの奥にあるスタッフルームのドアを指差して、確認するように促した。

亜人夢は、スタッフルームに向かって歩いて行く。

新城、アッシュ、夏野がそれに続く。愛華も、玲の横を離れ、彼らの後を追いかけて行った。

「うわっ！　もの凄いリアルですね」

ドアを開けた新城が驚きの声を上げる。

他の面々も、現場の状況に、それぞれ感嘆の声を上げたが、どれも緊張感に欠けるものだった。

「違う。こいつら、本当に死んでんだよ」

アッシュがいち早く状況を察したらしく、舌打ち混じりに告げた。

「え？」

アッシュの言葉が信じられないらしく、新城はかなえの死体の前に屈み込み、その様子を観察する。そうすることで、アッシュの言葉が真実であることに気付いたらしい。

「本当だ。死んでいる……」

新城が、真っ青な顔で言いながら後退った。

亜人夢は、強烈な嘔吐感に襲われたらしく、口を押さえてトイレの方に駆け出して行った。

「本当に死んでるって、どういうことです？　だって、これはイベントでしょう」

夏野の声は、かわいそうになるくらい震えていた。

「私にも、分かりませんよ」

新城の額から、冷たい汗が流れ落ちる。

アッシュは「何なんだよ！」と悪態を吐きながら、近くの壁を蹴りつけた。

「警察に連絡した方が、いいんじゃない？」

一人、冷静に言ったのは愛華だった。

こういうときには、女性の方がしっかりしているというが、まさにその通りだ。

「そうしたいのは山々なんですが、携帯電話はMに預けてあります」

月島は、愛華の許に歩み寄りながら告げる。

「そうだったわね。じゃあ固定電話は？」

月島は、首を左右に振った。

部屋にもフロントにも、固定電話は設置されていなかった。携帯電話を没収するくらいだ。仮にあっても、使用できない状態にしてあるだろう。

「ぺ、ペンションから逃げ出せばいいんです」

亜人夢が、服の袖で口許を拭いながら戻って来た。

顔色は悪いが、嘔吐したことで、少しはマシになったといったところだ。

「出ると言っても何処から？」

月島が訊ねると、亜人夢は真っ直ぐロビーの正面の扉に向かい、ノブを摑んで扉を開けようと奮闘するが、ビクともしなかった。

やがて諦めたのか、「な、何なんだよ……」と力無く言うと、すごすごと戻って来た。

「そんなドア一つくらい、壊せばいいだろ」

アッシュが、円卓にあった椅子の一つを手に取ると、扉に向かって力一杯叩き付けた。だが、扉はやはりビクともしなかった。

「どうして開かねぇんだよ！」

アッシュは、納得がいかないらしく、何度も、何度も、扉に椅子を叩きつけるが、けたたましい音が響くだけだった。

代わりに、椅子の方が壊れてバラバラになり、終(つい)には背もたれだけになってしまった。

アッシュは怒りに任せて、それを床に投げ捨てた。

誰もが、次に発する言葉を失っていた。月島も、何か言おうとしたのだが、思考が思うように働かなかった。

沈滞した空気を払拭するように、再びザザッとノイズが鳴る。

〈混乱しているようですので、改めてお伝え致します。謎を解いて、犯人を特定するまで、皆さんはこのペンションから出ることはできません〉

スピーカーから流れてきたMの声が、無慈悲にロビーに響く。

「ふざけんな！　本当に人を殺すなんて聞いてねぇぞ！」

アッシュが、グレイの髪をかき上げながら叫ぶ。

〈殺さないとも言っていません〉

冷淡にMが告げた。

どうかしている。人が二人も死んでいるというのに、言った、言わないの水かけ論に転じてしまう神経が分からない。

「あなたたちの目的は、いったい何なのですか?」

月島は、天井を見上げながら訊ねた。

しばらく沈黙があった。

〈犯人を見つけ出すことです――〉

待った末の返答は、矛盾に満ちたものだった。謎解きイベントの主催者の目的が、犯人を見つけ出すことでは、辻褄が合わない。

「犯人役は、あなたたちが用意したはずですよね?」

月島の問いに、返答はなかった。だが、口を噤んだということは、核心に触れる質問だったわけだ。

できれば、もう少し情報を引き出したい。

「だったら別の質問をさせて下さい。あなたは、最初に三件の連続殺人事件が起きると言いました。残りは一件ということですか?」

〈違います。あくまで件数でのカウントです。今回、二人の人間が死亡しましたが、一件とカウントさせて頂きます。つまり、あと二件の殺人事件が発生します〉

「もう一つ聞かせて下さい」

〈これ以上は、お答え致しかねます。では、謎解きイベントをお楽しみ下さい――〉

一方的に告げると、放送は終了した。

「これは、大変なことになったね」

そう言った永門の口調には、何処か他人ごとのような響きがあった。

「呑気に構えている場合か？　もしかしたら、次に死ぬのは、ぼくたちかもしれないんだぞ」

このイベントの中に潜んでいるのは、犯人役などではない。

本物の殺人鬼なのだ――。

それだけではない。当初、死ぬのは三人だと思っていたが、件数でのカウントということになると、下手をしたら、この場にいる全員が殺される可能性もある。

「それは怖いね」

「本当に怖いと思っているのか？」

「もちろんだよ」

全然、緊張感がない。永門はまるで、この状況を楽しんでいるかのようだ。

「こんなん、やってられるか！」

叫び声を上げたのは、アッシュだった。

唇のピアスを指先で弄りながら、肩で風を切り、足早に階段を上って行く。

「何処に行くんですか？」

「部屋に帰るんだよ」

アッシュは、乱暴に言うと、そのまま歩き去ってしまった。

呼び止めることも考えたが、今の状態では喧嘩になるだけだ。少し、頭を冷やす時間が必要だ。

「おれも、部屋に戻りますわ」

夏野が両手を上げて、大きく伸びをする。

「戻るって、どうして？」

「死にたくないですから。こういう時って、下手に動くより、部屋にいる方が安全でしょ。玲ちゃん。一緒に部屋で過ごそうよ」

夏野が馴れ馴れしい口調で、玲に声をかける。

玲は「いいえ。私は……」と俯いた。

「照れてるとこかわいいね。大丈夫だよ。優しくするから」

夏野は、玲の腕を掴もうとしたが、彼女はすぐさまそれを撥ね除けた。

「へえ。そういう感じね。お高く留まってると、後悔するよ」

プライドを傷つけられたらしい夏野は、捨て台詞を残して立ち去った。

玲の顔が、凍り付いているようだった。

気のいい男だと思っていたが、今のやり取りを見る限り、夏野には少し注意をしておいた方が良さそうだ。

「じ、冗談じゃない！　ぼくは、こんなの認めないぞ！　何処かに、脱出できる場所があるはずだ！」

急に叫んだのは、亜人夢だった。

彼は、よろよろと立ち上がると、階段に向かって歩き出した。

脱出ルートを探しに行くつもりだろう。そのことに異論はない。だが――。

「一人で動き回るのはダメです」

アッシュや夏野のように、部屋に閉じこもるならまだしも、脱出ルートを探して、ペンションの中を歩き回るのは、危険極まりない。

「私も、彼と一緒に脱出ルートを探しに行きますよ。二人なら安心でしょ。月島さんは、その間に現場検証をお願いします」

新城は、にっこり笑って亜人夢の後を追いかけた。

彼の気遣いに安堵したが、それも一瞬のことだった。もし亜人夢か新城のどちらかが、犯人だったとしたら？

二人きりの状況を作ってしまうのは、非常に危険な気がする。やはり、ここは月島も行くべきかもしれない。

だが、玲と少年を円卓に置き去りにすることも、また危険と隣り合わせだ。

「待って。うちも行くわ」

月島の考えを知ってか知らずか、愛華が駆け出すと、抱きつくように新城の腕に寄り添った。

新城は、愛華のボディータッチに戸惑いながらも、満更でもなさそうだ。

「三人なら、大丈夫じゃないかな」

永門が、三人の背中を見送りながら言った。

「そうだな」

ロビーには、月島、永門、玲、そして少年が残された。

「では、我々は現場検証に取り掛かろう」

永門が、嬉しそうに両手を擦り合わせた。

実際に人が死んでいるのだ。犯人を見つけたからといって、Mが素直に解放してくれるとは思えないが、それでも、犯人を特定できれば、次の犯行を防ぐことはできる。

「そうだな」

月島は、覚悟を決めてフロントの奥にあるドアに目を向けた。

3

紗和は、久賀に指定された川沿いにあるマンションの前に立った――。

白い外壁のシンプルな造りの建物で、一階には学習塾が入っていて、二階より上の階が居住スペースになっているようだ。

紗和は、エントランスの前に足を運ぶ。郵便受けに目をやると、企業や店舗と思しき名前が幾つもあった。居住用だけではなく、幅広く賃貸しているタイプのマンションのようだ。

インターホンで指定された部屋番号を押すと、すぐに〈どうぞ〉という久賀の声がして、入り口の自動扉が開いた。

エレベーターに乗り、七階まで上がる。廊下を進み、一番奥にある７０８号室のドア脇にあるインターホンを押すと、すぐにドアが開き、久賀が顔を出した。

「どうぞ。中に入って下さい」

玄関には、観葉植物が飾られていて、とても落ち着いた空間だった。アロマを焚いているのか、部屋の中はラベンダーの爽やかな香気に満たされていた。

「突き当たりの部屋まで進んで下さい」

久賀は、スリッパを用意してくれた。

色々と引っかかることはあるが、後で纏めて訊ねればいい。紗和は、言われるままに廊下を進み、突き当たりの部屋のドアを開けた。

あまりの眩しさに、紗和は思わず目を瞬かせる。

二十畳ほどの広さがあるその部屋は、壁も床も、天井も白かった。それだけではなく、中央に置かれたリクライニングチェアや、向かい合わせで置かれたソファーまでもが白かった。

間口の大きい窓から差し込む光が乱反射して、目が眩みそうになる。

「ここは……」

「私が以前、カウンセリングルームとして使用していた部屋です」

紗和の背後に立った久賀が言った。

「久賀さん個人で所有しているということですか？」

「はい。ここで、あの青年に催眠療法を行おうと思っています」

「よく許可が下りましたね」

「あの青年は、現状では逮捕された被疑者ではありません。本人の同意があれば、問題はありませんよ」

Aが、現状では逮捕されていないというのは事実だ。あくまで重要参考人に過ぎない。だが、それでも、監視対象であることに違いはない。逃亡する可能性も考えて、相応の態勢を組む必要がある。

紗和が、そのことを主張すると、久賀は「分かっています」と応じた。

「上層部からも同様の指摘を受けました。万が一に備えて、催眠療法を行う際は、マンションの外に警官を配置してもらうことになっています」

「そうまでして、この部屋を使う理由は何ですか？」

「催眠療法を行うためには、環境が重要になります。病院や警察署では、それが整えられないんですよ」

この白い部屋が、特別な環境になり得るとは思えない。それに――。

「そもそも、催眠術なんてオカルト的な手法で、記憶が戻るとは思えません」

紗和は、当初から抱いていた疑問を久賀にぶつけた。

「オカルト——そうか。そういう認識なのですね。まずは、それについて説明をしておかなければなりませんね」

久賀は、部屋の中央に置かれた白いリクライニングチェアを指し示し、紗和にそこに座るように促した。

言われるままにリクライニングチェアに腰を下ろす。

白い部屋の独特の空気感のせいもあってか、まるで別次元にいるような、奇妙な感覚に陥る。

「まず。美波さんが持っている催眠術のイメージを、改める必要がありますね」

久賀は、紗和の向かいにあるソファーに腰を下ろすと、顔の前で合掌するように両手を合わせた。

「私が、間違った認識を持っていると？」

紗和が訊ねると、久賀は「おそらく——」と頷いた。

「どう間違えているんですか？」

「先ほど、美波さんは催眠術をオカルトだと言いました。それは、催眠術師が、こんな風に指を鳴らすと、たちどころに眠ってしまうアレをイメージしているからですね」

久賀が紗和の眼前でパチンと指を鳴らした。

「そうです」

「他には、どんなイメージを持っていますか？」

「眠らせた人間を、催眠術師が意のままに操ってしまうとか。後は、目を覚ましたとき、何も覚えていないとか——」

「それらのイメージは、全部捨てて下さい」

久賀は、小さく笑みを浮かべながら言った。

「え？」

「美波さんが認識しているのは、あくまでテレビ番組などに合わせてショーアップされた催眠術で、私がやろうとしている催眠療法とは、似て非なるものです」

「何が違うんですか？」

「まず、催眠という言葉が使われているので、誤解され易いですが、催眠療法において、被施術者は眠らないんです」

「え⁉　眠らないって……でも……」

催眠術は、眠らせるところから始めるのではないのか？　眠らないのでは、そもそも催眠になっていない。

「お気持ちは分かります。ショーとして披露される催眠術では、被施術者は、深い眠りに落ちてしまいます」

「はい」

「でも、眠らせてしまったら、催眠術はかからないんですよ」

「どういうことですか？」

「団体や人によって定義は異なりますが、米国心理学会の催眠部門などは、催眠状態とは、暗示に反応する能力の高まりが特徴的な、注意の集中と周辺への気付きの低下を伴う意識状態――としています」

「ややこしいですね」

「同感です。少し乱暴になりますが、分かり易く言うなら、精神的に深くリラックスした結果、周囲に反応しなくなっている状態のことです」

「リラックス」

「そうです。潜在意識と顕在意識という言葉はご存知ですか？」

「何となくですが……」

「顕在意識というのは、判断や思考を担っています。私が発する言葉を、そのまま受け取るのではなく、これまで培った知識などと照らし合わせ、信頼に値するかどうか選別しています」

「ああ」

何となく分かる気がする。

意識してはいないが、言われたことをそのまま受け止めるのではなく、一度思考している。

「つまり、自分の意思で動いているのが顕在意識。一方の潜在意識とは、思考による判断の及ばない無意識の部分です。この潜在意識は、これまでの経験——主に体験の蓄積からくる反射のようなものです」

「反射——」

「そうですね。例えば美波さんには、怖いものはありますか？」

「高いところが苦手です」

「それが潜在意識です。経験などから、高所が危険だということを認識していて、考えるより先に怖いと身体が反応するんです」

「何となく分かる気がします」

「催眠術というのは、被験者に暗示を与えるものなのですが、顕在意識が働いているうちは、判断のフィルターが弾いてしまうので、暗示を与えることができないのです」

「なるほど」

「暗示を与えるためには、潜在意識に直接アプローチする必要があります。そのために、このフィルターが邪魔になる。これを取り払うために、リラックスしてもらう必要があるのです」

言わんとしていることは分かる。だが――。

「深くリラックスするなら、眠ってもらった方がいいんじゃないんですか?」

紗和が口にすると、久賀は目を細めて笑ってみせた。

「眠っていたら、他人の声は聞こえませんよね」

当たり前のことだが、当たり前過ぎて盲点だった。

眠っているとき、他人の声は聞こえていない。その状態で暗示をかけようとしても、そもそもそれを認識できない。

「そうですね……」

「催眠状態とは、眠るのではなく、あくまでリラックスした状態なのです。ですから、催眠状態にあっても、対象者には意識があります。故に、自分の望まぬ言動をさせたりすることはできませんし、催眠が解けた瞬間、自分が何をしていたかを忘れるということはありません」

「テレビでやっていることは、インチキということですね」

「様々な考え方があるので、インチキだと断じることはしません。そもそも、あれはショーですからね」

久賀が指先でメガネの位置を直した。

「プロレスと、総合格闘技みたいなものですか?」

紗和の例えに、久賀は声を上げて笑った。

「面白い比喩ですね。言い得て妙です」

「ありがとうございます」

「話を戻しますが、催眠療法とは、催眠状態に誘導することで、催眠現象が持つ様々な生理的、心理的な特性を利用して、心身の回復に努めて行こうというのが、その目的です」

今の久賀の説明を聞き、自分がいかに、催眠に関して誤った認識を持っていたのかを思い知らされた気がする。

「催眠療法を使って、失われた記憶を呼び覚ますことは、可能なのですか?」

紗和は、核心部分について訊ねた。

催眠術と催眠療法との違いは理解したが、問題は催眠療法によって記憶が戻るのか——ということだ。

「可能性はあります。心因性の全健忘において、催眠療法はよく用いられるものです」

「そうなんですか?」

「心因性の健忘というのは、心を守るために、無意識のうちに、トラウマとなる記憶を封印していることが多いのです」

「なるほど」

「催眠療法を用いることで、封印しているトラウマを表面化させ、記憶を呼び覚ます助けになります」

「上手くいきますか?」

考え方としては理解したが、確証が欲しいところだ。

「現状では、明言することができません」

「自信が無いんですか?」

紗和が言うと、久賀はぶはっと噴き出すようにして笑った。

「美波さんは、白黒はっきりさせないと、気が済まないタイプのようですね」

否定はしない。昔からそういうところがある。

仕事に限らず、私生活においても、曖昧な返答を嫌うせいで、煙たがられる。特に恋愛において、それは顕著で、ドライな人間だと受け止められることが多い。

　それは認めるが、問題はそこではない。

「質問の答えになっていません」

「失礼。そうでしたね。催眠は、かかる人と、そうでない人がいます。その違いは何だと思いますか？」

　それに関しては、説明を受けたわけではないが何となく分かる。

「かかり易い人と、そうでない人がいるから——ですか？」

「ご名答。催眠療法は超能力ではありません。ですから誰でも——というわけにはいきません。被施術者が、催眠にかかりやすいかどうかに大部分が左右されてしまいます」

「催眠をかける側の能力は関係ないのですか？」

「もちろん、催眠暗示の成功率をあげるテクニックはたくさんあります。例えば、人間の反射を使ったり」

「反射？」

「話は逸れますが、少し実験をしてみましょう。その方が分かり易いですから——」

　久賀は、一度立ち上がり、ジャケットを脱いでハンガーにかけると、ワイシャツの袖を捲った。

　細身だと思っていたが、露出された腕は、意外と筋肉質だった。

　ソファーに座り直した久賀は、ベストのポケットから懐中時計を取り出し、それをテーブルの上に置く。

「では、始めましょう。まず、右手を開いてもらえますか？」

　久賀は、説明をしながら自分も右手を開いて、すっと差し出して来る。紗和は、それに倣って右手を開く。

「次に、親指を外に出し、第一関節を伸ばして爪が見える状態で、その手を握って下さい」

久賀が、見本を見せるように、親指を外に出した状態で、人差し指から小指までを、掌に蓋をするように折り曲げる。

これに、何の意味があるのか？　疑問を抱きながらも、紗和は久賀と同じように第一関節を伸ばしたまま四本の指を折り曲げた。

「そのまま四本の指を、手首の方に近付けて下さい」

紗和は関節に痛みを感じるくらいまで、四本の指を手首に近付ける。普段はしない握り方なので、手に違和感があった。

「いいですね。では、人差し指の爪の一点を見つめて下さい。そうです。徐々に手に力を入れて下さい。ぎゅっと指を掌に押しつけるイメージです」

言われた通りに実行する。

「指が段々と硬直していくのが分かりますよね。指の関節がどんどん固まっていきます。石のように硬くなっていきます」

「………」

力を入れ過ぎているせいか、久賀の言う通り、指の関節がどんどん固まっていくような気がした。

「いいですか。私が指を鳴らしたら、その手は完全に固まってしまいます。手を開こうとしても、指が固定されて開きません」

「え？」

「3、2、1」

パチンッと指が鳴った。

紗和は手を開こうとしたが、指が動かなかった。久賀が言ったように、石にでもなってしまったかのように完全に固定されている。

「なっ……」

　——どうして、こんなことが？

「もう大丈夫です。開けますよ」

　久賀は、そう言いながら握った紗和の指を押し広げてくれた。

　指先が少し震えている。

「今のが、反射を使ったテクニックの一つです」

「どういうことです？」

「人間は、さっきのような特殊な拳の握り方で力を込め、時間が経過すると、筋肉が硬直して手が開き難くなるんです」

「では、催眠ではないんですか？」

「半分は催眠です。肉体の構造として、開き難いという状況を作り出すことで、それが暗示のせいだと錯覚してしまう。そうすることで、暗示にかかり易くするというわけです」

「凄い」

　思わず声が漏れた。

「美波さんには、運良く暗示がかかりましたが、正直、かける側の能力三〇％、かかる側の能力七〇％といったところですね」

「そんなに……ですか？」

　まさか、かかる側の能力の方が重要視されるとは、思いもしなかった。

「ええ。あくまできっかけを与えるだけですから」

「実際に、かかるかどうかは、やってみないと分からないということですね」

紗和が訊ねると、久賀は「そうです」と頷く。上手くいくかどうかは、賭けになるということだ。だが――。

「他に手がない以上、やってみる価値はありますね」

「美波さんなら、そう言って下さると思っていました。ただし、頭に入れておいて欲しいことがあります」

久賀がそこで言葉を切り、一際険しい顔をした。

紗和は唾を飲み込んで、彼の言葉を待つ。長い沈黙のあと、久賀が口を開いた。

「先ほども言ったように、催眠療法は相手を意のままに操ることはできません。意識があります。つまり、言いたくないことは、黙秘したり、嘘を吐いたりすることができるのです」

「それは、そうですね」

当たり前のこと過ぎて見落としていたが、意識があるということは、証言を自分でコントロールできるということだ。

「それともう一つ。催眠療法により、記憶を呼び戻すことができたとしても、あくまでそれは事実ではなく、その人物が認知している記憶だということです。特に、部分的に記憶を失っている場合、辻褄を合わせるために、記憶の改竄(かいざん)が行われる可能性が高いんです」

その言葉は、紗和の中に重く響いた。

人間の記憶は曖昧なものだ。これまでの事件捜査でそれは痛いほどに感じている。目撃証言一つとっても、状況によって証言が変わってしまうのが常だ。

つまり、仮にAから何らかの証言を引き出せたとしても、それを簡単に信用するなということだ。

Ⅳ

月島は、永門と一緒に改めてスタッフルームの前に立った――。

流れ出ている血は、さっき見たときより粘度を増し、固まりかけていた。

八畳ほどの広さの畳敷きの部屋になっていて、入ってすぐ左側の壁には、流し台とガスコンロが並んだ台所があった。

かなえは、ドアの脇に横向きに倒れており、部屋の奥では、島田が仰向けの状態で倒れている。

二人とも、大量に出血したようで、身体の周りには血溜まりができていた。

「酷(ひど)い有様だね」

永門が、服の袖で鼻と口を押さえながら言う。

「同感だ」

強烈な血の匂いが充満していて、今にも嘔吐してしまいそうだ。

喉元まで上がってきた嘔吐物を無理矢理押し戻すようにして、まず横倒しになっているかなえの死体の前に屈み込む。

彼女の左の頸動脈のところに、幅五センチほどの傷口があった。

顔に大量の血飛沫(ちしぶき)を浴びているのは、刺さった凶器が引き抜かれたときのものだろう。傷口を押さえようともがいたらしく、両手も真っ赤に染まっていた。

次に、かなえがもたれかかっていたドアを確認する。

月島の肩口くらいの高さ――かなえが立ったとき、首に位置する箇所に、大量の血飛沫が飛び散っていた。

そこから、下に向かってずるずると擦ったような血の痕が残っていた。

状況から考えて、かなえは立った状態で首を刺された。犯人が凶器を抜いた際に、ドアに血が飛び散り、そのままドアにもたれて頽れ、出入り口を塞ぐかたちで絶命したのだろう。

凶器と思われるナイフは、部屋の中央辺りに残されていた。その傍らには、べったりと血を含んだタオルが置かれている。

あのタオルで、犯人が血を拭ったのかもしれない。

「彼女が横倒しになっているのは、おれたちが強引にドアを開けたからだよね」

永門が声をかけてきた。

「ああ。そうだ。ドアが開かなかったことを考えると、それまで彼女は、ドアに凭れるように座った姿勢で、絶命していたんだと思う」

「この部屋の窓は、あれだけだよね？」

永門が、島田が倒れている部屋の奥の壁を指差した。

そこには正方形の窓が一つあったが、他の窓と同様に鉄格子が嵌められていた。

「そのようだね」

「だとしたら、犯人はいったいどうやって部屋を出たんだ？」

永門と同じことを、月島も考えていた。

この部屋の出入り口は二つ。正面のドアと、奥にある窓だけ。だが、その両方ともが塞がっていた。

つまり——。

「密室殺人ってことになるね」

永門が興奮気味に声を上げた。

密室殺人は、ミステリのトリックの代表的なものだ。どうやって行ったのかを探る、ハウダニットは、ミステリ愛好家の中でも人気が高い。

これが謎解きイベントだということを考えると、そうしたトリックを使用しているのは、自然な流れでもあるといえるが……。

「結論を出すのは、まだ早い」

「どうしてだ？」

「第三者による殺人が、まだ証明されたわけじゃないだろ」

「違うのか？」

「分からない。ただ、現段階で断定するのは、危険だと言っているんだ」

「相変わらず、慎重だな。職業柄か？」

「いや。元々の気質だ」

月島は苦笑いとともに答えた。

慎重になっているのは、ただ気質というだけではない。ミステリなどで登場する、ハウダニットについては、机上の空論であることがある。

実際に、そのトリックを使用しようとした場合、多くの障害が立ちはだかることがあるのだ。

「殺人ではない可能性もある――ということか？」

永門が不満そうに訊ねてきた。

「断定するのは早いって言ってるんだ。まずは、得られる証拠を集めることが優先だ」

月島は、そう口にしながら改めて部屋の中を見回す。

畳の上には、血を踏んだ足跡のようなものが残っている。警察の科学捜査が入れば、そこから犯人を特定するための手掛かりが得られるのだろうが、今はそれが難しい。

現場を荒らすことになるので抵抗はあるが、突っ立っていても仕方ない。月島は土足のまま、部屋の奥に倒れている島田の許に歩み寄った。

身体の周りに血溜まりはできているが、仰向けの状態から確認できる傷は見当たらない。

月島は、島田の身体を転がすようにしてうつ伏せにした。

島田の背中は、血で真っ赤に染まっていた。

肩甲骨の下に一カ所、背中に三カ所、腰のあたりに一カ所、刺し傷があった。背後から何度も刺されたのだろう。

「酷いな」

永門が、嘔吐しそうになったのか、思わずといった感じで口を押さえる。

「そうだな」

「背中を複数箇所刺されたことによる、失血性のショック死って感じに見えるね。背中を刺されて、仰向けに倒れた」

「同感だ。ただ、死体はうつ伏せに倒れたのかもしれない」

永門が口を押さえたまま、もごもごと言う。

「犯人が後から仰向けにしたってことか？」

「ああ」

「何のために？」

「それは、分からないよ。でも、少なくとも、死体の状況を見る限り、先に殺されたのは島田の方だと思う」

「どうして、そう思うんだ？」

「血の凝固状態からの判断だ。但し、あくまで、素人の見解だから当てにしないでくれよ」

「他に分かることは？」

科学捜査による情報の無い中で、素人探偵にできることなど、たかが知れている。その現実を、今さらのように思い知らされた。

だが、分からないながらも、引っかかることはあった。

「犯行の状況からみて、犯人は、大量の返り血を浴びていたはずだ。でも、部屋の外に、その痕跡が残っていない。それだけじゃない。仮に、ぼくたちの中に犯人がいたとしたら、そいつは、いつ何処で返り血を洗い流したんだ？」

イベントに参加しているメンバーで、最初に会ったときから、服を着替えている者は一人もいなかった。

「雨合羽みたいなものを、身につけていたんじゃないかな？　で、その後に、それをビニール袋とかに入れて持ち去れば、痕跡を残さないで済む」

「それも一つの方法かもしれないな」

「全員の荷物も調べよう。血痕の付着した雨合羽とかを所持している可能性が高い。何せ、ペンションの外に出られないんだからね」

「別に、雨合羽を処分するのに、外に出る必要はないだろ」

月島の指摘に、永門は「え？」と首を傾げる。

「簡単な話だよ。人は外に出られないけど、鉄格子の隙間から、雨合羽を捨てることは可能だ。外に捨てられてしまったら、ぼくたちは、それを確認する術（すべ）がない」

「確かに……」

「やっぱり、密室という最大の謎を解かなければ、犯人に辿り着くことはできない」

口に出すのと同時に、月島の頬が緩んだ。

実際に人が死んでいるというのに、推理を楽しんでいる自分に気付き、月島は慌てて表情を引き締める。

心の片隅で、これはネタになるかもしれない——という下心も芽生えていた。

作家としての性（さが）ではあるが、それはやはり不謹慎だ。自分たちの命がかかっているのだ。真剣に挑む必要がある。

ガタッ——何かが倒れるような音がして、月島の思考が遮られた。

——何だ？

顔を上げるのと同時に、「やめて！」という悲鳴が飛び込んできた。

今のは玲の声だ。

もしかして、彼女が——。

胸に膨らんだ嫌な予感を断ち切るように、月島は駆け出した。

5

「お前は、本気で催眠術なんかで、記憶が戻ると思ってんのか？」

怒声を響かせる降田の顔を、軽蔑の眼差しで見つめていた。

昨日は、深夜まで自分なりに催眠療法の事例について調べていた。他にも、久賀がこれまで提出した事件のレポートにも目を通したり、何かの参考になるのでは？と、彼が読んでいた『湖畔の迷宮』という小説も購入し、粗筋を追ったりもした。

速読は得意だが、それでも膨大な量になったので、ほとんど眠れていないし、頭に疼痛（とうつう）が残っている。

そんな中、登庁するなり、降田に呼び止められ、理不尽な叱責を受けている。

——本当にうんざりだ。

「私は、専門家ではありません。疑問に思うのであれば、久賀さんに問い合わせをして下さい」

紗和が、この前の意趣返しをすると、降田は茹で蛸のように顔を真っ赤にした。

「おい！　いつからお前は、そんな生意気になった？」

——最初からです。

うっかり言葉にするところだった。

これ以上、時間の浪費はしたくない。どうやって、降田をあしらうかを考えていると、白井が降田に声をかけた。

「降田さん。署長が、例の事件の報告をしろと仰ってます」

「何？」

「今すぐだそうです。どうします？」

白井が意味深長な笑みを浮かべている。

降田は迷ったような素振りを見せつつも、舌打ちをしてから、紗和の前を立ち去った。

「ご苦労さん」

白井が、ニヤニヤと笑いながら、紗和の隣の席に腰を下ろした。

「助けてくれたの？」

紗和も自席に座りながら訊ねる。

「そんな大げさなもんじゃない。ただ、朝っぱらから、あの人の怒鳴り声は聞きたくない。それより、お前も催眠術師を目指すのか？」

白井が、デスクに積み上げられた催眠療法に関する書籍を、物珍しそうに手に取る。

「まさか。ただ、気になることは、放っておけない質なのよ」

「ふーん。これもか？」

白井が『湖畔の迷宮』の本を手に取って掲げた。

「それは、久賀さんが読んでいた小説」

「ミステリ小説なんて、学生のとき以来、読んでねぇな」

「古さはあるけど、なかなか面白かったわよ。興味あるなら貸すけど」

「そんな暇はねぇよ。というか、知りたいのは、催眠療法なのか？　それとも久賀警部の趣味か？」

「催眠療法に決まってるでしょ」

久賀は、これまで紗和が出会ったことのないタイプの男性だ。魅力を感じていないと言ったら嘘になるが、ろくに知りもしないで、わーきゃー騒ぐ年齢は、とっくに終わっている。

「どうだか」

「茶化してる余裕はあるの？　そっちの進捗はどうなの？」

紗和が訊ねると、白井は、よくぞ聞いてくれた――といった顔をする。

「昨日、行方不明になっているミオの働いていたキャバクラに、聞き込みに行ったんだが、色々と問題のある店で、まあ大変だったんだよ」

「どんな問題？」

「従業員の履歴書は保管してねぇし、本人確認もせずに、未成年を働かせてるし、そもそも営業許可も受けてなかった。途中から、ガサ入れみたいなノリだったよ」

白井はため息交じりに言いながら、ネクタイを緩めた。

改めて見ると、昨日と同じシャツを着ている。聞き込みのはずが、数々の違法行為が発覚し、そのまま検挙という流れになり、家に帰れていないようだ。

「それは大変だったわね。で、肝心のミオさんの情報は摑めたの？」

「店の人間も、源氏名しか把握していなかったってよ。当然、雇用書類もねぇし、給料は今どき手渡しだったたって話だ」

「ずさんにも程があるわね」

「まったくだ。結局、今に至るもミオは身許不明のままだ」

「もしかしたら、ミオは敢えてそういう店を選んで働いていたのかもね」

ただの勘に過ぎないが、偶然、そういう店に当たったというより、自分の身許を隠すために、意図的に選んだような気がする。

「それは、おれも感じている。ミオって女は、色々とトラブルもあったようだしな」

「トラブル？」

「ああ。彼女、客受けは相当に良かったらしくて、売上げは、常にナンバーワンだったんだが、店の人間とは、ほとんど関わりを持とうとしなかったらしい」

「それなら、トラブルにはならないんじゃない？」

「いや、逆だろ。何の根回しもせずに、売上げだけ高いとなると、妬む連中はいる」

「まあ、そうね」

夜の世界のことは、紗和には分からないが、他の職種に当て嵌めても、周囲とコミュニケーションを取らず、売上げだけ上位となると、必要以上に嫉妬を買うのは目に見えている。

「それで、色々と虐めみたいなことがあったらしい」

「どんな？」

「最初は陰口を言うくらいだった。だけど、ミオは一切、意に介さなかったそうだ。そうなると、余計に腹立たしくなるみたいで、あからさまに悪口を言ったり、持ち物を隠したり、ミオのドレスに水をぶちまけたり、色々とやっていたらしい」

「陰湿ね」

「いかにも、女の世界って感じだ」

「性別で一括りにしないで。女性全員が、そんなことするわけじゃないから」

「だな。男にも降田さんみたいな陰湿な奴はいるしな。まあ、そんなこんなで、色々と嫌がらせを受けていたんだが、それでもミオは動じなかった。で、むかついたナンバー2だった女が、その辺の輩とグルになって、ミオを襲ったことがあった」

——最低だ。

嫉妬から、暴力に転じるなんて、クズもいいところだ。

「それで、どうなったの？」

「返り討ちだってよ」

「ミオは、格闘技か何かをやっていたの？」

「いや。やったのは、ミオの恋人って話だ」

「恋人？」

「ああ。ミオの恋人の男は、かなりヤバい奴だったらしくて、ナンバー2がけしかけた輩どもを、半殺しの目に遭わせたって話だ。それ以降、誰もミオに手を出さなくなった」

お粗末かつ、自業自得の結末だ。

「ミオに恋人がいたんだったら、その男を当たれば、彼女のことが分かるんじゃない？」

「もちろんそのことについて、色々と調べたさ。だけど、話が余計に拗れちまってな」

「拗れる？」

「ああ。そのナンバー2は、ミオの恋人は暴力的なヤバい奴だって言う。だけど、他の従業員の証言は、全然違うんだよ」

「どう違うの？」

「オタクっぽい男だって言う奴もいるし、小綺麗なエリートだったたって話もある。ミオはストーカーに付き纏われていたって、ナミが言っていただろ？」

「恋人が、たくさんいたってことじゃないの？　夜の仕事をしているなら、そう珍しいことじゃないわよ。彼女、ナンバー1だったんでしょ。それに、凄く綺麗だったし」

　複数の恋人がいたとしても不思議ではない。

「男を惑わす、魔性の女ってわけだ。お前と真逆だな」

　白井が声を上げて笑った。

　別に腹も立ちはしないが、白井の肩を小突いておいた。

「そんなことより、どうしてナミとミオは、ルームシェアをするほど仲が良くなったのかしら？」

　紗和は、ふっと浮かんだ疑問を口にした。

　話を聞く限り、ミオは店の女性たちと距離を置いていた。支援してくれそうな恋人の存在もある。それなのに、どうしてナミとだけは交友関係があったのか？　しかも、ナミは依存度が高く、リストカットをするような女性だ。

　人と関わることを、面倒だと感じていたなら、ナミはもっとも警戒すべき相手のはずだ。

「それは、おれも疑問に思った。色々聞いてみたけど、はっきりしない。気付けば、よく一緒にいるようになっていたって感じらしい」

「まあ、友だち関係って、そういうものかもね」

　警察官という職業柄、何かと理由や動機を考えてしまうが、人と人との関わりは、そんな堅苦しいものではないのかもしれない。

それに、今は、別件に頭を使っている余裕はない。これから、Aに対して、催眠療法による事情聴取が行われるのだ。

紗和が話を打ち切ろうとしたところで、白井の携帯電話が鳴った。

白井は「悪い。続きはまた今度」と、そそくさと席を離れて行った。去り際、一瞬だけ白井のスマホの画面が見えたが、電話をかけてきたのは、ナミだった。

すっかり依存されている。白井は、最初は嫌がっていたのに、今は鼻の下を伸ばしているように見える。

男心というのは、本当によく分からない——。

VI

月島がロビーに戻ると、少年が一人で円卓の椅子に座って泣いていた。

——玲は何処だ？

視線を走らせると、ロビーから客室に通じる通路のところに、夏野と一緒にいる玲の姿があった。

夏野は、玲の肩を抱くようにして、強引に自分の部屋に連れ込もうとしている。

「離して下さい」

玲は、身体を捩り、夏野から逃れようとしていたが、夏野は逃すまいと、より強く玲を引き寄せる。

「今さら、いい子ぶるなよ。お前が、どういう女かは分かってんだ」

夏野の声が、粘着質に響く。

「何をしているんですか?!」

月島は声をかけながら、夏野に詰め寄って行く。

こちらの存在に気付いた夏野は、小さくため息を吐いたあとに、舌打ちをした。

「月島さんには、関係ありません。これは、おれと彼女の問題なんで。な？」

夏野が玲に同意を求める。

玲は怯えたように肩をすぼめているだけで、何も答えない。

「ぼくには、そうは見えない。少なくとも、玲さんは嫌がっている」

「別に、嫌がってませんよ。そういう女なんで」

――そういう女とは、どういうことだ？

違和感を覚えながらも、月島は「早くこっちに」と玲に呼びかける。

玲は、隙を見て夏野の腕から逃げ出すと、月島の方に駆け寄って来た。彼女の甘い香りに動揺する。

「は？ 正義の味方気取って、余計なことに首を突っ込むんじゃねぇよ！ カスが！」

邪魔されたことが、よほど気に入らないのか、夏野が巻き舌気味にまくし立て、品のない睨みを利かせてきた。

これまでとは、明らかに態度が違う。

こうも簡単にメッキが剝がれるとは、見かけ通り、まだ子どもなのだろう。

「何があったか知らないけど、嫌がっている女性に対して、妙なことをするのは感心しない」

「何も知らねぇ癖に、ごちゃごちゃ言ってんじゃねぇ！」

「少し、落ち着いて……」

言い終わる前に、月島の左の頰に衝撃があった。

夏野に殴られたのだ。

踏ん張ろうとしたが、身体が言うことを聞かず、よたよたと後退り、尻餅を突いてしまう。

口の中を切り、舌に血の味が広がる。

「講釈垂れてんじゃねぇよ！　その女は、何をされても文句が言えねぇんだよ！」

夏野が、再び拳を振り上げ、月島に追い討ちをかけようとする。

――マズい。

そう思った矢先、誰かが夏野に突進し、彼を押さえつけた。

新城だった。

騒ぎを聞きつけて、駆けつけてくれたらしい。

「玲さんに何をするつもりですか？」

「うるせぇ！　放せ！」

夏野は、振り回すようにして、新城を投げ飛ばしてしまった。

倒れ込んだ新城は、腰を押さえて呻いている。

「どいつもこいつも、邪魔するんじゃねぇよ」

夏野の声のトーンが変わった。完全に切れて理性を失っている。

彼は暖炉に歩み寄ると、火かき棒を手に取った。熱せられた先端から煙が立ち上っていた。

夏野が月島に向かって、火かき棒を振り上げる。

あんなもので殴られたら、ひとたまりもない。「やめろ」と叫んだが、逆上した夏野の耳には入っていない。

――殴られる。

そう思った瞬間、夏野が後方に倒れ込んだ。

火かき棒が手から離れ、回転しながら床の上を滑っていく。

鬼の形相をしたアッシュが、そこに立っていた。おそらく、彼が夏野を殴りつけたのだろう。

「て、てめぇ……」

夏野が、呻くように言いながら起き上がろうとしたが、アッシュの方が速かった。

アッシュは、夏野の上に馬乗りになると、その顔面に拳を叩き込んだ。

「何しやがる！　どけ！」

倒れた夏野が、身体を捩って抜けだそうとしたが、アッシュに完全に抑え込まれていて動けない。

動きが素人ではない。アッシュは格闘技の経験者なのだろう。

アッシュは、夏野の顔面に、二発、三発と続けざまに拳を叩き込んで行く。

全力で殴るのとは違う。相手が意識を失わない程度に力加減をしている。まるで、拷問をしているようだ。

夏野は、鼻と口からも流血し、「や、やめてくれ」と必死に懇願したが、アッシュは聞く耳を持たなかった。

「お前は、やめろと言われてやめたのか？」

冷たく言い放ちながら、アッシュは夏野の顔面を殴り続ける。

「アッシュさん。これ以上はダメです」

月島は、堪らずアッシュを止めに入る。

だが、アッシュの冷たい怒りは、一向に収まらなかった。

「おれは、こういう奴が一番嫌いなんだよ！　軽薄なゲス野郎！」

まるで以前から、夏野のことを知っているかのような口ぶりだ。

「気持ちは分かりますが、やり過ぎです」

「そうよ。これ以上は、あなたが殺人犯になっちゃうわよ」

愛華が駆けつけ、止めに入ってくれたことで、アッシュは、ようやく殴るのを止めた。

恐怖に支配された夏野は、這うようにしてアッシュから逃げ出すと、そのまま自分の部屋に駆け込んで行った。

アッシュは、夏野の部屋のドアを睨んでいたが、追いかけるまではしなかった。

「災難だったね」

永門が、おどけた調子で声をかけてきた。

「少しは手助けしてくれよ」

月島は、恨み言を口にした。

新城たちが来てくれたから良かったようなものの、そうでなかったら、月島も玲も、どうなっていたか分からない。

「私が手を出す前に、彼らが来てくれたんだよ」

「調子のいいことを言って……」

月島がぼやいたところで、目の前にハンカチが差し出された。

愛華だった。

「鼻血出てるわよ。使って」

「ありがとうございます」

ハンカチを受け取ろうとした月島だったが、愛華がしなだれるように身体を寄せて来た。

「待って。うちが拭いてあげる」

愛華は、自分の胸を押しつけるようにしながら、ハンカチで月島の鼻血を拭った。

「もう大丈夫です。ありがとうございます」

月島は、愛華から離れようとしたが、彼女に腕を摑まれた。

「勇敢なのね。それとも、玲だったから頑張ったの？」

愛華が月島の耳許で囁(ささや)いた。

「え？」

「できれば、うちのときも、あんな風に守って欲しいな」

「もちろんです」

月島は苦笑いを浮かべつつ、逃げるように愛華から離れた。

愛華の言動には、優しさというより、あざとさを感じる。手当たり次第に媚びを売っているように見える。

愛華の前を離れた月島は、アッシュの方に歩み寄った。

彼は、拳に付着した夏野の血を、ズボンに擦りつけて拭っていた。

「助けて頂き、ありがとうございます」

月島が礼を言うと、アッシュは「お前を助けたつもりはねぇ」と、視線を玲に向けた。その視線を受けた玲は、何も言わなかったが、小さく顎を引いて頷いた。

「玲さんや夏野さんのことを、以前から知っていたんですか？」

確証はないが、そうした意図を感じた。

アッシュは「お前には関係ねぇ」と、吐き捨てるように言うと、そのまま階段を上って行ってしまった。

追いかけようかと思ったが、今の興奮した状態では、何を訊ねても無駄だろう。

遅れてロビーに到着した亜人夢が、声をかけてきた。

「な、何があったんですか？」

今、駆けつけたかのように振る舞っているが、実際は、怖くて近付けなかったに違いない。

「夏野さんに、強引に部屋に連れて行かれそうになって……」

青い顔をしながらも、玲が説明をした。

「あいつ、最低ね。玲ちゃん大丈夫?」

愛華が玲の肩を抱くようにしながら、声をかける。

「ええ。平気です」

玲は笑顔を浮かべはしたものの、指先が震えているようにも見える。

「そ、それって、つまり、夏野さんが犯人で、玲さんを殺そうとしたということですね」

亜人夢はしたり顔だが、月島はその意見に賛同することができなかった。

「多分、それは違うと思う」

「ど、どうして? だって現に連れ去ろうとしたんだろ」

「本当に殺そうとしたのだとしたら、犯行があまりに短絡的だ。玲さんは、少年と一緒にいたし、ぼくも、すぐ近くのスタッフルームにいたんだ。行き当たりばったりの殺害をするとは、到底思えない」

否定されたことが、よほど気に入らなかったのか、亜人夢は子どものように口を尖らせる。

「で、でも、だったら、何で夏野さんは、玲さんを襲ったんだ?」

「玲ちゃん。何か心当たりはある?」

亜人夢に続いて、愛華が玲の顔を覗き込みながら訊ねる。

「いえ。何も……」

玲は首を左右に振ってみせたが、動揺を隠し切れていない。

一瞬、玲と目が合ったが、彼女は、すぐに軽く下唇を嚙んで俯いてしまった。

言葉に反して、心当たりがあるのは明白だが、それをこの場で追及してはいけない気がする。

「まあ、落ち着いたら、夏野さんにも、なぜあんなことをしたのか、話を訊いてみましょう。それで、新城さん。脱出はできそうですか?」

話題を逸らす意味も込めて、月島は新城に声をかけた。

「いや。残念だけど逃げ道はなかった」

新城が力無く首を左右に振る。

「この建物の窓は、全部鉄格子が嵌められていてダメね。あと、裏口っぽいドアを見つけたんだけど、ドア自体が溶接されていてお手上げ」

愛華が補足の説明をしながら、両手を上げてみせた。

鍵ならまだ対処のしようがあるが、溶接となると、開けることは不可能だ。主催者側は、何があっても、参加者を外に出す気はないらしい。

「い、一応、鉄格子を壊せるような道具も探してみたけど、何も見つからなかった」

亜人夢がそう言い添える。

まさに鉄壁の防御。脱出は諦めた方が良さそうだ。

「それで、そっちはどうなの？　何か収穫はあった？」

愛華が歩み寄って来る。

月島が現場検証をした範囲で分かったことを伝えるのは、やぶさかではない。ただ、いかんせん素人の所見だ。

「やっぱり、各自で検証した方がいいと思う」

月島の提案に、愛華は「それもそうね」と応じる。

新城も、不服は無さそうだ。亜人夢は、迷っているようだった。

「怖いの？　吐きそうだったら、見なくてもいいわよ」

愛華にからかわれた亜人夢は「ぜ、全然平気です」と自棄(やけ)になったように言いながら、先頭に立ってスタッフルームに向かった。

愛華と新城は、苦笑いを浮かべつつも、亜人夢の後に続いた。

何だかどっと疲れたような気がする。

まだ痛みの残る頬を撫でつつ、月島が何気なしに視線を向けると、円卓に座っているマネキン人形と目が合った。

マネキン人形には、目の窪みはあるが、目自体は描かれていない。それなのに、確かに目が合ったと感じた。

7

紗和は、カウンセリングルームの隅に置かれた椅子に座っていた――。

部屋の白さのせいで、リクライニングチェアに腰掛けるAも、その向かいのソファーに座る久賀も、幻のように見える。

――これは現実だ。

紗和は、言い聞かせるように内心で呟いた。

Aは、病院から警察車両で移送されて来た。彼に付き添った警察官は、万一に備えて外に待機している。

久賀が紗和の方に目配せをしてきた。これから、催眠療法を始めるという合図だ。

紗和が頷いて答えると、久賀は一度立ち上がり、ジャケットを脱いでハンガーにかけ、ワイシャツの袖を捲ってから、再びソファーに座り直した。

「では、始めていきましょう。よろしいですか？」

久賀は、Aに呼びかけつつ、ベストのポケットから懐中時計を取り出し、テーブルの上に置いた。

昨日、紗和に催眠療法の実験をしたときと、寸分違わぬ動きだった。

何気ない動作だが、久賀が催眠療法を始める前に行うルーチンなのだろう。

「あの……本当に、催眠療法で記憶が戻るんでしょうか？」

Aが視線を右に左に揺らしながら訊ねてきた。

事前に、催眠療法がどういうものなのか、久賀から一通り説明しているが、それでも不安を拭うことができないといった感じだ。

「保証はできません。しかし、可能性はあります」

「戻るかどうか分からないということですか？」

「ええ。それについては、既に説明してあると思いますが……」

「保証がないなら、やる意味はないんじゃないですか？」

Aの声は、微かに震えていた。

彼が怖れているのは、記憶が戻らないことではなく、記憶が戻ることのような気がする。

そうなるのも致し方ない。記憶を取り戻したことにより、自分が殺人犯になるかも知れないのだ。

「意味はあると思います。ただ、無理をする必要はありません。嫌ならやめましょう」

久賀は、ずいぶんあっさりと引き下がった。

「いいんですか？」

「もちろん。ただ、知りたいとは思いませんか？　あなたに何があったのか――」

「それは知りたいです。でも……」

「事前に説明しておいた通り、催眠療法は、別にあなたの意思を奪い、強制するものではありません。

あなたが、喋りたいことだけ、喋ればいいんです」

久賀の言葉の意味を察したらしく、Aは「本当に、喋りたいことだけでいいんですか？」と聞き返した。

「当然です。思い出したものを、喋るか否かの選択は、あなた自身にあります」

久賀は、そう言って笑みを浮かべてみせる。

あくまで、選択権はAにあると強調することで、催眠療法に同意させている。

「わ、分かりました」

長い沈黙のあと、Aは覚悟を決めたように頷いた。

「催眠療法を受けることを、承諾して頂いたと判断してよろしいですか?」

「はい」

「お手数ですが、ご自分の口でその旨を言って頂けますか?」

久賀は、ちょうど紗和の傍らに設置された、ビデオカメラに視線を向けた。

催眠療法の様子は、録画されることになっている。あくまで本人の意思で受けたという証拠が必要なのだ。

「ぼくは、催眠療法を受けることに同意します」

Aは大きく頷きながら言う。

「ありがとうございます。では、改めて始めていきましょう」

久賀は、居住まいを正してAに向き直る。

穏やかで上品な笑みを浮かべているが、眼光は鋭く光っていた。

「あなたには、既に予備催眠を行っています」

「そうなんですか?」

「ええ。事前に、催眠についての説明をさせて頂きましたね。それと、軽くカウンセリングもしました。あれが、予備催眠です。あなたは、既に催眠にかかり易い状態になっています」

「あ、はい」

「まずは、目を閉じて頂けますか」

「はい」

Aが瞼(まぶた)を閉じた。

「今は何も見えていませんね」

「はい」

「ここからは視覚に頼らず、私の声だけに集中してください」

久賀が声のトーンを変えた。

一際大きく鼓膜に響いたその声は、他の全ての音を飲み込み、この世に、彼の声だけしか存在しないかのような奇妙な感覚——。

「分かりました」

「私と一緒に深呼吸をしましょう」

久賀は胸を張るようにして、音をたてながら大きく息を吸い込んだ。それに倣って、Aも大きく息を吸う。

二人同時に音を立てて息を吐き出す。

それを何度か繰り返す。気付けば、紗和も自然とその呼吸に合わせていた。

ただの深呼吸なのだが、さっきまで張り詰めていた空気の肌触りが、少しだけ緩んだように感じる。

「椅子に深く腰掛けて、全身の力を抜いてください」

久賀が深呼吸をしながら口にする。「はい」と応じたAが、脱力するのが分かった。

「あなたの足は床についていますね」

「はい」

「背中は背もたれについていますね」

「はい」

久賀は当たり前のことを訊ね、それに対して同意の返事をさせている。

これは催眠状態に誘導するステップの一つなのだ。久賀の言葉が、正しいのだと認識させている。

「肩の力を抜いて、リラックスして下さい」

「はい」

「もっと、力を抜きましょう」

「はい」

「これから、私が数をカウントダウンしていきます。数が減るごとに、あなたの身体からどんどん力が抜けていきます。これまでより、ずっと身体が重く感じるはずです」

「はい」

「10、9、8……身体の緊張がどんどん解けていきます。ここは安全な場所です。身を委ねてください」

「はい……」

Aの返事が、さっきまでより重くなっている。

まるで、まどろんでいるような声だ。

「7、6、5……腕の力が抜けていきます。重くなってきましたね」

「はい……」

Aの腕が、肘掛けからだらりと落ちた。

ただ見ているだけのはずが、紗和の腕まで重くなっていく気がした。

——ダメだ。

紗和は、慌てて頭を振って気持ちを引き締め直した。無意識のうちに、久賀の催眠に引き摺られている。

ここで、紗和まで催眠にかかったのでは、それこそ本末転倒だ。

「4、3……頭もどんどん重くなっていきます」

「は……い……」

「2、1……完全に力が抜けました……」

久賀のカウントが終わる頃には、Aの身体は意識を失っているかのように、ぐったりとしていた。

「眠ってしまったんですか……」

紗和が小声で訊ねると、久賀は口の前に人差し指を立てて、静かにするよう促してからAと向き直る。

「私の声が聞こえていますか?」

久賀が問うと、Aは「はい。聞こえています」と虚ろな声ながら返事をした。

こうやって、受け答えができているということは、Aが眠っていないことを意味する。

これが催眠状態——。

久賀は、催眠術はかかる側の能力が重要だと言っていたが、ここに至るまでの過程には、かける側である久賀の技術が凝縮されていたように思う。

ただ、問題はこれからだ。

今は青年が催眠状態になっているに過ぎない。ここから、いったいどうやって失われた記憶を呼び覚ますのか?

紗和は、固唾(かたず)を吞んで見守った。

VIII

「月島さん――」

声をかけられた月島は、はっと我に返る。いつの間にか、玲がすぐ傍らに立っていた。

「助けて下さり、ありがとうございます」

玲が綺麗な所作で頭を下げた。

「そんな。ぼくは何もできませんでしたから……」

謙遜したわけでも何でもなく、それが事実だ。

新城やアッシュが駆けつけなければ、月島は夏野に屈して、玲を連れ去られていたはずだ。

「いえ。月島さんは、私の声を聞いて、駆けつけて下さいました」

「誰だって、そうしますよ」

「そんなことありません」

玲が愛らしい笑みを浮かべる。

今、ロビーにいるのは、月島と永門。それに少年だけだ。さっき抱いた疑問をぶつけるのには、いいタイミングかもしれない。

「一つ訊いていいですか？　夏野さんは、どうして玲さんを連れ去ろうとしたんですか？　何か心当たりがあるのではありませんか？」

月島が問いを発した途端、玲は表情を強張らせた。

やはり、何かあるようだ。そして、それについては話したくないという意思が感じられる。

興味が無いと言ったら嘘になるが、無理に聞き出すようなことはしたくない。

「今の質問は、忘れて下さい」

月島が笑ってみせると、玲は眉を下げながら首を左右に振った。

「いいえ。こんな状況ですし、ちゃんとお話ししておかないと、誤解を生むことにもなります」

改めて月島を見つめる玲の目には、強い意志が宿っていた。

「何があったんですか？」

「ここに来たとき、彼が知らないふりをしていたので、黙っていたんですけど、実は、私は以前から夏野さんのことを知っていました」

夏野が、チラチラと玲に視線を送っていたのは知っていたが、それは、彼女に魅力を感じていたからだと思っていた。

しかし、それだけではなかったということか――。

「二人は一緒にイベントに参加したのですか？」

「いいえ。全くの偶然です。まさか、夏野さんが、このイベントに参加しているなんて、思いもしませんでした」

「どういうお知り合いなんですか？」

「夏野さんは、中学時代のクラスメイトだったんです」

「クラスメイト――ですか」

想定外の回答だった。

「はい」

「仲が良かったんですか？」

「それほどでもありません。ただ色々とあって……」

玲は、その先に続く言葉を、言い難そうに呑み込んでしまった。

彼女の言う「色々」とは何なのか？　逸(はや)る気持ちはあったが、月島は急かすことなく玲の方から続きを語るのを待った。

「夏野さんは、私のことを恋愛対象として見ていたようで……」

長い沈黙のあと、玲が絞り出すように言った。

なぜか、チクリと胸に刺すような痛みが走った。

「それで」

月島は先を促す。

「何度も誘いを受けたのですが、断っていました」

「どうしてですか？」

月島が訊ねると、玲は気分を害したらしく、少し怒ったような顔になる。

「どうしてって……夏野さんは、普段は社交的ですけど、思い通りに行かないと、逆上するところがあるんです」

「確かに、そうかもしれませんね」

月島が夏野の行動を咎(とが)めたとき、彼はこれまでの態度が嘘のように一変した。子どもがヒステリーを起こしたときのようだった。

自分の感情を抑制できないタイプなのだろう。

「それに、夏野さんみたいに、自意識過剰で、自己中心的な人はちょっと……。分かりますよね？」

「そこまでは、分かりませんよ。ぼくと玲さんは、知り合ったばかりですから」

「知り合ったばかりでも、分かることはあると思います。月島さんが、優しい人だということは、すぐに分かりましたよ」

玲が探るような視線を向けてくる。

「優しくはありません。ただ、臆病なだけです」

「何だか、ハードボイルド小説に出てくる、探偵みたいな言い方ですね」

玲の言いように、思わず笑ってしまった。

「確かにそれっぽかったですね」

「とにかく、私と夏野さんは、ただのクラスメイトという関係でしかありません」

「分かりました。信じます」

――本当に信じていいのか？

耳の奥で誰かの声がした。

夏野は、玲に対して「その女は、何をされても文句が言えねぇんだよ！」と言っていた。もし、玲が言う通りの関係だとしたら、あの言葉は出てこないはずだ。

二人の間に、何かトラブルがあったことは間違いない。だが――玲を信じたいという願望が邪魔をして、訊ねることができなかった。

「ほっとしました。月島さんに、夏野さんとの関係を誤解して欲しくなかったんです」

玲が首にかけたロザリオを押さえるようにして、ふっと力の抜けた息を漏らした。

「最初から、誤解なんてしていませんよ」

月島は、玲から視線を逸らすようにして答える。

「実は、もう一つ月島さんにお話ししておきたいことがあるんです――」

そう言ったあと、玲は円卓に座っている少年に目を向けた。隣の席には、永門の姿があった。

「話したいこととは、少年についてですか？」

月島が訊ねると、玲が頷いた。

「事件に関わることなのであれば、全員で共有した方がいいですね。みんなを集めましょう」

「共有するしないは、月島さんにお任せします。でも、少しデリケートな話なので、できれば、彼の耳に届かない場所で話したいです」

玲が、月島の耳許で囁くように言った。

息が耳にかかり、こそばゆかったが、反応を表に出すことなく堪えた。

「分かりました。場所を移動しましょう」

永門が一緒にいるなら、ここを離れても大丈夫だろう。だが、何処に移動するべきか、すぐに思い付かなかった。

「私の部屋でいいですか？」

玲は、そう言うと、月島が返事をしないうちに、自分の部屋に向かって歩き始める。

さっき、夏野とあんなことがあったばかりだ。密室に異性と二人きりになることに、恐怖心はないのだろうか？

訊ねようとしたが、やめておいた。

そんなことを訊くのは野暮というものだ。玲は、月島を信頼しているからこそ、部屋に招いてくれているのだ。

月島は、玲の信頼を裏切らない立ち振る舞いをするだけだ。

玲の後に続いてロビーを横切り、彼女に割り当てられた１０３号室に足を踏み入れた。

別に自宅の部屋に来たわけではない。ペンションの一室だと分かっているのに、何だか落ち着かない気分になる。

あまり、じろじろと観察するのも失礼かと思ったが、それとなく部屋に目をやる。

フローリングの八畳ほどの広さの部屋で、月島たちの部屋と同じように、窓には鉄格子が嵌め込まれている。

左の壁際には白い木製のベッドがあり、反対側には、なぜかピアノが設置されていた。

「ピアノがあるんですね」

「そうなんです。私も驚きました」

玲の声は、少しだけ弾んでいた。その響きは、耳に心地良かった。もっと、彼女に喜んで欲しい。そういう気分にさせられる。

ただ、部屋に遊びに来たわけではない。月島は「それで——」と、玲を促した。

「はい。実は、月島さんが犯行現場を見ている間に、あの子に色々と話を聞いてみたんです」

「それはありがたいです」

あの少年は、唯一、事件を目撃しているかもしれない。何れ、話を聞く必要があると思っていた。わざわざ、月島を呼び出したということは、何か有力な情報を得たのかもしれない。

「あの子の名前は、篤君。年齢は十歳です。かなえさんは、篤君の実母で、島田さんは、その恋人ということのようです」

「なるほど」

Mがアナウンスで告げた情報通りの関係性だ。

「篤君の話では、島田さんと、かなえさんが、些細なことで言い争いになったそうです。それで、篤君は逃げるようにスタッフルームから飛び出して、円卓の椅子に座って眠ってしまったみたいです」

「どのくらいの時間ですか？」

「はっきり覚えていないそうです。でも、喧嘩が始まったのは、私たちがチェックインの手続きをした、すぐ後——ということらしいです」

「篤君は、喧嘩の原因を分かっているんですか？」

「それについては、よく分からないと……」

「そうですか」

まあ、大方、チェックイン時に起きた一悶着を巡って、言い争いになったといったところだろう。

あの時から、島田とかなえの間には、険悪な空気が漂っていた。

「篤君が眠っていると、女の人の悲鳴が聞こえてきたそうです」

「それから、どうしたんですか？」

「悲鳴で目を覚ました篤君は、何かが起きたと察して、中に入ろうとしたけれど、ドアが開かなくて、あの場所に蹲っていたそうです」

ドアは、月島と永門が強引に押して、ようやく開くことができた。十歳の子どもである篤には、どうすることもできなかっただろう。

「篤君は、部屋に出入りする人を見たりしていないんですか？」

「はい。眠っていて、分からないそうです」

「そうですか……」

月島は、落胆のため息を吐きそうになったが、辛うじてそれを堪えた。

篤が何か見ていれば、事件解決のための大きな糸口になったのかもしれないが、親を失ったばかりの少年に、それを求めてしまうのは酷だ。

「それから、もう一つ……」

玲が、一際声のトーンを落とし、月島に身を寄せて来た。

他意は無いのだろうが、それでも、玲の放つ甘い匂いに、思わず息を呑んだ。

「何ですか？」

「篤君の腕や足。それから、お腹のあたりに、痣のようなものができていました……」

玲の言葉を聞き、月島の心臓がとくんっと大きく脈打った。

額にじっとりと冷たい汗が滲む。

「痣――ですか」

喉が干上がっていくのを感じながら、月島は先を促す。

「本人は、何も言ってくれませんでしたけど、篤君は、虐待されていたのかもしれません」

後頭部に、ズキッと刺すような痛みが走る。

呼吸が制御できなくなり、目を回したときのように、地面がぐらぐらと揺れる。

「そうですか……」

月島は、絞り出すように応じる。

ある程度、予想してはいたが、篤が虐待を受けていたという事実に、月島の動悸は収まらなかった。

しかも、痣が残っているということは、永門が言ったような演出なのではなく、実際に激しい暴力を受けていたということだ。

忘れようとしているのに、月島の脳裏に、自分が虐待されていた時の記憶がフラッシュバックする。

「月島さん。大丈夫ですか？」

すぐ近くにいるはずなのに、玲の声が、ずいぶんと遠くに聞こえた。

気持ちを落ち着けようとしたが、そうすればするほど、意識が薄れていくような気がした。

「大丈夫です」

答えると同時に、目の前がブラックアウトした――。

9

紗和は、部屋の空気の重さに目眩を覚えた。

酸素が薄くなっているのか？　いや、違う。久賀とＡの動向を注視し過ぎたせいで、呼吸をするのを忘れていた。

紗和は、ゆっくり深呼吸をして、気持ちを落ち着ける。Ａは嘘を吐く可能性もあるし、記憶を捏造してしまうかもしれない。

そうした情報に振り回されないためにも、冷静に状況を見据える必要がある。

「これから、あなたの過去に遡って行きます――」

久賀は、姿勢を正して語りかける。

低く、柔らかい声だが、その表情は凍り付いているように冷たい。

「どうやって過去に戻るんですか？」

Ａが僅かに首を傾げる。

それについては、紗和も引っかかっている。久賀は、どんな方法で過去の記憶を呼び戻すつもりなのか？

「そうですね。頭の中に、階段を思い浮かべてください」

「階段……」

Ａが目を閉じたまま、怪訝な表情を浮かべる。

紗和も同じ気持ちだった。階段など思い浮かべて、どうするというのだろう？　訊ねたくなるが、それをぐっと抑え込む。

「そうです。どんなものでも構いません。あなたが思う階段をイメージしてください」

「はい……イメージしました」

「それは、どんな階段ですか？　真っ直ぐ伸びた階段？　らせん状？　それとも、踊り場があるタイプですか？」

「踊り場があります。学校の校舎にあるみたいな階段です」

Ａの言葉を聞き、紗和の頭の中にも、通っていた高校の校舎にあった階段が浮かんだ。放課後の喧噪やワックスの匂いまでが鼻孔に蘇る。

「これから、あなたにはその階段を上ってもらいます——」

「上る……」

「そうです。階段を一段上るごとに、あなたは過去に戻って行きます」

「本当にそんなことが？」

「試してみましょう。ゆっくりでいいので、階段を上ってください」

久賀が、口角を吊り上げて笑みを浮かべた。

「は、はい」

怯えた調子で答えたＡの太ももが僅かに動いた。イメージの中で、ゆっくりと階段を上っているのが伝わってきた。

やがて、Ａは何かに反応して振り返る。

「何か見えましたか？」

久賀が問いかける。

「いえ。何も。でも……声が……」

「声？」

「は、はい。女の人の笑い声が……」

Ａが言うと同時に、紗和の耳にも、女性の笑い声が聞こえた気がした。振り返ってみたが、そこには白い壁があるだけだ。

——ダメだ。

強く自分に言い聞かせる。

完全に引き摺られている。紗和は、一度、両耳を塞いで幻聴を追い払った。

「もう少し階段を上ってみましょう」

久賀が促すと、Ａは「はい」と虚ろな声で応じる。

「あっ」

しばらくして、Ａは何かに気付いたらしく声を上げる。

「何か見えましたか？」

「桜の木が……」

「他に何が見えますか？」

「湖――そ、それと、お、女の子が、こっちを見て笑っています」

Ａの頬が緩んだ。

「知っている女の子ですか？」

「はい。多分。でも――名前が思い出せません」

そう言いながら、Ａは軽く頭を押さえる。

肝心なことが思い出せず、苛立っているように見える。

「他に、何か見えるものはありますか？」

「ドアが見えます」

「どんなドアですか？」

「鉄製のドアです。青い色をしていて、所々、塗料が剝げています」

「そのドアを開けてみましょう」

久賀が促すと、Ａの表情が急に固まった。

「ぼくが開けるんですか？」

その声は、今にも泣きだしてしまいそうなほど震えている。

久賀が「はい」と笑顔のまま答えると、Ａはゴクリと喉を鳴らして唾を飲み込んだ。額に玉のような汗が浮かぶ。

しばらく、硬直していたＡだったが、やがてゆっくりと手を伸ばしてドアノブを摑むような動きをした。

そこでＡは何かを見たのか、瞼が痙攣（けいれん）する。

「どうかしましたか？」

久賀が訊ねると、Ａは背中を丸め、首を縮ませると、「あ、あいつが来る……」と答えた。

その声は引（ひ）き攣（つ）り、掠（かす）れていた。何かに怯えているように見える。

「あいつとは、誰のことですか？」

「い、痛い……や、やめて……」

Ａは、自分の頭を守るように両手で覆うと、身体をくの字に曲げた。まるで、激しい暴力に晒されているようだ。

「ご、ごめんなさい。ご、ごめんなさい。ご、ごめんなさい……」

Ａが掠れた声で繰り返す。

いったい何に対して謝っているのか？　Ａの見ている世界が、見えていないのがもどかしい。

「大丈夫です。それは今起きていることではありません」

久賀が語りかけると、Ａの動きがピタリと止まった。冷静さを取り戻したのかと思ったが、そうではなかった。

Ａは、ふっと顔を上げると、目を閉じたまま両手を前に伸ばした。

その拍子に、シャツの袖がはらりと捲れる。

そこから覗いた肌を見て、紗和はぞっとした。

彼の腕には、無数の傷跡があった。火傷の痕も確認できる。最近のものではない。古い傷だ。

リストカットと思われる痕もある。

「ぼ、ぼくが、み、醜いのがいけないんです……ぼくが、汚いから……でぶだから……」

彼は何を言っているんだ？

Aは整った顔立ちをしているし、太ってもいない。それなのに、ここまで自分の存在を貶める理由は何だ？

「お、お母さん……」

Aがこれまでとは打って変わって、穏やかな表情を浮かべ、慈しみの籠もった口調で言った。

だが——。

それはすぐに消えてしまった。

みるみる顔が青ざめていく。そして、閉じられた瞼の間から、涙が零れ落ちた。

「ご、ごめんなさい……お、お母さんの邪魔をして、ご、ごめんなさい……い、生きていて……ご、ごめんなさい……」

Aの口から絞り出された言葉は、悲痛に満ちていた。

彼は、母親に対して、自らが生きていることを、詫びているというのか？　それは、完全な自己存在の否定だ。

そんなことを口にしなければならないなんて、あまりに哀し過ぎる。

「大丈夫ですから、落ち着いて下さい」

久賀が語りかけると、Aは嫌々をするように、首を左右に振ったあと、ピタッと動きを止めた。

しばらく、そのまま固まっていたが、やがて丸めていた背筋をすっと伸ばし、顔を上げた。

「ぼくは、死ななければならない――」

Aは、そう言うなり、ずるっとリクライニングチェアから滑り落ちた。

久賀が、すぐにAに駆け寄る。

紗和も堪らず椅子から立ち上がり、Aの許に歩み寄って行く。

「しっかりして下さい」

床に横倒しになったAは、久賀の呼びかけに答えることなく、自分の喉を押さえ、苦しそうにもがいている。

呼吸が止まっているようだ。

Aは、苦しさが増したのか、手足をバタバタと痙攣させ始めた。

――これは、さすがにマズい。

紗和は、救急車を呼ぼうとスマートフォンを手に取ったが、久賀がそれを制するように腕を摑んだ。

「待って下さい」

「で、でも……」

「彼が思い出しているのは、とても重要な記憶です」

そう言った久賀の口許には、笑みが張り付いていた。

――楽しんでいるの？　この状況を？

これまで紗和が持っていた久賀という人間像が、一気に瓦解した気がした。

何れにしても、このままにしておくわけにはいかない。紗和が、久賀の腕を振り払い、一一九番通報をしようとしたところで、Aがごほごほっと息を吹き返した。

苦しそうにしてはいるが、呼吸ができるようになったらしく、大きく肩を上下させている。

顔色も、いくらか戻ってきたようだ。

「これから数を数えます。それに合わせて、あなたは催眠から覚めていきます。5、4――身体の感覚が戻ってきましたね。3、2――光が見えてきました。1、ゼロ――あなたは、完全に覚醒しました」

久賀がカウントを終えると同時に、Aは痙攣させながらも瞼を開けた。

「大丈夫ですか？」

久賀が訊ねると、Aは額に浮かんだ汗を拭いながらも、首を縦に振った。

「まずは、座って深呼吸をしましょう」

久賀が手を貸すかたちで、Aは椅子に座り、言われた通りに深呼吸をする。

その間に、久賀は一度部屋の奥に引っ込み、ペットボトルの水を持って戻って来ると、Aに手渡した。

Aは、「あ、ありがとうございます」と礼を言いつつ、ペットボトルの水を一口、口に含んだ。

乱れていた呼吸も、落ち着きを取り戻しているように見える。

紗和は、もう大丈夫だと判断して、さっきまで座っていた椅子に座り直した。

「話せますか？」

久賀が訊ねると、Aは前屈みの姿勢になりながらも頷いた。

「あなたが、見たことを教えて頂けますか？」

「は、はい」

Aが背中を丸め、怯えたように視線を走らせながら答える。

彼の素性が明らかになるかもしれない――そう思うと、自然に握った拳に力が入り、じっとりと湿り気を帯びた。

「誰かに暴力を振るわれていたようですが、相手は誰ですか？」

「は、母親の、こ、恋人です……」

Ａが膝の上で、拳を強く握り締めた。

当時の恐怖が蘇ったのか、吃音が出ている。身体に残る傷が、虐待の痕だとしたら、相当に酷い仕打ちを受けていたことが分かる。

「どうして、母親の恋人は、あなたに暴力を振るったのですか？」

「ぼ、ぼくが、全部悪いんです。え、絵ばかり描いていて、な、何もできないから。ぼくが、醜い豚だから……」

Ａはぐっと唸ると、顔を真っ赤にして俯いた。

「母親は、あなたのことを助けてはくれなかったのですか？」

「あ、あの人は、ぼくが邪魔だったんです……。早く、死んでくれって、何度も言われて……」

——酷い。

催眠中に出た言葉で、おおよその見当はついていたが、それでも、こうして改めて聞かされたことで、紗和の中に怒りがこみ上げてくる。

自分の子どもの死を望み、それを言葉にして伝えるなんて常軌を逸している。

「だ、だから、死ななきゃいけないって思ったんだ……そ、それで、自分から湖に入ったんだ……」

Ａは、言い終わるのと同時に、子どものように声を上げて泣き始めた。

少ない言葉だったが、それでも幼いＡに、何があったのかは理解できた。

母親の恋人からの執拗な虐待を受けた上に、肝心の母親からも、存在を否定されたことで、自殺を図るほどに追い詰められていたのだ。

「今日は、これくらいにしておきましょう」

久賀が静かに、催眠療法の終わりを告げた――。

X

何処かで泣き声がする――。

それが、自分の泣き声だと気付くまでに、ずいぶんと時間がかかった。

誰かが月島のことを覗き込んでいた。

真っ黒い影になっていて、その人相は分からない。それなのに、どういうわけか目だけがはっきりと見えた。

黄色く濁った眼球に、細い血管が浮き出るように走っている。

薄気味の悪い目――。

言葉にしなくても、これから何をされるのか分かってしまった。いきなり、腹を蹴り上げられた。

息が止まり、額から脂汗が流れ出てくる。

お腹を押さえて丸くなった。それでも、蹴る足が止まることはなかった。何度も、何度も、月島の身体を蹴る。

まるで命のない物体であるかのように、容赦のない暴力が降りかかってくる。

月島は、壊れそうな自分の身体と心を守ろうと、身体を丸め、全ての感覚を遮断し、暴力の嵐が去るのを待つことしかできなかった。

どれくらい時間が経ったのだろう。

ポロン――。

高く澄んだ音が耳に響いた。

それは、とても美しい音色だった。

ポロン――。

ポロン――。

最初、バラバラだった音は、次第にリズムを刻み、流れるようなメロディーへと変わっていく。

これはピアノの調べだ。

やがて、ピアノの旋律に美しい歌声が重なった。

透き通った清流のように、清冽で、美しく、そして、何処か哀しみを含んだ歌声だった。

――懐かしい。

初めて耳にする歌のはずなのに、そんな風に感じた。

耳に快い歌声を聞いていると、身体と心にあった熱を持った痛みが、次第に引いていくような気がした。

月島は、歌に誘われるように瞼を開けた。

天井に嵌め込まれたライトの明かりが眩しくて、思わず目を瞬（しばた）かせる。次第に、目が慣れて行く。

頭にかかっていた靄（もや）が晴れ、自分の置かれている状況が飲み込めてきた。

月島は、ベッドに仰向けに寝ていた。

――そうだ。

玲の部屋で、色々と話をしているとき、発作が起きて意識を失ってしまったのだ。身体を起こそうとしたところで、歌声とピアノの音が止んだ。

「大丈夫ですか？」

呼びかけてきた声が、月島の意識をより鮮明なものにする。

玲の声だ。視線を向けると、玲がベッドの傍らに跪（ひざまず）くようにしながら、月島を見ていた。

その姿は、まるで祈りを捧げる聖女そのものだった。

「歌が……」

「起こしてしまったみたいですね。すみません」

「いえ。あの歌は玲さんが？」

「何だか恥ずかしいです」

玲が僅かに顔を赤くしながら俯いた。

「いえ。歌のお陰で、戻って来ることができました」

月島は、冗談めかして言いながら、身体を起こして辺りを見回す。

月島が寝ているベッドと、黒いピアノに見覚えがあった。どうやら、ここは玲の部屋らしい。

倒れた月島を、玲がベッドに寝かせてくれたのだろう。

「一時は、どうなることかと思いました……」

玲が胸に手を当て、ふうっと息を吐いた。

ただのポーズではなく、本当に月島を心配してくれていたのが、表情から伝わってきた。

「本当に、ご迷惑をおかけしました」

「こういうことは、よくあるんですか？」

どう返答するか迷った。

本音で言えば、自分の過去について、あまり話したくはない。だが、ペンションに来てから、月島が倒れるのは、これで二回目だ。

このままはぐらかしたのでは、玲にあらぬ心配をかけることにもなる。

「ときどき――。身体に異常があるわけではなく、精神的なものが影響しています」

「精神的なもの？」

「ええ。簡単に言ってしまえば、幼少期のトラウマが、未だに残っているんです。ＰＴＳＤというやつで、記憶がフラッシュバックすることで、目眩がしたり、過呼吸になったり、酷いときは、さっきみたいに気を失ってしまうこともあります」

「もしかして、篤君の話が……」

玲は、はっとした表情を浮かべ、自らの口を手で覆った。

勘のいい女性だ。

「まあ、そんなところです。ぼくも、篤君と同じように、親から虐待を受けていました。彼の話を聞いて、昔の自分と重ねてしまったんだと思います」

「月島さん……」

「子どもは、生まれる家を選べません。どんなに苦しくても、逃げられません。暴力を振るわれても、本能的に親を嫌うことができない。必死になって、愛されようと縋るんです。それを、暴力で返すなんて、鬼畜にも劣る行為です」

喋りながら、月島の身体を流れる血液が、熱を持っていくようだった。

母とその恋人から受けた仕打ちの数々が、走馬灯のように脳裏を過り、再び息を吐くことが難しくなっていく。

それでも、一度、たがが外れた感情に歯止めをかけることはできず、言葉が溢れていく。

「食事もろくに与えられず、服も同じものをずっと着ていました。少しでも泣けば、嵐のように罵詈雑言と暴力が襲いかかってくる。それでも、ぼくは母を嫌いになれなかった。他に、行くところがなかったというのもありますけど、一番は——見て欲しかったんだと思います」

「…………」

「たった一度でいいから、ぼくのことをちゃんと見て欲しかった……」

自然と拳に力が入った。掌に爪が食い込み、痛みを覚えた。

「………………」

玲から言葉はなかったが、その目には、涙の膜が張っていた。

「すみません……」

月島は、慌てて詫びの言葉を口にした。

心情を吐露したことで、月島の気持ちは幾らか楽になったが、その分、彼女に心労を与えてしまった。

「いえ。そんなこと……」

玲は僅かに俯き、首を左右に振る。

「こんな言い方をしたら、酷いとは思うんですけど、篤君が解放されたと思えば、島田とかなえの二人が死んだのは、良かったことかもしれません」

月島は、言ってからしまった——と思う。

本心ではない。ただ、重い空気を払拭したくて零れた言葉だ。だが、そういう言葉に限って、配慮のないものになる。

「すみません。言い過ぎました……」

慌てて打ち消したが、もはや手遅れだ。

子どもを虐待するようなクズだったかもしれないが、二人の人間が死んでいるのだ。それを、良かった——などと言うべきではなかった。

「いえ。私も、そう思います」

玲が静かに言った。

「え？」

「月島さんの言うこと、私も分かります。子どもは、親を選べません。でも、親であるというだけで、子どもは縛られるんです。それは、呪いです――」

自己紹介をしたとき、玲は名字で呼ばれることを嫌い、呪縛だと表現した。その言葉の裏には、月島と同じように、家庭内の問題が潜んでいるのかもしれない。

自分の言葉で、玲の辛い過去を掘り返してしまったのではないかと思うと、余計に気分が重くなった。

沈黙が、月島の中にある罪悪感をみるみる増幅させ、心だけでなく、肉体そのものが重くなっていくようだった。

遂には、自分の頭を支えることができずに、がっくりと頭を垂れた。

どれくらい時間が経っただろう。

ふわっと温かくて、柔らかい何かが、月島の身体を包み込んだ。

とくとくと、自分のものではない心音が間近に聞こえた。それが、玲のものだと気付くのに時間がかかった。

玲は、何も言わずに、ただ月島を抱き締めてくれていた――。

優しい抱擁だった。

もし、母親に抱き締められることがあったとしたら、こんな感じなのだろうか？

自分と年の変わらない女性に、母性を見るなんて――月島は、自嘲するような笑みを零した。

「大丈夫です。月島さんは、大丈夫です」

玲の声が、月島の心に欠けていた何かを満たしてくれた気がした。

11

紗和は、さっきまで青年がいたリクライニングチェアに座った。

向かいのソファーには久賀の姿がある。

こうして向き合うと、まるで紗和がカウンセリングを受けているような錯覚に陥る。

「彼は、大丈夫なのですか？」

紗和は、気持ちを切り替えるようにして訊ねる。

「少し混乱しているようですが、大丈夫でしょう。念のため、及川先生に診てもらうことになっていますし」

久賀の言う通り、カウンセリングが終わったところで、一旦、Ａは病院に戻り、改めて診察を受けている。

だが、問題はそういうことではない。

紗和が質問を続けようとしたところで、久賀が立ち上がった。

「紅茶でも飲みますか？」

「いえ。結構です」

断ったはずなのだが、久賀には聞こえていなかったのか、部屋を出て行ってしまった。

こうなると、無理に拒否するのは、かえって失礼になる。

リクライニングチェアの背もたれに身体を預け、軽く目を閉じると、否応無しに、さっきの光景が蘇ってきた。

Ａは、催眠療法によって、記憶の一部を取り戻した。

だが、それは事件に関するものではなく、幼少期に受けた痛ましい虐待の記憶だった。

紗和は、両親から愛されていたと思う。父親に頭を叩かれたことはあるが、それは理不尽な暴力ではない。

ちゃんと理由があったたし、手加減もしていた。

だからこそ、自らの子どもに対して、鬱憤を晴らすかのように、暴力を振るう人間がいることが理解できない。

これは、子どもに対してだけではない。

ナミの彼氏みたいに、DVを振るう男も根は同じだ。防衛手段ではなく、屈服させるために、平然と他人に暴力を行使できるなんて、人間として大切な何かが欠落しているとしか思えない。

環境によって、そうなっていったのか？　それとも、生まれつきの気質なのか？

「どうぞ」

取り留めも無いことを考えていると、目の前にティーカップが差し出された。

「ありがとうございます」

紗和は、久賀からティーカップを受け取る。

「砂糖とミルクは要りますか？」

「いえ。このままで」

「そうですか」

久賀は小さく頷くと、向かいのソファーに腰を下ろした。

紗和は、湯気の立ち上るティーカップに口をつけ、紅茶を一口啜(すす)った。

芳醇な香りのお陰で、僅かではあるが、気持ちが落ち着いた気がする。

「彼は、幼少期に虐待を受けていたんですね」

何から話すべきか、迷いながらも、紗和は言葉を投げかけた。

「そのようですね――」

久賀は、ティーカップに口をつけ、紅茶を堪能してから、あっさりとした調子で応じる。

「知っていたんですか？」

「いえ。ただ、推測はしていました。及川さんのカルテに、その旨の記述もありましたし、病院で事情聴取をしていたときも、彼に古い傷跡があるのは、目にしていましたから」

「そうですか……」

飄々としていながら、見るところはしっかり見ている。洞察力に優れているのだろう。

「現段階では、あくまで推測に過ぎませんが、一つ気になることがあります」

久賀が、そう言って人差し指を立てた。

「何でしょう？」

「彼が記憶を失ったのは、事件によるショックだと思っていましたが、そうではないかもしれません」

「事件より前に、記憶を失っていた――ということですか？」

「ええ。それも頻繁に――です」

「それって……」

「まあ、あくまで可能性の話に過ぎませんが、彼は幼少期に受けた虐待から逃れるために、その記憶を封印したのかもしれません」

「そんなことが、あるんですか？」

「ええ。トラウマとなる記憶を封印してしまったせいで、過去の虐待を忘れて成長することはあります」

「でも、それだと辻褄が合わなくなりませんか？」

紗和が疑問を投げかけると、久賀は、我が意を得たりといった様子で、薄い笑みを浮かべた。

「まさに問題はそこです」

「というと？」

「以前に、記憶を失った人間は、失われた時間を穴埋めするために、辻褄を合わせようと、無意識に記憶を捏造してしまう——という話をしましたよね」

「はい」

「もし、彼が事件前から頻繁に記憶を失っていたのだとすると、かなり厄介なことになります」

「発言の多くが、捏造されたものである可能性がある——ということですね」

「その通りです。今回、幼少期の虐待についての記憶を思い出しましたが、それを、そのまま信用することはできません」

「彼の証言の信憑性を測るためにも、客観的な事実が必要になりますね」

紗和の言葉に満足したのか、久賀が嬉しそうに笑った。

「さすがに頭の回転が速いですね」

「誰でも、これくらいのことは思いつきます」

「そうでもありません。美波さんは、俯瞰で物事を見る視点を持っています。催眠療法の最中も、しっかりと彼を観察していました。誰でもできることではありませんよ」

「おだてても、何も出ませんよ」

褒められるのに慣れていないので、妙に気恥ずかしくなる。

「別に、おだてているわけじゃないんですけど……。まあ、何れにしても、彼の証言の真偽を確かめる必要があります」

「分かりました。できる範囲で、事実関係の確認をしておきます」

紗和は、そう応じながら頭の中で情報を整理する。

虐待を受けていたということで、児童相談所などに、何らかの記録が残っているかもしれない。取り敢えず、近隣の児童相談所に、Ａの写真を送って照会をかける必要があるだろう。

入水自殺未遂が真実か否か不明だが、誰かに助けられたのだとしたら、消防に記録が残っているかもしれない。併せて、病院への問い合わせも必要だ。

まだ、雲を摑むような話ではあるが、何も無いよりはマシだ。

「久賀さんは、どうされるんですか?」

一応、コンビということになっている。場合によっては、一緒に捜査をすることになる。

「私は、カウンセラーに問い合わせをしてみます。これまで、頻繁に記憶を失っていたと考えると、既に何処かでカウンセリングなどを受けている可能性がありますから」

「分かりました。よろしくお願いします」

紗和は、冷めた紅茶を一息に飲み干してから立ち上がると、白い部屋を後にした。

ドアを閉めるのと同時に、目眩がした。

単なる立ち眩みか、それとも、紗和自身が催眠療法に引き摺られていたのか? 考えてみたが、答えは出なかった。

第三章

棺

1

湖畔に一人の女性が佇んでいた――。

顔は見えないのに、彼女を知っている。紗和は、そんな気がした。

彼女は、ふっと視線を上げると、何事かを呟いた。声は風に掻き消されて、何と言っているかは分からなかった。

だが、それでも――紗和には、それが歌に聞こえた。

「美波――」

背後で、誰かが呼んでいる。聞き覚えのある声だった。

「おーい。いつまで寝てるんだ？」

急に肩を叩かれ、紗和はビクッと身体を震わせた。

視界に飛び込んできたのは、湖畔ではなく、警察署の自分のデスクだった。

「まだ寝惚けてんのか？」

白井が、紗和の顔を覗き込んで来る。

「起きてるわよ」

返事をしながら、紗和は自分の置かれている状況をようやく理解した。

昨日、催眠療法の中でAから聞き出した情報を元に何か摑めないかと、関係各所に照会をかけたり、過去の事件を調べたりしていた。

深夜に、少しだけ休もうとデスクに突っ伏したのだが、そのまま眠って朝を迎えてしまったようだ。

「苦戦しているみたいだな」

「そうね」

紗和は、大きく伸びをする。ポキポキと、節々の骨が鳴った。

催眠療法により、色々と引き出せたと思っていたが、情報が曖昧過ぎて、文字通り骨の折れる作業になっている。

誰かに協力してもらおうと、降田に要請を出したが、「そんな中途半端な捜査に、人員は割けない」と一蹴されてしまった。

催眠療法による事情聴取に対して懐疑的というのもあるが、紗和に対する嫌悪感の方が強いように思う。

「ほら」

白井が、隣の席に座りながら、缶コーヒーを差し出して来た。

「ありがとう」

缶コーヒーを受け取り、プルタブを開けて一口飲む。

久賀が出してくれた紅茶のような繊細さはないが、カフェインを摂取したことで、少なからず思考がクリアになる。

「私の心配より、そっちはどうなの？」

白井に話を振ると、彼はガリガリと自分の頭を掻きながら、深いため息を吐いた。

「全然だよ。不動産会社も回ってみたら、契約書の名前の欄には佐倉澪って書いてあったけど、読みが源氏名と同じだから、本名かどうかは怪しい」

白井が、メモ用紙に〈澪〉という漢字を書きながらぼやく。

「そうね。キャバクラの源氏名に本名は使わないだろうから、これも偽名よね」

「ここまで来ると、ミオって女は、ナミの空想の産物なんじゃないかって思えてくるよ」

白井が、椅子の背もたれに寄りかかり、天井を見上げて脱力した。

「話を聞く限り、ミオは意図的に、かつ徹底して自分の身許を隠そうとしているとしか思えないわね」

「だな。そうなると、問題は、どうして身許を隠す必要があったのか——だ」

「ヤバい筋から、借金を作ったとか？」

「あり得るな」

借金の取り立てから逃れるため、身許を偽り、各地を転々としながら生活する人は、少なくない。そのままホームレスになるなんて事例も多いという。

「あとは、ミオ自身が犯罪者で、逃亡中って可能性も否定できないわね」

「それもありそうだな。ちょっと過去の犯罪者のデータと、照会をかけてみるか。でも、分かっているのは、源氏名だけだしな。せめて、指紋でもあれば、照会かけることもできるんだけどな」

「指紋なら、入手できるでしょ？」

「どうやって？」

「ミオの所有物は、部屋に残されたままなんでしょ。ナミにそれを提出させれば、指紋採れるじゃない」

「なるほど！　それはありだな！」

気力を取り戻したのか、白井はよっと身体を起こした。

「他には手掛かりはないの？」

「そうだな。ナミが言うには、相当に歌が上手かったみたいで、よく歌ってたって」

「歌ねぇ……」

「ミオは、あるアーティストの歌を好んで歌っていたらしい。何て言ったかな……ノラとか、ノロとか、そんな名前だった気がする」

「ノルよ」

「知ってんのか?」

「ときどき聴いてるわ。動画配信サイトで話題になったのよ。メジャーデビューはしなかったから、CDとかはないけど……」

「どんな曲?」

「教会音楽っぽくて、凄く綺麗な曲調なんだけど、歌詞が暗いの。逆に、それがいいって話題になったのよ。歌もだけど、神秘的な映像で、惹きつけられるのよね」

説明しながらスマホを取り出して動画配信サイトを開き、〈ノル　歌〉というキーワードで検索すると、目当てのものがヒットした。

大音量で流すわけにはいかないので、イヤホンを繋ぎ、片方を白井に手渡してから、再生をタップした。

青い月が浮かぶ湖畔に、枯れた桜の木が立っている。

そこに、白いワンピースを着た女性が、裸足のまま歩み寄って来ると、慈しむように桜の木の幹に触れた。

女性は、頭上の月に視線を向けると、白い息を吐き出し、歌い始めた。

初めて聴いたときには、悲愴感に満ちた歌声が放つ圧倒的な美しさに、紗和は心を大きく揺さぶられ、涙腺がじわっと熱を持ったものだ。

自らを殺すように懇願する、暗く陰鬱な歌詞なのだが、それでも、強烈な引力を持った歌だ。

彼女の歌に呼応するように、枯れていた桜の木に蕾がつき、一気に花開く——。

CGを使っているのだろうが、その幻想的な光景は、思考を根こそぎ奪い去ってしまうほどだった。

だが——。

こうやって改めて映像を見たことで、歌い続けるノルの顔に、既視感を覚えた。

映像は暗く、はっきりと顔のアップを映し出すカットはないのだが、それでも、この女性を見たことがあると感じた。

「ちょっとミオさんの写真を見せて」

紗和が言うと、白井が写真をデスクの上に置いた。

写真と動画を見比べた紗和は、既視感の正体に気付いた。

「おいおい。これって……」

白井も同じことを感じたらしく、興奮した声を上げる。

「可能性はあるわね」

「サンキュー。ちょっと当たってみる」

白井は、イヤホンを紗和に投げて返すと、大急ぎで駆け出して行った。

その背中を見送ったあと、紗和は改めてスマホのモニターに映る、ノルの顔に目を向けた。

ナミにミオの写真を見せられたときは、Aが現れたために、しっかり確認できていなかったので気付かなかった。

涙を流しながら歌い続けるノルの顔は、ミオと瓜二つだった。

II

「顔色が悪いけど、大丈夫か?」

月島が、玲と一緒にロビーに戻ると、永門が声をかけてきた。「大丈夫だ」と応じながらロビーを見回す。

亜人夢と新城が、円卓の自分の椅子に座っていた。

夏野とアッシュは、相変わらず部屋に籠もっていると予想がつくが、愛華と篤の姿がない。

月島がそのことを訊ねると、永門が首を傾げた。

「篤君というのは、あの少年のことか？」

永門が篤の名前を知らないのは、無理からぬことだ。月島も、さっき玲から聞いたばかりだ。

「ああ。玲さんが、彼の名前を聞き出してくれたんだ」

「そうなんだ」

「何ぶつぶつ言ってるの？」

階段の上から、愛華が声をかけてきた。

「篤君のことで……」

「篤君なら、疲れているみたいだったから、うちの部屋に連れていったわ。今は、眠っている」

愛華が説明をしながら、階段を下りて来た。

「一人で平気ですか？」

「心配性なのね。大丈夫よ。部屋の鍵は閉めてあるから」

愛華が、笑みを浮かべながら、月島の腕を軽く叩いた。

鍵を閉めたから安心とは言い切れない。犯人は、あと二件の殺人を犯すつもりだ。篤が、その被害者となる可能性は、大いにある。

そのことを主張しようとすると、愛華が月島の唇に指を当てた。

「言わなくても分かるって。だから、彼も連れて来たのよ。ほら。早く来なさいよ」

愛華が階段の上に向かって呼びかけると、灰色の髪をかき上げながら、アッシュが姿を現した。

犯人がこの中にいるのだとして、全員が集まっていれば、犯行は起きないというわけだ。

いや、まだ全員ではない。

「夏野さんは……」

「声をかけたけど、ドア越しに『うるせぇ！』って怒鳴られちゃって。さっきの騒ぎが、相当に応えたみたいだね。それ以降、部屋から出て来てはいない」

新城が、指先でメガネの位置を直しながら説明してくれた。

篤が寝ている愛華の部屋には、円卓の前を通らないと行けないので、ここに集まっていれば、仮に夏野が犯人だったとしても、犯行には及べない。

「というわけで、一応の顔ぶれは揃ったことですし、一度、状況を整理しませんか？」

新城が空気を変えるように、パンッと手を打ちながら提案してきた。

賛成だ。このまま、じっとしていても始まらない。事件を解決するためにも、意見の擦り合わせをしておきたい。

「夏野さんはどうしますか？」

玲の放った言葉が、場の空気を凍り付かせた。

なぜ、玲はあんな目に遭ったのに、夏野のことを気にするのか？　やはり、二人の間には、何かあるのではないか？

「は？　何であいつを呼ぶんだ？　正気か？」

アッシュが玲を睨(にら)み付ける。

「そうだよ。玲ちゃん。自分が何されたか忘れたわけじゃないでしょ」

愛華は玲の許に歩み寄り、慈しむように手を握った。

「私も、彼が参加するのは、賛同し兼ねますが――月島さんはどうです？」

新城が判断を委ねてきた。

「状況を整理するだけなので、今のところは呼ばなくてもいいと思います。必要があれば、声をかけるということで、どうでしょう?」

月島の意見に、永門、亜人夢、新城、愛華、アッシュが賛意を示した。玲は、少し渋ったような態度を見せつつ、「皆さんがそう仰るなら」と最終的に同意した。

夏野に対する処遇がまとまったところで、全員が円卓に座った。

月島の正面にあるマネキンの存在が、やはり不気味だった。主催者は、どんな意味を持って、マネキンを座らせたのか? それだけではない。マネキンすら座っていない空席もある。ただの気まぐれとは考え難い。何かしらの意図があるに違いない。

「どうかしたのか?」

隣に座った永門が、声を潜めて訊ねてきた。

「いや。何でもない」

「本当に大丈夫か? さっきから様子が変だ」

「本当に平気だよ」

「ならいいけど……正直、他のメンバーは信用できないからね。月島だけが頼りなんだ」

「永門」

月島は、窘めるように言った。

今の永門の発言を聞かれると、只でさえギスギスとした空気が余計に悪化する。

「月島さん。どうかしましたか?」

新城が冷めた目で声をかけてきた。

月島は「何でもありません」と笑顔で応じる。新城は、不審げな視線を向けてきたが、それ以上追及してくることなく話を再開した。

「では、早速ですが、事件に関する情報を共有しておきたいのですが、よろしいですか？」

新城が指先でメガネを触りながら声を張る。

「い、いいと思います」

亜人夢が、スケッチブックに鉛筆を走らせながら答える。

愛華、アッシュ、玲の三人も同意を示す。もちろん、月島と永門にも異論はなかった。

「それでは――まず、現場の状況について、分かっている範囲のことを纏めたので、説明させてもらいます」

新城は、島田とその内縁の妻である、かなえが殺害されていた犯行現場について、状況説明を始めた。

その説明は、死体の状況や血痕の位置など、客観的で正確なものだった。

月島などは、作家という職業柄、余計な補足をしてしまいがちなだけに、端的な話の進め方に感心してしまう。

その内容は、概ね月島が調べた現場の状況と一致していた。

「ここで、一つ確認しておきたいのですが、月島さんが部屋に入ろうとしたとき、かなえさんの死体がドアに寄りかかるようにして倒れていたため、開かなかったということですが、それに間違いありませんか？」

新城が訊ねてくる。

同意を求めているのとは違う。何か、特別な意図を感じた。

「はい。強引に押し開ける必要がありました。その際、死体が横倒しになったと思います」

「その証言が正しいとするなら、あの部屋は密室だった――ということになります」

新城が嬉しそうに目を細めながら言った。

密室というのは、ミステリにおいては甘美な響きだが、現実となると、かなり厄介だ。

「皆さん。何か気付いたことなどあれば、どんどん意見を出して下さい」

新城の言葉を受け、月島は玲に目配せする。

彼女が頷（うなず）いてくれたので、月島は手を挙げて発言を求める。新城に「どうぞ」と言われて立ち上がった。

「かなえさんの息子である、篤君という少年について、補足情報があります――」

月島は、篤が円卓で眠っていたこと、悲鳴を聞き部屋に入ろうとしたが、入れなかったことなど、玲が彼から聞き出した情報を、できるだけ簡潔に説明した。

「つまり、篤君は犯人を目撃していないということですね」

新城が残念そうに言う。

「そうなります。ただ、一つ頭に入れておかなければならないのは、篤君の発言が、全て真実とは限らないということです」

月島の発言に納得がいかないらしく、愛華は「あの年の子が嘘を吐くかしら？」と疑問を呈した。

「ガキだから、嘘吐かないなんて、そんなもん幻想だ」

吐き捨てるように言ったのは、円卓に足を乗せ、ふんぞり返るように座っていたアッシュだった。

「どういうこと？」

「どうもこうもねぇよ。ガキも他人を騙（だま）すって言ってんだ」

「あんたは、そうだろうけど、他の人は違うのよ」

「じゃあ、お前は嘘吐いたことねぇのか？　男と会うときに、セックスしに行きますって親に言うか？」

「言うわけないでしょ」

「じゃあ、嘘吐いてんじゃねぇか」

「あんたねぇ……」

「その議論は後にして、今は事件のことを話しませんか？」

月島は、堪らず口を挟んだ。

このままだと、取っ組み合いの喧嘩になり兼ねない。価値観の相違からくる口論は、平行線を辿ると相場が決まっている。

アッシュと愛華は、お互いに不満そうだったが、これ以上は無益だと感じたのか、口を閉ざした。

「それから、篤君は、かなえさんと島田さんから、虐待を受けていた可能性があります。これは、本人の証言ではなく、彼の身体に残る痣からの推測ですが……」

月島がそう言い添える。

愛華は、「何それ！」と怒りを露わにする。アッシュも、「クズだな！」と吐き捨て円卓を蹴った。

ここでは、二人の価値観は一致したらしい。

「一応、全員のアリバイを確認しておいた方がいいと思うのですが、どうでしょう？」

話が一段落したところで、新城が提案してきた。

「多分、ここにいる人は、誰もアリバイを証明できないと思います」

月島が口にすると、新城が怪訝な表情を浮かべる。

「どうしてですか？」

「皆さんは、犯行時刻まで、部屋で過ごしていましたよね？　誰かと一緒とかなら別ですが、一人で部屋にいたというのは、アリバイとして成立しません」

新城は「確かに」と納得して頷いた。他の面々も、異論がないところを見ると、各々部屋にいたということだろう。

この場にはいないが、夏野も同じはずだ。

「私たちは、アリバイがあるだろ。一緒にいたんだから」

永門が耳打ちしてきたが、月島は「無理だよ」と首を左右に振った。

確かに、月島と永門は一緒にいた。しかし、二人一緒に参加しているのだから、共犯と捉えられるだけだ。

さらに、月島には意識を失っていた時間帯がある。

友人を疑いたくないが、その時間帯に永門が犯行に及ぶことも、不可能ではなかった。

「全員アリバイが証明できないとなると、フーダニットではなく、ハウダニットという観点から、謎を解くしかなさそうだね」

新城が名探偵よろしく、額を指でトントンと叩く。

「何か思い浮かんだの？」

愛華は、新城の太ももに手を当てながら訊ねる。新城は、愛華のボディータッチに戸惑いながらも、

「残念ながら何も」と首を左右に振った。

「隠し通路とか、あったんじゃねぇのか」

アッシュが、唇のピアスを弄りながら口にする。

「あれば、気付くでしょ」

愛華が素っ気なく答える。

やはり、アッシュにだけ明らかに態度が冷たい。

「気付かないから、隠し通路なんじゃねぇのかよ」

「何その言い方。玲ちゃんのときと、ずいぶん態度が違うわね」

「今は、関係ねぇだろ」

「あるわよ！」

二人の言い合いが、再びヒートアップしていく。それを遮るように、新城が「そうか！」椅子を鳴らして立ち上がった。

「天井裏を伝って、別の部屋に逃げるという方法を使ったのかもしれません」

世紀の大発見であるかのような口ぶりだが、残念ながら、あまりいい推理とは言えない。

「それは難しいと思います」

月島が口にする。

「どうしてですか？」

「天井のボードは、大人の体重に耐えられません」

実際に実験したわけではないが、素材からして、それほど頑丈なものではない。上に人が乗れば、簡単に壊れてしまうだろう。

「そうか……いや、大人の重さに耐えられなくても、子どもなら大丈夫なんじゃないですか？」

「篤君がやったっていうの？」

愛華が新城の推理に噛み付いた。

いちいち反応が過剰だ。彼女は、篤に対して特別な感情があるように見える。

「可能性で言うなら、あり得ると思いますけど」

「何言ってるの？　動機が無いでしょ？」

「あの子は両親から虐待を受けていたんです。それって、立派な動機になるんじゃないですか？」

「どうしてそんな酷（ひど）いことを……」

愛華が新城に軽蔑の眼差しを向ける。

感情論はともかく、篤が二人を殺害し、天井裏を伝って逃げたという新城の推理には欠陥がある。

「篤君が殺害したと仮定した場合、幾つか問題が発生します」

月島は、手を挙げながら発言した。

「どんな問題ですか？」

「篤君には、血痕が付着していませんでした。あれだけの量の出血です。返り血を浴びていないというのは不自然です」

「雨合羽みたいなもので、返り血を防ぐことはできますよね」

新城が、メガネの位置を直しながら、強い口調で反論する。

本気で篤が殺害したと思っているわけではなく、話の流れで引っ込みがつかなくなったのだろう。

「確かに、雨合羽のようなものを着ていれば、返り血を防ぐことはできたでしょう。でも、問題は、それだけじゃありません」

「他に何があるんですか？」

「篤君の身長で、天井裏に上れるとは思えません」

篤は小柄な部類に入る。身長は、せいぜい一三〇センチ程度だ。天井の高さは、二メートル四〇センチといったところだ。どう考えても届かない。

「踏み台とかを使えば……」

「その場合、現場に踏み台が残っていないといけませんよね？」

犯行現場には、踏み台のようなものは残っていなかった。

「まあ、そうだけど……あっ！　ロープ！　予め、天井裏からロープを吊しておいて、それを伝って移動したあとに回収すれば、痕跡は残りませんよね？」

確かに、新城が提示した方法を使えば、踏み台が無くても天井裏に移動することができる。上ったあとに、ロープを回収すれば万事解決だ。

だが、それは机上の空論だ。

「支えの無いロープを、腕力だけで上るのは、相当に大変です。篤君にできたとは思えません」

「困難なだけで、不可能ではないですよね？」

篤が見かけによらず、身体能力に長けていたなら、確かに上ることはできたかもしれない。

「ただ、篤君が犯人だった場合、もう一つ問題が発生します」

「どういう問題？」

「かなえさんの傷のあった場所です。かなえさんは、頸動脈を刺されています。血痕の位置から考えて、立った姿勢のまま刺されたと思われます。篤君の身長を考えると、少し無理があります」

「………」

「別に、新城さんの考えを否定しているわけじゃありません。ただ、一つの考えに固執するのは、推理をする上で良くないと思っています」

最後は、呼びかけるように言った。

新城自身、天井裏から部屋を脱出するという考えに執着していたことに気付いたらしく、「そうだね」とおどけるように返事をして、それ以上の反論をしなかった。

議論が終わったところで、パチ、パチ、パチと間隔を空けた拍手の音が聞こえた。

亜人夢だった。

「さ、さすが、推理作家ですね。月島さん――」

言葉に反して、亜人夢は月島に賛辞を贈っているわけではなさそうだ。

「急にどうしたの？」

愛華が訊ねると、亜人夢は、ゆっくりと椅子から立ち上がった。

「ぼ、ぼくには、分かってしまったんです。この事件の犯人が――」

亜人夢の宣言に、円卓の面々がざわつく。

犯人の特定ができたことに対する驚きもあるだろうが、もしかしたら、自分が犯人として指名されるかもしれないという不安もあるはずだ。

そんな異様な空気の中、月島の心は凪いでいた。

状況から考えて、亜人夢がどんな推理を組み立てたのか、何となく想像ができてしまったからだ。

「誰が犯人なんですか？」

玲が訊ねると、亜人夢は、歪んだ笑みを浮かべ、ゆっくりと人差し指を月島に向けた。

「は、犯人は、あなたですね。月島さん──」

──やっぱりそうきたか。

円卓に驚きの波が広がる中で、月島は深いため息を吐いた。

3

カウンセリングルームの白さに、軽く目眩がした。

紗和がこの部屋を訪れるのは、これで三回目なのだが、一向に慣れない。眩し過ぎる光というのは、視覚に一種の歪みを生み出すようだ。

Aは、昨日と同じ白いリクライニングチェアに座っていた。

瞼を閉じ、がっくりと頭を前に垂らし、手足も脱力している。眠っているように見えるが、そうではない。

彼は、深い催眠状態にある。

Aの向かいに座っていた久賀は、昨日と同じように、テーブルの上に懐中時計を置き、シャツの袖を捲(まく)っている。

表情は柔らかいのだが、放たれる空気は硬質で、冷え切っている。

「では、昨日と同じように、目の前にある階段を上って行きましょう」

久賀は、優しく語りかけるように切り出した。

「はい……」

Ａが虚ろな表情で返事をする。

昨日の催眠療法で、記憶の一部を取り戻したが、それは幼少期に虐待を受けていたという、忌まわしいものだった。

躊躇(ためら)いが生まれるのは当然だ。このまま、拒絶されることも考えたが、Ａの太ももが微かに動いた。

イメージの中で、階段を上り始めたようだ。

「何か見えますか？」

久賀が訊ねる。

「いえ。何も……ただ、階段が続いているだけです……」

「そうですか」

「もう少し、進んでみましょうか」

久賀は、明るい口調で言ったが、その表情には落胆があった。

それは紗和も同じだった。

昨日のように、階段を上った先で、過去を思い出してくれると思っていたのだが、そう簡単にはいかないようだ。

「まだ、何も見えて来ませんか？」

「はい」

「そうですか。では、ちょっと、刺激を与えてみましょう」

そう言って、久賀がソファーから立ち上がると、一旦、部屋を出て行った。

――何をするつもりだ？

五分と経たないうちに、久賀は高さ5センチほどの茶色い遮光瓶を持って戻って来た。

「それは何ですか？」

紗和が訊ねると、久賀は「すぐに分かります」と簡潔に告げ、瓶の蓋を開けてAの鼻先に近付けた。

紗和のところまで、ふわっと桜の花の香りが届いた。

久賀が持っているのは、どうやら桜のエッセンスの入ったオイルのようだ。

「香り――ですか？」

「そうです。人間の記憶は、香りと密接に結びついていると言われています。昨日、彼は桜の話をしていましたから、香りを嗅ぐことで、何か思い出すかもしれないと思ったんです」

久賀の言葉を裏付けるように、Aの頬の筋肉が、ビクビクっと痙攣した。

「何か見えましたか？」

久賀が改めて訊ねると、Aは嫌々という風に激しく首を横に振る。

「お願い。やめて……」

言葉の途中で、Aは「うっ」と嗚咽するような声を出した。

口の中に、何かが詰まっているのか、苦しそうに足をバタバタとさせる。

「大丈夫ですか？」

久賀が身を乗り出して、Aに声をかける。

Aは、そんな久賀の腕を摑んだ。そのまま、顔を上げると、唇を震わせながら、吐息を漏らす。

「分かった。言う通りにするから。痛いのはやめて」

Aは、懇願するように言ったあと、脱力してリクライニングチェアに凭れた。

意識を失ったのかと思ったが、そうではなかった。Aは眉間に皺を寄せながら、ぶつぶつと何事かを呟いている。

耳を澄ましても何を言っているのかは判別できなかったが、リズムと音程を刻んでいるように聞こえる。

まるで、歌でも歌っているように——。

これはどういうことなのか？　意見を求めて久賀に視線を向けたが、彼にも分からないらしく、首を左右に振った。

しばらくして、Aの声がぷつっと途切れた。

「大丈夫ですか？」

久賀が訊ねると、Aはゆっくりと顔を上げた。

「平気。こんなの、全然何ともないから」

Aは、これまでの険しい表情とは打って変わって、口許に笑みを浮かべると、ふんふんふんっと、楽しげにハミングを始めた。

「本当に大丈夫ですか？」

久賀が聞き返す。

「歌が聞こえるから」

「歌？」

「大人しくしておけば、あいつは満足なんだから」

「どういうことですか？」

「そんな顔をしないで。……ちゃんがいてくれたら、どんなことでも平気だから……」

Ａがまた笑った。

会話が嚙み合っていない。おそらく、Ａは久賀と会話をしているのではなく、記憶の中で誰かと会っていて、その人物と言葉を交わしているのだろう。

「今、あなたは、誰と一緒にいるんですか?」

久賀は、紗和と同じことを考えていたらしく、ソファーに座り直してから質問を投げかけた。

「友だち……。とっても大切な人」

「友だち?」

「そう。彼女がいるなら、何があっても平気」

「その友だちは、どんな人ですか?」

「天使――」

Ａは、恍惚とした表情で答える。

比喩というより、本当にそうだと言わんばかりの口調だった。

「その友だちは、人間ではないんですか?」

「そう。だって彼女は……」

Ａは途中で言葉を切り、怯(おび)えたように辺りを見回す。

「だって、何ですか?」

「また、あいつが来た……」

Ａはそう言うと、再び、険しい表情を浮かべ、ぶつぶつと何事かを呟き始めた。

「いったい、彼に何が起きているんですか?」

紗和は、我慢できずに久賀に訊ねた。

昨日とは異なり、Ａの発言内容が、コロコロと変わり、状況が摑み切れない。

「多分ですが、様々な記憶が彼の中で、フラッシュバックしているのだと思います。時系列がめちゃくちゃになっているのかもしれません」

久賀は、声のトーンを低くしながら答える。

様々な時代の記憶が、断片的に脳裏に蘇ることで、Ａの言うことが支離滅裂になっているのか。

しばらくして、呟きは止まり、Ａは脱力したように、がっくりと頭を垂れた。

「私の声が、聞こえていますか？」

久賀は、柔らかい口調でＡに語りかける。

「は、はい」

Ａは瞼を閉じたままコクリと頷いた。

これまでと、声の調子が違う。今度は、ちゃんと久賀の声に反応しているようだ。

「今、あなたには何が見えていますか？」

「ここは、ぼくの家です。狭くて、かび臭い部屋。畳が汚れている。これは……」

そこまで言ったあと、Ａは怯えたように背中を丸め、ガタガタと震え始める。

「どうかしましたか？」

久賀の質問に答えることなく、Ａはう゛ー、う゛ー、と唸るような声を上げ始める。

――今度は、何があったんだ？

しばらく唸っていたＡだったが、急に苦しみ始めた。顔色が、みるみる悪くなっていく。過呼吸のような状態に陥っている。

「大丈夫です。落ち着いて息を吐き出して下さい」

久賀の声を掻き消すように、Ａは立ち上がり、「うわぁ！」と身体を捩りながら絶叫した。

その様を見て、久賀はこれ以上は無理だと判断したようだ。昨日と同じ手順で、Ａにかかった催眠を解いていく。

久賀が、ゼロまで数をカウントして、指を鳴らすと、Aはゆっくりと瞼を開けた。

催眠が解けたことにほっとした紗和は、自分がいつの間にか、立ち上がっていることに気付いた。

掌にも、びっしょりと汗をかいている。

興奮していたのは、Aだけではなかったようだ。

紗和は、深呼吸をしてから、椅子に座り直す。Aもまた、久賀に促されて、リクライニングチェアに腰掛けた。

頭に痛みが残っているのか、Aは包帯の巻かれた手で自分の額を押さえている。

「水を飲みますか？」

久賀は、ペットボトルの水を青年に差し出す。

彼はそれを受け取ると、喉を鳴らしながら水を飲み、大きく息を吐き出した。まだ、呼吸に乱れはあるが、顔色はだいぶマシになったと思う。

——彼は、いったい何を見たのか？

問い質したい気持ちはあったが、紗和は辛うじてその感情を抑え込んだ。

ここで自分がしゃしゃり出たのでは、全てが台無しになるかもしれない。久賀に任せるしかない。

それが、余計にもどかしい。

「何を見たのか、話して頂けますか？」

久賀が訊ねると、Aは包帯の巻かれた自分の両手をじっと見つめた。

「人が……死んでいました……」

Aが放った言葉に、紗和は思わず腰を浮かせた。

少年時代に戻ったとばかり思っていたが、事件に関する何かを思いだしたのかもしれない。

逸る紗和の気持ちを察した久賀が、「喋るな」という風に、人差し指を立てた。

「亡くなっていたのは、どなたですか？」

「多分、お母さんの恋人。それから、お母さんも……。二人とも血塗れで」

「それは、何時のことですか？」

「詳しくは、分かりません。で、でも……小学生くらいの頃のことだったと思います」

「どうしてそう思うんですか？」

「どうしてかと言われると困る。でも、何となく、感覚として、小さい頃の出来事だった気がする」

Ａが、がっくりと肩を落とした。

「あなたのお母さんとその恋人は、何が原因で亡くなったのか分かりますか？」

久賀が慎重な口ぶりで訊ねた。

さっき、Ａは二人とも血塗れで――と答えた。そうなると、考えられるのは、交通事故か、何らかの事件に巻き込まれた可能性だ。

「殺されたんだと思う――」

Ａが放った言葉に、紗和は心を締めつけられた。

「誰にですか？」

「分からない……でも、お母さんは、血塗れになりながら、ぼくに向かって、お前のせいだって……」

Ａが首を左右に振った。

紗和は、その反応に疑念を持った。ただの感覚に過ぎないが、それでも、彼が何かを知っていて、隠しているように見えた。

久賀も同じことを考えたらしく、「本当に覚えていないのですか？」と改めて訊ねる。

「嘘じゃない。本当に知らない。信じて」

Aはリクライニングチェアから立ち上がり、久賀の腕を摑んですがりつく。

その目には、涙が浮かんでいた。

「分かりました。今は信じます」

久賀が宥めるように言うと、Aは膝から頽れるようにして、その場に座り込んでしまった。

「お願いです。先生。助けて下さい。このままじゃ、うちは……」

「最善を尽くします。今は、不安を払拭するために、溜まっている感情を吐き出してしまった方がいいでしょう」

久賀の言葉がスイッチとなり、Aは声を上げて泣き始めた。

まるで、子どものように、久賀にすがりつきながら泣いているAを、紗和は呆然と見つめるほかなかった。

Ⅳ

「ぼくが犯人だと断定した理由を、聞かせてもらっていいかな？」

月島は、半ばうんざりしながらも、亜人夢に訊ねた。

新城、愛華、アッシュの三人は、自信たっぷりな亜人夢のもの言いに呑み込まれ、月島に疑いの目を向けている。

特にアッシュの威圧感は凄まじく、月島が犯人だと判明したあかつきには、暴力も辞さないといった目つきだ。

そんな中、永門は、無邪気にこの状況を楽しんでいるように見える。

「月島さんに限って、人を殺すなんてあり得ません」

玲が、強い口調で主張した。

彼女だけは、亜人夢に流されることなく、月島が犯人ではないと信じてくれているようだ。

「あ、あり得ないと言い切るほど、玲さんは、月島さんのことを知っているんですか？」

亜人夢に正論をぶつけられて、玲は「それは……」と口籠もってしまった。

「亜人夢君は、どうしてぼくのことを犯人だと思ったんですか？　断定するからには、相応の根拠があるんですよね？」

月島が改めて訊ねると、亜人夢は「も、もちろん」と、自信たっぷりに頷いてから、説明を始めた。

「ま、まず、犯行現場の状況です。かなえさんの死体が寄りかかっていたために、ドアが開けられない状態ということでした」

亜人夢はテーブルの上にある、彼自身が描いた図面を指差した。

「密室だったってことよね。月島さんは、どうやって密室を作り出したの？」

疑問を投げかける愛華の目は、好奇心に溢れていた。

「そ、その密室こそが、ぼくが月島さんを犯人だと断定する理由です――」

亜人夢は、背中を丸めながらも、ちらっと月島に目を向けた。

挑発されているようだが、いちいちそれに乗っかるのも面倒だ。月島は、「続けて下さい」と先を促す。

「あ、篤君の証言を整理すると、島田さんと、かなえさんの諍いから逃げるように部屋を出た。そ、そして、円卓の椅子に座って、しばらく眠ってしまった。その後、悲鳴を聞き、部屋に戻ろうとしたけれど、ドアが開かず、そこに座り込んで泣いていた――ということです。こ、ここまではいいですか？」

亜人夢が、円卓の面々を見渡す。

誰も異論はなく、月島も含めて全員が頷いてみせる。

「つ、次に、各自のアリバイについて。これも、客観的なアリバイを保持している人間は、一人もいません」

「だったら、なおのこと、月島さんが犯人だと断定することはできませんよね？」

玲が手を挙げて発言する。

一人でも、こうして無実を信じてくれる人がいるというのは、何とも心強い。

「わ、分かっています。今は、あくまで全員が犯行可能だったという、ぜ、前提条件を説明しているに過ぎません」

「…………」

「は、話を戻しましょう。死体の第一発見者は、月島さんでした」

「私も一緒にいました」

玲が再び声を上げる。

「そ、そうでしたね。篤君の呻くような声を聴いて、スタッフルームに足を運んだ――ということでしたね」

「そうです」

「こ、このとき、ドアの隙間から流れる血を見つけたんですね」

亜人夢は、月島に同意を求めてきた。「その通りです」と素直に応じる。

「そ、その後、月島さんは、強引にドアを押し開け、スタッフルームに入り、し、死体を発見した――ここまでも大丈夫ですね」

「ええ」

月島が応じたのに満足したのか、亜人夢はニヤッと笑ってみせる。

「つ、月島さんの証言を裏付けるように、死体は横倒しになっていて、ドアにもべったりと血痕が付着していました」

「だったら、やっぱりスタッフルームは密室だったってことじゃないですか？」

新城が疑問をぶつける。

亜人夢は、少しも動じることなく、「お、仰る通り」と人差し指を立ててみせる。

「た、但し、さっきから言っている通り、これは、つ、月島さんの証言が、正しいならば――という前提での話です」

「どういうことです？」

「す、凄く単純な話です。犯行現場は、密室ではなかったんです」

円卓の面々は、一様に「え？」と驚きの表情を浮かべていたが、月島はいたって冷静だった。

「げ、現場を見た皆さんは、知っていると思いますが、部屋には、血液を含んだタオルが残されていました」

「確かにありましたね。でも、それがどうしたんです？」

新城が訊ねると、よくぞ聞いてくれました――とばかりに、亜人夢が胸を張る。

「は、犯人である月島さんは、島田さんと、かなえさんを殺害したあと、かなえさんの血液を、このタオルに含ませ、ドアに擦りつけたんです。目的は、わざわざ言うまでもありませんよね。か、かなえさんが、出血した状態で、ドアにもたれかかったという血痕を偽装するためです」

「偽装工作ってわけですか」

新城の言葉に、亜人夢が大きく頷いた。

「そ、そうです。かなえさんの死体は、ドアにもたれかかってなどいなかったんです。つまり、あの部屋は密室ではなかった」

「でも、確かに、ドアは開かなかったんです。私も一緒にいたんです」

玲が月島を庇う発言をした。

だが、それを受けても、亜人夢は動じることはなかった。

「つ、月島さんは、ドアを開けようとしたけれど、開かないという演技をしていたんですよ」

「そんなはずありません」

「ど、どうしてそう言い切れるんですか？　玲さん自身が、ドアを押したんですか？」

「それは……」

玲の反論は、あっけなく封じ込まれた。

「は、話を続けます。月島さんは、偽装工作をした上で、開くはずのドアが、開かないという芝居を打ちました。そ、そうすることで、犯行現場が密室になっていたと印象付けたんです」

「でも、どうして、そんなことをする必要があったんです？」

新城が、メガネを指先で触りながら質問を投げかける。

「こ、これが、通常の殺人事件であれば、犯行現場を密室にするメリットは、何一つありません。第三者の介入を、自ら示すようなものですから。じ、自殺に見せかける、もしくは、し、死体が発見されないように処分するのが、もっとも犯行が発覚し難いんです」

「だったらなおのこと、密室だったと偽装する理由がありませんよね」

「さ、先ほど、ぼくは、通常の殺人事件であれば——と前置きしました。今回の事件は、謎解きイベントとして発生したものです。さ、殺人事件が起きることと、この中に犯人がいることは、予め、Mによって提示されていますﾞ」

「確かに」

「は、犯人である月島さんは、あと二件の殺人事件を起こさなければなりません。そ、その間、時間稼ぎをする必要がある。そこで、存在しない密室を作り出すことで、ぼくたちの思考をフーダニットから、ハウダニットに誘導したんです」

「でも……」

反論の言葉を発しようとした玲を、亜人夢は手で制した。

「そ、そして――犯行現場を密室だと思い込ませることができたのは、この中で、ただ一人。つ、月島さん。あなたなんです」

亜人夢が、芝居がかった動きで月島を指差した――。

「まったく。面倒なことになった……」

月島の呟きが聞こえたらしく、永門がぷっと噴き出すように笑った。本当に呑気なものだと思う。だが、このマイペースさが永門の良さでもある。

何れにしても、ここまできてしまったのなら、静観しているわけにもいかない。

月島は、覚悟を決めてゆっくりと立ち上がろうとしたが、それに待ったをかけた人物がいた。

愛華だった――。

5

「どうぞ――」

久賀が、紗和にティーカップを差し出した。

礼を言って受け取り、口に含むと、ハーブの香りがした。昨日と違う紅茶だ。何種類もの茶葉を揃えているとは、久賀は、見た目通りの凝り性らしい。

「今回も、一歩前進と言っていいですね」

久賀が優雅にティーカップの紅茶を啜りながら言う。

「はい」

「彼の言葉を信じるなら、彼の母親とその恋人は、何者かに殺害されている。そして、彼は、その死体を目撃している――」

殺人事件であったとしたなら、該当する事件の記録が残っているはずだ。それを調べることで、Aの身許特定に近付くことができるはずだ。

「こちらで、過去の殺人事件の記録を洗ってみます」

調査できることは他にもある。

Aが幼い頃に母親を失っていたとすると、児童養護施設などで保護されていた可能性もある。ダメ元ではあるが、照会をかけてみる価値はある。

多くの情報を得られたのだが、紗和の気持ちは、何処か鬱々としていた。

「このまま、催眠療法を続けるのですか？」

連日の催眠療法により、Aの疲労は、かなり蓄積しているように見える。それが証拠に、支離滅裂な言動を取ったり、感情が不安定になったりしている。

催眠療法を継続していくことが正しいのか、判断が難しいところだ。

「そのつもりです」

久賀は、紗和と違って一片の迷いもないようだ。

「でも……」

「言いたいことは分かります。あの青年への負担が大き過ぎると考えているのですね」

「はい。これ以上、彼に催眠療法を強制するのは……」

「私は強制はしていません。催眠療法の継続は、あくまで彼自身の意思です。そのことは、ビデオカメラにも、記録されています」

久賀が、三脚に載ったカメラを一瞥した。

「そうかもしれませんが……」

「美波さんは、感受性が豊かな方なのですね」

久賀が目を細めた。

本人にそのつもりはないのだろうが、バカにされたように感じてしまった。

「そういう話ではありません。私は、ただ、休養も必要だと」

「一つ、忘れていませんか？　彼は血塗れで警察署に姿を現したんです。これが、どういうことか分かりますよね？」

紗和の脳裏に、あの夜の光景が浮かんだ。

あのとき嗅いだ、殺戮の匂いが蘇り、軽い吐き気を覚えた。

「ええ。彼が誰かを殺傷した、もしくは、その現場に立ち会った可能性が高い」

「そうです。被害者がいるんです。我々は、その被害者を未だ見つけることができていません」

久賀の真剣な眼差しが紗和を射貫く。

「確かに、その通りですが……」

「正直に言うと、私は、多少の無茶はすべきだと思っています。なぜなら、私たちの目的は、治療ではなく事件の真相究明だからです」

病院でも、そんなやり取りがあった。

担当医の及川は治療を、久賀は真相究明を優先し、意見が対立したのだった。あのとき、紗和は久賀の考えに賛同したではないか。

なのに、もやもやとしたものが残る。

「それは理解しています。しかし、仮に彼が加害者であったとしても、人権は……」

「美波さんは、加害者の人権も守られるべきだと考えていますか？」

久賀は、紗和の言わんとしていることを、先読みして質問を投げかけてきた。

「私は、そうあるべきだと思っています」

警察という立場にある以上、ルールは遵守すべきだ。それをしなければ、ただの無法者になってしまう。

紗和の回答が不満なのか、久賀は苦笑いを浮かべた。

「なぜですか？」

「なぜって……加害者だから、何をしてもいいという考えが蔓延すれば、それは単なる復讐になります」

「そうですね。美波さんは正論を言っていると思います。しかし、人の感情というのは、そうした理屈で割り切ることはできません」

「久賀さんは、違う考えをお持ちなんですか？」

「ええ。私は加害者に人権を求めるという考えには、賛同し兼ねます。被害者の人権を奪っておいて、自分たちだけ権利を主張するなんて、都合がいいと思いませんか？」

久賀の言葉に、紗和はぞっとした。

心情としては分からないでもない。だが、それでは、誹謗中傷を繰り返すネット民と同じではないか。

それに――。

久賀が、こんなにも極端な考え方を持っていることに、失望を覚えた。

「警察官の仕事は、罰することではありません。あくまで、真相を明らかにすることです」

「違いますね」

久賀がふっと息を吐くようにして笑った。

「何が違うのですか？」

「美波さんは、彼の境遇に同情しているように見えます」

「そんなこと……」

自分でも歯切れが悪いのが分かった。

Ａの過去を聞き、それに同情してしまっている部分があるのは事実だ。

「お気持ちは分かります。しかし、過去に虐待されていたからといって、誰かの命を奪っていい理由にはなりません」

「それはそうですが……」

「加害者が、どんな状態であったとしても、罪はそこに存在するのです。過去や精神状態に応じて、量刑が変わってしまうのは、不自然だと思いませんか？」

久賀の言いように、違和感を覚えた。

「久賀さんは、心神喪失による無罪判決に異論があるのですか？」

現行の法律では、加害者が心神喪失状態にあった場合、責任能力がないと判断され刑事責任を問うことができず、犯行の凶悪度にかかわらず無罪になる。

「ええ。ありますね。昔、ビリー・ミリガンという、二十四人の人格を持った男が、解離性同一性障害を理由に無罪判決を受けました」

「知っています」

一九七七年、オハイオ州の大学の駐車場で、三人の女性が性的暴行を受けた上に、金銭を奪われるという事件が起きた。

その犯人とされたのが、ビリー・ミリガンだった。

彼は、二十四もの人格を宿していたことで、解離性同一性障害という診断を受け、世間の注目を集めた。

「私は、あの事件に違和感を覚えます。主人格のビリー・ミリガンは、犯行を行っていません。然しながら、彼の中には、犯行を行った人格が存在しているわけです。それなのに、無罪という判決でした」

久賀は、淡々と口にした。

それ故に、余計に怖ろしいと感じてしまった。彼の中には、紗和が想像だにしない、黒々とした思想があるような気がする。

「久賀さんは、ビリー・ミリガンに罰を与えるべきだと？」

「いえ。ビリー・ミリガンは、犯行を行っていないので、彼を罰する必要はないと思います」

「では……」

反論しようとした紗和の言葉を、久賀は手を翳して制した。

「しかし、彼の中に、犯行を行った人格がいます。だとしたら、その人格に罰を与えるべきだと私は考えます」

久賀が放った言葉が、巨大な塊となって、紗和の上にのしかかってくる。

「理屈としては分かります。でも、それは過激な考えだと思います」

「私だけが過激なのでしょうか？」

「どういう意味ですか？」

「実際に、行動に移すかどうかは別にして、誰しもが不条理に対しての怒りを、内包しているのではないでしょうか？」

息が詰まる。このまま、久賀と見合っていたら、自分自身まで、漆黒に染め上げられていくような気がした。

逃げ出したい気持ちが生まれるが、それは紗和の信念に反する。

「久賀さんの仰りたいことは、分かります。しかし、それを律することが、人としての在り方ではないでしょうか？」

紗和が絞り出すように言うと、久賀は口許を歪めた。

「潔癖な方なんですね」

「そういう話をしているのではありません」

「同じですよ。ただ、そうやって理想論を語れるのは、ご自身が当事者になったことがないからです」

「どういう意味ですか？」

「美波さんも、被害者遺族になれば、分かりますよ」

「被害者遺族になったことがあるのですか？」

「すみません。関係ない話をしてしまいましたね」

「質問の答えになっていません……」

「催眠療法を行う場合は、もちろん、彼自身の意思を尊重し、同意を得てからですので、ご安心下さい」

久賀は、紗和の言葉を遮るように言うと、ゆっくりとティーカップの紅茶を飲んだ。

その目には、さっきまでの爛々とした輝きはなく、いつもの紳士的な久賀に戻っていた。だが、それ故に不気味に見えてしまった。

「私は……」

「この話は、もうやめませんか？」

「でも……」

「これ以上、話を続けても、平行線を辿るだけです」

「捜査を継続する上で、意見が対立したままでは、支障を来します」

「大丈夫ですよ。私にも理性がありますし、職業上の倫理観も持っています。正式な場で、意見を求められたら、美波さんと同じ回答をします。さっき話したのは、あくまでそういうものを取り除いた本音の話です。美波さんにも、そうした感情はありますよね？」

久賀に反論することができなかった。彼の言う通りだからだ。

さっきの議論にしても、紗和は建前を話している。言葉として口に出さないだけで、理不尽なことに対する怒りや憎しみはある。

紗和に限らず、本音を押し殺して、正論を口にするのが人というものだ。

「私は……」

「今の議論は、お互いに忘れて、捜査に専念しましょう」

「そうですね……」

紗和は、返事をした後、ティーカップの紅茶を口に含んだ。

あれほど芳醇だった香りが消え失せていた。

VI

「面白い推理だと思うけど、その推理には欠陥がある気がするのよね――」

愛華が、長い髪を指に巻き付けながら言う。

傍観者的な立ち位置だった愛華が、こんな風に発言することが、月島には意外だった。

それだけに、彼女が何を言うのか興味が湧いた。

「ど、どういう欠陥ですか？　月島さんを庇っているだけですよね？　ど、どうせ、かっこいいから肩を持っているんでしょ」

亜人夢の主張は、痼癪を起こした子どものようだった。

「確かに月島さんは魅力的な男性ね――」

愛華は、月島の許まで歩み寄って来ると、指先でつつっと肩を撫でる。

月島が怪訝な表情を浮かべると、愛華は悪戯が見つかった子どものように、肩をすくめて笑ってみせる。

「や、やっぱりそうだ。お前は、いつも男のことばっかりだ。き、気に入った男だから庇ってるんだろ」

亜人夢が顔を真っ赤にして主張する。

「いくら魅力的な男でも、殺人犯を庇うほどバカじゃないわ。あなたと違って、子どもじゃないんだから」

「ぼ、ぼくは子どもじゃない！　バカにするな！」

愛華に子ども扱いされたことで、さらに激高した。そのまま、卒倒してしまいそうだ。

その様を見て、愛華は深いため息を吐いた。

「あんたの、そういうところが子どもって言ってんの。いちいち大きな声を出さないでよ」

「だ、だったら、ぼくの推理の欠陥とやらを、教えて下さい。そんなものが、あれば――の話ですけど」

強気に出る亜人夢に対して、愛華は涼しい顔をしていた。

「もちろん、そのつもり。まず、血痕を染み込ませたタオルを使って、かなえさんがドアをずり落ちたように偽装したって話だけど、ちょっと不自然なのよね」

愛華は、左の肩にかかった長い髪をつまんで弄っている。

「ど、どうしてですか？」

「確かに、その方法で、かなえさんの死体が、ドアに寄りかかっていたように偽装することはできると思う」

「だったら……」

「だけど、ドアに付着していた血痕は、ずり落ちたときのものだけじゃないでしょ」

「え？」

「見落としていたみたいね。まあ、現場を見て吐いちゃうくらいだから、しょうがないけど」

「…………」

亜人夢は、悔しそうに唇を噛んだ。

最初に犯行現場を見たとき、亜人夢が嘔吐感を抑えきれず、トイレに駆け込んだのは事実だ。

「ドアには、血飛沫（ちしぶき）が飛んだ痕があったの。ちょうど、うちの目くらいの高さ。だいたい、このくらい」

愛華は、掌で自分の目の高さを示してみせる。

「…………」

「かなえさんは、私より少し身長が高かったから、彼女でいうと、ちょうど首の高さくらいね」

「な、何が言いたいんですか？」

「だから、この高さに血飛沫の痕が残っているってことは、かなえさんは、刺されたとき、ドアの前に立っていた——ってことになるでしょ」

ギャルっぽい見た目のせいもあって、ノリだけで振る舞っているように見えたが、思いの他、洞察力に優れているようだ。

他のメンバーたちも、愛華の説明に納得したらしく、感心したように頷いている。

「で、でも、それは、刺されたときに立った状態だったという証明であって、月島さんが犯人じゃないという証明にはならない」

亜人夢の反論に、愛華は「それもそうね」とあっさり応じたが、負けを認めたわけではなかった。

「矛盾点は、それだけじゃないんだよね」

「ど、どんな、矛盾ですか?」

亜人夢の額にじんわりと汗が滲む。

「月島さん。ちょっと立ってもらえるかしら?」

「はい」

言われるままに、月島は立ち上がる。

愛華は、月島の周りをぐるぐると回りながら、じっくりと観察する。

「うん。やっぱりね。月島さんの服には、血痕が付いていない」

「そ、そんなの、さっきも新城さんが言っていたじゃないですか。雨合羽か何かを着ていれば、防ぐことができます」

「そうね。じゃあ、確認だけど、あなたは、月島さんが雨合羽を着て、犯行に及んだって推理でいいのね?」

「そ、そうです。まさか、矛盾っていうのは、返り血の話ですか?」

「違うわよ。——玲ちゃん」

愛華に呼びかけられた玲は、「はい」と返事をしながら立ち上がった。

「死体を発見する前に、ドアの隙間から、血が流れ出て来たのを見たのよね?」

「見ました。血が流れ出て来たので、月島さんと、ドアを開けようということになったんです」

「なるほど。そういうことか――」

新城は、この先に続く話の流れを理解したらしく、ぽんっと手を打った。もちろん、月島も理解している。

だが、亜人夢は、まだ混乱しているらしく、しきりに額の汗を拭っていた。

「な、何を言ってるんです？」

「分からない？」

愛華がおどけた調子で言う。

「ど、どうせ、揚げ足取りでしょ」

「違うって。よく考えてよ。玲ちゃんと、月島さんが駆けつけたとき、ドアの隙間から、血が流れ出て来たんだよ。ってことは、その段階では、まだ血液が凝固していなかったってことでしょ？」

「そ、そうなりますね……」

亜人夢も、愛華が何を指摘しようとしているのかを理解したらしく、その声には、さっきまでの威勢の良さはなかった。

「あなたの推理だと、月島さんが、かなえさんを殺害した後、死体を横倒しの位置に移動させる。その上で、流れ出る血をタオルに染み込ませ、ドアに血痕を作って、ドアに凭れていたように偽装する。それから、一旦、現場を立ち去り、返り血を防ぐために着ていた雨合羽を片付けて、何食わぬ顔で現場に再び現れたってことになる」

「ふ、不自然はないはずです」

「いいえ。不自然な点が二つあるわ」

「ふ、二つ？」

「そう。一つ目は、篤君の存在。彼は、円卓で寝ていた。で、悲鳴を聞いて、目を覚まして、スタッフルームの前に移動しているの」

「そ、それがどうしたんですか?」

「あなたの推理通りの行動を取ったのだとしたら、スタッフルームを出た段階で、篤君と鉢合わせをしていたはずよ」

愛華の指摘に、亜人夢は「うっ」と息を詰まらせた。

口に出さずとも、痛いところを突かれたと顔に書いてある。ただ、亜人夢は月島犯人説を諦めなかった。

「そ、それは、ロビーを通らないで、部屋に行く隠し通路が……」

亜人夢が、汗を拭いながら反論する。

「隠し通路は無かったはずよ。それに、そんなものがあるなら、ドアが開かないふりをする必要がないでしょ」

「だ、だったら、篤君を脅したんだ。その上で証言を強要した」

亜人夢の強引な理屈に呆れたのか、愛華は左の肩に垂れた前髪を弄りながらため息を吐く。

「頑固ね。仮に、そうだとしても、もう一つ問題があるのよ」

「な、何です?」

「玲ちゃんたちが、スタッフルームに足を運んだとき、ドアの隙間から血が流れて来たと言っているの。血液の凝固が始まる時間は、だいたい十秒から十五秒くらい。あなたの推理通りのことを実行するには、時間が短過ぎるのよ」

「だ、だとしたら、玲さんが嘘を吐いているんです。月島さんを庇うために……」

亜人夢が見苦しい反論を続ける。

「もう、足掻くのはやめた方がいいわよ」

「あ、足掻いているわけじゃない。ぼくは、ただ、可能性を……」

「それを、足掻くって言うのよ。血が流れ出て来たとき、月島さんがドアの前にいたという、客観的証拠もあるのよ」

「え？」

「スタッフルームのドアの前の血痕を確認してみれば。月島さんの靴の形に凹んでいるわよ。それを見れば、凝固した血液を踏んだんじゃなくて、流れて来たことが分かるはずよ」

愛華は、言いたいことがあればどうぞ——という風に促したが、彼は黙したまま俯いてしまった。

この場にいる全員が、亜人夢の敗北を感じ取った。お陰で、月島犯人説が覆された。

「彼女は、とても頭の切れる女性なんだね」

永門が、月島に耳打ちしてきた。

「同感だ」

見た目で判断してしまっていたが、愛華は観察眼もあるし、論理的思考も持ち合わせている。お陰で嫌疑を晴らすことができた。

「何か言った？」

愛華が声をかけてきた。

「いえ。何でもありません。それより、ありがとうございます」

月島が礼を言うと、愛華は不機嫌そうにため息を吐いた。

「華を持たせたつもりかもだけど、分かっていたなら、自分で論破して欲しかったわ」

——バレていた。

やはり、なかなかの観察眼だ。愛華が指摘した通り、月島も同じ手順で亜人夢の推理の破綻を指摘することができたのだが、敢えて口を閉ざしていた。

ただ、それを素直に認めるのは決まりが悪い。

「そんなことありませんよ。愛華さんのお陰です」

「謙遜も過ぎると嫌みになるわよ」

「いえいえ。そんな……」

「ぼ、ぼくの推理に、ミスがあったことは認めます！」

撃沈されたはずの亜人夢が、唐突に声を上げながら立ち上がった。

「認めるなら、大人しくしていたら？」

愛華が呆れた調子で言ったが、亜人夢は聞き入れなかった。

「で、でも、ミスがあったのは殺害トリックの解明部分であって、月島さん犯人説は、まだ覆されていません」

亜人夢は、どうしても月島を犯人にしたいらしい。

もちろん個人的な恨みがあるからではない。一度出した自分の推理を、全否定されることが我慢ならないのだ。

負けず嫌いも、ここまでくると尊敬の念すら抱く。

「そこまで言うんだったら、別のトリックを思い付いたということですか？」

月島が問うと、亜人夢は悔しそうに唇を噛んだ。

「あの――」

会話を遮るように手を挙げたのは、新城だった。

「犯人が分かったかもしれません」

かも――という控え目な表現を使っているが、その表情は自信に満ち溢れていた。メガネを押し上げる仕草からも、自信の程が伝わってくる。

「ど、どんな推理なのか、聞かせて下さい」

亜人夢が興奮気味に言う。

新城が、月島を犯人だと名指しすると信じて疑っていないようだ。

「もちろん」

新城が立ち上がると、入れ替わるように亜人夢が座った。

その場にいる全員の視線が、新城に向けられる。彼は、自らが注目の的になるのを楽しむように、たっぷりと間を置いてから口を開いた。

「犯人は、あの部屋から出ていないいんですよ――」

新城の放った言葉は、大きな波紋となって、円卓の空気を揺さぶった。

7

「それで、話っていうのは何？」

及川が訊ねてきた。

催眠療法によるAの事情聴取を終えたあと、紗和は及川にアポイントメントを取り、こうして顔を合わせている。

二回目の催眠療法の後に、久賀と話した内容が、頭から離れなかった。

あのときの久賀の言葉は、これまで紗和が抱いていた彼のイメージとは異なるものだった。

中でも「被害者遺族になれば、分かります」という言葉が引っかかった。

あの言葉は、久賀自身が被害者遺族だったことを示唆している。

紗和は、すぐに過去の事件のデータベースを検索したが、該当する事件を見つけることはできなかった。

それでも、久賀があういう言い方をしたからには、何か理由がある。大学時代からの久賀を知っている及川であれば、分かることもあると思ったのだ。

ただ、紗和の中にある疑問をストレートに彼女にぶつけていいのか、迷いがあった。

「例の患者の様子はどうですか?」

迷った末に、紗和はAの容態から訊ねることにした。

「後頭部の傷も塞がったし、手の火傷は時間がかかるけど、肉体的には順調に回復に向かっていると思うわ」

「心の方はどうですか?」

「疲れているのは間違いないわ。でも、前より話すようになった気がする。記憶を取り戻しつつあることで、変化が起きているのかもしれないわね」

「そうですか――」

「彼の容態を訊ねるために、わざわざアポを取ったの?」

「はい」

及川は白衣のポケットに両手を突っ込み、紗和の顔をじっと見つめた。

そこから言葉が途絶え、沈黙が訪れた。

「あなたって、警察官の癖に、嘘を吐くのが下手なのね」

やがて、呆れたように及川が言った。

「え?」

「あなたが、本当に訊きたいのは、久賀君のことでしょ?」

否定する言葉も、誤魔化す言葉も見つからなかった。そもそも、来意が見抜かれているのであれば、ここで取り繕ってもあまり意味はない。

「そうです」

「久賀君の何が知りたいの？」

「先日、及川さんは、久賀さんが、まっとうな人間のふりをしているだけの変人だという趣旨のことを仰いました。あの言葉の真意を訊きたいと思ったんです」

割り切って、率直に疑問をぶつけた。

「久賀君と何かあったのね」

及川は、診察室の隅にある冷蔵庫を開けると、中から緑茶のペットボトルを取り出し、紗和に差し出してくれた。

紗和は、礼を言って受け取る。

「何かあったわけではありません。ただ、久賀さんの言動に疑問を抱いたのは事実です」

「どんな疑問？」

「久賀さんは、表面上は理知的で柔和な印象があります。でも、その裏に、もっと別の感情を抱いていて、それを隠しているのではないか――と」

紗和が口にすると、及川はぷっと噴き出すようにして笑った。

何がそんなにおかしいのか分からないが、及川の笑いはどんどん大きくなり、ついにお腹を抱えて笑い出した。

「やっぱり気付いちゃったわね」

及川が、まだ笑いの残った声で言った。

「気付く？」

「最初に会ったときから、感じてたのよ。あなたは、勘のいい人だから、絶対に久賀君の変人ぶりに気付いちゃうって」

「久賀さんは、変人ですか？」

「変人も変人よ。今のあなたには、それが分かっているでしょ？」

返答することは控えた。

紗和は、確かに久賀に対して違和感を覚えた。だが、それが、変人という言葉で片付けられないような気がしていた。

もっと大きな何か。言うなれば、歪みのようなものかもしれない。

「学生時代の久賀君はね、ちゃんと他人とコミュニケーションも取れるし、周囲に同調することもできる。気遣いもできて、紳士的で、完璧な立ち振る舞いをしていた。あなたも、最初はそう感じたんじゃない？」

「そうですね」

待ち時間に小説を読んでいたり、懐中時計を持ち歩いていたり、少し変わっているところはあるが、紳士的で人当たりがよく、知性もある。

欠点やコンプレックスに無縁な人物といった印象だった。

「でもね、それは久賀君の本来の姿じゃない」

「本心を隠している――ということですか？」

「違うわ」

及川は即座に否定した。

形のいい眉をひそめて、険しい表情を浮かべている。

「どう違うんですか？」

「彼に本心なんて無いわ」

「本心が無い？」

「ええ。感情が無いと言った方がいいわね。彼は、常に他人を観察して、その中で最適な答えを導き出しているに過ぎないのよ。ＡＩみたいにね」

「ＡＩって……」

「言い過ぎだと思う？　でも、私は、そう感じている。彼が、精神医学を学んだのも、人間というものを、知識として理解するためだったんじゃないかと思っているくらいよ」

及川から飛び出した険のある表現に、紗和は絶句してしまった。

今の口ぶりだと、変人というのは、控え目な表現で、久賀のことを異常者だと断じているようなものだ。

「及川先生が、そう感じるのには、何か根拠があるんですか？」

紗和が訊ねると、及川は昔を懐かしむように、遠い目をした後、苦笑いを浮かべてみせた。

「私、久賀君に恋愛感情を抱いていた時期があったのよ。紳士的だし、ユーモアもあって、素敵な人だと思った」

まさか、恋愛話が飛び出すとは思わなかった。

戸惑いを覚えつつも、二人の間に何があったのか興味が湧き、先を促した。

「ある日、彼に想いを告げたんだけど、とても丁寧に断られたわ。私が傷つかないように、細心の注意を払ってね。そういう優しさに、前より強く好意を抱くようにもなったわね」

そこまで言ったところで、及川はふっと息を漏らして笑った。

過去のほろ苦い思い出に浸っているというより、自分を嘲るような笑みだった。

「だけどね――見てしまったのよ」

間を置いてから、及川がぽつりと言った。

「何を――ですか？」

「久賀君のノート」

「ノートですか？」

「ええ。彼は、学部の関係者の人物相関図を作っていたのよ。それだけなら、人間観察が好きな人だ――で済んだかもしれない。だけど、それだけじゃなかった」

「他に何が書いてあったんですか？」

「関わる全ての人の人格を、カテゴライズして、分析をしていたのよ。相手に対して、自分がどう感じているかは、一切書かれていない。まるで、図鑑を見ているみたいだったわ。ご丁寧に、会話のフローチャートまで作っていたの」

「フローチャート……」

「そう。相手とどう接するべきか、感情ではなく、思考によって管理していたのよ」

「どうして、そこまで……」

「多分、彼は人間の感情が分からないのよ。だから、思考で対策をするの。試験勉強をするみたいにね」

「………」

「私に告白された場合のシミュレーションもしていたわ」

「え？」

「悲しいとか、そういう感情より先に、怖くなった。だってそうでしょ。久賀君は、まるで、蟻の巣作りを観察するみたいに、人間の習性を眺めていたのよ。あれは、まっとうな人間の行動じゃないわ」

及川の語る話に、紗和はゾッとした。

今のエピソードには、久賀の異常性が凝縮されている。さっき、及川が久賀をＡＩだと評したが、そうなるのも頷ける。

及川は以前、久賀に「患者はおもちゃじゃない」と激高していたが、それも、彼のそうした異常な行動を知っているが故の言葉だったのだ。

患者の心を実験のように弄ぶな——という本気の警告だった。

でも——。

及川の話に違和感を覚える。

紗和も、紳士的な久賀の裏に、何かが潜んでいるという認識までは一致しているが、見ているのは、まるで別のもののような気がする。

「久賀さんに、感情が無いというのは、違うと思います」

紗和は、思わず口に出していた。

「どういうこと？」

「言葉のままです。久賀さんは、感情が無いのではありません。それを、無理に抑え込んでいて、自分を見失っているように思えます」

口に出してから、紗和は後悔に襲われた。

及川のような専門家を相手に、こんな発言をすべきではなかった。

だが、何の根拠もなく言っているわけではない。

心神喪失状態における犯罪の話になったときの久賀の発言には、明らかに強い憎しみが込められていた。

あの憎しみは、久賀の中から湧き出た感情のように思う。

しばらく呆然としていた及川だったが、やがてふふっと笑い声を漏らした。

「あなた、面白いわね」

「面白い?」

「強いと言った方がいいかしら」

「強くはありません」

「いいえ。とても強いわ。誰かに流されたり、周囲に無理に同調したりしない。自分の感じたことを、信じることができる。それは、強さよ」

「そうでしょうか?」

「私にも、あなたみたいな強さがあったら、結果は違ったかもね」

及川がぽつりと呟く。

どういう意味なのか、訊ねようとした紗和だったが、それを遮るように、及川に緊急の呼び出しが入り、話が中断されてしまった。

Ⅷ

「それって、どういうこと?」

愛華が、怪訝な表情を浮かべながら新城に訊ねた。

その場にいる全員が、発言の意図が汲み取れないらしく、困惑した表情を浮かべている。

だが、月島に驚きはなかった。

新城の「犯人は、あの部屋から出ていない――」という言葉から、どんな推理を組み立てたのか、想像がついたからだ。

「言葉通りの意味だよ。犯行現場は、月島さんが証言したように、かなえさんがドアに凭れるように倒れていたために、密室だった。これは間違いない。隠し通路も存在しない。そうなると、残る可能性は一つ。犯人は、あの部屋から出ていないんだ」

新城が、子どものように目を輝かせながら言う。

「つ、月島さんたちが、犯人が部屋から逃亡するのを、見逃したってことですか?」

亜人夢の意見を、新城は「違います」と一蹴した。

「犯人は、今もあの部屋にいるんです」

「さっきから、何を言ってるの? あの部屋には、被害者しかいなかったじゃん」

「おれも確認したけど、人が隠れるようなスペースは無かったぜ」

愛華とアッシュが、相次いで口にする。

新城は、うんうんと頷きながら「その通りです」と二人の意見を肯定する。

「辻褄が合ってねぇぞ」

唇についたピアスを弄りながら言うアッシュの声は、苛立ちに満ちていた。

だが、新城は動じることはなかった。勝者の余裕とばかりに、にんまりと笑ってみせる。

「これが合うんですよ」

「だから、それを説明しろって言ってんだろうが」

気の短いアッシュが、我慢の限界を超えたのか、円卓を乱暴に蹴った。

新城としては、優越感に浸りたいのだろうが、これ以上、引っ張っても場が荒れるだけだ。

「あまりもったいつけていないで、そろそろ新城さんの推理を、教えてもらえませんか?」

月島が促すように言うと、ようやく新城が「そうですね――」と、指先でメガネの位置を直してから頷く。

「では――僭越ながら推理を披露させて頂きます」

新城は不遜に言うと、円卓の周りをゆっくりと歩き始めた。

円卓の面々の視線が、新城を追いかける。

「私が自分の推理に辿り着いたのは、愛華さんの推理を聞いたからです」

新城は、階段の前まで進んだところで、愛華に視線を向ける。

「それはどうも」

愛華は、気怠げに答えながら、自分の髪を弄っている。

「あ、愛華さんのは、推理なんかじゃない。ただ、矛盾を指摘しただけだ」

亜人夢が、興奮した様子で立ち上がる。

まあ、彼の言い分も一理ある。確かに、愛華が披露したのは、亜人夢の推理に対する問題提起であって、謎を解いたわけではない。

「それは、分かっています。だから、私がそれを補足して、謎を解くので、少し黙っていてもらえませんか？」

新城に窘められ、亜人夢は悔しそうにしながらも、黙って席に座り直した。

咳払いをして仕切り直しをした新城は、階段を三段ほど上り、高い位置からその場にいる全員を見回した。

言動がいちいち芝居がかっている。自尊心が高いようだ。

「まず、はっきりさせておくべきことは、島田さんと、かなえさん。先に死んだのは、どちらなのか——ということです」

「島田さんですよね」

月島は、挙手をして答える。

何だか新城の授業を受けている気分だ。

「その通りです。さっき、愛華さんが血液の凝固の話をしました。その状況から考えて、かなえさんが亡くなったのは、月島さんたちが部屋に入る直前――ということになります。必然的に、島田さんは、それより前に死んでいたと推察されます」

「そ、そんなことは分かっています。問題は、誰が殺したのかです」

亜人夢が急かすように言う。

それを受けた新城は、にっと口角を吊り上げて笑った。

「島田さんを殺したのは――かなえさんです」

新城が言うなり、円卓がどよめいた。

「どういうことなの？」

「な、何を言っているんですか。そんな、バカな……」

「どうしてかなえさんが……」

各々が声を漏らす中、永門も新城の推理が読めたらしく、納得したように何度も頷いた。

「今回の事件の場合、まずは犯行動機から説明した方が良さそうですね」

新城は、再び自分のメガネに指先を当てると、ゆっくりと階段を下り、カウンターの方に歩みを進めながら説明を始める。

「島田さんと、かなえさんの関係が、あまり良好でなかったことは、受付での対応を見ていれば明らかです。篤君に対して、虐待を行っていたのも、二人の関係の不和の延長だと考えられます」

新城の話を聞きながら、月島の脳裏に過去の記憶がフラッシュバックする。

夫婦仲の不和の捌け口として、子どもを虐待するなんてことが、許されるはずがない。そんなのは、クズのやることだ。

玲が、月島に心配そうな視線を向けてくる。

虐待の話が出たことで、また発作を起こさないかと心配しているのだろう。月島は、「大丈夫です」

と口だけ動かして答えたあと、微笑んでみせた。

舌打ちが聞こえた。

新城だった。彼は、月島に責めるような視線を向けていた。

月島と玲が目配せをしていることが、気に入らなかったのだろう。

「ねぇ、続きは？」

愛華が発した言葉で、新城は我に返り、咳払いをしてから話を再開する。

「私たちの受付を終えたあと、島田さんとかなえさんは、言い争いになりました。その流れで、篤君に暴力を振るった。いつもなら、篤君が二人の鬱積した感情の捌け口になることで、沈静化していたのですが、今回、篤君は耐えられなくなり部屋から逃げ出してしまった。結果として、二人の争いは激化していった。そして――」

「かなえさんが、島田を刺したってこと？」

愛華が、新城の説明を引き取るように言った。

「そうです。さっき、亜人夢君が話題にした、血の染み込んだタオル。これは、かなえさんが、自分の顔などに付着した、島田さんの返り血を拭ったものでしょう」

「なるほどね」

「さらに、島田さんの死体は、月島さんが発見したとき、仰向けに倒れていたということですが、背中から刺されたことを考えると、少々、不自然です」

「本当なら、うつ伏せだった――ってこと？」

「そうです。かなえさんは、うつ伏せに倒れていた島田さんの死体を移動させ、証拠隠滅を図ろうとしました。しかし、大柄な島田さんを仰向けにするのが精一杯だったんです」

「な、何を言っているんだ。それが本当なら、かなえさんを殺したのは、いったい誰なんだ？」

亜人夢の指摘は、もっともだ。だが、その答えは容易に想像がつく。

「かなえさんは——自殺したんですよ」

新城の言葉は、円卓に静寂を生み出した。だが、それは長くは保たなかった。

「じ、自殺だって？　そんなバ、バカな……」

亜人夢がドンッと円卓を叩く。

「充分考えられることだと思いますよ。人を殺したことに悲観したかなえさんは、自分で自分の首を刺した。それから、ナイフを引き抜いた後、ドアに凭れるようにして絶命し、意図せず密室が作り出されてしまったんです」

新城が、かなえが行ったであろう行動を再現しながら説明した。

一応、新城の説明は筋が通っている。円卓のメンバーも、そう感じているらしいことは、空気感から分かった。

月島自身、一度は新城と同じ結論に至っている。

だが、それを口に出さなかったのには、理由がある。新城の推理だと、どうしても解き明かされない謎が残ってしまう。

「今の推理だと、今回の事件は、偶発的に発生したもの——ということになりますよね」

月島が問題提起をすると、新城は怪訝な表情を浮かべた。

「まあ、そうですね。それが、何か不満ですか？」

「不満とか、そういうことではなく、これは、謎解きイベントのはずです。偶発的な事件をお題にするでしょうか？」

新城の推理は、一応、筋は通るし、齟齬（そご）もないように思える。

だが、この事件が、謎解きの一つだと考えると、不自然だと言わざるを得ない。

「本当に人が死んでいるのに、まだイベントとか言ってるんですか？」

新城の言葉に、愛華とアッシュが同調した。だが、月島には納得できなかった。

「Mは、三件の連続殺人事件が起きる――と言っていました。かなえさんが犯人であるとするなら、次の事件は発生しないことになる」

「そうとは限らないですよ。犯人は別にいるけれど、それを連続と見せかけるというパターンかもしれない」

ミステリならそれでいいが、連続殺人と定義した謎解きイベントで、そんな手法を使うだろうか？

それに――。

「このペンションにちりばめられている謎が、何一つ解決しないのも気にかかります」

「ちりばめられた謎？」

新城は首を傾げる。他の面々も、キョトンとした顔をしている。

――気付いていないのか？

「円卓の配置。誰も座っていない席。一体だけ置かれたマネキン。壁にある『ラザロの復活』の絵の意味。イベントのタイトル――そうした伏線を、回収しないままというのは、どうにも納得できません」

他のメンバーには、敢えて説明しなかったが、自室のドアに挟まっていた最初の使徒を名乗る人物からの奇妙な手紙の件もある。それらは、単に雰囲気作りのためだけのものではないはずだ。何かしらの意味があるに違いない。

解決編が偶発的な殺人では、あまりにチープ過ぎる。

「ミステリ作家らしい意見ですね。だったら、確かめてみればいいんですよ」

「確かめる？」

「Mは、きっとこの会話もモニターしているはずです。だから、正解かどうか、確認すればいいんですよ」

「本当に、モニタリングしてるのかしら？」

愛華が辺りをキョロキョロとする。

監視カメラの類いは、今のところ見つかっていないが、新城の言うように監視されているのは間違いない。

「聞いているはずだよ。そうだろＭさん？　今の推理は、正解ですよね？」

新城は、両手を広げて天井に向かって呼びかけた。

その姿は神に救いを乞うているようで、月島の目には奇妙に映った。

だが、反応は無かった。

「何だよ。誰も見てねぇじゃねぇか」

アッシュが舌打ちをする。

「Ｍ！　聞いているんですよね？　私の推理は正解だって言ってくれ！」

新城が、再び天井に向かって叫んだ。

ほどなくして、ザッ――とノイズが走るような音がした。

放送が繋がったらしい。

その場にいる全員が、期待を込めて天井を見上げた。

〈残念ながら、不正解です。月島さんが指摘した通り、これは連続した殺人事件です。犯人が死亡していては、次の殺人が実行できません〉

スピーカーから降ってきたお告げは、無慈悲なものだった。

「じゃあ、誰がやったというんですか？」

新城は納得いかないらしく、声を荒らげる。

〈それを考えるのが、あなたたちの役割です。早期の解決を望みます――〉

Ｍは一方的に告げたあと、ぶつっと放送を切ってしまった。

「聞こえているんだろ！　答えろよ！」

その後、新城がいくら叫ぼうが、何の返答もなかった――。

9

耳障りな電子音が響いた。

それは、次第に大きくなり、暗い闇の中に墜ちていた紗和の意識に光を当てる。

気付くと、紗和の視界に見慣れた天井が見えた。

昨日、及川との話を終えた後、Ａの母親とその恋人に関連しそうな事件を調べたり、児童養護施設への問い合わせをしたりと、多忙を極めた。

帰宅したものの、疲労からスーツを着たまま、ベッドに倒れ込み、そのまま眠ってしまったようだ。

ポケットの中で、携帯電話が鳴り続けている。

「はい。美波です」

紗和はベッドから身体を起こすと、咳払いをして声の調子を整えてから電話に出た。

〈いつまで寝ている〉

寝覚めに降田の声を聞くことほど、気分の悪いものはない。

「いえ。もう起きていました」

〈だったら、早く電話に出ろ〉

「すみません」

不毛なやり取りを終わらせるために、言葉だけの謝罪をしながら、腕時計を確認する。午前七時を回ったところだった。

〈これだから、若い女は……〉

降田は、二言目には同じ台詞を口にする。

若い女性に、何か恨みでもあるのだろうか？　あるいは、思春期のコンプレックスを、そのまま引き摺っているのかもしれない。

何れにしても、中年の歪んだ価値観に付き合っているほど余裕はない。

「ご用件は何でしょうか？」

〈お前が、児童養護施設に問い合わせていた件で、一件、対象者に覚えがあるという返答がきている〉

「本当ですか？」

思いがけない報告に、紗和は声を弾ませる。

〈何でわざわざお前に嘘を吐かなきゃならん〉

間髪を入れず、降田の小言が飛んできた。

その言いように腹は立ったが、喜ばしい情報であることは変わりない。

Ａが母親を失っているという話から、児童養護施設に預けられた可能性を考え、片っ端から彼の写真を送って照会をかけていた。

親戚などが引き取っていれば、空振りに終わる。仮に養護施設に入っていたとしても、年代が分からない上に、Ａの顔立ちも年齢を経て変わっているだろう。可能性は低いと思っていたのだが、反応があったのは大きな成果だ。

〈それに、いちいちぬか喜びをするなよ。ただ、似ているというだけで、確証があるわけじゃないんだ〉

「承知しています」

言い方はともかく、降田の意見は正しい。

現段階で浮き足立てば、バイアスをかけることになる。あくまで、冷静に判断する必要がある。

〈そもそも催眠術で聞き出した話なんてのは、当てにならん。そんなもので、情報が得られるなら、苦労はしない〉

降田は、催眠療法による事情聴取に否定的な立場を取っている。そんなに不満なら、それこそ、上層部に進言すればいいと思うが、彼にその度胸はない。

こうやって紗和に文句を並べて、憂さを晴らすのが関の山だ。

「先方の連絡先を教えて頂けますか？」

紗和は、降田の小言が長くなる前に、話を強引に進めた。降田は、舌打ちをしつつも、児童養護施設の連絡先を告げた。

住所は、隣県のものだった。距離があるので、まずは電話などでアポイントを取った方がいいかもしれない。

〈いいか。くれぐれも問題は起こすなよ。お前が何かすれば、おれの責任になるんだ。それから、何か進展があれば、すぐにおれに報せろ〉

要約すると、一切の責任は負わないが、成果は寄越せ——ということだ。まさに、降田の仕事のスタンスそのままだ。

ありったけの罵詈雑言をぶちまけたいが、生憎、紗和にそんな時間の余裕はない。

「分かりました」

適当に返事をして、電話を切った。

紗和は、すぐに児童養護施設に連絡を入れようとしたが、思い留まった。

この件は、久賀にも報告しておくべきだろうと考え、彼の携帯電話を鳴らす。

コール音が響く中、昨日の及川の言葉が脳裏を過った。

久賀は、及川の考えるように、感情のない人物なのだろうか？　紗和には、どうしても、そんな風には思えなかった。

彼が変人であるという及川の意見も理解できるが、その解釈は大きく異なる。いったい、どちらが本当の久賀なのだろう？

などと考えているうちに、久賀が電話に出た。

〈おはようございます。久賀です〉

いつもと変わらぬ、久賀の落ち着いた声が聞こえてきた。

昨日の対立など露ほども感じさせない。そこを逆に不自然に感じてしまう。

「朝早くからすみません」

〈いえ。お気になさらず。もう起きていましたから〉

久賀の場合は、紗和とは違い、本当に既に起きていたに違いない。優雅に、ティータイムを楽しんでいそうだ。

紗和は、対面しているわけでもないのに、手櫛で髪を整えてから用件を久賀に伝えた。

〈分かりました。私も同席させて下さい〉

「よろしいのですか？」

〈もちろんです。通常の聞き込みというのが、どんなものか興味がありますし――〉

このやり取りも、フローチャートを作っていたりするのだろうか？　考えなくてもいいことを考えてしまう。

「分かりました。では、先方に連絡してアポを取るので、また改めて――」

電話を切ろうとしたところで、久賀が言葉を挟んだ。

〈昨日、及川先生と会ったそうですね〉

指摘され、思わずドキッとする。

断定的な言い方をしているので、事実として知っているのだろう。隠し立てしても意味はない。

「はい。よくご存じですね」

〈及川先生から連絡がありました〉

「そうですか」

〈及川先生に会うのであれば、言って下されば――〉

「次からそうします」

〈及川先生とは、どんな話をしたのですか?〉

一瞬、返答に詰まる。

「及川先生から、何も聞いていないのですか?」

〈ええ。女子会だと言っていました〉

思わず、噴き出して笑いそうになったが、何とか堪(こら)えた。

よりによって、女子会とは――。

「似たようなものです」

紗和は、及川の誤魔化しに便乗することにした。

〈そうでしたか。そこまで仲が良くなっているとは、意外でした〉

「そうですね」

適当に相づちを打っておいた。

〈実は、及川先生から、私にしたのと同じことを、美波さんにしないように――と忠告されてしまい

ました〉

「それは、どういう意味ですか？」

〈私にも分からないので、お訊ねしようと思ったのですが……〉

「すみません。私にも分かりません」

及川が言いたかったことの真意は、紗和にも判断がつかない。

〈そうですか。では後ほど〉

探り合うような会話をした後、通話は終了した。

及川が、久賀にした忠告の意味が気になったが、それを改めて問い質す気にはなれなかった。

何かを心配しているようだが、及川が認識している久賀と、自分が知っている久賀は性質が異なる気がする。

人には多面性がある。状況や相手、時間経過によっても変化するものだ。どちらが正しいとかではなく、両方とも真実なのだろう。

今の久賀という人物を見極めればいい。

紗和は、頭の中にある考えを振り払い、バスルームに移動すると、手早く身支度を始める。

もしも　あなたが私を愛しているのなら
どうか　私を殺してください

鏡の中に映る自分と目が合ったところで、無意識にノルの歌をハミングしていたことに気付き動きが止まった。

しかも、鏡の中の紗和は笑っていた。

哀しい歌のはずなのに、どうして自分が笑っているのか分からなかった。もしかしたら、ノルがこの歌に込めたのは、歌詞の通りの悲観ではなく、もっと別の感情だったのかもしれない。

ふと、そんなことを思った——。

X

ベッドに横たわった月島は、白い天井を見上げた。

不思議と心が凪いでいく——。

このまま、眠りに落ちて、目覚めなければいいのにと、不吉なことを願ってしまう。

「本当に、解散してしまって良かったのか？」

ソファーに腰掛けた永門が訊ねてきた。

正直、答えるのも億劫だったが、永門を相手に沈黙を守ったところで、大人しくはしてくれない。

「今は、それぞれに考える時間が必要だよ」

あれから、結局、新しい推理が披露されることもなく、各々が部屋に戻ることになった。

月島は、部屋に鍵をかけて、誰が来ても開けないようにと忠告はしたが、それだけだった。

「全員が纏まっていた方が、安全だと思うけどね」

永門の考えは一理ある。

こういう密室もののミステリにおいて、各々が自室に戻ることは、新たな犯行の呼び水になったりする。

だが——。

「あの中に、殺人犯がいると考えたら、一緒にいることの方が抵抗がある。それに、一緒にいたからといって、犯行が防げるというものでもない」

「そうなのか？」

「ああ。ずっと一緒にいるなんて、不可能なんだ。それこそ、トイレにも行くだろうしね。得てして、そういうときに事件が起きるものだよ」

「まあ、そうだね」

「だったら、鍵をかけて部屋に閉じこもって、自室のトイレを使った方が安全だ」

色々と講釈を垂れてみたものの、心の奥底では、次の事件を期待している自分がいるのも事実だ。

この不条理なゲームを終わらせる必要がある。ただ、現段階では謎は解けない。解決に導くためには、次の犯行が起こってもらわなければ困る。

「酷いな……」

自分の歪んだ考えに戦慄し、思わず声が漏れた。

「何が？」

「いや、何でもない」

「本当か？　何か思うことがあるなら、言った方がいい」

いくら友人とはいえ、月島の中にある歪みを吐き出すわけにはいかない。

「いや、ただ、円卓の配置について考えていたんだ」

「配置？」

「ずっと引っかかっていたんだ。あの配置は、ただのランダムとは思えない。空席やマネキンまであるんだ。それに、永門の席が無かった。そこにも意味があるはずだ。それが、今回の事件の謎を解く鍵だと思う」

「うん。確かに、引っかかるね」

「気になることは、他にもある。多分、部屋割りも、ランダムではないと思う」

「そうなのか？」

「ああ。スタッフルームも、玲さんの部屋も、この部屋とは、明らかに造りが違っていた」

「そういうものじゃないのか？　ホテルとか行っても、部屋毎に広さとか違ったりするだろ？」

「それはそうなんだけど、それにしたってベッドなんかの家具とかは、統一感を持たせるだろ。だけど、そうじゃない。玲さんの部屋は、ピアノまで置いてあったしな」

「さすが、ミステリ作家は目の付け所が違うね」

　永門が茶化すように言った。

「ぼくからすれば、こんなにあからさまなのに、誰も指摘しないことの方が不自然なんだよ」

　さっきの推理合戦のときも、愛華や新城の推理は、月島も頭に浮かんだ。

　それでも、口に出さなかったのは、部屋の構造の違いや、円卓の配置についての謎を、解き明かせなかったからだ。

「何か意味があるんだろうな——くらいには思っていたけど、深くは考えていなかったな」

「呑気なもんだな」

「そうでもない。このまま、ずっとペンションに閉じ込められてるってのは、さすがにちょっとね」

「同感だ……」

　月島は、腕時計に目を向ける。

　午後の十時になろうとしていた。このまま、時間を浪費していても、謎を解かない限り、悪夢のようなイベントは終わらない。

　やはり、新しい犠牲者が必要なのかもしれない——。

「あっ！」

思考を諦めかけたとき、唐突に天啓が降ってきた。

——何ということだ！

「時計だったんだ……」

月島は、ベッドから跳ね起きると、そのまま部屋を飛び出した。

「おい。どうしたんだ？」

永門が後から追いかけて来たが、月島は構わず廊下を走り、階段の前で足を止め、階下に置かれた円卓に目を向けた。

十一脚の椅子が、円卓を囲んでいる。いや、一脚はアッシュが扉を開けようとして破壊したので、元は十二脚あった。

マネキンがポツンと座っているが、他に人の姿はない。

月島は、座っていた人たちの配置を改めて思い返す。マネキンを除けば、最初の段階で、空席は三脚だった。

「急にどうしたんだ？」

永門の呼びかけを無視して、月島は階段を駆け下りて行くと、空席だった椅子の一つを手に取り、背もたれの部分を確認してみる。

月島たちが座った椅子と同じように、ネームプレートが貼り付けられていたが、名前は記されていなかった。

ただの思い違いだったか——月島は落胆しかけたが、正面扉の前に、椅子の破片が飛び散っているのが目に入った。

アッシュが破壊した椅子の残骸だ。

その破片の中に、剝がれたネームプレートが落ちていた。もしかして——という思いに引き摺られるように、そのネームプレートを手に取ってみる。

表面には何も書かれていない。だが、裏面には〈島田〉という名前が記されていた。

――裏面か。

月島は、すぐに円卓に戻り、さきに確認した空席の椅子のネームプレートを、改めて確認する。

指を差し込むと、あっさりと剝がれた。

ネームプレートの裏面には、〈かなえ〉という名前が記されていた。

「なあ。本当にどうしたんだよ」

声をかけてきた永門は、不安げな顔をしていた。

何も知らない永門からすれば、月島の行動は、単なる奇行に映っただろう。だが、気が触れたわけではない。

「分かったんだよ」

月島は、そう口にしながら、二つのネームプレートを永門に差し出した。

「島田とかなえ――あの二人か」

「そうだ。それだけじゃない。二人が死んだ時間は、何時か覚えているか？」

月島は、問題を投げかけながら、再び階段を上る。

「死体が発見されたのは午後九時くらいだったから、それより少し前だろ」

「島田は、正確なところは分からないが、八時台。かなえは、九時台だ」

「その違いは、何か意味があるのか？」

「ある」

月島は、階段の一番上まで来たところで振り返り、眼下に見える円卓を指差した。

指先に誘われ、円卓を見た永門の目が、驚愕で大きく見開かれた。

月島が何を言わんとしているのか理解したようだ。

「時計」

「そうだ。十二脚の椅子は、時計の時刻を示していたんだ。空席のうち、八時の位置が島田。そして、九時の位置がかなえだ」

これ見よがしに置かれていた大時計は、円卓が時計の文字盤になっていることを暗示していたのだ。

「死んだ時刻と、一致する――ということか」

「ああ。そこから考えると、別の側面が見えてくる」

「別の側面？」

「円卓の中心にある模様をよく見てみろ。十二の頂点がある、星型多角形になっているだろ」

「確かに……」

「島田とかなえに向けられた頂点の色が、黒く塗られている――」

「本当だ！」

「この円卓の配置は、予告状だったんだ……」

「よ、予告状だって？」

永門が裏返った声を上げる。

「その通り。星型多角形の頂点が、黒く塗り潰されている人物が、殺害されるターゲット。そして、座っている場所で、犯行時刻を示していたんだ」

「凄いよ月島。これが分かったということは、次の犯行を防げるってことだよね」

「そういうことだ」

「次にターゲットになるのは、夏野さんだ。時刻は……マズい。もう十時を過ぎている」

永門が階段を駆け下りる。

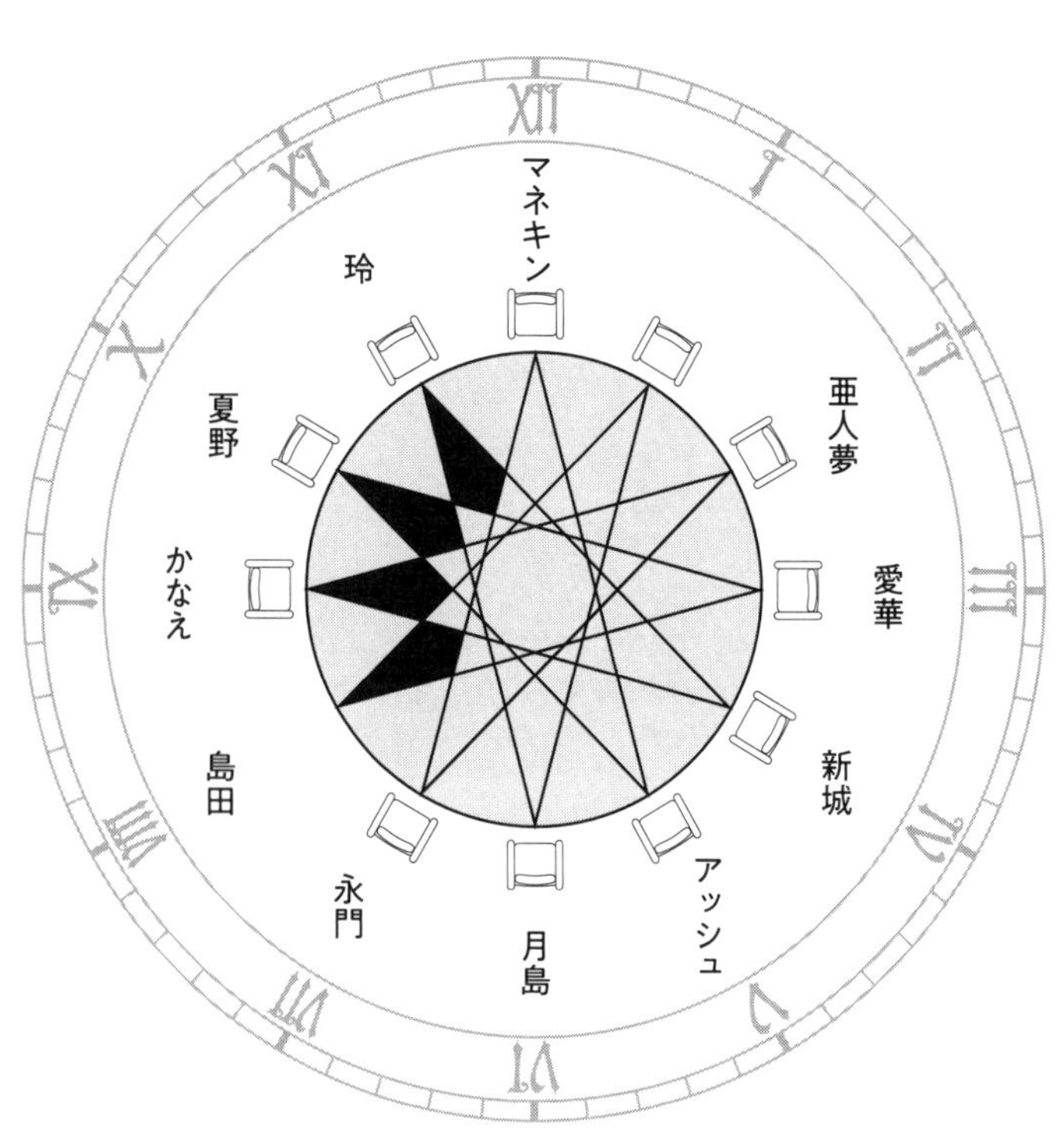

XII
I
II
III
IV
V
VI
VII
VIII
IX
X
XI
マネキン
亜人夢
愛華
新城
アッシュ
月島
永門
島田
かなえ
夏野
玲

月島も、その後を追って走り出す。そのまま廊下を抜け、夏野の部屋の前まで移動すると、ドアをノックした。

「夏野さん」

呼びかけてみたが、答えが返ってこなかった。

「夏野さん。いますか？」

もう一度、ノックしてみたが、やはり応答は無かった。

――手遅れだったのか？

こうなると、嫌な予感しか浮かばない。プライバシーがどうこうと気を使っている場合ではない。

月島は、ドアノブに手をかけた。

鍵はかかっていないらしく、すっとドアノブが回った。

そのまま、ドアを押し開けようとしたところで、バチンッと何かが弾けるような音がして、全館の明かりが消えた。

――な、何だ？　何があった？

混乱している間に、ドアがぐいっと強く引かれ、部屋の中から何かが飛び出して来て、月島を突き飛ばした。

咄嗟のことに踏ん張りがきかず、尻餅をついてしまう。

「くっ……」

「月島。大丈夫か？」

すぐに永門が声をかけてきた。

「ああ。何とか……」

――さっきの人影は何処に行った？

辺りを見回してみたが、暗いせいか何も見つけることはできなかった。

あの人影を探すことを考えたが、この暗がりの中では難しいだろう。それに、夏野が気にかかる。

さっきから、錆びた鉄のような匂いが、漂ってきている。

月島は立ち上がり、部屋の中を覗き込んだ。やはり暗くてほとんど何も見えない。それでも、むっとするような異様な匂いの濃度が増した。

「それにしても、どうして電気が消えたんだ？」

永門が訊ねる。

「ブレーカーが飛んだか、或いは電気の配線自体が切断されたか——」

「それは、故意にってことか？」

「多分」

現状では、明確な根拠はないが、タイミングから考えて、何者かが意図的に電気を消したと考える方が妥当だ。

何れにしても、まずは夏野の部屋の状況を確認する必要がある。

「月島——」

永門が月島にペンライトを差し出した。永門の準備の良さに感嘆しつつも、ライトを点灯させる。

筋のように細い光だったが、何もないよりマシだ。

月島が光を部屋の中に向けると、床一面に、赤い液体が広がっているのが見えた。

——血だ。

大量の血液が流れ出ている。

そして——。

血溜まりの中心には、白目を剝き、割れた頭蓋骨から脳漿が流れ出る夏野の顔があった。

第四章

混沌

1

紗和は、ノートパソコンを持ち、会議室に入った。

Aのことを知っているかもしれない——との情報を提供してくれた児童養護施設は、山梨県の南都留郡にあった。

直接、足を運ぶには時間がかかるので、一旦、リモートで話を聞かせてもらうことになった。

降田のような古いタイプの刑事からすれば、受け容れ難いことだろうが、リモートの方が間違いなく効率はいい。

久賀と児童養護施設の担当者には、アクセスするためのURLを事前に送ってある。時間がくれば、それぞれにアクセスしてくるはずだ。

紗和がイヤホンマイクを装着したところで、画面に久賀の顔が映し出された。

真っ白な壁から、カウンセリングルームにいることが分かる。光が強いせいか、久賀の肌が白飛びしている。

〈お疲れさまです。聞こえていますか?〉

久賀が、音声チェックも兼ねて声をかけてきた。

「大丈夫です。聞こえています」

〈質問内容については、お任せして大丈夫ですか?〉

「はい。問題ありません」

久賀とやり取りをしていると、先方の担当者もアクセスしてきた。

五十代と思しき中年女性のバストアップが、ディスプレイに映し出される。化粧っ気はなく、ふっくらとした丸顔の女性だった。

画面越しではあるが、柔和な雰囲気が伝わってくる。

〈お待たせしました。伊東(いとう)といいます〉

女性がぺこりと頭を下げる。

「お時間を取って頂き、ありがとうございます。捜査課の美波です」

〈久賀と申します〉

「早速ですが、本題に入らせて頂いて、よろしいでしょうか?」

会社の会議なら、雑談の一つもするのだろうが、あくまで目的は聞き込みだ。伊東が〈大丈夫です〉と応じてくれたので、すぐに本題に入ることにした。

「先ほど、写真をお送りしたのですが、ご覧になって頂けたでしょうか?」

リモート会議を始める前に、Aの顔写真のデータを、メールで送信しておいた。

伊東は老眼鏡をかけ、ずいっと画面に顔を近付ける。おそらく、会議に使用しているパソコンに、送信した画像を表示させているのだろう。

〈今、見ていますけど、この人で間違いないと思うんですよね〉

「それは確かですか?」

〈そう言われると、自信がなくなってしまいますが。何しろ、最後に会ったのは、今から十年くらい前ですから……〉

「そうですよね……」

落胆はあったが仕方ない。時間が経てば、人の顔は変わるものだ。

〈でも、凄く似ているんですよね。ちょっと待って下さい〉

伊東は、そう言って一度、画面から姿を消した。

しばらくして、彼女は冊子のような物を持ってフレームインして来た。彼女が持っているのは、アルバムだろうか。

〈確か、この辺りだったと思うんだけど……〉

伊東がブツブツ言いながらページを捲っていく。

やがて、目当てのものを見つけたらしく、〈あった、あった〉と声を上げながら、一枚の写真をアルバムから抜き出し、画面に近付けてきた。

施設の前で撮影されたと思われる写真で、伊東と中学生くらいの少年が、並んで立っている。

古い写真である上に、画面越しということもあり、粗い画像ではあった。

紗和は、自分の持っているAの写真と見比べる。成長しているので、顔つきは大人っぽくなっているものの、とてもよく似ていた。

〈同一人物のように見えますね〉

久賀も同じことを感じているらしく、うんうんと頷いている。

〈そうでしょ。写真を見たとき、あまりに敦也君に似ているから、驚いちゃって〉

「この子の名前は、敦也と言うんですか？」

〈ええ〉

もし、写真がAと同一人物だとすると、ようやく名前が分かったことになる。一気に視界が開けたような高揚感があったが、客観的な事実がない段階で、断定してしまうのは危険だ。

〈彼が催眠療法で語った過去と、伊東さんの知っている敦也君のエピソードに共通項があれば、判断材料の一つになるかもしれませんね〉

久賀が、それとなく助言をしてくれた。

「敦也君が、児童養護施設に来た理由は何ですか？」

〈敦也君のお母さんは、シングルマザーだったんですけど、そのお母さんが亡くなったんです。親戚でも、引き取り手がなくて、それでうちで預かることになったの〉

「敦也君のお母さんが、亡くなった理由はご存じですか？」

〈自殺だって聞いてるわ〉

「自殺？」

Aは、母親は殺されたと言っていた。

エピソードが一致すれば、同一人物だと判断する材料になると思っていたが、最初から齟齬(そご)が生まれてしまった。

〈借金を苦にしての、無理心中だったそうよ。その借金も、敦也君のお母さんが作ったわけじゃなくて、交際していた男の人の借金だったみたいです〉

「そうなんですか」

多少、強引ではあるが、実際に殺人事件があったのではなく、恋人の借金のせいで、死に追い込まれたという意味があったとも考えることもできる。

〈警察の話では、それは悲惨な状況だったそうよ。敦也君のお母さんが、恋人を包丁で刺し殺して、その上で、自分のことも……〉

伊東は首を左右に振った後、〈現場は、血の海だったそうよ——〉と言い添えた。

「酷(ひど)いですね……」

思わず言葉が漏れた。

同時に、理解に苦しむ部分もある。自殺をする人の多くは、できるだけ痛みや苦しみの少ない方法を選ぶものだ。

包丁で刺すというのは、相当な痛みを伴うのに、どうして、そのような方法を採ったのか？

〈敦也君が、巻き込まれなかったことだけが、不幸中の幸いね〉

「敦也君は、現場にいなかったんですか？」

〈詳しいことは、私にも分からないけれど、警察の話では、部屋の外にいたみたいです〉

「そうですか」

後で事件の資料を取り寄せて、詳しく調べてみる必要がある。

〈こんなこと言っちゃいけないのは分かっているんですけど、母親が死んだお陰で、敦也君は解放されたと思うんですよね〉

伊東がしみじみといった感じで口にする。

「虐待のことですか？」

〈ご存じでしたか〉

「いえ。詳しくは知りませんが、そういうことがあったらしい——ということは、把握しています」

〈うちに来たばかりの頃は、かわいそうなくらい痩せ細っていたんですよ。多分、ろくに食べ物も与えられていなかったんでしょうね。服も着たきりすずめでした。おまけに、身体も痣やら傷だらけで……あのまま母親の元にいたら、敦也君は死んでいたかもしれませんね〉

「そうですね」

虐待の傷跡は、身体だけでなく、心までも蝕んでいくものだ。

Aが虐待に関する記憶を思い出したときも、パニック状態に陥っていた。一生の傷を背負わせる行為だ。

何れにしても、もう少し情報が欲しいところだ。虐待の事実だけで、同一人物と決めつけるのは尚早だ。

以前に久賀が言っていた通り、記憶を失っている人間に対して、中途半端な決めつけを行うと、それを信じて、記憶を改竄してしまう可能性もある。慎重な判断をしなければならない。

「敦也君は、どんな少年でしたか？」

〈そうですね。とても明るい子でしたよ〉

「明るい？」

紗和は、思わず聞き返した。

固定観念に過ぎないのだが、親から虐待を受けた子が、児童養護施設で明るく振る舞うということに違和感があった。

〈ええ。敦也君の境遇を考えると、正直、馴染めないんじゃないかって心配していたんですけど、すぐに溶け込んでいました〉

「そうだったんですか」

〈地頭がいいというか、よく喋る子で、みんなの人気者という感じでしたね〉

伊東は、懐かしむように目を細めた。

「他に覚えていることはありますか？」

〈絵を描くのが好きで、とても上手かったわね。私も描いてもらったことがあるんだけど、気を使ったのか、凄く美人に描いてくれて。もう恥ずかしくなっちゃうくらいでした〉

伊東は、嬉しそうに笑った。

「その他にはどうでしょうか？」

〈そうね……ときどき、他人の顔色を窺うようなところは、あったわね。あと、年上の男性が苦手でした〉

「年上の男性ですか……」

〈ええ。年上の男性を前にすると、吃音の症状が出たり、泣き出したりすることがありました〉

「家庭環境の影響ですかね？」

〈だと思います。暴力だけじゃありませんから……〉

伊東は途中で言い淀んだ。

「他にも、何かあったんですか？」

紗和が訊ねると、伊東は困ったように眉を曇らせた。

これ以上、言うべきか否か、迷っているといった感じだ。しばらく待っていると、伊東はやがて諦めたようにため息を吐（つ）いた。

〈隠したところで、警察はすぐに調べてしまうものね。実は、敦也君は性的暴行を受けていた節があったんです〉

「誰からですか？」

〈それは分かりません。ただ、母親の恋人だった人じゃないかって話です。お医者さんが、保護された彼を診察したときに、気付いたそうです〉

「何てことを……」

暴力だけでなく、性的暴行も加えていたなんて、最低のクズだ。そうした経験が、敦也にどれほどのトラウマを植え付けたのか——。

考えただけで、腸（はらわた）が煮えくり返る思いだった。伊東が言うように、敦也は、母親とその恋人の死で、ようやく人生を取り戻せたのかもしれない。

湧き上がる紗和の怒りを遮るように、咳払いが聞こえた。久賀だった。

画面越しに目が合う。言葉にせずとも、感情的になる紗和を窘（たしな）めているのが分かった。

紗和は、大きく深呼吸をして気持ちを落ち着けた。

「現在も敦也君と連絡を取っていらっしゃいますか？」

もし、伊東が敦也の連絡先を知っているのであれば、そこから確認を取ることができる。

〈いえ。残念ながら、今は連絡は取っていないですね。中学三年生のときに、親戚に引き取られることが決まって、施設を出たんです〉

「親戚――ですか」

先ほどは、引き取る親戚がいないために、児童養護施設に入ったと言っていたはずだ。

〈はい。確か、お母さんの弟さん夫婦だったかしら〉

「どうして急に？」

〈それまでは、転勤で海外に行っていたらしいの。それが、日本に戻って来ることになったので、引き取るという話になったんです〉

現状では、伊東の証言だけだが、引き取った親戚から話を聞ければ、より多くの情報を集めることができる。

「その方のお住まいは、どちらですか？」

〈確か東京だったはず……。資料があると思うので、調べますね〉

「お願いします」

バラバラだったピースが、少しずつ嵌(は)まり、Aという人物の輪郭が、朧気(おぼろげ)ながら見えてきた気がした。

II

部屋の隅にある暖炉の赤い炎が、「ラザロの復活」の絵を、ぼんやりと照らしていた。

もし、「ラザロの復活」が、このイベントの暗喩(あんゆ)なのだとしたら、死んだ人間が復活することを意味する。

だが、現実では、そんなことは起こり得ない。死んだ人間は、もう二度と戻って来ることはない。

月島はため息を吐きつつ、円卓の自分の椅子に腰を下ろした。

円卓の中央には電池式のランタンが置かれ、取り囲んだ全員の顔を照らし出している。

「何があったのか、説明してもらえますか?」

切り出したのは、夏野の席に座った新城だった。

「そ、そうですよ。夏野さんが、死んだって、どういうことですか?」

亜人夢は、この暗がりにありながらも、スケッチブックと鉛筆を持っている。動揺する気持ちを、落ち着かせるためかもしれない。

「うちも知りたいんだけど」

愛華は自分の隣に座った篤の手を、しっかり握りながら言う。まるで、親子のように見える。

アッシュは、何も喋らず、円卓に足を乗せ、唇のピアスを弄(もてあそ)びながら月島を睨んでいる。

そして、玲は――悲しげな表情を浮かべていた。

「分かっています。今から説明します」

月島は、隣にいる永門に視線を送り、頷き合ってから説明を始めた。

まず、円卓が予告状だった――という自分の推理から話すことにした。そうでないと、夏野の部屋に駆けつけた理由が説明できない。

円卓に刻まれたトゥエルブポインテッドスターが、被害者と犯行時刻を示しているという月島の推理に、反論する者はいなかった。

納得してくれていると判断し、説明を続ける。

円卓が予告状だと気付いてから、夏野が次の被害者であると推察し、彼の部屋に駆けつけたこと。

だが、そのタイミングで停電があり、何者かが、夏野の部屋から飛び出して来たこと。そして死体を発見するに至った――。

説明を終え、月島が椅子に座った後も、誰一人として口を開かなかった。暗いこともあって、沈黙がより一層、重く感じられる。

「次の殺人が起きる前に、何としても、犯人を見つけ出す必要がありますね」

沈黙を打ち破ったのは新城だった。

その言葉には、正義感が漲(みなぎ)っているように思えるが、演技かもしれない。

「そ、そんなことより、電気の復旧をした方がいいと思います」

すぐさま、亜人夢が反論する。

「できるなら、そうしたいけど、ブレーカーが何処(どこ)にあるかも分からないんですよ」

「そ、そんなの、さ、探せばいいだろ。もしかして、電気が点くと、都合の悪いことでもあるんですか？」

「どういう意味ですか？」

指先でメガネを押し上げた、新城の口調と顔つきが変わった。

亜人夢の挑発に苛立(いらだ)ったというのもあるだろうが、それ以上に、平静を装っているものの、この状況に対してストレスが溜まっているのだろう。

「こ、言葉のままですよ。新城さんが、夏野さんを殺した。だから……」

「妙な言いがかりはやめて下さい」

「い、言いがかりじゃありませんよ。最初から、新城さんは、怪しかったんです」

亜人夢は、最初は月島を疑っていたはずだ。

「だったら、根拠を示して下さいよ」

新城が立ち上がり、亜人夢に詰め寄って行く。

「ちょっと。いい加減にしなよ。篤君が怯えてんじゃん」

愛華が隣に座る篤の肩に手を置く。

彼女の言葉の通り、篤は両耳を塞いで俯き、ずー、ずーと唸るような声を上げていた。

「で、でも、犯人は、新城さんである可能性が高い」

「だから、根拠を示して下さいって」

亜人夢と新城はなおも言い争いを続ける。

そのまま、取っ組み合いになりそうなところで、「うるせぇ！」という怒声が飛んだ。

アッシュだった。

彼の迫力のある睨みに気圧され、亜人夢と新城はお互いに口を閉ざし、椅子に座り直した。

諍いが沈静化したのはいいが、問題は、これからどうするか――だ。

次の犠牲者を出さないために、事件解決を急ぐ必要があるが、月島自身、混乱している部分があり、どうすべきか判断に迷っていた。

「月島さん――」

玲が呼びかけてくる。

目を向けると、彼女は何かを覚悟したような顔をしていた。

「どうしました？」

「グループ分けをして、行動した方がいいと思います」

「グループ分けですか……」

「はい。現場検証をするグループと、電気の復旧をするグループ。それから、脱出ルートを捜索するグループの三つに分けるんです」

「それは危険です」

こんな暗がりの中、人数を分けて行動したら、それこそ次の犠牲者が出てしまう。

それに――。

「危険なのは承知です。でも、このままここに座っていても、時間を浪費するだけです」

玲が珍しく、強い調子で言った。

「それは、そうですが……」

「新城さんと、亜人夢さんで、電源を復旧する方法を探してもらいましょう。それから、愛華さんとアッシュさん。あと篤君で、もう一度、脱出ルートを探してもらうんです。残った私たちで、現場検証をするというのはどうでしょう？」

玲は、迷いなく提案してくる。それぞれの適性に合わせた、いい組み合わせだとは思うが、問題はそこではない。

「玲ちゃん。待ってよ。月島さんが、犯人だったとしたら、どうすんの？」

愛華が声を上げる。

「大丈夫です。私は、月島さんを信じていますから」

「な、何を言っているんです。月島さんが、一番怪しい。だ、だって、二件とも第一発見者は、月島さんなんですよ」

亜人夢が、興奮気味に言う。

さっきまでは、新城を犯人扱いしていたのに、見事な変わり身の早さだ。

「仮に、月島さんが犯人だとしたら、二回連続で第一発見者になったりしませんせん」

きっぱりと玲が言い切ったので、亜人夢は押し黙るしかなかった。

「敢えて、そういう手法を使ったのかもしれませんよ」

今度は新城が異を唱えた。

「それを確かめるためにも、この振り分けがいいと思います。円卓の予告状の通りなら、次の犠牲者は、私なんですよね」

玲の声がロビーに響いた。

月島は、この場にいる面々に、円卓が予告状だったという推理を披露したとき、次のターゲットが玲であることを口にできなかった。

だが、玲はその月島の気持ちさえ敏感に察知していたようだ。

「だからこそ、余計に月島さんと一緒にいるのは、危険だと思うわ」

愛華が玲の手を取りながら言う。

「さっきも言いました。私は、月島さんが犯人ではないと信じています。だから、彼といるのが一番安全なんです」

玲が言うなり、ロビーは水を打ったように静まり返った。

今の言葉は、月島以外の人間を疑っている——というのと同義だ。

「でも、わざわざグループ分けする必要なくない？　全員で動いた方が、次の犯行を防ぎ易いんじゃないの？」

愛華が、なおも反論する。

「時間がないんです——」

玲が大時計を指差した。

円卓の予告状には、もう一つ意味がある。それは時間だ。殺害時刻も予告しているのだ。そして、玲が殺害される十一時まで、あと三十分もない。

「私は死にたくありません。だから皆さんの力を貸して下さい」

玲が丁寧に頭を下げた。

こうなると、誰も反論できなくなった。

「分かりました。玲さんの意見に従いましょう」

新城が促すように言ったことで、それぞれが席を立ち、玲が指定したグループに分かれることになった。

玲の許に歩み寄ろうとした月島だったが、亜人夢が割って入った。

彼は、何も言わずに玲に折り畳んだ紙を手渡す。いったい何を渡しているのか？　訊ねようとしたところで、新城に声をかけられた。

「玲さんをお願いします。彼女に何かあったら、私はあなたを許しません」

新城は、笑顔で月島に歩み寄ると、耳許で囁いた。

彼の発言には、玲に対する並々ならぬ思い入れが窺えた。以前から、ずっと玲のことを知っていたかのような――。

疑問をぶつけようとしたのだが、新城は亜人夢と一緒に歩いて行ってしまった。

「本当に玲ちゃんは、相変わらず頑固なんだから。まあいいわ。うちらも、行こう」

篤の手を引いた愛華が、アッシュと一緒に歩いて行く。

三人は、階段に足をかけたところで、同時に振り返り、月島の方に目を向けた。

その眼光は鋭く、敵意に満ちているようだった。どうして、彼らに敵視されなければならないのか？

様々な疑問が、月島の中で渦を巻き、思考をかき乱す。

彼らに問い質すべきか？　足を踏み出しかけたところで、永門にぽんっと肩を叩かれた。

「凄い女性だね」

永門がニヤニヤしながら耳打ちしてきた。

月島は、階段を上っていく愛華、アッシュ、篤の三人を見送りながら、「そうだな」と同意を示した。

玲は、見た目の透明感も手伝って、繊細なイメージを持っていたが、この土壇場で、自分の意思を押し通す芯の強さには感嘆させられる。

しかも、その決断に懸けているのは、自分自身の命なのだ。

「本当にいいんですか?」

月島は、玲の許に歩み寄りながら訊ねる。

もう少し、怯えているのかと思ったが、玲は意外にも穏やかな笑みを浮かべながら「はい」と頷いた。

「守って下さるんですよね」

玲の透明な声が、月島の心の深いところに突き刺さった。

よく見ると、玲は笑みを浮かべながらも、唇は微かに震えていた。

当たり前だが、彼女だって平気なわけじゃない。怖くて堪らない。それでも、月島を信じ、託してくれたのだ。

「ここまできたら、何としても犯人を見つけるしかないね」

永門が、茶化したように声をかけてきた。

「ああ。分かっている」

月島は、呟くように言ったあと、改めて玲に顔を向けた。

何としても、玲を守らなければならない。いや守ってみせる。これまで感じたことのない、強い使命感に駆られた。

3

山梨県警に問い合わせをして、敦也という少年の事件の資料を取り寄せることができた。

紗和は、自席でじっくりと目を通す。

伊東が言っていた通り、無理心中事件として処理されていた。

敦也の母親が、その恋人を殺害し、自ら命を絶つという、痛ましい事件だった。資料には写真の他に、犯行現場の図面も添付されていた。

敦也は、母親の死を、どんな風に受け止めたのだろう？

やはりショックが大きかったのか？　それとも、伊東が指摘したように、虐待から解放されて、喜びを覚えたのだろうか？

紗和の耳に、興奮気味の白井の声が突き刺さった。

「ビンゴだった！」

「急に何？」

紗和は、軽い苛立ちを滲ませながら応じる。

「昨日のやつだよ。行方不明になっているミオと、動画配信サイトで有名になった、シンガーソングライターのノルは、同一人物だった！」

「本当なの？」

紗和自身の声のトーンも一気に上がった。

「ああ。間違いない。ノルは、メジャーデビューの話があったんだ。それで、彼女に声をかけたレーベルの担当者に写真を見せたら、同一人物で間違いないって」

「それで、詳しい身許は分かったの？」

「ああ。件の事務所に所属する方向で、話が進んでいたからな。違法キャバクラとは違って、ちゃんと免許証で身許を確認している」

公的書類による、確認が行われていたのなら、間違いないだろう。

「大きな進歩ね」

「だな。彼女の名前は、辻村玲――」

「なるほど。それで、アーティスト名が〈ノル〉だったのね」

紗和が言うと、白井は「何が？」と、眉間に皺を寄せて首を傾げる。

「ノルって、スウェーデン語で、数字のゼロ――零を意味するのよ」

「そういうことか。本名の玲を数字の零に言い換えて、スウェーデン語に直すとノルってわけだ」

「それだけじゃないわ。彼女が、キャバクラの源氏名にミオを使っていたのも、言葉遊びだったんだと思う」

「どういうこと？」

白井が素っ頓狂な声を上げる。

「不動産会社の契約書に、彼女は佐倉澪と書いたんでしょ。この澪って漢字は、〈れい〉とも読むのよ」

紗和は、メモ用紙に漢字を書きながら説明した。

完全に別の名前にするのではなく、こうした言葉遊びで偽名を決めるということは、玲という女性は、身許を隠そうとしていたが、同時に自分の全てを捨てきれなかったのだろう。玲―零―ゼロ―ノルという置き換えに、リセット願望も感じるが。

「そういうことか！」

白井が、興奮して大きな声を上げる。

「少しは頭を使った方がいいわよ」

「うるせぇよ」

「でも、彼女にはメジャーデビューの話があったんでしょ。それなのに、どうして違法営業のキャバクラなんかで働いていたの？」

「それなんだけど、結局、デビューの話はご破算になったらしい」

「どうして？」

彼女ほどの歌唱力のある歌い手は、そうそういない。

素人耳に過ぎないが、歌詞もメロディーもキャッチーでありながら独創的で、卓越したセンスがある。

何より、彼女の清冽で美しい声は、魂を震わせる力がある。おまけに、あの美貌だ。デビューしたら、人気爆発間違いなしだ。

「実力は折り紙付きということで、デビューのためにレコーディングとか、色々と準備を進めていたらしいんだ。だけど、彼女の身辺調査をするうちに、過去に色々と問題があることが分かった。担当者は、玲さんには、それを捻じ伏せるだけの力があると、ごり押ししようとしたらしい。だけど、上層部からは、許可が下りなかった」

「どこの世界にも、頭の硬い連中はいるのね」

紗和の脳裏に降田の顔が浮かぶ。

「だな。担当者だった人も、彼女をデビューさせられなかったのは、音楽界にとって損失だって、未だに後悔していたよ」

まるで、自分自身が担当者であるかのように、白井は深いため息を吐いた。

「玲さんの過去には、どんな問題があったの？　借金？　不倫？」

今は、不倫などのスキャンダルは致命傷になる。

特にここ数年は、過剰な報道に、ＳＮＳによるバッシングも加わり、謝罪会見を開くだけに留まらず、引退状態に追い込まれる芸能人も少なくない。

紗和などは、不倫をしての謝罪なら、テレビなどで放送せずに、家庭内でやって欲しいと思うのだが、そうはいかない世の中になっている。

「過去の話だし、借金とか、不倫程度なら、何とかもみ消すこともできたんだろうけど、もっと深刻だったんだ」

白井が、もったいをつけるように言う。

「何？」

「実は、彼女は……」

「美波！」

白井の話を掻き消すように、降田の声が響いた。

刑事部屋の前に、ポケットに両手を突っ込んだ降田が立っていた。こっちに来い――という風に顎を振って合図する。

玲のことが気になる。降田など無視したいところだが、そんなことをすれば、末代まで小言を言われそうだ。

「ごめん。また後で」

紗和は白井に手を合わせたあと、降田の許に駆け寄る。

「いったいどういうつもりだ？」

降田が、不機嫌さを全開にしながら詰問してくる。

「何のことでしょう?」

「例の男の身許が判明したなら、早々に連絡をしろ」

——ああ。そのことか。

「すみません。降田さんは、催眠療法によって集まった情報は、信用しないと仰っていたので」

紗和が言うと、降田の表情が歪んだ。

「屁理屈を言うんじゃない。だいたいお前は……」

「現状では、あくまで写真が似ているというだけで、確証があるわけではありませんので、報告するまでもないかと」

「だったら、そっちで勝手に調べればいいだろう。こっちに振るんじゃない。児童養護施設を出た後の消息を調べるほどの余裕はない」

そういうことか——と納得する。

おそらく、久賀から報告が上がり、敦也が児童養護施設を出た後の消息を調べるように、指示が出されたのだろう。

自分たちが小間使いにされていることに対する不満もあるだろうが、否定的だった催眠療法による事情聴取の成果が出始めていることが、気に入らないようだ。

「私が依頼したわけではありません。意見があるのであれば、私ではなく、久賀さんに直接、仰って下さい」

紗和は、正論を口にしたつもりだったが、降田には通用しなかった。

「相棒なんだから、お前がどうにかしろ」

無茶苦茶な理屈に、心底嫌気が差し、反論する気も起きなかった。

降田が、さらに小言を並べようとしたところで、携帯電話に着信があった。タイミング良く久賀からだった。

「久賀さんです。ご意見があるようなので、どうぞお話し下さい――」

紗和は、携帯電話を取り、送話口を降田に向けた。

しばらく口をパクパクとさせていた降田だったが、やがて「もういい」と舌打ち混じりに言うと、紗和の前から立ち去って行った。

ああはなりたくないものだ――と心の底から思う。

〈どうかしましたか?〉

紗和が、携帯電話を自分の耳に当てると、久賀がいつもの口調で訊ねてきた。

事情を説明しようかとも思ったが、こちらのゴタゴタに久賀を巻き込むのも申し訳ない。

「いえ。何でもありません」

〈そうですか……。急ではありますが、例の青年に、催眠療法を行おうと思いまして〉

「これから――ですか?」

〈身許を確認するためにも、今日、入手した情報をぶつけてみようと思っています〉

伊東から聞いた情報をぶつけたとき、Aがどんな反応をするのか、紗和も非常に興味がある。

「分かりました。すぐに向かいます」

色々と思うところはあるが、紗和はそれらを頭の隅に追いやってから返事をした。

Ⅳ

「大丈夫ですか?」

夏野の部屋の前に立った月島は、背後に立っている玲に声をかけた。

彼女は手で胸を押さえながらも「はい」と頷く。

元々、色白の彼女の肌が、さらに白さを増しているように見える。

これから夏野の部屋の現場検証をする。凄惨な死体を目の当たりにしなければならないという恐怖もあるだろうが、次のターゲットが自分かもしれないという、不安に押し潰されているに違いない。

誰だって、自分の死が迫ってくれば、平静ではいられない。

「怖かったら、中に入らなくていいですから」

月島は玲に言ってから、夏野の部屋のドアを開けた。

濃度を増した血の匂いが、月島の鼻腔を抜けていく。嘔吐感がせり上がってきたが、唾を飲み込み、それを押しやった。

懐中電灯で、部屋の中をくまなく照らしてみる。

こうして改めて見ると、この部屋が異常であることに気付かされる。

簡素とかいうレベルではない。床も壁もコンクリートの打ちっ放しで、砂埃があちこちに溜まっている。

一応、パイプベッドのようなものはあるが、マットレスも染みが浮かび、汚れたものだった。

部屋によって、これほど違いがあることに驚かされる。

こんな部屋を割り当てられたのに、夏野が何も言わなかったことが引っかかるが、今となっては確かめる術はない。

月島は、屈み込むようにして、じっくりと夏野の死体を観察する。

鈍器のようなもので、頭部を殴られたのか。頭蓋骨が割れていて、そこから血と脳漿が流れ出ている。

傷は一カ所ではない。複数箇所に及んでいる。特に後頭部に集中していて、見るも無惨な状態だ。

よく見ると、右手の指が不自然に曲がっていた。殴られるのを防ごうとしてできた、防御創かもしれない。

その他に、傷は見当たらない。ただ、上半身の衣服がはだけているのと、ズボンのベルトが外れているのが気にかかる。

犯人は、服を脱がすことで、何らかの偽装工作をしようとしたのか？　途中で月島がドアを開けたことで、慌てて逃げ出したと考えると、筋が通るような気がする。

壁際に鉄パイプが転がっているのを見付けた。べったりと血が付着している。おそらく、これが凶器だろう。

「何か分かりましたか？」

ドア口のところから様子を窺っていた玲が、声をかけてきた。

「何者かに、頭部を殴打されたことによる、脳挫傷が死因だと思われますが……」

「何か引っかかるのですか？」

「ええ。血の飛び散り方などからみて、夏野さんは倒れた後に、何度も殴られているようです」

月島は、床の広範囲に飛び散っている血痕を、懐中電灯で照らしてみせる。

「酷いですね……」

一度は、懐中電灯に照らされた血痕に目を向けた玲だったが、すぐに顔を伏せてしまった。

「そうですね。これは、あまりに酷い」

相手が動けない状態だと分かっていながら、何度も、何度も、頭部を殴りつけている。強烈な殺意、或いは憎悪があったと考えられる。

島田も、背中を何度も刺されている。犯人は残虐性の高い人物だということが、推察される。

月島は、立ち上がってパイプベッドの方に移動する。

くまなく周辺を探したあと、ベッドの下を覗き込んでみる。懐中電灯に照らされて、何かが光った。手を伸ばして、それを手に取ってみる。

それは、チェーンの部分が金色のロザリオだった。

僅かに血痕が付着しているように見える。元々、ベッドの下に落ちていたとも考えられるが、チェーンが千切れているのが気になった。それに、血痕も付いている。

部屋で夏野と犯人が争った結果、千切れてベッドの下に入り込んだと考えられる。このロザリオは、夏野の持ち物だろうか？ それとも、犯人が所持していたものか？

何れにしても、事件の謎を解く重要な手掛かりであることは間違いない。

月島が、初めてこのペンションの中に入ったときの光景が脳裏を過（よぎ）った。

「これは……」

思わず声を上げ、ロザリオをぎゅっと握り込んだ。

月島は、このロザリオの持ち主が、誰なのかを知っている。

「何か見つけたんですか？」

玲が声をかけてきた。

「いえ。何も……」

月島は、咄嗟に嘘を吐いた。

ロザリオをポケットに仕舞いながら立ち上がった月島は、玲の顔をまともに見ることができなかった。

――そんなはずはない。

内心で呟き、先走る思考に歯止めをかける。

「月島さん。顔色が悪いですよ」

「大丈夫です。一度、円卓に戻りましょう」

月島は玲を促し、夏野の部屋を出て、ロビーに戻ることにした。

「ロザリオのことは、彼女に訊かなくていいのか？」

歩きながら、永門が小声で訊ねてきた。

どうやら永門も、ロザリオの持ち主が誰なのか、気付いているようだ。

「分かっている。後で確認するから、今は、黙っていてくれ」

月島がぴしゃりと言うと、永門は降参したように両手を上げ、口を閉ざした。月島のやり方に委ねるという判断をしたようだ。

円卓に戻った玲は、肩を落として自分の椅子に座った。かなり疲弊しているように見える。

このままポケットの中のロザリオの存在を握り潰すという選択肢が頭に浮かんだ。

だが――。

それでは、事件を解決することはできない。拒絶されても、嫌われても、玲を守るためには、避けて通れない道だ。

月島は、ゆっくり玲の許に歩み寄り、彼女の隣にある夏野の椅子に腰掛けた。

「犯人の目星はつきましたか？」

玲が潤んだ瞳を向けながら、質問してきた。

「いいえ。まだ、分かっていません。ただ、ずっと引っかかっていることはあります」

「何ですか？」

聞き返してきた玲の瞳が、落ち着きなく左右に揺れる。

彼女は、月島が何を言おうとしているのか、察しているように見える。

「玲さんは、夏野さんは中学の同級生だったと言っていましたね」

「はい」

「以前から、知っていたのは、夏野さんだけですか？」

「どういう意味ですか？」

玲は、困惑した表情を浮かべているが、それが偽りのものであることは、容易に察しがついた。

「言葉の通りです。玲さんは、夏野さん以外のメンバーのことも、知っていたのではありませんか？」

玲は何も反応しなかった。

静寂が痛かった。

「まさか。私が知っていたのは、夏野さんだけです」

しばらくして、玲は絞り出すように言った。

ランタンの明かりに照らされるその顔からは、表情が抜け落ちていた。玲のこんな顔は見たくなかった。

ここで「そうですか——」と納得したふりをすれば、玲は表情を取り戻してくれるだろうか？

そんなことを考えもしたが、それでは彼女を守ることができない。

「いいえ。玲さんは、他のメンバーのことも知っていたはずです」

「どうして、そう思うのですか？」

すぐ隣にいるはずなのに、玲の存在が、ずいぶんと遠くに感じられた。

「理由は、色々とあります。まず、愛華さんとの距離感です。今日が初対面と思えないほど、親しげでした」

「それは、月島さんの感覚的なものですよね」

「感覚だけではありません。愛華さんは、ついさきほど『玲ちゃんは、相変わらず頑固なんだから』

とも言っていました。あの発言は、以前から玲さんのことを知っていたからこそそのものだと思います」

「言葉の一部分だけで断じてしまうのは、少し乱暴だと思います」

「それだけじゃありません。新城さんとの関係性も、引っかかります」

「どう引っかかるのですか？」

「さっき、新城さんから忠告をされました。玲さんに何かあったら許さない——と。もし、玲さんと今日が初対面なのだとしたら、そこまで言うでしょうか？」

「新城さんが、何を考えて、そのようなことを言ったのかは、私には分かりません」

玲は首を左右に振った。

平静を装ってはいるが、次第に声が震え始めている。

「亜人夢君のことも、知っていたのではありませんか？」

「なぜそう思うのですか？」

「玲さん。亜人夢君から何か受け取りましたよね？」

「いえ。何も……」

あくまで惚(とぼ)けるという選択をしたようだ。だが、月島は、あの瞬間を見逃さなかった。

「貰ったはずです。折り畳んだスケッチブックの紙です。おそらく、あの紙には、玲さんの肖像画が描かれているはずです」

「私の？」

「亜人夢君は、ずっとあなたの絵を描いていましたから」

今なら分かる。亜人夢が描いていた女性の肖像は、玲に似ていたのではなく、彼女そのものを描いていたのだ。

「私なんて、モデルにする価値もありません」

　玲が、月島から視線を逸らした。

「そういう話をしているのではありません」

「仮に、彼が描いたのが私の絵だったとして、それは、以前から知り合いだったという根拠にはならないと思います」

「そうかもしれません。では、アッシュさんはどうですか？」

「どうとは？」

「島田さんが、玲さんの腕を摑んだときの、アッシュさんの怒りようは、普通ではありませんでした」

「…………」

「夏野さんが、玲さんを連れ去ろうとしたときも、アッシュさんは、烈火の如く怒った」

「激情し易い方なのだと思います」

「そういう部分はあると思います。でも、ぼくは違った印象を抱きました」

「何が違うのですか？」

「ぼくには、彼が玲さんを守っているように見えました。少なくとも、あなたに対して、特別な感情を抱いているように見えました」

「結局、何を仰りたいんですか？」

　玲が怪訝（けげん）な表情を浮かべる。

「ぼくに、本当のことを話して下さい」

「話しています」

「いいえ。玲さんは、嘘を吐いています」

「私を、疑っているのですか？　私は、月島さんを信じているのに、私のことは信じて下さらないいんですね」

玲の声は、失意に満ちていた。

月島は、今この瞬間に、玲からの信頼を失ったのかもしれない。だが、それでも――玲を助けたいと思う。

「分かりました。ぼくは、玲さんのことを信じます。変な疑いをかけてしまって、申し訳ありませんでした」

月島は、玲に深々と頭を下げた。

「そんな……分かって下さればいいんです」

玲の顔に笑みが戻った。

それを嬉しいと思う反面、哀しくもあった。玲は、きっと月島のことを、本当の意味で信じてはいない。

だが、それを責めることはできない。月島もまた、同じなのだから――。

「そうだ。玲さんに渡そうと思っていたものがあるんです」

「私に？」

「はい。これ、玲さんの物ですよね？」

月島は、ポケットからロザリオを取り出し、玲に見せた。

玲は、自分の胸元に手を当て、ロザリオが無いことに気付いたらしく「あっ」と声を上げた。

「ありがとうございます。これを何処で？」

玲がロザリオを受け取ろうとしたが、月島は、それを渡さなかった。

「ぼくが、これを拾ったのは、夏野さんの部屋のベッドの下です」

「………」

玲が、ぽかんとした表情を浮かべる。

しかし、それはすぐに苦しげなものに変貌していった。自分の発言に、大きなミスがあったことに気付いたようだ。

玲は、既にこのロザリオが、自分の物だということを認めてしまっている。

卑怯なやり方ではあるが、こうでもしないと、玲は本当のことを語ってくれない。月島は、たとえ自分が悪者になったとしても、真実を解き明かし、玲を助けるという選択をしたのだ。

「なぜ、夏野さんの部屋に、このロザリオが落ちていたのか？　その理由を教えて頂けますか？」

長い沈黙が流れる。

時計が時を刻む音が、やけに大きく響いた。

やがて玲は、ゆっくりと月島の方に顔を向けた。

「全部、私のせいなんです。私のために……」

静かに言った玲の目から、すっと涙が零れ落ちるのを見た――。

5

三度目の催眠療法による事情聴取が始まった――。

場所は、いつもと同じ白いカウンセリングルームなのだが、前回までとは異なり、久賀はスマートフォンから、ショパンの曲を流している。

これまでは無音だったこともあり、急に部屋の空気が変わったような気がする。

前の催眠療法の際、Aがハミングをしていたことから、音楽に興味があると推察し、嗅覚の次は、聴覚を刺激することで、これまでとは別の記憶を思い出させようという意図だ。

懐疑的ではあったが、その効果はすぐに現れた。

「誰かが呼んでいます……」

催眠状態に入るなり、Ａが虚ろな声で言った。

その表情は、とても穏やかだった。姿勢もよく、目を閉じながらも、真っ直ぐに前を向いている。

虐待の記憶を呼び覚ましていたこれまでとは、明らかに反応が違う。

「久賀さん。これは……」

紗和が視線を向けると、久賀が大きく頷いた。

「先日までとは、異なる時期の記憶を思い出したのだと思います」

もし、Ａの記憶の中の時間を進めることができたのだとしたら、大きな進歩といえる。

新たな情報が手に入るかもしれない。

「声のする方に行ってみましょう」

久賀は、Ａに向き直ってから促す。

Ａは、考えるように眉間に指を当ててから、「はい」と答える。

「今、何が見えていますか？」

久賀が、口許を手で隠すようにしながら訊ねる。

「廊下が続いています」

「どんな廊下ですか？」

「病院……いや、違いますね。多分、学校の廊下だと思います。学生服の人たちが、たくさんいます。

中学生……くらいです……」

口ぶりからして、彼が辿り着いたのは、中学生の頃の記憶のようだ。

ただ、鵜呑みにしてはいけない。Aの発言は虚偽かもしれないし、与えた情報によって無意識に作られたものかもしれない。

「廊下を進んで、あなたを呼んだ人を探してみましょう」

「見つけられるでしょうか？」

「見つけ易いように、イメージしてみましょう」

「イメージ？」

「あなたを呼んだのは、男性ですか？　それとも女性ですか？」

「女性です」

Aは、再び眉間に人差し指を当てた。

「どんな声をしていましたか？　高い声とか、低い声とか――」

「とても――綺麗な声でした」

そう言ったあと、Aは嬉しそうに口許を緩めた。

「綺麗ですか？」

「はい。上手く表現できませんけど、存在感があって、でも、透き通っていて、それでいて、触れれば壊れてしまうような脆さがあって……」

確かに上手く表現できていない。相反する描写が重なっていて、イメージができない。

久賀も、同じことを感じたらしく、苦笑いを浮かべた。

「そうですか。声以外で思い出せることはありますか？」

「声以外……ですか」

「はい。服装でも、髪型でも、何でも構いません。声の主を思い浮かべてみて下さい」

「思い浮かべる……」

Ａは、呟くように言ったあと、ふっと天井を見上げた。

「ゆっくりでいいですよ」

「髪は短くて、少し垂れ目がちで……」

途中で言葉を呑み込んだＡは、何かに気付いたように腰を浮かせた。

「どうかしましたか？」

久賀の質問に答えることなく、Ａは小さく笑みを浮かべた。

そして――。

閉じられた瞼（まぶた）の間から、すっと涙が零れ落ちた。

苦痛や悲しみから出た涙ではない。もっと別の感情。喜び、歓喜――そういった感情に由来するものであることが、何となく分かった。

「また、君に会えるなんて……」

Ａが震える声で言った。

彼は、イメージの中で、誰かに会っている。それはきっと、声の主の女性なのだろう。

そういえば、Ａは幼少期の記憶を振り返る中で、歌の上手い少女の話をしていた。再会しているのは、成長した幼馴染みの少女なのかもしれない。

「あなたは、今、誰に会っているんですか？　友人ですか？　それとも、恋人ですか？」

久賀が訊ねると、Ａはふっと力を抜いてリクライニングチェアに座り直した。

「彼女は、一番の大切な友だち……」

Ａは、右手で左の肩を掻くような仕草をしながら、声のトーンを高くして言った。

「親友ですか？」

「ち、違う。か、彼女は女神だ」

「女神？」

「彼女は、私の一番大切な女性――」

Ａは眉間に指を当てると、声のトーンを低くする。

「どう大切なのですか？」

「私は、彼女に相応しい男になるために、努力してきた。だけど、また会えるとは思っていなかった」

「でも、再会できたんですね」

「巡り会う運命だったんです。いや、そうじゃない。彼女こそが、運命そのものだったんです。私は、その運命に引き寄せられたんです」

Ａは、陶酔したように口にする。

まるで思春期の学生が作るポエムのようだ。

「その女性は、あなたにとって恋人だったんですね」

久賀が確認するように言うと、Ａは再び首を左右に振った。

「そうではありません。彼女はぼくの恩人。母親のような存在。生きる意味そのもの――」

返答がコロコロと変わる。

いや、そうではない。多分、Ａが口にした関係性の全てが真実なのだろう。

その女性は、Ａにとって、親友であり、恋人であり、自分を支えてくれた恩人。そして、彼女の存在こそが、自分の生きる意味だと考えている。

強く、純粋な想いだが、それ故に危ういと感じる。行き過ぎた感情は、大きな歪みを生むことになる。

ストーカー事件などは、まさにそうして起きるのだ。

「その女性の名前は分かりますか？」

「彼女の名前は……」

Ａは、途中で言葉を呑み込んだ。

何かに怯えたように、しきりに周囲を見回している。

「よせ！　やめろ！　彼女に手を出すな！」

Ａは喉が裂けんばかりの叫び声を上げた。喉の血管が浮き上がり、顔を真っ赤にして、力の限り叫ぶ。

突然のＡの変貌ぶりに、紗和は彼に駆け寄ろうとしたが、久賀がそれを制した。

「何が起きているのですか？」

久賀が、表情を変えることなく、淡々とした調子で質問を続ける。

「やめろ！　頼む！」

Ａは、なおも叫び続ける。

やがて、手足がガタガタと痙攣（けいれん）し始め、椅子が激しく揺れる。

「答えて下さい。今、あなたには、何が見えているんですか？」

久賀は、構わず質問を続ける。

Ａの異常に気付いているはずなのに、何の対処もしようとしない。手で口許を隠しているが、微かに笑っているようだった。

「久賀さん」

紗和は堪らず声をかける。

「黙って。今、いいところなんだ」

久賀は紗和の言葉を一蹴すると、ゆらりと立ち上がりＡに歩み寄る。

その姿に、これまでの紳士然とした品位はなかった。傲慢で理不尽な独裁者のような、異様な存在感を放っていた。

「さあ。教えて下さい。あなたが見ているものを――」

久賀は、鼻先が着くほどにAに顔を近付けると、暗い目をしたまま、改めて問う。その言葉に呼応するように、Aの瞼が痙攣した。

「てめぇ！　殺す！」

Aは、突如として椅子から立ち上がると、そのまま久賀の顔面を殴りつけた。

久賀が後方に倒れ込む。

Aは肩で大きく息をしながら、久賀の上に馬乗りになると、さらに追い討ちをかけようと拳を振り上げる。

紗和は、Aの身体にタックルして、何とかそれを押さえつける。

「放せ！　クソが！　殺してやる！」

「落ち着いて下さい」

「レイに手を出すな！」

「え？」

――今、レイって言った？

Aは、なおも暴れながら叫んでいる。カウンセリングルームの空気はカオスに支配されていたが、紗和は脳が冷たくなっていくのを感じた。

「ぶっ殺してやる！」

Aは叫び声を上げながら、もの凄い力で紗和を強引に振り払う。一瞬の油断もあり、紗和は弾き飛ばされてしまう。

「殺す……」

そう言いながら、Aはテーブルを持ち上げ、久賀に向かって振り下ろそうとした。あんなもので殴られたら、ただでは済まない。

紗和は、何とか立ち上がり、止めに入ろうとした。

だが、紗和が駆け寄るより先に、Aはぶつっと糸が切れた操り人形のように、その場に倒れ込んでしまった。

「レイ。逃げろ。逃げてくれ……」

その言葉を最後に、Aはぐったりとして動かなくなった。意識を失ったらしい。

久賀が、ゆっくりと立ち上がった。

「久賀さん。血が――」

久賀の鼻から、ボタボタと血が滴り落ちていた。それだけではない。メガネにヒビが入り、シャツの袖の部分が破れていた。

「ああ。大丈夫です。掠(かす)り傷です」

久賀は、シャツの袖で無造作に鼻の血を拭った。

潔癖なイメージがあっただけに、その所作が紗和の目には不自然に映った。

「使って下さい」

紗和は、久賀にハンカチを差し出したが、彼は紗和の声が聞こえていないのか、返事すらしなかった。

「興味深い……」

乱れた髪を整えながら、久賀は血で汚れた口許に笑みを浮かべた。

紗和は、その表情を見て、思わずぞっとした。久賀の底にある闇が、深さを増したように思えてならなかった――。

VI

涙を流している玲を見て、月島の中に罪悪感が広がっていく――。

悪いことをしているわけではない。犯人を突き止めるために、玲に質問を重ねていただけだ。

真実には近付いている。だけど、同時に、彼女の信頼を失っている。

そのことが、酷く悲しかった。

だが、それでも――玲を救うためには、彼女自身を追及しなければならない。

「私のため――とは、いったいどういうことですか？」

月島は、玲に続きを話すように促した。

玲は、何も答えずに指先で涙を拭うと、こちらに顔を向けた。

少し充血していたが、それでも垂れ目がちの彼女の瞳は美しかった。透明感があり、純粋で真っ直ぐな強い意志が宿った瞳――。

――そんな目で見ないでくれ。

月島は、心の底でそう願った。玲が壊れていく。そんな気がしてしまった。

バチッと暖炉の薪（まき）が爆（は）ぜる。

「分かりました。お話しします……」

玲が掠れた声で言った。

月島は、喉を鳴らして唾を飲み込み、じっと彼女の言葉を待った。

「ダメでした。ブレーカーは見つけたんですけど、完全に破壊されてしまっています」

階段の上から、新城の声が聞こえてきた。

視線を向けると、新城と亜人夢が階段を下りて来るところだった。

「やっぱり、脱出ルートも無さそう」

少し遅れて、愛華と篤、それと、アッシュも姿を現した。

「タイミングが悪かったね」

永門が、月島の耳許でボソッと告げる。

まさにその通りだ。玲がせっかく真実を語ろうとしているのに、こうして人が集まってしまったら、口を閉ざしてしまう。

案の定、玲の顔からは、さっきまでの深刻な表情が消え、作り笑いを浮かべている。

「そ、それで、そっちはどうなんですか？　何か分かりましたか？」

ロビーまで下りて来た亜人夢が訊ねてきた。

どこまで答えるべきか、迷いが生まれる。タイミングは逸したが、ここで改めてロザリオの話を持ち出すのも一つだ。

もしくは、以前から玲のことを知っていたのか、彼らに訊ねるのも一つの手だ。

だが――できなかった。

玲が、懇願するような視線を向けながら、月島の袖を引っ張ったからだ。言葉にせずとも、何も言わないで欲しい――という意思が伝わってくる。

「夏野さんは、何者かに殴打されたと思われます。着衣の乱れと、腕に防御創があったので、激しく争ったと考えられます」

月島は、出かかった質問を一旦呑み込み、現場の状況説明をすることにした。

「犯人の目星は、つきましたか？」

新城が挑戦的な口調で訊ねてくる。

「いえ。まだ」

「ぜ、全然、進んでないじゃないですか」

亜人夢が鼻を鳴らして笑った。

「そうでもないんじゃない。ある程度、絞れるでしょ」

愛華が腰に手を当てながら言う。

「へぇ。じゃあ、愛華さんの推理を聞かせてもらいましょう」

新城が、足を組んで円卓に座った。

「別に、犯人が特定できたわけじゃないわよ。ただ、消去法で、犯人じゃない人を除外することはできるって話」

「だから、それを聞かせて下さいよ」

新城が突っかかるような言い方をしたせいで、険悪なムードが流れる。この場にいる全員が焦っているのだ。

「分かってるわよ。せっかちな男って、嫌われるわよ」

愛華が、新城の肩をそっと撫でる。

新城は迷惑そうな顔をしながら、「いいから説明して下さい」と先を促す。

「凄く単純な話よ。防御創があるってことは、夏野さんは後ろから、いきなり殴られたわけじゃない。犯人と対峙したってことでしょ。その上で、犯人は夏野さんを撲殺した。このことから、犯人として除外できる人がいるでしょ」

「それってつまり、体格の問題で、女性と子どもには、犯行ができなかったって話ですか？」

「そうよ」

自信たっぷりに頷く愛華を見て、新城が深いため息を吐いた。

「いやいや。それはいくら何でも強引過ぎやしませんか？」

「どうして？」

「どうしてって……犯人は、凶器を持っていたわけですよ。仮に女性だったとしても、殺すことはできたはずです」

「でも、抵抗されているんでしょ。無傷では済まなかったと思うわ。玲ちゃんも、うちも、怪我は負っていないじゃない」

「そ、それって、根拠が弱いと思います。ど、どの程度、抵抗したかも分からないですし、現段階では、まだ断定はできません」

亜人夢が口を挟んだ。

彼の言う通りだ。愛華の理論は、根拠が弱い。こじつけにも近い。

「じゃあ、玲ちゃんかうちが犯人だとでも言うの？」

愛華が、不貞腐れたように口を尖らせる。

「そうは言ってませんよ。ただ、女性陣を除外するには、根拠が弱いと言っているんです」

新城が反論する。

「文句があるなら、代わりの推理を出してよ」

「無理ですよ。私たちは、現場検証をしていないんですから。——月島さんは、どう考えているんですか？」

新城の言葉を受け、全員の視線が月島に向けられる。

こんな風に、一斉に見られると、何だか居心地が悪い。月島は「まだ、披露できるような推理はありません」と首を左右に振るしかなかった。

「に、逃げてます」

亜人夢が立ち上がって主張する。

残念ながら、否定ができない。彼の言う通り、月島は多くを語ることから逃げている。なぜなら――。

月島はちらっと玲に視線を向けた。

彼女は、祈るように手を合わせ、じっと頭を垂れていた。その姿を見て、やはり現段階では、余計なことを喋るべきではないと感じた。

「あれ。月島さん。そんなロザリオ持ってました？」

新城が、月島の持っているロザリオに気付き、指差してきた。

――しまった。

新城たちが現れた段階で、ポケットにしまっておけば良かったのに、手に持ったままだったのだ。

「さっき、廊下で拾ったんです。誰のかな――と思って」

月島は、咄嗟に嘘を吐いた。

ロビーが静まり返った。誰もが、月島の発言が嘘であることに気付いているようだった。額にじっとりと汗が滲む。

――どうする？

ロザリオを調べれば、血痕が付着していることは、すぐに分かる。そうなれば、なぜ嘘を吐いたのか追及され、容疑が月島に向くことは必至だ。

後から、玲のものだと主張しても、受け容れられないだろう。

何か言わなければ――思考を巡らせていたのだが、それを遮るように、手に持っていたロザリオが奪い取られた。

アッシュだった――。

「これは、おれのだ」

アッシュはぶっきらぼうに言うと、ロザリオを革ジャンのポケットに押し込んでしまった。

皆、納得したらしく、緊張が一気に解けた。

たくさんのシルバーアクセサリーを身につけているアッシュが、ロザリオを持っていたとしても不思議はないと思ったのだろう。

だが、あのロザリオのチェーンはゴールドだった。アッシュが身につけているシルバーのアクセサリーとは、明らかに異なる。

そのことは、アッシュ自身が一番分かっているはずだ。

にもかかわらず、アッシュはロザリオが自分のものだと主張した。月島を庇うため？　いや、そんなはずはない。

考えられる可能性は一つ――。

アッシュは、あのロザリオが玲のもので、血痕が付着していることに気付いた。だから、彼女を庇うために、自分の物だと主張した。

一瞬、アッシュと目が合った。

言葉こそ発しなかったが、その鋭い眼光は、これ以上、喋るな――という強い意志が込められていた。

「それで、これからどうします？」

新城がおどけた調子で訊ねてきた。

「一応、うちらも犯行現場見ておいた方がいいんじゃない？」

愛華の提案に、新城が賛同を示した。亜人夢は、迷った素振りをみせつつも、「ぼ、ぼくも行きます」と右へ倣う。

アッシュは、「おれは、部屋に戻る」と短く言うと、さっさと階段を上がって行ってしまった。

「待って下さい。一人はマズいです」

月島は、咄嗟にアッシュの腕を摑んだが、すぐに振り払われてしまった。

「気安く触んな」

「しかし、犯人が次の犯行を……」

「知らねぇよ」

アッシュは、聞く耳持たずといった感じで、階段を上って行ってしまった。

「まあ、仕方ないですね。彼は、昔からああいう人ですから」

新城が肩をすくめて見せる。

「しかし……」

「そもそも、次のターゲットは、彼じゃないんでしょ？」

「多分……」

「だったら、私たちが戻って来るまで、彼女をお願いしますよ」

新城が、チラッと玲に視線を向ける。

アッシュが気がかりではあるが、現段階では、玲の安全を最優先させるというのは正しい。

月島が、彼女を残してここを離れるのは得策ではない。

「すぐに戻ると思うんで」

新城は、愛華と篤、亜人夢と一緒に、夏野の部屋の方に行ってしまった。再びロビーに月島、永門、玲の三人が残された。これは好都合だ。さっきの話の続きができる。

月島が玲に向き直ると、彼女は、すぐに逃げるように視線を逸らした。

逃げたい気持ちは、月島も同じだ。

できれば、知りたくないこともある。だが、次のターゲットである玲を救うためには、心を鬼にしなければならない。

月島は、覚悟を決めて彼女に歩み寄った――。

7

Aに対する催眠療法が終わり、紗和は大急ぎで署に戻った。

自席で書類仕事をしている白井を見つけ、紗和は彼の許に駆け寄る。

「白井！」

自分が想定していたより、大きな声が出た。

白井は、驚いたように振り返ったが、紗和の姿を認めると、「何だ。美波か」と気の抜けた返事をする。

「行方不明の玲さんについて、分かっていることを全部教えて」

紗和は、白井のデスクにドンッと手を突きながら言う。

まるで詰問するような口調になってしまったが、気にしている余裕はなかった。

「何だよ。藪から棒に。そんなに興味無かっただろ」

行方不明になっている玲の件について、白井と情報交換をしていたし、助言もしたが、それは雑談の延長で、さほど興味が無かったのは事実だ。

「事情が変わったの」

「どう変わったんだよ」

「Ａが催眠療法による事情聴取の中で、レ、イ、と、い、う、名、前、を、口、に、し、た、の、――」

白井が目を見開き、「マジか……」と呟いた。

「いや、でも、同じ名前ってだけかもしれないだろ」

白井が、ガリガリと頭を掻きながら口にする。

「レイは、ありふれた名前じゃないでしょ。タイミング的にみても、偶然の一致とは思えない」

「そうだけど……」

「それに、一致したのは名前だけじゃないの」

Ａは単にレイという名前を呼んだだけではない。

彼の幼少期の思い出の中に、歌が上手い少女が登場している。中学生時代に、その少女と再会したときも、殊更、声の綺麗さを強調していた。

こじつけかもしれないが、そうした部分も、シンガーソングライターだった玲と一致する。

そのことを説明すると、白井は首を傾げた。

「いや。でも、それだけだと、同一人物だと特定するのには、根拠が弱いだろ」

「だから、情報を教えてって言ってるのよ。他にも共通項が見出せるかもしれない」

もし、Ａが口走ったレイという名の女性と、白井が追っている玲が、同一人物なのだとすると、事件が一気に動くことになる。

「今、分かっていることは、それほど多くはないけどいいか？」

「ええ」

「本名は辻村玲。ノルって名前のシンガーソングライターとして活動していたってとこまでは、話したよな」

「そうね」

「彼女の父親は、娘の玲が生まれたのを機に、脱サラして、故郷の山梨県でペンションの経営を始めたらしい」

「山梨県の何処？」

「山中湖の近くだったはずだ」

「繋がった……」

紗和は、思わず声を漏らした。

「何が繋がったんだ？」

「Aが思い出した幼少期の記憶の中に、湖が出てくるわ。彼は、そこで自殺を図った過去がある。それだけじゃない。児童養護施設の職員が、Aと同一人物を知っているかもしれないと証言した。その養護施設があるのが、山梨県の南都留郡——山中湖のある地域なのよ」

「土地柄的に、二人は接点があった可能性が高いってことか？」

「ほぼ間違いないわね」

「何てことだ……だが、ちょっと待て。そうなると、玲さんはもしかして……」

白井は途中で言葉を呑み込んだ。だが、わざわざ口にしなくても、何を言わんとしているのかは分かる。

現在、行方不明になっている玲。そして、血塗れ(ちまみ)で警察署に現れたA。この二人に接点があるとなると、辿り着く結論は一つしかない。

玲はAによって殺害された——。

「それを確かめるためにも、玲さんのＤＮＡが必要なの。Aに付着していた血痕と照合をかければ、はっきりするわ。ナミさんに頼んで、玲さんの使っていたブラシとかを提供してもらって欲しいの」

髪の毛の毛根があれば、ＤＮＡ鑑定は可能なはずだ。

「分かった。ナミに連絡を取ってみる」

白井が意気揚々と言った。

いつの間にか、白井はナミのことを呼び捨てにするようになっている。頻繁に捜査の進捗状況を訊ねられることに、辟易としていたはずなのに――。

メンヘラ気質が見えるナミの相手をしているうちに、絆（ほだ）されたのかもしれない。

「待って」

白井は、すぐに刑事部屋を出て行こうとしたが、紗和は慌ててそれを呼び止めた。

「何だ？」

「玲さんのことで、他に分かっていることがあったら、教えて欲しいんだけど」

「だったら、そこに資料があるから、お好きにどうぞ」

白井は、自分のデスクの上にある書類の束を指差し、そそくさと出て行ってしまった。

紗和は白井の席に座ると、資料を引き寄せ、それに目を通していく。

その内容は、驚愕すべきものだった。

読み進めるうちに、血の気が引き、ページをめくる指先が震えていくのを感じた。

同時に、様々なことが腑に落ちた。白井の追っている玲と、Aが口走ったレイは、同一人物とみてよさそうだ。

紗和は携帯電話を取り出し、久賀に連絡を入れた。

〈それで、どうでしたか？〉

ワンコールで電話に出た久賀は、開口一番に訊ねてきた。

Aの口から出たレイという名の女性と、現在、行方不明になっている女性が、同一人物かもしれないという情報は、既に伝えてある。

その結果報告の連絡だということは、久賀も心得ていた。

「今、担当刑事にＤＮＡの検体が採取できるか、当たりに行ってもらっています。正確なところは、その結果待ちになりますが、資料を見る限り、同一人物の可能性が非常に高いと考えます」

〈そうですか……それで、玲さんというのは、どういう女性なんですか？〉

「彼女は、歌が上手くて、シンガーソングライターを目指していたようです。動画配信サイトにアップされた歌唱動画が話題になり、メジャーデビューが決まりかけていましたが、頓挫してしまいました。その後、行方不明になる直前まで、違法営業のキャバクラで働いていました」

〈なぜ、メジャーデビューが頓挫してしまったのですか？〉

久賀が、落ち着いた口調で訊ねてきた。

「彼女の父親に問題があったんです」

白井が残した資料に、その詳細が記されていた。

〈父親が犯罪者だったんですね——〉

「ええ。玲さんの父親は、東京で会社員として働いていたのですが、脱サラして、故郷である山梨県に戻り、ペンションの経営を始めました」

〈それって、もしかして——〉

「おそらく、Ａが語っていた、桜の木がある場所のことだと思います」

Ａは催眠中に、桜の木の下で、少女に会ったと言っていた。

〈繋がってきましたね〉

久賀の言う通り、繋がってきた。だが、これだけではない。

「はい。玲さんの父親は、ペンションの経営が上手くいかず、借金を作ってしまいます。その後、玲さんが中学校に上がるタイミングで、ペンションを畳んで、母親の生家がある神奈川県に引っ越しました」

〈そうでしたか〉

「玲さんの父親は、借金のことや、環境の変化などが祟ったのか、精神を病んでしまったようです」

〈それで、どうなったのですか？〉

「カウンセリングなどを受けていたようですが、玲さんが中学二年生になった頃に、大きな事件を起こしてしまいます」

〈どんな事件ですか？〉

「殺人です」

〈殺人……〉

いつも飄々としている久賀の声が沈んだ。

気持ちは分かる。紗和も、その事実を知ったときには、驚きを隠せなかった。

「はい。まだ、資料にざっと目を通しただけなので、事件の詳細までは分かりませんが、玲さんの父親は、殺人の容疑で逮捕、起訴されています」

だから、玲は自分の身許を徹底して隠そうとしたのだ。

事件の加害者家族というのは、周囲から攻撃の対象になってしまう。嫌がらせによって追い詰められていくことは、想像に難くない。

攻撃する側は正義を振りかざすが、当事者でない者たちが、加害者の家族を攻撃していい道理などないと紗和は思う。

そんなものは、正義でも何でもなく、ただ口実を得て、自分たちの日常の鬱憤を、ぶつけるだけの憂さ晴らしだ。

何より怖いのは、そういった行為の異常性に、攻撃する側が無自覚であることだ。

「何れにしても、詳しいことが分かったら、改めて連絡させて頂きます」

〈分かりました。それと、お手数ですが、玲さんという女性の写真があったら、私にも見せて頂けますか？〉

「分かりました。キャバクラの宣伝用に撮影されたもので、加工はされていますが、今、メールで送信しました」

紗和は、説明しながらも、ノートパソコンを操作して、久賀のメールアドレスに写真のデータを送信した。

〈仕事が早いですね。届きました〉

「それと、ノルというアーティスト名での歌唱動画が、動画配信サイトにアップされています。『ノル、歌』で検索すれば、出てくると思います」

〈分かりました。確認します〉

電話を切った紗和は、ノートパソコンで動画配信サイトを立ち上げると、ノルの歌を再生する。

彼女の歌声は、何度聞いても美しかった――。

メジャーデビューしていたら、その圧倒的な歌唱力で話題になっただろうことは間違いない。ミュージックレーベルも、喉から手が出るほどに、彼女を欲したはずだ。

だが、デビューした後に、彼女の父親が殺人犯であると世間に知れれば、それはとんでもないスキャンダルになる。

対応に追われるだけでなく、レコードの自主回収やコンサートの中止など、あらゆる問題に発展する。そうしたリスクを避けるために、ノルを――玲を手放したのだ。

そのとき、玲が味わった絶望は計り知れない。

いや、きっとそれはデビューの話に限ったことではないだろう。

学校生活を始めとした日常生活において、彼女は、自分では変えようのない過酷な現実に直面していたはずだ。虐めに遭っていた可能性もある。

進学も夢も諦めなければならなかった。恋愛においても、足枷になったのは間違いない。

彼女は何もしていないのに、父親が殺人事件の加害者であるが故に、一生抜け出せない呪縛を背負ってしまったのだ。

私の血肉に刻まれた罪は
全てを奪い　蝕み続ける
決して逃れることのできない呪縛

玲の歌の歌詞の意味が、今になってじわじわと紗和の心に染み入ってくる。

彼女は、自分の人生の中で感じた絶望を、歌に乗せたのだ。だから、歌詞の中で自らの死を望んでいたのだ。

翼をもがれ、飛ぶ術を失った彼女は、地面に這いつくばり、叫ぶしかなかったのだろう。そして、『願い』という歌は、そんな彼女の心情を吐露するものだった。

感傷に揺らぐ紗和の思考を断ち切るように、携帯電話が着信した。

さっき電話を切ったばかりの久賀からだった。

「どうかしましたか？」

〈一つ提案があるのですが？〉

「何でしょう？」

また、すぐにでもAの催眠療法による事情聴取を行うつもりだろうか？

〈二人が幼少期を過ごした場所に、足を運んでみたいんです〉

「そこに何かあると？」

〈それは分かりません。しかし、その場所を我々が知ることは、今後の催眠療法に有益だと考えています〉

久賀の提案も一理ある。現地に赴くことで、得られる情報もあるだろう。

何より、紗和自身が、その場所を見てみたいという気になった。

パソコンでルートを検索する。

車を使えば、二時間もかからずに、現地に足を運ぶことができる。

「行きましょう」

紗和は、携帯電話を強く握りながら言った。

「玲さん――」

月島が声をかけると、玲がゆっくりと顔を向けた。

ランタンの明かりを受けた彼女の顔は、異様なほどに白かった。元々の肌の色が白かったが、それとは違う。

血の気を失い、既に死んでいるかのような顔色だった。

「本当のことを話して下さい」

月島がそう続けると、玲は微かに首を傾げた。

「本当のこととは？」

玲は、惚けた調子で答えた。

さっきまでは、話そうとしてくれていた。しかし、新城たちが現れたことにより、判断が変わってしまったのだろうか。

だが、諦めるわけにはいかない。何としても、玲に真実を話して貰わなければならない。

「アッシュさんが、持ち去ったロザリオは、玲さんの物ですね？」

「どうして、そう思うのですか？」

「最初にペンションに入ったとき、あなたがロザリオを首にかけているのを見たからです。あれは、あなたのものです」

今度は、断定的な言い方をした。

玲は、しばらく何も答えなかった。認めるか否か、頭の中で迷っているに違いない。

できれば、そんな計算などせずに、正直に話して欲しかった。

「それで？」

玲が、わずかに目を細めながら聞き返してきた。

その態度は、これまでの玲のイメージを覆す、ふてぶてしいものだった。

「え？」

「月島さんが仰る通り、あのロザリオが私の物だったとして、それがどうしたというのですか？」

想定外の返答に、追及しているはずの月島の方が、追い詰められたような錯覚を覚える。

――ダメだ。

ここで尻込みしていては、真実にたどり着けない。

「あのロザリオは、夏野さんの部屋に落ちていたんです。しかも、血痕が付着していました。これが、何を意味するのか分かりますか？」

「いいえ」

玲がきっぱりと言う。

思わずため息が漏れそうになったが、辛うじてそれを呑み込んだ。

「玲さんが、犯行現場にいたことになります」

「だとしたら、どうなのですか？」

また、想定外の返答が飛んできた。

困惑し、動揺している月島とは対照的に、玲は真っ直ぐな視線をぶつけてくる。

「その言い方。玲さんは、夏野さんが殺されたとき、現場にいたことを認めるんですね？」

「まさか。私は、そんなことは一言も言っていません」

「しかし、玲さんは……」

「私は、月島さんが仰っている言葉の意味を訊ねたに過ぎません」

「それは屁理屈です」

「違います。私は、夏野さんの部屋には入っていません」

「でも、あのロザリオは玲さんのものですよね？」

「あれは、アッシュさんの物です。彼自身が、そう言っていたではありませんか」

「それを信じろと？」

「私は強制しません。決めるのは月島さんです」

「だったら……」

「月島さんは、私がロザリオを首にかけているのを見たと言いました。でも、それは、あくまで月島さんの証言に過ぎません。それを証明する客観的な証拠がありますか？」

凜と告げる玲の声は、美しかった。

それ故に、背筋がぞっとするほどに怖かった。

「客観的な証拠はありません……」

「では、あれはアッシュさんの持ち物なのではありませんか？」

「違います。彼は嘘を吐いています」

「何のためにです？」

「多分、あなたを庇うために、自分の物だと主張したんです」

「どうして私を庇う必要があるのですか？」

「それは、玲さんが夏野さんを……」

月島は声に勢いを失った。

たった今、自分は致命的な発言をしたのだということを自覚した。

玲との関係をぶち壊しにする言葉を放ったのだ。

彼女は、月島が犯人だと疑われたとき、理屈を抜きにして、信じてくれたというのに、最悪の形でそれを返してしまった。

「月島さんが、どういう考えを持っているのかは、よく分かりました」

玲は、真っ直ぐに月島を見つめた。

そこに、これまでのような優しさはなかった。彼女は、はっきりと月島に失望している。

「ぼ、ぼくは……」

「弁明する必要はありません。私が月島さんと同じ状況であれば、同じように疑ったと思います。月島さんは、感情ではなく、ロジックで物事を判断する人――というだけのことです」

「そういうわけでは……」

玲は、月島の弁明を聞くことなく、背中を向けて歩き始めた。

止めるべきなのだろう。

見苦しくても、玲に言い訳をして、彼女に許しを乞えば、きっと彼女も受け容れてくれる。

だが――。

どうしても、声が出なかった。身体を動かすことができなかった。

月島は、呆然と玲が歩き去って行くのを見送る。

バタンと音を立ててドアが閉まるのと同時に、月島はへたり込むように近くにあった椅子に座り込んだ。

――ぼくは、何をしているんだ?

内心で呟きながら、頭を抱えてため息を吐いた。

彼女の――玲の香りが、鼻腔の奥に残っている気がした。だけど、きっと彼女は、もう戻って来ない。

――ぼくは、彼女に惹かれている。

その事実が今さらになって、月島に重くのしかかってきた。

月島は、玲の言う通り、何事もロジックで判断していた。玲に対する感情が、まさにそれだ。

ひと目見た瞬間から、彼女に惹かれていたのに、会って数時間しか経っていない女性に、恋をするはずがない――と思考で感情を抑制していた。

「月島――」

永門が呼びかけながら、月島の肩に手を置いた。

軽く触れられただけなのに、あまりの重さに、身体が粉々に砕けてしまったような気がした。

「ぼくは、間違えていたのか?」

月島は頭を抱えたまま問う。

答えを期待していたわけではない。ただ、口に出さなければ、自分が潰れてしまいそうだった。

「確かに、さっきのは拙（まず）かったね」

容赦のない永門の言葉に、月島は思わず顔を上げる。

永門は笑っていた。

「慰めてくれないのか？」

「慰めて欲しかったのか？」

月島は、「いや」と首を左右に振る。

今、誰かに慰めてもらったところで、何の解決にもならない。永門の素直な言葉は、むしろありがたい。

「ぼくは、ロジックにばかり頼り過ぎていた」

月島が言うと、永門は眉間に皺を寄せ、首を傾げてみせた。

「それは違うと思う」

「違う？」

「ああ。月島は、ロジックに支配されていたのではない。感情に流されていたんだよ」

玲とは真逆の見解だ。

「何を言っているんだ？　ぼくは……」

「月島は、玲さんに惹かれているから、あんなことを言ったんだよ。彼女が、他のメンバーのことを知っているかもしれないと推測したときに、嫉妬に駆られたんだ」

「嫉妬？　ぼくが？」

「そうだ。月島は、玲さんが隠し事をしていることが許せなかった。だから、彼女の言い分も聞かずに、安直な言葉をぶつけて、彼女を追い詰めてしまったんだよ」

永門の言葉が痛かった。

まさに、指摘の通りだ。玲が他の参加者を、事前に知っているかもしれないという考えが浮かんだとき、酷く裏切られた気分になった。

アッシュが、玲の物であるロザリオを、自分の物だと主張したとき、二人が特別な関係にあるのではないかと疑った。

玲の言い分を、聞こうともせず、そうだと決めつけて話をしてしまった。

まずは、彼女の言葉に耳を傾けるべきだった。

それなのに——。

「ぼくは……」

「それに、月島は感情に流されていて、自分の言葉の矛盾に気付いていていない」

「言葉の矛盾だって？」

「そうだよ。犯行は、一人の犯人による、連続した三つの殺人事件のはずだ。そして、次のターゲットが、玲さんであることは間違いない。そうなると——」

「玲さんが犯人というのは、あり得ない」

月島は、永門の言葉を引き継ぐように言った。

まさにそうだ。イベントの前提条件を考えれば、玲は犯人ではあり得ない。そして、彼女に危機が迫っていることに変わりはない。

「玲さんを救えるのは、月島だけだ。感情に流されるな。思考を働かせて、事件の犯人を見つけ出すんだ」

永門の励ましは、ぐらぐらと揺れ、崩壊寸前の月島の心の楔（くさび）になってくれた。

この男が友人で本当に良かったと思う。

「ありがとう」

「礼は全て終わってからでいい。それより、すぐにやれることをやろう。時間は、あまり無いんだから」

永門が大時計に目を向けた。

十時四十分を指していた。残り二十分しかない。いや、考え方を変えよう。残り二十分もある。それだけあれば、事件を解決に導くことができるはずだ。

「まずは何から始める？」

永門が訊ねてきた。

今、玲を追いかけたところで、彼女は話をしてくれないだろう。お互いに頭を冷やす必要がある。

「アッシュさんに、事実関係を確認しに行く」

なぜ、彼が玲のロザリオを自分の物だと主張したのか？　その理由を明確にする。

その上で、玲と改めて話をする。

「そうだね。それがいいかもしれないね」

永門が笑顔で応じた。

9

西日が眩しかった——。

紗和は目を細めながらも、ハンドルを捌き、急勾配のワインディングロードを走る。

今は連休中ということもあって、高速道路が渋滞しているので、敢えて峠を抜ける道を選択した。

カーブの度に、身体が右に左に振られ、運転している紗和の方が酔ってしまいそうだ。

「疲れたら言って下さい。いつでも代わります」

久賀が、助手席から声をかけてきた。

「大丈夫です。運転は、嫌いではありませんから」

紗和が答えると、久賀は「そうですか」と呟き、遠くを見るような目をした。

彼の目に映っているのは、連なる稜線なのか、それとも、もっと別のものなのか。紗和は、後者であるような気がした。

「久賀さん。一つ訊いてもいいですか?」

紗和が訊ねると、久賀が「どうぞ」と先を促す。

「久賀さんが、警察に入庁したのはなぜですか?」

紗和が、こんな質問をしたのは、及川との会話が頭に残っていたからだ。

彼女は久賀に感情が無いと言っていた。ＡＩのように、どう回答すべきかを様々なデータから取捨選択して答えている——と。

だが、それは紗和が抱く久賀の人物像とは、大きくかけ離れていた。

確かに、感情をあまり表に出さないタイプではあるが、感情そのものが無いとは感じない。むしろ胸のうちに眠る感情を、抑え込むためのストッパーとして、思考を使っているような気がしていた。

「私は、すぐに警察に入庁したわけではありません。一度は、精神科医として、カウンセラーの仕事をしていました」

「そうだったんですね」

そう言えば、Ａに催眠療法を施しているカウンセリングルームは、過去に久賀が使用していた場所ということだった。

「学生時代に犯罪心理学について勉強していたこともあり、カウンセラーをやっていた頃から、担当教授を通じて、警察に入庁しないかという打診は受けていました」

「条件に折り合いが付いたということですか？」

「いいえ。そういうわけではありません。きっかけはありました」

「どんなきっかけですか？」

「ある日、私の許に一人の女性が訪ねてきました」

久賀が、昔を懐かしむように目を細める。

その表情は、恍惚としているようだった。やはり、彼は感情が無いわけではないのだと実感する。

「久賀さんの特別な女性ですか？」

「結果として、彼女の存在が、私が警察に入庁するきっかけになったので、特別ではあったと思いますが、美波さんが考えているような、甘酸っぱい関係ではありません」

紗和の邪推は見抜かれていたらしい。

「では、どういう関係だったのですか？」

「彼女は、私に救いを求めに来ました。いや、今になって思えば、彼女は私に赦しを求めていたのかもしれません」

「赦しとは、どういうことですか？」

救いを求めるのは分かるが、赦しというのが、どうにもしっくりこない気がする。

「詳しいことは、守秘義務に関わりますから」

「そうですよね」

患者のプライバシーに関わる部分を、無理に追及するわけにはいかない。

「彼女の抱えた問題について、お話しすることはできませんが、私は彼女の願いを叶えることができませんでした」

「カウンセリングが、上手くいかなかったということですか？」

「端的に言うと、そうですね」

クライアントの要望に応えられなかったことで、久賀は自分の力の無さを感じてしまったのかもしれない。

だが——。

「相手にするのは、人の心です。毎回、思い通りに行くとは限りません。要望に応えられないこともあるのでは？」

「それは、分かっています。でも、彼女は、私にとって特別な思い入れのある人でした。何とかして、彼女だけは救いたかった——」

久賀の表情からは、忸怩(じくじ)たる想いが、ひしひしと伝わってくる。

やはり、その女性は、久賀が恋愛感情を抱いていた相手なのかもしれない。だからこそ、後悔に苛(さいな)まれる。

「そもそも、その女性にとっての救いとは、何だったのですか？」

紗和が訊ねると、久賀は沈みゆく太陽を見つめて押し黙ってしまった。

どれくらい時間が経っただろう。

ワインディングロードを抜けたところで、ようやく久賀が言葉を発した。

「死ぬことです——」

「え？」

あまりに想定外の言葉だった。

「彼女は、自分の置かれた環境により、精神を病んでいました。幾度となく、自殺を図ったようですが、死ぬことができなかったんです」

「自殺志願者……」

「簡単に言ってしまえば、そうなのですが、もっと深刻だったかもしれません。彼女は、本当は生きたかった」

「だったら、生きればいいじゃないですか」

紗和が言うと、久賀は声を上げて笑った。

「美波さんは、迷いが無くていいですね」

「バカにしていますか？」

「いいえ。褒めています。美波さんは、きっとあらゆる状況を、プラスに転化できる人です。何があっても、自分の決断を信じて突き進む強さがあります」

「迷っている時間が、もったいないと思うだけで、強さとは違うと思います」

紗和は、ただ効率を重んじているだけだ。無駄なことはしない。最短距離で真っ直ぐ。愚直だと自分でも思う。

「いえ。少なくとも、彼女も、美波さんのような考え方をすれば、もう少し楽に生きることができたかもしれません」

「別に楽をしているわけでは……」

「そうでしたね。失礼しました。美波さんは、自分の中で、何を最優先にすべきかがはっきりしている。だから、迷いがないのです。でも、多くの人は、たくさんの選択肢の中から、一つを選ぶことができません。単純に優先順位を付けられないというのもありますが、他人の視線を気にしてしまうのです」

「私は、他人がどう思うか、気にしていない――ということですか？」

「そうは言っていません。美波さんは、他人にどう思われるかということに、判断基準を置いていないということです」

同じことのような気がするが、そこを突っ込んでいけば、話が逸れていくだけだ。今は、久賀の許を訪れた女性の話をしている。

「私のことはいいとして、その女性は、どうなったんですか？」

「そうですね。話が逸れてしまっていましたね」

久賀は、自嘲気味に笑ったあと、一呼吸置いてから話を続けた。

「彼女は私に、自分を殺して欲しい――と懇願して来たのです」

「久賀さんに、それを頼んだのですか？」

紗和が思わず聞き返すと、久賀は哀しげな目で「ええ」と頷いた。

紗和は、背筋が凍る思いだった。

「どうして、そんなことを？」

「彼女にとっては、それこそが救いだったんです――」

「そんなバカな。命を奪って、救われるものなど、何一つありません」

「仰る通りだと思います。しかし、彼女には、それ以外の方法が思い付かなかった。それしかないと考えるほどに、追い詰められていたのです」

色々と引っかかることはあるが、その女性が抱えていた問題を知らない以上、紗和が理解することはできないだろう。

「久賀さんは、どうしたのですか？」

「私は、必死で彼女を説得しました。生きる意味を説きました。しかし、私の声は届かなかった。彼女は、私に失望し、その後、連絡が取れなくなってしまいました」

「そんな……」

紗和が声を漏らしたところで、携帯電話が鳴った。

タイミングが悪い。無視しようとしたのだが、電話をかけてきたのは降田だった。

「はい。美波です」

紗和は、ハンズフリー機能を使って電話に出る。

〈お前は、今何処にいるんだ?〉

不機嫌な降田の声が、車内に響く。

「山梨県に向かっています」

〈は?　なぜ、そんなところにいる?　必要ないだろうが。クソみたいな催眠術の次は、山梨に観光とは、いい身分だな〉

「観光ではありませんよ」

紗和が事情説明するより先に、久賀が会話に割って入ってきた。

〈は?　お前は誰だ?〉

「クソみたいな催眠術を提案した張本人です」

久賀がさらっと言う。

電話の向こうで、降田が息を呑む音が聞こえた。今頃、あらゆる汗腺から、冷たい汗を流していることだろう。

コントのような慌てぶりがおかしくて、笑いを堪えるのが大変だった。

〈大変失礼しました。まさか久賀警部がご一緒だとは……〉

「私に対する非礼を咎めるつもりはありません。それより、部下には常に今のような態度を取っているのですか?」

〈それは、その……〉

「あなたの勤務態度は、色々と問題があるようですね」

〈そんなことは……〉

もう少し、狼狽する降田の反応を楽しみたいところだが、今はそんなことに時間を費やしている場合ではない。

「ご用件は何でしょうか？」

紗和は、降田に助け船を出すかたちになるが、話の先を促す。

〈敦也という男の件だ〉

降田が咳払いをしてから答える。

「何か分かりましたか？」

〈中学三年のときに、児童養護施設を出て、日本に戻って来た叔父夫婦に引き取られることになった〉

「はい」

そこまでは、児童養護施設の伊東から聞かされているので、知っている。

〈引き取った叔父は、病気で亡くなっていたが、その妻から話を聞くことができた。敦也は、引き取られた後、東京の中学校に通っていた。成績もよく、快活で、とても明るい子どもだったそうだ。コミュニケーションも良好で、学校生活においても、特に問題はなかった〉

「そうですか」

親戚に引き取られた後も、上手く環境に適応していたことが窺える。

〈だが、編入して半年ほどしたところで、ある事件を起こしたそうだ〉

「事件——ですか？」

〈そうだ。同級生に対する、傷害致死事件で補導され、少年鑑別所に送致されている〉

「傷害致死事件⁈」

〈急に大きな声を出すな〉

これほど衝撃的なことを、淡々と話せる降田の方がどうかしている。

「すみません。しかし、それならもっと早く身許が判明していても、おかしくないはずです」

それほど大きな事件を起こしていたのであれば、Aが敦也であると、すぐに判明していたはずだ。

〈手の火傷のせいで、指紋が採れなかっただろうが〉

――そうだった。

そうなると、Aは自分が敦也であることを隠すために、敢えて掌に火傷を負うことで、指紋を採取できないように細工したのかもしれない。

「敦也君が起こした事件の概要を、詳しく教えて頂けますか？」

〈同級生の男子生徒に、襲われそうになり、抵抗した結果、誤って殺してしまったそうだ。資料を送っておくから、後は自分で確認しておけ――〉

降田は、短く告げると電話を切ってしまった。

長々と話をして、久賀のいる前で襤褸が出ることを怖れたのかもしれない。

「興味深いですね」

久賀が、自分の口許を隠すように手を当てながら言う。

「そうですね。まさか、過去に傷害致死事件を起こしていたなんて……」

「ええ。前回の催眠のとき、彼は突如として逆上し『殺してやる！』と叫んでいました」

「つまり、あのときの言動は、傷害致死事件を起こしたときの記憶を思い出したからだった……」

「おそらく、そうでしょうね。となると、玲という女性も、無関係だとは言えません」

久賀が紗和を見た。

その視線を受けて、紗和も合点がいった。

「そうか。あの催眠の中で、A——敦也さんは、『レイに手を出すな』と叫んでいました。彼女が関係しているからこそ、出た言葉だったということですね」

「こじつけでしょうか？」

久賀が、目を細めて笑った。

「いえ。私も同じ意見です——」

バラバラだったパズルのピースが、少しずつ繫がっていく確かな感触を覚えた。

X

月島は、正面の階段を上がり、アッシュの部屋である２０５号室のドアの前に立った。

「アッシュさん」

声をかけながら、ドアをノックする。

「何だよ」

すぐにドアが開き、アッシュが顔を出した。

こうも易々(やすやす)とドアを開けてしまうなんて、あまりに警戒心が無さ過ぎる。それを指摘すると、「うるせぇ！」と一蹴されてしまった。

アッシュからすれば、犯人が現れても、腕っ節で負けないという自信があるのだろう。

何れにしても、こうして顔を合わせることができたのだから、結果オーライだ。

「で、何の用だ？」

アッシュは、灰色の髪をガリガリと掻きながら、部屋の中に戻る。

月島は、永門と頷き合ってからアッシュの部屋に入った。

畳が敷かれていて、畳んだ布団が置いてある。まるで、留置場のような構造の部屋だった。

「一つ、訊きたいことがあります」

「だから何だよ」

アッシュは、壁に寄りかかるようにして座る。

「さっきのロザリオのことです」

「ロザリオ？」

「ええ。あなたは、ぼくが持っていたロザリオを、自分の物だと主張しました」

「それがどうした？」

「ロザリオは、廊下に落ちていたと言いましたけど、あれは嘘です。夏野さんの部屋に落ちていました。彼の血痕が付着した状態で。あなたも、それに気付いたんじゃないんですか？」

「おれが、夏野を殺したと言いたいのか？」

アッシュの口調は投げ遣りだった。

「そうは言っていません。なぜなら、あのロザリオは、玲さんの物だったからです」

「……………」

「あなたも、あれが玲さんの物だと知っていた。そして、血痕が付着しているのを見て、事件の証拠になると考えた。だから、自分の物だと主張して、ぼくから奪い取ったんですよね？」

「分かってんだったら、いちいち訊くんじゃねぇよ」

確かにそうかもしれない。だが――。

「ぼくが訊きたいのは、なぜ、あなたが玲さんを庇ったのか――です」

「……………」

「あなたは、玲さんと、どういう関係なんですか？」

月島は、アッシュの向かいに座り、視線を合わせながら訊ねた。

アッシュは、ふっと息を漏らしたように笑う。

「心配しなくても、あんたが思っているような関係じゃねぇ」

「どういうことです？」

「玲に惚れてんだろ？」

「ノーコメントで」

「政治家かよ。まあいい。——おれにとって、彼女は人生の全てだ。だけど、おれみたいな男が、彼女と釣り合わないことも、充分過ぎるほどに分かっている。だから、おれは遠くから見守ることにしたんだ。おれなんかが関わると、ろくなことにならない」

アッシュは笑ってみせたが、その表情は、あまりに悲しげだった。

「………………」

「おれは、守護者になると決めたんだ。玲の人生を邪魔する、あらゆるものから、彼女を守る存在になろうとした」

アッシュは灰色の髪をかき上げ、天井を仰いだ。

「守護者とは、具体的に、どういうことなんですか？」

「言葉のままさ。彼女に危害を加える奴を、片っ端から排除した。例えば、夏野とか」

「彼のことを知っていたんですか？」

「ああ。同じ中学だったからな。あいつは、本物のクズだ！」

玲は、夏野と中学の同級生だったと言っていた。そこに、アッシュも加わるというわけだ。

「夏野さんは、どういう人だったんです？」

「表向きは、人当たりのいいボンボンだ。クラスのリーダー格だったよ。だけど、気に入らない奴は、陰湿な方法で、徹底的に蹴落とす」

「分かる気がします」

アッシュの語る、夏野の人物像に違和感はなかった。

初対面のときから、人当たりの良さはあったが、何処か、他人を見下しているようなところがあった。

玲もまた、夏野に関して似たような印象を持っていた。

「夏野は、惚れっぽいところがあって、気に入った女は手当たり次第だった。もちろん、玲にも目を付けた。だが、全く相手にされなかった」

「でしょうね」

その話は、玲からも聞いていた。

「夏野は、玲が自分になびかないと気付くと、父親のことを持ち出した」

「父親のこと？」

「玲の父親は、彼女が中学二年生のときに、殺人事件を起こしたんだ。それがきっかけで、玲は、母親と一緒に引っ越して、東京の学校に通うことになった。事件のことを隠して、ひっそりと生活していたんだ……」

「そうだったんですか……」

まさか、玲にそんな過去があったとは――。

最初に会ったとき、玲は自分の苗字を嫌っていた。きっと、それは、父親の影がチラつくからだったのだろう。

彼女の悲しげな歌声の意味が、今になってようやく分かった。同時に、自分のことを恥じた。

玲は、月島を気遣い、知ろうとしてくれた。虐待の事実を知ったとき、大丈夫と抱き締めてもくれた。

それなのに、月島は、玲が悲しみと苦しみを抱えているのに気付いていながら、何もしようとしなかった。自分勝手で、どうしようもない人間だ。

「奴は、何処からか、玲の父親が起こした事件の話を聞きつけて、自分と交際しなければ、父親のことをバラすと持ちかけたんだ」

「卑劣な。それは、脅迫じゃないですか」

「ああ。そうだ。それでも、玲が自分になびかないと分かると、宣言通り、周囲に玲の父親が起こした事件のことを触れ回り、彼女を孤立させたんだ。学校の連中は、そそのかされて、玲に執拗な虐めをするようになった」

「冗談ですよね。玲さんが何かしたわけじゃない。彼女が、虐められる謂れはないはずです」

月島の中で、怒りが膨れ上がった。

それを、アッシュはふっと鼻で笑った。

「おれだって、同じことを思う。だけど、世間ってのは、そうじゃない。日頃の鬱憤を晴らすように、口実としての正義を振りかざして、弱者を虐げる」

アッシュの暗い声が、月島の胸に、錘となってのしかかってくる。

口実としての正義——というのは言い得て妙だ。

人は何時だって、感情のはけ口を探している。その対象は、誰だっていい。「正義」という口実があることで、そうした歪んだ感情を、遺憾なく吐き出せるのだ。

月島を虐待していた母の恋人がそうだった。

教育という口実を得ることで、感情のタガが外れ、容赦なく暴力を振るって来たではないか。

「最低の男ですね」

「同感だ。だが、玲は、それでも屈しなかった」

「強い女性です」

「ああ。だが、その強さが、夏野には気に入らなかったのさ」

「まだ何かしたんですか？」

月島が問うと、アッシュはガリッと親指の爪を嚙んだ。

「あいつは、下校途中の玲を、廃ビルに連れ込んで、強姦しようとしたんだ。殺人犯の娘は、何をされても文句は言えない――って無茶苦茶な理屈だ」

アッシュは、畳に拳を叩きつけた。

彼の憤怒の強さから、玲に対する想いがひしひしと伝わってくる。

「彼女は、どうなったんです？」

アッシュは、「強姦しようとした」という表現を使った。つまり、その事件は、未遂に終わったのか。

「おれが、助け出した。夏野をぶん殴って、玲を逃がしたんだ」

「そうだったんですか……」

アッシュは、守護者としての自分の役割を果たしたというわけだ。

「おれは、警察に捕まった。玲のことは、口にしなかった。あくまで、おれと夏野とのトラブルってことで片付いた」

アッシュが口を閉ざしたのは分かる。夏野も、余計なことを言えば、自分が強姦未遂事件を起こしたことがバレる。ならば、被害者として振る舞うという選択をしただろう。

これまで、アッシュに対して、粗暴で柄の悪い男という印象を持っていたが、違ったようだ。

自分の人生を犠牲にしてでも、玲を守るという強い意志を持っている。それが、純粋な想いであるからこそ、そのことを誇るでもなく、口を閉ざしたのだ。

だからこそ、アッシュは嘘を吐いていないと思う。

同時に、彼は犯人ではあり得ない。次のターゲットは玲だ。これほど、強い想いを寄せているアッシュが、彼女に手を出すはずがないのだ。

「色々と、ありがとうございます」

月島が礼を言って部屋を辞去しようとすると、アッシュに呼び止められた。

「何です？」

「おれも、お前を信じる。だから、何としても犯人を見つけ出してくれ。そうじゃないと玲が……」

「分かっています」

月島は、大きく頷いてから部屋を後にした。

「今の話を踏まえて、もう一度、玲さんと話をするんだな」

廊下に出たところで、永門が声をかけてきた。

「そのつもりだ」

「分かった。私がいると、話し難いこともあるだろうから、一旦、部屋に戻っているよ。終わったら呼んでくれ」

月島の心情を察してくれる永門の気遣いがありがたかった。

「助かる」

「気にするな」

永門は軽く手を振りながら、自分の部屋へ向かう。

月島は、それを見送ったあと、階段を下り、廊下の奥にある玲の部屋の前まで移動し、ドアをノックした。

反応はなかった。

「月島です」

ドアに向かって呼びかけたが、やはり返事はない。

できれば、彼女の顔を見て話をしたかったが、開けてくれないのであれば仕方ない。

「さっきはすみませんでした……ぼくが間違っていました」

何も答えてはくれなかったが、聞いてはいるはずだと信じて言葉を続ける。

「ぼくが、かならず犯人を見つけ出します。ですから、それまで、絶対に部屋から出ないで下さい。誰が来ても、部屋に入れないで下さい」

それだけ言って、ドアに背中を向けたところで「分かりました」と、玲の声が聞こえた。

振り返ると、ドアが開いていて、そこから玲が顔を出していた。

「先ほどは、すみませんでした。ぼくは、あなたを救いたいんです。だから、力を貸して下さい」

月島が頭を下げると、玲は小さく笑みを浮かべた。

まだ、ぎこちなかったけれど、それでも、向き合って話をする気にはなってくれたようだ。

「何が知りたいのですか？」

「あなたのことを、ぼくに教えて下さい。ぼくは、あなたのことが知りたいです」

「私のこと――ですか？」

「はい」

月島が大きく頷くと、玲はなぜか口に手を当てて目を見開き、驚愕の表情を浮かべた。

――自分の言葉は、そんなにも意外だったのだろうか？

月島は、自分の抱いた感想が、見当外れだったことに気付いた。背後に人の気配を感じたからだ。

ぞくっと背筋が凍る。

——まずい！

慌てて振り返ろうとしたが、遅かった。

後頭部に強い衝撃が走り、月島の意識を暗い闇の中に追いやった——。

11

やがて、車は敦也が住んでいたアパートの前に辿り着いた。

といっても住所が確認できただけで、建物は取り壊されていて、残っていなかった。雑草が生い茂った空き地になって放置されている。

この辺りは、ペンションやホテルが建ち並ぶ観光地から外れているというのもあるが、無理心中があった忌まわしい場所として、人が寄りつかなかったのかもしれない。

落胆はあったが、ここで全てが終わりではない。紗和が、この場所に足を運んだ目的は、もう一つある。

玲の父親が経営していた、ペンションを探すことだ。

こちらに関しては、まだ住所などの情報は摑んでいないが、Aと敦也が同一人物だった場合、この近辺にあるはずだ。

ただ、経営破綻しているので、建物が残っている可能性は低い。

紗和が歩き始めようとしたところで、冷たい風が吹いた。

ザワザワっと音を立てて、少し離れたところにある木の梢(こずえ)が揺れた。

季節柄、まだ芽吹いていない。

眠る桜の木——。

「あの建物、気になりますね」

紗和の隣に立った久賀が、桜の木から少し外れた場所を指差した。

その先には、プロヴァンス風の古い洋館が建っていた。かつてはお洒落だったのだろうが、今や不気味な雰囲気を醸し出している。

Aは、催眠療法の中で、少女と桜の木の下で、彼女の歌を聴いたという話をしていた。

あの洋館が、玲の父親が経営していたペンションかもしれない。

「行ってみましょう」

紗和は、先頭に立って建物に向かって歩き出した。

玄関まで続く小道を進み、扉の前に立った。建物は古く、人の気配はないが、手入れが行き届いているように見える。

紗和はドアノッカーを叩いてみる。コンコンコンッと綺麗な音が鳴ったが、応対に出て来る者はいなかった。

勝手に入るわけにもいかない。管理者を探して、立ち入る許可を取る必要がある。そうでないと、違法捜査になってしまう。

確か敷地の入り口のところに、看板が立っていた。管理している不動産会社などの名称があるかもしれない。

確認に行こうとしたところで、久賀が「美波さん」と声をかけてきた。

「これ――」

久賀が、そう言って扉の取っ手を指差す。

そこには、何かを擦ったような赤黒い染みが付着していた。

「これは……」

紗和は、屈み込んで取っ手をじっくりと観察する。

乾燥しているが、おそらく血痕だ。

「中に入ってみましょう」

久賀は、ポケットから取り出した白い手袋を嵌めると、そのまま扉に手をかけた。

鍵はかかっていなかったらしく、扉はすんなりと開いた。

風が流れてきて、紗和の顔を撫でる。

酷く生臭い匂いがした。

室内に入ると、一気に暗さが増した気がした。このままでは、何も見えない。そう思っていると、久賀がポケットから小型の懐中電灯を取り出し、スイッチを入れた。

細い明かりが室内を照らす。

入ってすぐがロビーで、二階まで吹き抜けになっていた。正面には、扇状に広がる階段が設置されている。

入って右側には暖炉があり、その近くに何かが落ちているのが見えた。

久賀もそれに気付いたらしく、暖炉に近付いて行く。紗和もその後に従った。

暖炉の脇に落ちていたのは、火かき棒だった。

紗和は、屈み込んで火かき棒を確認する。先端に、黒い煤(すす)が張り付いている。それだけではなく、炭化した何かの破片のようなものが付着していた。

最近、誰かが使用したことは間違いない。

暖炉に視線を移すと、こちらにも、使用された痕跡が残っていた。

「これを見て下さい」

久賀が、そう言いながら、暖炉の脇を懐中電灯で照らした。そこには、百円硬貨ほどの大きさの、赤黒い染みが落ちていた。

　一つだけではない。廊下の奥に点々と続いている。

「血痕ですね」

「そのようです」

　紗和は、久賀と頷き合ったあと、その血痕を追ってロビーの奥にある廊下を進んで行く。

　廊下には、二つドアが並んでいて、血痕は奥のドアの前で途切れていた。あのドアの向こうに何かある。

　紗和は、久賀と並んでドアの前に立った。

「開けます」

　紗和が声をかけると、久賀は大きく頷いた。

　ドアノブに手をかけた紗和だったが、そこで身体が硬直した。きっと、このドアの先に、重要な何かがある。だが、これを開けてしまったら、二度と戻れない。

　根拠はないが、そんな感覚に襲われた。

　怖いけれど、ここで突っ立っていても仕方ない。紗和は、意を決してドアノブを回した。

　鍵はかかっていなかった。

　ドアをゆっくりと開く。

　嫌な匂いがした。

　血と腐敗臭が混じった、何とも言えない強烈な臭気。それは、殺戮の匂いだ。

　闇に呑み込まれた部屋を、久賀の持つ懐中電灯が照らし出した。

「…………」

　現れた光景を見て、紗和は発するべき言葉を失った。

床に血溜まりと思われる染みが広がっていた。

それだけではなく、壁のあちこちに、血飛沫(ちしぶき)が飛んだ痕が残っていた。

よく見ると、肉片と思われる塊がそこかしこに落ちている。

胃が収縮して、酸っぱい液体が喉元まで込み上げて来たが、紗和は強引にそれを呑み込んだ。

死体は見当たらないが、血痕の量からして、ここで人が殺されたのは間違いない。

そして——。

ただ殺しただけでなく、この場所で死体をバラバラに解体したのだろう。

散乱している肉片は、その犯跡だった。

XII

「月島——」

遠くで名前を呼ばれた。

その声は、永門に似ている気がするが、違うようにも思えた。

返事をしようとしたが、喉が詰まって声が出なかった。まどろんでいるときのように、自分の身体の感覚がなかった。

「月島！　目を覚ませ！」

強い口調の呼びかけと共に、頬をぶたれた。痛みが広がるのと一緒に、身体の感覚が戻ってきた。

どうやら自分は、仰向けに倒れているらしい。

後頭部にズキッと痛みが走った。それだけではない。両掌に焼けるような痛みがあった。

「大丈夫か。しっかりしろ」

永門が、月島の顔を覗き込んでいた。

「良かった。目を覚ました……」

永門が、がっくりと頭を垂らして、長いため息を吐いた。

――何だ？　何が起きている？

掌の痛みが、どんどん増していく。熱を帯びた痛み。まるで、焼き鏝を当てられているようだ。

自分の掌に目を向けた月島は、思わずぎょっとなった。

両掌が焼け爛れていた。

皮膚が爛れ、赤い肉が剝き出しになっているだけでなく、ところどころ黒く炭化しているようだった。

「な、何だこれは……」

自分の掌に何が起きているのかを自覚すると同時に、さらに痛みが増し、月島は思わず悲鳴を上げた。

「大丈夫だ。熱傷は表面の皮膚だけだ」

永門はハンカチを取り出し、月島の両掌の傷に宛てがうと、応急処置を施した。

傷口に触れられる度に、月島は痛みに悲鳴を上げ、冷や汗を流した。

「なぜ、こんなことになっているんだ？」

処置を終えた永門が訊ねてくる。

「わ、分からない……」

月島は、首を左右に振るしかなかった。

辺りを見回してみる。ロビーにある暖炉の前だった。近くに、火かき棒が転がっている。もしかして、あれを握らされたのか？

いや、問題はもっと前だ。

月島は、玲と話をしていたはずだ。彼女から、色々と話を聞かせてもらうはずだった。

あのときの光景が、脳裏にフラッシュバックする。

背後に人の気配を感じた。

誰かがいた。月島が振り返ろうとしたところで、後頭部を殴られ、気を失ったのだ。

何が起きたのかを思い出すと同時に、月島の血の気が引いた。

「れ、玲さんは?」

月島が問うと、永門は逃げるように視線を逸らした。

——なぜ、そんな顔をするんだ?

「答えろ。玲さんは、どうした?　無事なのか?」

月島は永門の肩を摑んで揺さぶった。

脳全体に広がる不安で、掌の痛みも感じなかった。

「と、とにかく一旦、落ち着こう」

永門は、月島の肩を支えて立ち上がらせると、円卓の椅子の方に誘う。

なぜ、何も答えようとしないんだ?　まるで何かを隠そうとしているようだ。

「ぼくは、玲さんのことを訊ねているんだ」

「分かっている。だから、まずは一旦、椅子に座って落ち着こう。話は、それからだ」

——何なんだ?

永門に答える気がないなら、自分で確かめるまでだ。

月島は、永門を押しのけると、円卓に載ったランタンを手に取り、玲の部屋の方に向かって歩き出した。

「よせ！　見るな！」

永門の声が追いかけてきたが、月島は無視して廊下を進む。彼も月島を止めることを諦めたのか、ついて来なかった。

玲の部屋の前まで、ほんの数メートルのはずなのに、ずいぶんと遠くに感じられた。まるで、月島自身が辿り着くことを拒絶しているようだった。

それでも、月島は足を進め、何とか玲の部屋の前に辿り着いた。

ドアが僅かに開いていた。

「玲さん――」

月島は、声をかけながらドアを開けた。

暗くてよく見えない。

部屋に入ろうと、足を踏み出したとき、靴底から、ぴちゃっと何か濡れたものを踏んだ感触が伝わってきた。

ランタンを使って足許を見ると、真っ赤に染まった床が見えた。

玲の部屋の床は、こんな色をしていただろうか？

違う――。

これは血だ――。

玲の部屋の中は血の海だった――。

そして――。

部屋の中央に、赤いワンピースを着た女性が倒れていた。

参加者に、赤いワンピースを着た女性はいただろうか？　いや、違う。あれは、白いワンピースが、血に塗れて、赤く染まったのだ。

その傍らには、血に濡れたナイフが落ちていた。

それを見るのと同時に、月島は、この部屋で起きたことを理解した。

「だからよせと言ったんだ」

月島の背後に立った永門は、静かに言った。

「嘘だ……こんなの嘘だ……」

月島は、譫言のように繰り返しながら部屋の中に入る。

血溜まりに足を取られ、ずるっと転倒してしまった。もう、痛みも何も感じなかった。

ゆっくり身体を起こすと、すぐ目の前にうつ伏せで倒れている玲の姿があった。

――必ず救うと誓ったのに。

月島は、手を伸ばして玲の背中に触れる。

まだ、温もりが残っていた。

ほんの一瞬だが、玲の指先がピクッと動いた。

それを見た瞬間に、月島を支配していた絶望が、一気に吹き飛んだ。

――彼女は、まだ生きている！

月島は、歓喜に打ち震えた。

こんなところで、呆けている場合ではない。すぐに処置を行えば、玲を助けられる。

もう一度、彼女の歌を聴くことができる。

守るという約束を果たすことができる。

月島は、玲の身体を抱きかかえるようにして、仰向けにさせる。

彼女の顔は血で染まり、誰なのか判別できないほどだった。

心臓マッサージは、どうやればいいんだ？　記憶を呼び覚ます。確か、肋骨の上から、体重をかけて圧迫すればいいはずだ。

月島は、玲の胸の上に手を置き、両手で体重をかけるように押そうとしたのだが、永門に阻まれた。

「よせ。もう彼女は死んでいるんだ」

——死んだ？　何を言っているんだ？

「彼女は生きている。さっき、指が動くのを見たんだ」

「それは、筋肉の収縮だ」

「うるさい！　どけ！　ぼくは、玲を助けるんだ！」

月島は、永門を突き飛ばし、玲に心臓マッサージを続ける。一、二、三——とリズミカルに胸を押す。玲の身体から血が噴き出たが、構っている余裕はなかった。耳を当てて鼓動を確認する。

ダメだ。まだ心臓の音は聞こえない。

そうだ。混乱していて、手順を間違えていた。心臓マッサージだけでなく、人工呼吸も必要だった。顎を上げ、鼻を押さえて、口に呼気を送り込む。頭の中で反復して、実行しようとしたところで、月島は動きが止まった。

摘まもうにも、何処が鼻なのか分からない。

鼻だけではない。顎も、眼窩（がんか）も、陥没していた。あれほど整っていた玲の顔が、まるで泥人形のように、ぐしゃぐしゃだった。

——何で？　どうして？

「もうやめるんだ」

永門が改まった口調で言いながら、そっと月島の肩に手を置いた。

月島の中に、じわじわと現実が押し寄せてくる。

呆然としながら、自分の掌に目を向けた。

小刻みに震える掌は、永門が巻いてくれたハンカチもろとも、玲の血で真っ赤に染まっていた。いや、それだけではない。顔も、着ていた服も、玲の血に塗れていた。

「嫌だ……」

月島の口から言葉が漏れる。

こんなのは現実ではない。受け容れられるはずがない。きっと、何かの間違いだ。

だとしたら、どこで間違えた？

玲の部屋の前で話をしたときか？

それとも、彼女にロザリオのことを追及したときか？

或いは、それぞれが別行動をすることを許したときか？

違うもっと前だ――。

きっと、このイベントに参加したのが、そもそもの間違いだった。

家で一人で原稿を書いていれば、こんな惨劇に立ち会うこともなかったし、そもそも、玲に出会うこともなかった。

そうだ。出会っていなければ、玲に恋をすることもなかった。

こんな悲しみと絶望に打ちひしがれることもなかった。

テレビのニュースで、ペンションでの事件を知り、被害者としての彼女の写真を見ても、綺麗な女性だな。かわいそうに――そんなありきたりの感想を持つだけで終わったはずだ。

こうして出会ってしまったからいけないのだ――。

こんな凄惨な出来事があったことは、記憶の中から消し去ってしまいたい。

月島は、力の限り叫んだ。

そうすれば、この受け容れがたい現実が崩壊すると信じた。

第五章

惨劇

I

月島は、ただ叫び続けた――。

そうすれば、月島の中にあった玲の記憶が、全て消えてくれるような気がした。

彼女のことを知らない自分になれれば、こんなにも、哀しい想いをすることはない。

だが、叫べば叫ぶほどに、月島の脳裏に玲との記憶が、深く刻み込まれていくようだった。

そのうち、叫ぶ声も出なくなった。

歪んだ現実を壊せると思っていたのに、それは儚い幻想に過ぎなかった。

傍らに横たわる、血塗れの玲が、月島に変えようのない現実を突きつけてくる。

玲と出会ったのは、ほんの数時間前のことだ。

それなのに、もっとずっと前から、彼女のことを知っているような気がした。

――時間は関係ありますか？

玲の声が、ふっと脳裏を過った。

彼女の言う通りだ。過ごした時間の長さなど、大した問題ではない。彼女に抱き締められたあの瞬間から、月島にとって玲は、何にも代え難い特別な存在になった。

玲と一緒なら、穏やかで、優しい時間を過ごすことができると、本気で思わせてくれた。

虐待の記憶に苦しみ続けてきた月島が、ようやく見つけたオアシスが、玲だった。

だが、それは蜃気楼に過ぎなかった。

月島の目の前から、突如として消失してしまった。

――もうダメだ。

心の内で呟くのと同時に、月島は、この哀しみと苦しみから逃れる方法を思い付いた。

床に落ちている、血塗れのナイフの柄を摑んだ。

ぬるっと血の感触がしたが、これが玲の血だと思うと、愛おしくも感じた。

月島は、握ったナイフの切っ先を、自分の喉元に当てた。

これをそのまま突き刺せばいい。月島の死とともに、玲のことは記憶から消える。

痛みはあるだろうが、この喪失感と哀しみを抱えていくよりマシだ。

「よせ！　何をしているんだ！」

永門が、月島の肩を摑んで来た。

「離せ！　こうすれば、全部、忘れられるんだ！」

月島は身体を捩るようにして叫ぶ。その拍子に、ナイフが手から滑り落ちた。

「バカなことはやめろ！　お前は、謎を解かなきゃならないんだ！」

「彼女が死んだんだ！　謎なんてどうでもいい！」

そうだ。玲はもう死んだ。月島が、今さら謎を解いたところで、彼女を救うことはできない。

それに、連続殺人事件は全部で三件のはずだ。玲がその三件目だ。もう、誰も殺されることはない。

「そうはいかない。謎を解かなければ、ここから出られないんだ」

「ぼくは、それでもいい」

「え？」

「外に出たって、彼女はもういない。だったら、このままでいいと言ったんだ」

「いいわけないだろ！」

「どうして邪魔するんだ！」

月島が叫ぶと、永門は哀しそうに眉を下げる。

「友だちだからだ。私は、お前に死んで欲しくないんだ」

「友だちだったら、もう放っておいてくれ……」

「そうはいかない。謎を解くのが、月島の役割りだろう」

永門の言いように、月島は違和感を覚えた。

「勝手に押し付けるな。謎を解きたいなら、他の人を頼れよ」

「お前じゃなきゃダメなんだ。このイベントは、お前のためでもあるんだ」

どうして、永門はこうも謎解きに拘るのだろう？　役割とはどういうことだ？　お前のため——という言い方も引っかかる。

まるで、他の人に謎を解かれては困るかのようなもの言いだ。謎を解くのは、誰でもいいはずなのに。

——もしかして。

最初、それは小さな思いつきだった。だが、みるみる肥大化していき、もう、そうとしか考えられないほどに膨れ上がった。

「そうか。お前は……」

月島が口にすると、永門は首を傾げた。

「何だ？」

「お前は、主催者側の人間だったんだな」

「何を言っているんだ？」

「このペンションに来てから、ずっとおかしかったんだ。お前は、謎解きイベントに無理矢理誘っておきながら、推理をぼくに丸投げした」

「それについては、説明しただろ。私より、月島の方が適任だと思ったから、助手に徹しただけだ」

確かに、永門はそう言っていた。だが――。

「それにしては、他のメンバーと接触していなかったじゃないか。助手なら、情報を集めて然るべきだろ」

月島の知る限り、永門は、ペンションに入ってから、誰とも話をしなかった。

まるで自分の存在を隠すかのように――。

「私の立ち振る舞いに問題があったのだとしたら、それは改めるよ」

「おかしいのは、それだけじゃない。永門は、事件が起きたとき、常に冷静だった。他のメンバーが取り乱す中、お前だけは、いつも飄々としていた。まるで、最初から、事件が起きるのを知っていたかのように――」

「そんなわけないだろ。勘違いだよ」

永門は、笑みを浮かべてみせたが、それが何とも胡散臭い。

「今だってそうだ。友だちから疑いをかけられているのに、まるで動じていない」

「それは、月島を信じているからだ」

「嘘を吐くな」

「本当だ」

歩み寄って来る永門の手には、いつの間にかナイフが握られていた。おそらく、さっき月島が落としたのを、拾ったのだ。

「来るな！」

月島は、叫びながら後退った。

「月島。まずは、私の話を聞け。月島は、玲さんが死んだことで、混乱しているだけだ。まずは冷静になろう」

「ぼくは冷静だ。だから、お前の不自然さに気付いたんだ」

永門は、再び月島に歩み寄ろうとする。

「ぼくのことも殺す気か？」

月島が問うと、永門は自分が手にしているナイフに目を向けた。

そこに一瞬の隙が生まれた。

月島は、素早く踵を返すと、脱兎の如く駆け出し、玲の部屋を飛び出した。

2

〈お前は、何を考えている〉

携帯電話の向こうから飛んでくる、降田の罵声を聞き、紗和は深いため息を吐いた——。

この人は、常に怒っていないと気が済まないらしい。

「申し訳ありません」

紗和は、形ばかりの謝罪をしながら、ペンションに目を向けた。

普段なら、建物は闇に沈んでいるのだろうが、今は屋外灯が焚かれ、まるでライトアップされたようだ。

あの後、すぐに久賀が地元の山梨県警に通報し、十五分としないうちに、閑静だった場所が警察官でごった返すことになった。

紗和と久賀は、それぞれ山梨県警の刑事に、事情説明をすることになった。一通り話を終えたところで降田から連絡が入り、今に至るというわけだ。

ふと、犯行現場の凄惨な光景が頭を過る。

あの部屋に飛び散っていた血は、殺害したときのものばかりではない。詳しい検証は、これからになるだろうが、死体をあの場所で解体したことは間違いない。

問題は、その死体が何処（どこ）に消えたのか——だ。

血痕と肉片はあったが、身体そのものは、あの部屋から持ち去られていたのだ。

なぜ、犯人はわざわざそんなことをしたのか？

真っ先に思い付くのは、犯行を隠したかったという理由だが、だとしたら、死体だけ持ち去ってもダメだ。現場に残された血痕なども拭き取らなければ意味がない。

死体を持ち去り、血痕を消そうとした段階で、何らかの事情により、途中で作業を止めたとも考えられるが、紗和には、もっと別の理由があるように思えてならなかった。

〈聞いているのか？〉

降田の一際大きな罵声で、はっと我に返る。

「もちろん、聞いています」

〈だったら何とか言ったらどうだ？　お前は、今回の件の責任を、どう取るつもりだ？〉

——何が責任だ。

事件に大きな進展があったというのに、降田の頭の中にあるのは、山梨県警との軋轢（あつれき）のことだけのようだ。

警察の古い縄張り意識など、本当に馬鹿げている。

「私に責任があるのだとしたら、甘んじて受けます。何れ（いず）にしても、久賀さんと今後の対応を相談します」

降田は、まだ何か言いたそうだったが、紗和が一方的に電話を切った。

近くにあった桜の木に寄りかかり、頭上を見上げると、青い月がぽっかりと浮かんでいた。

湖から吹き付ける冷たい風が、今は心地よかった。

ふとノルのMVの映像が浮かんだ。

幻想的な情景は、CGによって作られたものだが、元となる映像が撮影されたのは、この桜の木の下かもしれない。

改めて月を見上げたところで携帯電話が鳴った。

降田が怒りのあまり、折り返してきたのかと思ったが、表示されたのは、白井の番号だった。

〈また、ネチネチとやられてたな〉

電話の向こうで、白井はくつくつと押し殺した笑い声を上げた。

近くで紗和を叱責する降田の声を聞いていたのだろう。

「別に何も。私、あの人の声がよく聞こえないのよね」

〈そういう態度取ってるから、余計に絡まれるんだよ。もうちょっと、上手く立ち回ったらどうだ〉

「パワハラおやじのご機嫌を取ることほど、効率の悪い仕事はないわ。それより、用件は何？」

〈ああ。ＤＮＡ鑑定の結果が出た――〉

白井の放った一言で、身体の芯がぎゅっと締まった気がした。

「それで、どうだったの？」

〈玲の髪の毛から採取したＤＮＡと、Ａに付着した血痕のＤＮＡは、九九％同一人物のものだそうだ。二つの事件が、繋がったってわけだ〉

「そうね……」

予期していたことではあるが、ショックは大きく、声が僅かに震えた。

〈反応が薄いな〉

「充分、驚いているわよ。これで、身許が判明したというわけね」

〈ああ。そっちでも、大量の血痕が見つかったんだろ？〉

「ええ。こっちで採取した血痕との照合もすることになるわね」

〈合致した場合、犯行現場も確定するわけだ。ようやく、捜査が動き出したって感じだな〉

白井は、興奮しているようだが、紗和は素直に進展を喜べなかった。

理由は自分でもよく分かっていない。

〈それから、もう一つ分かったことがある〉

「何？」

〈玲の足取りを追った結果、彼女が失踪前にレンタカーを借りていることが分かった〉

「レンタカー？」

〈ああ。で、そのレンタカーが警察署の近くにあるコインパーキングに、駐車したままになっているのが見つかった。しかも、シート部分に血痕が付着しているのが確認されている〉

「それって、もしかして……」

〈ほぼ間違いなく、Ａが移動に使ったのは、玲が借りたレンタカーだ〉

犯行現場が、目の前にあるペンションの部屋だった場合、Ａはどうやって移動したのかという疑問があったが、玲が借りたレンタカーを使ったと考えれば筋が通る。

「玲さんは、どうしてレンタカーなんて借りたのかしら？」

〈さあな。それを含めて、確認するためにも、もう一度、ナミと会って話をすることになっているんだが……〉

「何時（いつ）？」

紗和は、間髪を入れずに訊ねた。

〈明日の朝一だ〉

「私も行くわ」

被害者である玲のことを、もっと知りたい。そのためには、ルームシェアをしていた、ナミの証言も重要になってくる。

〈分かった。調整しておくよ〉

「お願い」

視線を上げると、少し離れたところに立っている久賀の姿が見えた。紗和の電話が終わるのを待っているようだ。

「一旦、切るわね。詳しいことは、また後で――」

紗和は、電話を切ると、そのまま久賀の方に歩み寄って行く。

「いいんですか？」

久賀が、紗和が手に持っている携帯電話に目を向けた。

「ええ。もう終わりました。Aに付着していた血痕と、玲さんの髪の毛のＤＮＡが一致したようです」

紗和が告げると、久賀は僅かに目を細め、「そうですか……」と気のない返事をした。

それを見て、どうして自分が捜査の進展を喜べないのか、理解した気がする。

毒親に虐待されて育った敦也。父親の起こした事件のせいで、身許を偽りながら隠れるように生きてきた玲――。

二人に感情移入し、同情しているのだと思う。だから、素直に捜査の進展を喜べない。

「久賀さんは、玲さんを殺害したのはＡ――敦也さんだと思いますか？」

「おそらく、そうだと思います」

久賀が大きく頷く。

ここまでは、紗和も同じ考えだ。問題はその先にある。

「どうして、敦也さんは、玲さんを殺害したのでしょうか？」

催眠療法の中で、敦也は玲のことを、親友で、恋人で、恩人で、母親のような存在だと言っていた。再会したことに、涙するほどの女性を、なぜ殺害したのか？　それが、最大の謎であり、事件を解く鍵である気がする。

「ラザロ――」

久賀が、頭上の月を見上げる。

「え？」

「病院で事情聴取をしたときも、彼はラザロという言葉に敏感に反応した。ラザロの意味を解き明かさなければ、事件の解決はあり得ない――私は、そう思っています」

久賀の言う通りだと思う。

新約聖書の中で、ラザロはイエス・キリストによって蘇った。そのことから、近年でも、ラザロは復活の象徴として扱われることが多い。

凄惨な殺人事件の暗喩（あんゆ）にしては、あまりに不釣り合いな言葉だ。それ故に、考えるほどに分からなくなってくる。

「久賀さんは、何か心当たりがありますか？」

「いいえ。何も分かりません。だから、本人に訊いてみることにしましょう」

久賀が口許に、薄（うっす）らと笑みを浮かべた。

紗和には、その表情が、まるで愉しんでいるかのように見えた。

Ⅲ

月島は、玲の部屋を飛び出した。

このままでは、永門に殺される。そんな恐怖感に突き動かされていた。

妙な気分だった。ついさっきまでは死のうとしていたのに、今は永門に殺されないように逃げ出している。

——ぼくは、いったい何をしているんだ？

このまま逃げたところで、行くところなんて何処にもない。

玲を失ったことで、感情と思考とがぐちゃぐちゃになり、自分でもどうしたいのか、判然としなかった。

廊下を抜けて、ロビーに向かおうとした月島だったが、暖炉の前を通ったところで、急に地面がぐらっと揺れた。

踏ん張ろうとしたがダメだった。

無重力の空間に投げ出されたように、身体が一瞬、宙を舞い、そして床に落下した。

——何が起きた？

月島は、痛みを堪えながら、何とか身体を起こそうとしたところで、指先に何かが触れた。

それは——絵だった。

暖炉の上に飾られていた、「ラザロの復活」の絵が、床に落下していた——。

生気を失い、身体が弛緩して、腕をだらりと垂らしたラザロが、人々によって運ばれていく様子が描かれている。

　――ラザロ。

　月島は、心の内で呟く。

　この謎解きイベントの名称は「ラザロの迷宮」と銘打たれていた。ラザロは復活の象徴だ。もしかしたら、玲は死んだあとに、復活を遂げるのではないか？

　ふと、そんな考えが過った。

「玲がラザロだったら良かったのに……」

　しかし、そんなことはあり得ない。死んだ人間が、蘇るなんて馬鹿げた妄想を抱くほど、子どもではない。

　何れにしても、もう考えるのはやめよう。

　早く永門から逃げなければ。何のために？　分からない。分からないけれど、そうしなければならない。

「何してんの？」

　月島が、足を踏み出そうとしたところで声がした。

　視線を向けると、円卓のところに、愛華が立っていた。その陰に隠れるように、篤の姿もある。

「追われているんだ」

「追われてるって誰に？」

「永門だ！」

「永門って誰？」

「何を言っているんだ。永門は永門だよ」

　月島は振り返ったが、そこに追って来ているはずの永門の姿はなかった。

　追いかけるのを、諦めたのだろうか？　いや、そんなはずはない。永門は、必ず月島を仕留めに来るはずだ。

「ちょっと……凄い怪我してるじゃない」

愛華が、驚きの声を上げた。

月島の身体に付着している血を見て、怪我を負っていると勘違いしたようだ。

「大丈夫です。これは、違うんです」

月島は、よたよたと歩みを進め、円卓の椅子に腰を下ろした。

事情を説明しようにも、玲の死や永門のことなど、色々あり過ぎて、何から話したらいいのか分からない。

「何が違うの？」

「これは、ぼくの血じゃない。玲さんの血で……」

「は？　玲ちゃんの血ってどういうこと？」

愛華が一際大きな声を上げ、月島から離れるように後退った。説明が不足したせいで、あらぬ誤解を招いてしまったようだ。

「違うんです。ぼくは、玲さんを助けようとして……だけど……」

早く誤解を解かなければと思うのだが、焦りのせいか、思うように言葉が出てこない。

愛華の顔が、みるみる引き攣（ひつ）っていく。

「何があったんですか？」

騒ぎを聞きつけたのか、新城が階段を下りて来た。

「月島さん。その血は……」

新城が、おののいた声を上げる。

ちゃんと説明をしようとしたのだが、後からやって来た亜人夢が、月島を見て「ち、血だ！」と叫び声を上げる。

「ですから……」

口を開きかけたところで、急に胸倉を摑み上げられた。

アッシュだった。彼も、いつの間にかロビーに来ていたようで、もの凄い形相で月島を睨みつける。

「何があった。言え」

「これは、玲さんの血です。玲さんが……」

月島は、どうにか絞り出す。

アッシュは、月島を突き飛ばすようにして、ロビーの奥にある廊下に向かって走って行ってしまった。

月島は、へたり込むようにその場に座り込んだ。

身体が鉛のように重かった。

ふと顔を上げると、愛華、新城、亜人夢の三人が、月島のことを取り囲んでいた。

彼らの目は、一様に汚物を見るような嫌悪に満ちていた。

とにかく、ちゃんと事情を説明しなければ――月島が、口を開こうとしたところで、廊下の奥から玲の名を叫ぶ声が響いた。

おそらく、アッシュが玲の死体を発見したのだろう。

「ぼくは、玲さんを救えなかった……」

改めて玲を失った悲痛に襲われ、月島は床に拳を叩き付けた。

「今のは、どういう意味ですか?」

新城が月島の顔を覗き込んでくる。

返答をしようとしたところで、アッシュがロビーに戻って来た。

その顔には、これまでのような覇気はなく、茫然自失といった感じだった。

「いったい、何があったの？」

愛華が訊ねると、アッシュは「玲が死んでいる——」と静かに告げた。

その場にいる全員の視線が、一斉に月島に向けられる。

皆が疑念の塊となっていた。

「月島さん。あなたが、玲さんを殺したんですね——」

新城の声が、ロビーに硬く響いた。

4

紗和は、ナミの印象の変わりように驚かされた——。

初めて会ったときと同じ、署の応接室での面会になったのだが、別人と思えるほどの変貌ぶりだった。

パサついていた髪には、しっかりと櫛を通しているし、暗色に変わっている。派手だったメイクも、ナチュラル風になっていた。

今の彼女には、あのとき感じた荒んだ空気はなく、品位すら感じられた。

彼女の変化の原因は、紗和の隣に座る白井の存在だろう。

ナミが白井に惹かれていることは、その視線を見れば明らかだ。女性に限らず、恋愛というのは、人を劇的に変化させるものだ。

特に、これまで荒んだ生活を送っていたナミが、正反対の世界にいる、警察官の男に惚れたのだ。彼に合わせるために、必死に自分を変えたに違いない。

白井もまた、ナミに惹かれていることが分かる。

もちろん、職務と私生活の分別はついているはずだから、関係性は進展させないだろうが、事件が解決した後、結ばれるなんてことがあるかもしれない。

彼女のようなタイプ相手では、白井も苦労するだろうが、お互いが望んでいるのであれば、紗和がとやかく言う話ではない。

「和成さん。玲は、見つかったんですか？」

ナミは白井を下の名前で呼ぶと、膝の上に乗せた拳を握った。

声が少し上擦っている。この先、聞かされる現実を、薄々察しているのかもしれない。

「藤木さん。実は、残念なお報せをしなければなりません」

紗和が隣にいることもあり、白井は他人行儀かつ、重々しい口調で言った。

「覚悟はできています」

ナミが軽く下唇を噛んだ。

白井は、それに頷いて答えてから、敦也に付着していた血痕と、玲の所持品のＤＮＡ鑑定の結果が、一致したことを簡潔に伝えた。

「ミオは——いえ。玲さんでしたね。その男の人に殺されたのでしょうか？」

ナミにとって、玲は未だにミオのままなのだろう。

「いえ。断定してしまうのは、まだ早いです。彼女の血痕は見つかりましたが、まだ彼女自身は発見されていませんから」

白井は力強く言った。

勇気づける意味もあるのだろうが、そうやって期待を持たせると、後で自分の首を絞めることにもなる。

「玲さんの居場所を突き止めるために、ナミさんの知っていることを、教えて下さい」

白井の言葉に、ナミは小さく頷いた。

「前にも話しましたけど、ミオは……ダメですね。どうしても、まだ受け容れられなくて……」

ナミは、苦笑いを浮かべる。

「ミオさんのままでいいですよ」

気持ちの整理ができていないのに、無理に呼称を強制することもない。紗和が口を挟むと、ナミは
「ありがとうございます」と呟いてから、話を再開した。

「ミオは、面倒見がいいというか。凄く優しい人でした。ミオと仲良くなったのは、私が生きているのが嫌になっている時期でした……」

「何かあったのですか？」

「私、ずっと男運が悪くて……いつも変な男に捕まっちゃうんです。その時も、ホストの彼氏が、ナンバーワンになったら結婚するって言ってくれたから、頑張ってお店に通っていたんですけど、気付いたら、凄い金額になっちゃって……」

ナミのようにホストに貢いだ挙げ句、破滅していく女性の話は、よく耳にする。

「それで、どうなったんですか？」

「親にお願いして、何とか払ってもらったんですけど、そのとき、縁を切られてしまったんです。私、大学も行かなかったし、こんなだから、ずっと煙たがられていたんです。これから、どうしていいのか分からなくなって、それで、電車に飛び込んで、死のうと思ったんです……」

ナミの目から、ぽろっと涙が零(こぼ)れ落ちる。

悪い男に捕まったくらいで、人生が終わったと思ってしまうのは、あまりに短絡的だ。しかも、両親から縁を切られたと言っても、借金を肩代わりしてくれているのだから、完全に見捨てられたわけ

でもない。

　それでも、ナミは死ぬことを願った。彼女は、そもそも、生きたいという根っこの部分が弱いのだろう。

　彼女に限らず、自殺を図る人にある傾向なのかもしれない。

「ナミさん」

　白井が、労る(いたわ)ようにナミの手に触れる。

「大丈夫です。今は、死のうとは思っていません。だって……」

　ナミと白井が視線を絡ませた。

　紗和は、うんざりしながら咳払いをする。

　二人は慌てて手を離し、視線を逸らした。これ以上、ドラマの恋愛シーンのようなやり取りを見せられるのは勘弁願いたい。

「ナミさんは、電車に飛び込もうと思ったのですね。それで、どうなったのですか?」

　紗和が話を本筋に戻す。

「踏切の前に立っているとき、偶々(たまたま)通りかかったミオが、異変を感じて腕を摑んで止めてくれたんです。私は、死なせてって、大暴れしてしまって……」

「ミオさんが、それを慰めてくれたんですね」

「はい。死ぬのは良くないとか、そういうありきたりの言葉だったら、私の心は動かなかったと思います。でも、ミオは、どうして私が死にたいと思っているのかを、聞いてくれたんです」

　自分の考えを押しつけるのではなく、まずは相手に吐き出させたということなのだろう。

「それで」

「ミオは、お店で人気があったけれど、それを妬ま(ねた)れて、虐め(いじ)みたいなことをされていたんです。詳しくは話してくれませんでしたけど、家庭にも、色々と問題があるみたいで、そのせいで、中学生のときに、かなり大変な虐めに遭っていたそうです。お母さんも、病気で死んじゃって、天涯孤独だって言っていました。だから、ミオも死にたいんだって教えてくれました」

ナミが鼻を啜った。

家庭の事情とは、玲の父親が起こした事件のことだろう。玲もまた、自分の生きる意味を見失っていた――。

ナミが、玲の失踪で動揺していたのは、彼女が死を仄めかすことを言っていたからというのもあったのだろう。

生きることに価値を見出せない二人が出会い、ひっそりと生きていたというわけだ。

関係性は分かったが、もう一つ肝心なことを確認しなければならない。

紗和は、敦也の写真を取り出し、テーブルの上に置いた。

「この男性に見覚えはありますか?」

紗和が訊ねると、ナミは何かに気付いたのか、「あっ!」と声を上げた。

「この人を、知っているんですね?」

「は、はい」

「誰ですか?」

「名前は知りません。でも、ミオは〈あっくん〉って言ってました。ミオに付き纏っていたストーカーは、この人です」

――また繋がった。

「間違いありませんか?」

「はい。前に写真を見せてもらいました。幼馴染みで、一度は引っ越しで離ればなれになったけれど、その後、再会して……。それから付き合ったり別れたりを繰り返して、でも、私とルームシェアをする前に完全に縁を切ったみたいです。それなのに、しつこく付き纏われて……」

想像でしかないが、ともに悲惨な境遇にあった敦也と玲は、お互いを支え合うように、共に歩んで来たのだろう。

だが、いつしか、玲にとってその関係こそが、呪縛になったのかもしれない。

父親が起こした事件を隠そうとする玲にしてみれば、自分の過去を知る敦也の存在が、疎ましくなったとも考えられる。

いや、想像で物語を作るのはやめよう。自分は小説家ではない。警察官として、事実を繋ぎ合わせるだけだ。

V

「あなたが、玲さんを殺したんですね――」

新城の声を聞き、月島は意識が遠のいていくような気がした。

この状況を見れば、疑われるのは当然だ。月島が新城の立場なら、同じ判断をしただろう。

だが――。

「ぼくじゃない。ぼくは、玲さんを救おうとしたんだ。だけど……」

「お前以外に、誰がいるんだ？」

アッシュが月島の髪を摑んで、その場に引き摺り倒す。

冷たい床に、顔を押しつけられる。

「よせ。まずは話を聞こう」

「そうよ。少し落ち着いてよ」

新城と愛華が、月島からアッシュを引き剝がしてくれた。

月島は、ゆっくりと立ち上がり、その場にいる面々を見回した。

アッシュは、怒りを宿した視線を向けている。亜人夢の目もまた、敵意に満ちていた。アッシュを止めてくれた新城と愛華ですら、月島を信じているのではないことが、その目から伝わってきた。

「玲さんを殺したのは、ぼくじゃありません」

月島は、近くにある椅子に腰かけながら言った。

「つ、月島さんでないなら、誰なんですか？」

亜人夢が訊ねてくる。

「永門ですよ」

月島がボソッとその名を口にすると、ざわめきが広がった。

証拠があるわけではないが、玲の死体を発見したときの言動や、これまでの状況から考えて、永門以外に考えられない。

「何言ってんの？」

愛華が、怪訝な表情を浮かべる。

「犯人は間違いなく永門なんです。彼こそが裏切り者だったんです」

「だから、さっきから何を言ってんの？」

「信じられないかもしれないですが、本当のことなんです……」

「あのさ——永門って、誰？」

愛華の放った想定外の言葉に、月島はただ戸惑うしかなかった。

——どうして、今さらそんなことを訊くんだ？

「永門は永門ですよ。ぼくと一緒に参加した、永門学です。知ってますよね」

「知らないわよ。月島さんは、一人で参加したはずでしょ」

――ぼくが一人で？

「こんな時に冗談はやめてくれ。ぼくは、永門と一緒に……」

「だから、そんな人は、知らないって」

愛華は真顔だった。担いでいるわけでもなさそうだ。そんな顔をされたら、月島の方が間違っているのかと思えてくる。

「ってか、月島さんって、ずっと変なんだよね。誰もいないのに、一人でブツブツ喋ったりして、意味が分からないんだけど」

――一人でブツブツ喋る？

もしかして、愛華には、永門が見えていないのか？　なぜ、そんなことが？　分からない。分からないけれど、間違っているのは愛華の方だ。

「新城さんは知っていますよね。永門のこと」

月島が訊ねると、新城は「いえ。月島さんは、最初から一人でしたよ」と冷淡に告げる。

「アッシュさん。永門に会っていますよね？」

「そんな奴は知らねぇ。適当なこと言ってんじゃねぇぞ」

アッシュが床に唾を吐き捨てる。

――なぜだ？　なぜ永門を知らない？

永門は、ずっと一緒だった。今だって、月島は、永門に追われてロビーに逃げて来たのだ。

「月島。落ち着け」

唐突に、永門の声がした。

視線を向けると、暖炉の脇に立つ、永門の姿があった。

——ほら。やっぱり永門はいるじゃないか。

「永門は、あそこにいる！」

月島は椅子から立ち上がり、真っ直ぐに永門を指差した。

全員の視線が、暖炉に向けられる。

「誰もいないじゃない」

愛華がため息交じりに言う。

——え？

「誰もいませんよ」

「嘘吐いてんじゃねぇ」

新城とアッシュにも、永門が見えていないらしく、口々に声を上げる。どうして、彼らには見えないんだ。

「嘘じゃありません。暖炉の脇に、永門が立っているじゃないですか。見えないふりをするのは、やめて下さい」

月島は必死に訴える。

頭がおかしくなりそうだ。どうして、誰も認めてくれないんだ。

「な、永門という人は、多分いるんですよ」

声が割り込んできた。

亜人夢だった。彼が永門の存在を受け容れてくれたことで、月島の中に安堵が広がる。

「ほら、亜人夢君は、永門のことを知っている。変なのは、ぼくじゃない。あなたたちの方だ」

「嘘でしょ？　うち、マジで永門なんて知らないんだけど」

愛華が困惑した表情を浮かべる。

「そ、そうですね。愛華さんが、永門さんを知らなくても、し、仕方のないことです」

「私だけ、その永門って人に会ってないってこと？」

「あ、会ってはいると思います。で、でも、認識していなかったんです」

「ますます分からない。いったいどういうことなの？」

愛華が説明を求めると、亜人夢は不敵な笑みを浮かべてみせた。

「な、永門という人は、月島さんの頭の中にだけいる存在なんです――」

亜人夢の放った言葉により、月島は、再び混乱の渦の中に放り込まれた。

「頭の中？　何の話です？」

月島が詰め寄ると、亜人夢は「自覚していないのですね」と憐れみの視線を向けてきた。

「説明して下さい！　いったいどういう意味ですか？」

「こ、言葉のままですよ。永門というのは、月島さんの頭の中にだけ存在しているのです。いや、むしろ逆かもしれませんね。つ、月島さんが、永門さんの頭の中にいる存在なのかも……」

――こいつは、さっきから何を言っているんだ？

永門が、月島の頭の中だけにいる存在？　それでは、まるで自分が――違う。月島は、頭に浮かんだ考えを振り払った。

そんなことはあり得ない。きっと、亜人夢は自分を嵌めようとしているのだ。だから、こんな意味不明の話をする。

「いい加減にして下さい」

「そ、それは、月島さん。あなたの方です。そ、そろそろ認めたらどうですか？」

「何を？」

月島が聞き返すと、亜人夢は、真っ直ぐ月島を指差した。

「な、永門というのは、月島さんが作り出した人間なんです」

亜人夢の言葉が、月島の脳を振動させ、一瞬、部屋全体が真っ白になったような気がした。

しばらく、そのまま放心していた月島だったが、やがて、「バカバカしい……」と吐き捨てるように言った。

亜人夢の話は、到底、受け容れられるものではない。

「亜人夢君は、ぼくが、解離性同一性障害——多重人格者みたいだと言いたいんですか？」

「み、みたいじゃなくて、そのものなんです」

勝ち誇った顔で言う亜人夢に、激しい怒りがこみ上げる。

——ぼくが解離性同一性障害だって？

この男は、常にそうだ。プライドが高く、他人を見下している。だが、それに見合った能力を持ち合わせていない。

今の話も、大した理論があるわけではなく、単なる思いつきに過ぎないはずだ。

「そこまで断言するからには、証拠があるんですよね？」

「も、もちろんです」

「だったら、それを提示して下さい」

月島が言うと、亜人夢は一冊の単行本を取り出し、月島の方に投げて寄越した。

それは、月島が書いた処女作『湖畔の迷宮』だった。

「そ、それが証拠です」

「これの何処が、証拠なんです？」

「つ、月島さんは、その本を書いた本人——月島理生なんですよね？」

「そうです。この本は、ぼくが大学在学中に書いた本です」

「ちょ、著者プロフィールを見て下さいよ」

月島は言われるままに本の著者プロフィールのページに目を向ける。

――え？

意味が分からなかった。著者プロフィールに書かれた月島理生の生年は、今から八十年前のものだった。

「何だこれ……」

あまりのことに、月島は本を取り落とした。

「どういうことなんです？」

新城が焦れたように口を挟んだ。

「か、彼は、自分を月島理生だと名乗りました。でも、それがおかしい。月島理生がデビュー作を書いたのは、い、今から六十年前なんです」

亜人夢に初めて会ったとき、彼はぼくのことを嘘吐きだと断じた。それは、ぼくと月島理生のプロフィールが一致しなかったから――ということか？

――違う！

そんなはずはない。『湖畔の迷宮』は、確かに自分で書いた作品だ。

「ぼくは偽物じゃない。その本の方が、偽装されたものだ。ぼくを騙すために……」

月島は強く主張した。

プロフィールの部分を書き換えることで、ぼくを混乱させようとしているに違いない。

「だ、だったら、『湖畔の迷宮』の結末を、ぼ、ぼくに教えて下さい。犯人は？　トリックは？」

亜人夢が挑発的に言う。

何をそんなに勝ち誇っているんだ。自分自身が書いた作品なのだから、トリックも、結末も、覚えているに決まっている。

「当たり前だ。『湖畔の迷宮』の結末は……」

——あれ？

必死に思い浮かべようとしているのに、どうしても作品の結末が思い出せない。

それだけじゃない。

必死に記憶を辿ってみたが、執筆している自分の姿を、思い浮かべることができなかった。

これは、自分で書いた作品ではないのか？

——でも、だとしたら、ぼくはいったい誰なんだ？

6

真っ白いカウンセリングルームで、四回目の催眠療法による事情聴取が始まった——。

紗和は、掌に滲む汗をぎゅっと握り込む。

先ほど連絡があり、簡易鑑定の結果、ペンションで採取された血液と、敦也の身体に付着していた血液は、同一人物のものであると判明した。

つまり、A——敦也が浴びていたのは、玲の血であり、犯行現場は、彼女の父親がかつて経営していたペンションだったということだ。

多くの事実が明らかになり、事件は大きく前進したのだが、まだ肝心なことが分かっていない。

玲の死体は何処に行ったのか？

そして、敦也はどのように事件に関与したのか？

降田などは、敦也が犯人ということで、早々に事件を終わらせようとしている。ナミの証言から、玲と交際していた敦也が、別れた後にストーカー化し、彼女を殺害したという筋書きだ。

シンプルで分かり易い構図だが、紗和は、そこに違和感を覚える。

この事件には、もっと違う何かが潜んでいる。

そう考えているのは、久賀も同じだ。だから、敦也の逮捕にストップをかけ、こうして、四回目の催眠療法による事情聴取を行おうとしているのだ。

「では――始めましょう」

久賀は、懐中時計をテーブルの上に置き、袖を捲ってから切り出した。

端整な横顔から、強い意志が窺える。それに引き摺られるように、紗和も表情を引き締めた。

「辻村玲さんという女性を、知っていますか？」

久賀は、これまでの催眠療法による事情聴取とは異なり、敦也を過去に誘導することはなく、普通に質問するというスタイルを取った。

身許が分かった今、過去の記憶を呼び覚ますことより、事件を解明する方向に舵を切ったということだ。

そのやり方に、紗和も異存はない。ここまできたら、ストレートに話を進めた方がいい。

「玲……」

敦也が、譫言のように呟く。

「知っているんですね」

久賀が確認を取ると、敦也は大きく頷いた。

「彼女は、あなたにとって、どんな存在でしたか？」

「玲は……私の恋人です……」

「最後に会ったのは、何時ですか？」

「分からない」

「あなたは、玲さんにストーキング行為をしていたそうですが……」

「何を言っているんだ？　そんなことしていない」

敦也は、口調を荒らげる。

「そういう証言があるんです」

久賀の言葉に、敦也は舌打ちを返した。

「誰が、そんなことを言ったんですか？」

「守秘義務があるので、名前を出すことはできません」

「いい加減なことは言わないで下さい。私と玲は、本当に別れていないいんです。だから、ストーカーなんてあり得ません」

「分かりました。では、質問を変えましょう」

久賀は、平行線を辿りそうな議論に終止符を打つと、改めて敦也に向き直った。

「玲さんが殺されたことを、あなたはご存じですか？」

一呼吸の間を置いてから、久賀は言った。

敦也の身体が、電気に触れたようにビクッと震える。

「死んだ？　玲が？」

「はい。あなたは、ご存じありませんか？」

「そんな。だって玲は……」

敦也は、がっくりと頭を垂れ、背中を丸めた。まるで、痛みを堪えているようだった。

「あなたは、玲さんの死について、何か知っているのではありませんか？」

久賀が、改めて訊ねると、敦也は背中を丸めたまま顔だけ上げた。

「部屋が血塗れだ……そこに……ああ……そんな……」

敦也は、ふー、ふー、と荒い息をしながら、鼻を啜り出した。

表情は見えないが、どうやら泣いているらしい。

「あなたが見たものを、正確に教えて下さい」

「玲が……部屋の中で倒れている……血を流して……」

敦也の目から、涙が零れ落ちる。

この反応。間違いない。敦也は、玲の死体を目撃している。

――ようやく辿り着いた。

その実感が、じわじわと紗和の中に広がって行く。

「玲さんは、なぜ死んでいるのですか？」

久賀が核心に切り込む。

敦也は瞼を痙攣させたあと、自分の両肩を抱くようにして、ゔー、ゔー、ゔーっと奇妙な唸り声を上げ始める。

「私の声が、聞こえていますか？」

久賀が声をかけたが、敦也は相変わらず、ゔー、ゔー、ゔーっと唸り声を上げ、落ち着きなく首を前後させるばかりで、返事をしようとはしなかった。

自分の殻に閉じこもってしまったかのようだ。

小さくため息を吐いたあと、敦也の前に立った久賀は、一度、ポケットの中に手を突っ込み、何かを取り出すと、それを敦也の鼻の辺りに近付ける。

敦也の動きが、ピタリと止まった。

微かに、桜の花の香りがした。おそらく、以前の催眠療法のときに使った、桜の花の香りのエッセンスを嗅がせたのだ。

嗅覚を刺激することで、何かを思い出させようとしているのだろう。

「もう一度、訊きます。玲さんを殺したのは、誰ですか？」

久賀が改めて訊ねる。

「知らない」

敦也は、左肩を掻くようにしながら、顔を逸らしてしまう。

「その言い方だと、あなたは、何があったのかを知っていますね？」

久賀は疑問形を使ってはいたが、その口調は、断定的なものだった。久賀も、敦也が犯人だと思っているようだ。

「だから、知らないって。知っていても、話す気はない」

「そうはいきません。知っているなら、話してもらいます。誰が玲さんを殺したのですか？」

「うー、うー、うー」

敦也は、久賀の声を遮断するように両耳を塞ぐと、再び奇妙な唸り声を上げ始めた。

「参ったな……」

久賀は、ぼやくように言いながら、自分の頭をガリガリと掻いた。

整っていた久賀の髪が乱れる。

「何が起きているんですか？」

紗和が疑問を投げかけると、久賀は苦笑いを浮かべてみせた。

「見たままですよ」

久賀は、さも当然のように言うが、紗和には分からない。

「見たままとは、どういうことですか？」

「そうですか。気付いていらっしゃらなかったんですね」

「だから、何の話ですか？」

勿体つけるような久賀の言いように、苛立ちが募る。自分は、肝心な何かを見落としていたとでもいうのだろうか？

「注意深く見ていれば、分かりますよ」

久賀は、静かに言うと、改めて敦也に向き合った。

その眼光は、これまでに見たことがないほどに、鋭く、冷たいものだった。

「用があるのは、あなたではありません。話の分かる人を、ここに出して下さい――」

「今のは、どういう意味ですか？」

紗和は堪らず立ち上がり、久賀に声をかける。

敦也に用が無いなら、どうして彼に対して催眠療法による、事情聴取を続けているのか？

「意味は、そのまま受け取って頂いて構いません――」

久賀の声は、これまでとは異なり、ざらざらとしたものだった。

「誤魔化さないで下さい」

「そんなつもりはありません。見ていれば、分かることですから」

「分からないから、訊いているんです」

久賀は、敦也の前を離れて真っ直ぐ、紗和の方に歩み寄って来る。

距離が近付くほどに、久賀の不気味さが増していくようで、思わず後退りそうになったが、何とか踏み留まった。

久賀が、紗和の耳許に顔を近付ける。

ふわっと久賀の体臭が鼻腔をくすぐる。心地よい匂いではあったが、その奥に、わずかだが、血の匂いが混じっているようだった。

「彼は、解離性同一性障害なんです――」

久賀の声が、カウンセリングルームの白い光に呑み込まれた。

VII

――ぼくは、いったい誰なんだ？

月島は、立っていることができずに、床に頽れるように膝を突いた。

目が回る。

嘔吐感がせり上がって来る。

額から流れ出た冷や汗が止まらず、月島はついに両手を突いて四つん這いになった。

「この人は、自分が作家だって、思い込んでいたってこと？」

愛華が、軽蔑の眼差しを向けてくる。

――そんな目をするな。

「た、多分。実体は、永門という人の方なんだと思う。つ、月島さんは、永門さんが生み出した人格の一人に過ぎない。それが、表面化していただけなんだ」

亜人夢の声が、月島の頭の中を掻き回す。

――ぼくは、永門に作り出された、別人格だというのか？

二人で参加したと思ったイベントも、そもそも最初から一人だった――と。

信じたくはないが、今になってみれば、不自然な点は多々あった。

二人での参加だったはずなのに、円卓に永門の席は無かった。それに、部屋も一人部屋を二人で使用していた。

　他に部屋が余っているのに――だ。

　――冗談じゃない。そんなの受け容れられない。

「違う！　ぼくは、月島理生だ！」

　月島は、力を振り絞って身体を起こすと、亜人夢に摑みかかったが、すぐに誰かに身体を突き飛ばされた。

　立ち上がろうとした月島の前に、アッシュが立った。

　猛禽類のような鋭い目で月島を見据えるアッシュの手には、火かき棒が握られていた。

「こいつが誰かなんて、もうどうでもいい。玲を殺したのは、誰かってことだ」

　アッシュが低く唸るように言った。

「…………」

「お前が、玲を殺したんだな」

「ち、違う……」

「じゃあ誰なんだ？」

「だから、それは永門が……」

「永門はお前なんだろ」

　アッシュは、静かに言うと、月島に向かって、火かき棒を振り上げた。

　そのまま、月島に振り下ろして頭をかち割ろうとしている。

　目の前で凶行が行われようとしているのに、それを止めようとする者は、誰一人としていなかった。

　新城も、愛華も、亜人夢も、そして篤も、月島を取り囲むようにしながら、生気の無い顔で、月島を見ている。

その視線に込められているのは、軽蔑だろうか？　それとも、怒りだろうか？

「頼む。やめてくれ」

月島は、アッシュに向かって懇願する。

「ふざけんな！　玲を殺しておいて、今さら命乞いか！」

アッシュが月島を蹴り倒す。

このままではダメだ。早く、誤解を解かなければ、彼らに殺されてしまう。

「違う。ぼくじゃない。ぼくは、永門に嵌められたんだ。ぼくは、多重人格なんかじゃない。永門はいるんだ。ほら、今だって、そこからこっちを見ているじゃないか！」

月島は叫ぶように言いながら、暖炉脇に立っている永門を指差した。

その場にいる面々の視線が、一度は暖炉に向けられたが、すぐに月島に戻って来てしまった。

「いい加減にしてよ。誰もいないじゃない」

愛華が舌打ち混じりに言う。

「本当なんだ！　どうして、誰も見えないんだ！」

月島は必死に訴える。

アッシュが肩を怒らせながら暖炉の前に行き、永門に向かって火かき棒を振り下ろした。

大きな音を立てて、火かき棒が壁を抉った。

いつの間にか、永門の姿は暖炉の脇から消えてしまっていた。

まるで、幻であったかのように——。

「これで分かったか？　永門なんて奴は、いないんだよ！」

アッシュの声が、ロビーに響き渡った。

――そんな。

「つ、月島さん。もう諦めて下さい。あなたは、な、永門という人の中にいる、別人格に過ぎないのです」

亜人夢の声が、これまで月島が信じていたものを打ち砕いた気がした。

ガラガラと何かが崩れる音がした。

それはきっと、月島の自我なのだろう。

「やっぱり、玲を殺したのは、お前ってことだな」

アッシュが、ゴキゴキと首の骨を鳴らしながら月島の方に戻って来ると、再び火かき棒を振り上げた。

――ここで死ぬのか？

「嫌だ！」

月島は、叫びながら駆け出した。

冗談じゃない。こんなところで、死ぬわけにはいかない。

「待て！」

すぐにアッシュが追いかけて来る。

月島は、無我夢中で走った。

だが、階段の中程まで来たところで、アッシュに肩を摑まれてしまった。

「は、離せ！」

月島は、鬼気迫る表情を浮かべるアッシュの腕を振り払い、胸を突き飛ばした。

不意を突かれた格好になったアッシュは、信じられない――という表情を浮かべたまま、階段を転げ落ちて行く。

階段の一番下まで転落したアッシュは、仰向けに倒れたまま、動かなくなった。

——死んだのか？　殺してしまったのか？

気にはなったが、それを確かめる余裕はなかった。新城もまた、月島を追って階段を駆け上がって来たからだ。

月島は、踵を返して駆け出し、階段を上りきると、そのまま廊下を進み、自分の部屋である２０６号室に飛び込んだ。

すぐにドアを閉めようとしたのだが、新城が隙間に身体を滑り込ませて来た。

「来るな！」

月島は、叫びながら新城の腕に噛み付いた。

堪らず彼が手を引っ込めた隙に、月島はドアを完全に閉め、鍵をかけた。だが、それだけではこじ開けられる可能性がある。

月島は、部屋の中にあるベッドやテーブルを引き摺って移動させ、即席のバリケードを作り上げる。

「出て来い」

向こう側から、ドアを叩きながら新城が叫んでいたが、月島は、それに応じる気はなかった。

息を切らしながら、その場に座り込む。

——なぜこうなった？

考えてみたが、月島は、その答えを見つけ出すことができなかった。

8

「今のは、いったいどういうことですか？」

紗和は震える声で聞き返した。

久賀は、さも当然であるかのように、敦也が「解離性同一性障害」だと断言した。だが、紗和には受け容れられなかった
「一旦、移動しましょう」

久賀が、部屋の外に出るように目配せしてくる。

本人には聞かせたくないということだろう。紗和は、頷いて久賀に従った。

部屋を出て、廊下の手前にあるドアを開け、久賀が中に入って行く。紗和も、後に続く。

そこは、久賀の書斎らしく、デスクと書棚が並んだ部屋だった。

デスクの上には、フォトスタンドが置かれていて、学生服を着た高校生くらいの久賀と、中学生くらいの少女が写った写真が飾ってあった。

かつての恋人の写真かと思ったが、顔立ちが久賀に良く似ている。妹なのかもしれない。

何れにしても、久賀がこういう写真を飾っているのが意外だった。

紗和の視線に気付いたのか、久賀はフォトスタンドを伏せてしまった。

「先ほども言いましたが、敦也さんは、解離性同一性障害です」

「そう思う根拠は、何ですか？」

「美波さんは、解離性同一性障害については、ご存じですよね？」

久賀は、咳払いをして改まった調子で言った。

質問の答えになっていないが、まずは話を合わせることにした。

「はい。一般的な知識ですが、所謂(いわゆる)、多重人格ですよね」

解離性同一性障害というのは、一人の人間の肉体に、その人以外の別の人格が宿ってしまう精神疾患だと認識している。

「そうです。なぜ、この症状が起きるかは、ご存じですか？」

「いえ。そこまでは……」

「限界を超える苦痛や感情を味わったとき、人は体外離脱体験や記憶喪失として、これを切り離すことで、自分の心を守ろうとします」

「体外離脱体験？」

「幽体離脱みたいに、客観的に自分を見ているような感覚のことです」

「なるほど」

「まあ、分かり易く言うと、解離性同一性障害というのは、トラウマとなる体験などをした際に、それを自分のことではなく、別の誰かの体験だと切り離し、心を守ろうとしながら、自分の中に、自分ではない別の人格を作り出してしまう症状のことです」

「それが、敦也さんの中で起きた――と？」

「はい。彼には、解離性同一性障害になる条件が揃っていました」

「虐待のことですか？」

「そうです。彼は、幼少期に虐待を受けていました。母親を恨むことができれば良かったのですが、それができなかった。苦痛が限界を超え、常態化したことで、彼は別人格を生み出してしまったのです」

久賀の説明を聞きながら、紗和は伊東の証言を思い出した。

敦也は、激しい暴力だけでなく、性的虐待まで受けていた。その異常な環境が、敦也の心を破壊してしまったのかもしれない。

「これは、あくまで推測に過ぎませんが、敦也さんは、催眠療法の中で、入水（じゅすい）自殺を図ったという趣旨のことを話していましたね」

「はい」

過去の記憶を辿ったときに、その当時のことを思い出し、溺れたような反応を見せた。

「私は、それが、別人格を生み出すきっかけだったのではないかと思います」

「…………」

「肉体的な虐待を受けるだけでなく、母親に死ぬことを望まれ、絶望し、死のうとした。だけど、同時に彼の中には、生きたいという願望もあった。相反する感情のぶつかり合いが、彼の中に、最初の別人格を誕生させた」

「そんなことが、本当に？」

「ええ。以前、ビリー・ミリガンの話をしましたね。彼もまた、虐待から逃れるために自殺を図ったことが、別人格が誕生したきっかけだと言われています。新たに生まれた人格により、自殺を止められたんです」

「それと同じことが起きた――と？」

「私は、そう考えています。彼は、生きるために別人格を生み出し、自殺願望のある敦也さん本人の人格を、眠らせたのではないかと思います」

久賀の推察は、理に適っている。

だが――。

「それは、可能性の一つであって、彼が解離性同一性障害だと断定する根拠にはならないと思います」

久賀の説明で、解離性同一性障害が発症するプロセスと、敦也がそれを引き起こし易い環境にあったことは理解した。

しかし、あくまで推測の域を出ていない気がする。

「解離性同一性障害の患者には、幾つかの特徴があります。一つは、暗示にかかり易いことです」

久賀がそう言いながら、人差し指を立てた。

確かに、敦也は面白いように久賀の催眠暗示にかかった。

「もう一つの特徴は、解離性健忘——記憶の欠落が見られることです。これは、人格が入れ替わった際に、記憶が共有できていないために起きます」

久賀が中指を立てた。

以前に久賀は、敦也が事件発生前から、頻繁に健忘に陥っていた可能性を示唆していた。あれは、解離性同一性障害の症状の一つだった——ということか？

いや、決めつけるのはまだ早い。

「しかし、それだけでは……」

「敦也さんには、解離性同一性障害と判断するに足る、もう一つ決定的な事象が起きていました」

「決定的な？」

「はい。彼は、催眠療法の際、私たちの前で、何度も人格が入れ替わっていたではありませんか」

否定しようとしたが、何も言葉が思い付かなかった。

IX

白い光が見えた——。

月島は、あまりの眩しさに、思わず目を瞬かせる。

目眩がして、自分が何処にいるのか把握するのに時間がかかった。

ここは、月島と永門に割り当てられた、２０６号室だ。ドアの前にバリケードを作ったあと、疲れ果て、座り込んで、いつの間にか眠ってしまっていたようだ。

意識が覚醒するに従って、自分の置かれた状況を思い出し、気分が沈み込んで行く。

――なぜ、こんなことになった？

全ては永門のせいだと思っていた。だが、全員が永門なんて知らないと言う。そればかりか、亜人夢に至っては、月島が解離性同一性障害だと主張した。挙句の果てに、月島の方が永門に作り出された別人格だ――などと荒唐無稽なことを言い出す始末だ。

厄介なのは、亜人夢の穴だらけの推理を、他のメンバーが信じてしまったことだ。

「そんなの嘘だ……」

――本当にそうか？

月島が呟くのと同時に、耳の奥で声がした。

否定しようと思ったのだが、その根拠が見当たらなかった。

永門とは、大学のサークルで出会ったはずなのに、初めて会ったときのことが思い出せない。いや、それだけではない。一緒に過ごしたはずのサークルでの具体的なエピソードが、何一つ浮かばない。

永門に関して覚えている一番古い記憶は、ペンションに来る途中の会話しかない。

それを自覚すると同時に、背筋がゾクッと震えた。

信じたくはないが、亜人夢の言う通りなのかもしれない。

「ぼくは、永門の中にいる別人格なのか……」

「それは違う」

唐突に聞こえてきた声に、月島は驚いて立ち上がる。

いつの間にか、永門がドアの前に張られたバリケードの前に立っていた。いつものように、穏やかな笑みを浮かべている。

「ど、何処から入ったんだ」

ドアの前のバリケードは崩されていない。部屋にある唯一の窓には、鉄格子が嵌め込まれている。中に入ることなどできないはずなのに——。

月島の中に広がった疑問は、すぐに収束していった。

物理的に入れない場所に、こうして突如として出現したことこそ、永門が実在しないことの証明に他ならない。

「ぼくは、お前だったんだな……」

もはや抗う気力を失い、月島は壁に凭れかかった。

「だから違う」

「否定しても無駄だ。分かってしまったんだ。ぼくは永門で、永門はぼく。同一人物なんだ」

つまり、玲を殺害したのは、他でもない月島自身なのだ。

「私と月島は、全く別の人間だ」

「いい加減にしてくれ。もううんざりだ。二度と、ぼくの前に現れるな」

「月島。話を聞くんだ」

「嫌だ」

月島は、両手で耳を覆った。

もう何も聞きたくない。これ以上、何かを聞いても意味はない。

「いいから聞くんだ」

永門が、月島の手首を摑み、塞いでいた耳から離そうとする。

「やめろって言ってるだろ！」

「そうはいかない。月島は、本当にこのままでいいのか？　玲さんの敵を討たなくていいのか？」

――こいつは、何を言っているんだ？

「だから、その玲を殺したのが、お前なんだろ！　そして、ぼくでもある！」

「違う。月島は騙されているんだ」

「騙しているのは、お前だろ！」

月島は、永門を拒絶して突き飛ばした。

だが、永門は諦めずにすぐに立ち上がり、月島に歩み寄って来る。

薄ら笑いを浮かべてはいるが、整った眉の下にある目は、凍てつくように冷たいものだった。

月島は、急に怖くなった。

この男に――永門に取り込まれる。そんな強迫観念が芽生える。ここにいてはいけない。

「月島。まずは話を聞いてくれ」

「触るな！」

月島は叫びながら永門を押しのけ、ドアに向かった。

だが、ドアにはバリケードが張られている。自分で逃げ道を塞いでしまったのだ。

「クソっ！」

振り返ると、永門が月島に向かって近付いて来る。

月島は、必死でテーブルとベッドをどかそうとするが、なかなか上手くいかない。これでは埒が明かない。

「邪魔だ！」

月島が叫ぶのと同時に、ぼんっと破裂するような音がして、積み上げられたテーブルやベッドが、ドアもろとも廊下の向こうに吹き飛んだ。

何が起きたのかは分からないが、この好機を逃す手はない。

月島は、部屋を飛び出した。

――逃げたところで、意味はないんじゃないか？

もし、自分が永門の別人格なのだとしたら、どう足掻いても逃げ切ることはできない。

だが、それでも――。

月島は廊下を走り、階段を駆け下りる。

「月島！　待つんだ！」

やはり、永門が追いかけて来る。

――捕まってたまるか。

「来るな」

月島は、叫び声を上げながら階段を駆け下りた。

ロビーを抜け、そのまま正面の扉に飛びついた。外に出ようと、ドアノブを動かしたが、ビクともしない。

体当たりをしたが、跳ね返されてしまった。

――クソっ！

冷たい床に両手を叩き付けたところで、人の気配を感じた。

顔を上げると、階段の上に新城、愛華、亜人夢、アッシュ、そして篤の五人が並んで立っていた。

「いい加減、認めたらどうです？　全て、あなたがやったことです」

新城が静かに言った。

月島は、ため息と共に肩を落とした。もはや、反論する言葉すら見つからなかった。

――もう疲れた。

彼らの言うことを認め、この場で殺された方が、楽なのかもしれない。そんな風に思った。

「月島。冷静になれ――」

すぐ近くで永門の声がした。

顔を上げると、永門が月島の前に立っていた。

「お前は……」

「いいから聞くんだ。別人格なのは、彼らの方なんだ――」

永門が階段の上に並び立つ五人を指し示した。

10

「何度も、人格が入れ替わっていた？」

あまりのことに、紗和は自分でも笑ってしまうくらい、素っ頓狂な声で訊き返した。

「そうです」

久賀は、さも当然であるかのように答える。

「そんなはずは……」

「てっきり、美波さんも気付いているものとばかり、思っていました」

「気付きようがありません」

「そんなことはありません。注意深く観察していれば、容易に判断できたはずです」

確かに不自然なやり取りは幾つもあった。

だが――。

「まさか、人格が入れ替わっているなんて……」

「私が把握している限りでは、彼の中には、最低でも六人の人格が存在しています」

「ろ、六人も……」

その数に驚愕する。

六人もの人格が、目の前で入れ替わっていたなどと言われ、易々と受け容れられるものではない。

「まず、一人目は、記憶を失い、何も覚えていない人格。催眠状態から覚醒しているとき、基本的に話をしていたのは、この人格です」

久賀が人差し指を立てる。

「………」

「二人目は、自分のことを醜いと思っている、猫背で絵を描くことが好きな、引き籠もりの青年。吃音の症状が出ています。一回目の催眠療法のとき、表に出て来ていたのは、主にこの青年です」

立っている指が二本になった。

言われてみれば、事情聴取の際、敦也に吃音の症状が出ることがあった。そのとき、敦也の姿勢は、猫背になっていた。

「おそらく、この人格が、虐待を一手に引き受けていたと思われます。自分は、醜いので、虐待を受けても仕方ない——と納得させていたのでしょう」

久賀が補足の説明をする。

思い返してみると、吃音が出ているときには、自分のことを卑下する発言が多かった。

「三人目は女性です——」

指が三本に増える。

「じょ、女性？　だって性別は……」

「解離性同一性障害の患者が生み出す人格は、何も同性とは限りません。年齢や人種まで異なるケースがあります。知能レベルだけでなく、血糖値などの体質まで変わったという報告もあるくらいです」

「そうなんですか？」

紗和は驚愕した。

久賀は、大きく頷いてから話を続ける。

「この女性は、髪が長く、自分のことを、うちと呼称しています。喋り方が、とても若く、奔放な性格です。ボディータッチが多く、他人との距離が近い」

「待って下さい。どうして髪の長さまで分かるんですか？」

外見は、敦也のままだったはずだ。久賀が、女性の人格の容姿まで把握できるはずがない。

矛盾を指摘したはずだったが、久賀は動揺することなく、小さく笑みを浮かべた。

「敦也さんは、ときどき、自分の左肩を掻くような仕草をしていましたよね」

「ええ」

言われてみると、そういう仕草をしていることが、何度かあった。

「あれは、多分、髪を弄（いじ）る仕草だったんですよ」

「髪を弄る……」

実際には髪が無いので、肩を掻いているように見えたが、髪があったのだとしたら、垂れた髪を弄っている仕草になる。

「彼女は、主に二回目の催眠療法のときに、発現していました。口調も、女性っぽくなっていましたよね」

「言われてみれば……」

「彼女は、女性ということもあって、匂いに敏感でした」

「だから桜のエッセンスを……」

久賀は、二回目の催眠療法の際、敦也に桜の香りのエッセンスを嗅がせた。あれは、女性の人格を引き出すためだったのか。

「あのときは、嗅覚を刺激することで、何らかの変化があればいい、くらいの感覚でした。ただ、彼女が現れたことで、敦也さんが解離性同一性障害であるという確信を深めたんです」

偶然の産物だったというわけか。

どうやら久賀は、二回目の催眠療法のときに、敦也が解離性同一性障害だと気付いたということのようだ。

「でも、どうして急に女性が……」

「児童養護施設の伊東さんの話を思い出して下さい。敦也さんは、義父から性的虐待も受けていた可能性があります」

「はい」

「自分が醜いから、虐待を受けているのだと納得していた人格にとって、性的虐待は辻褄が合わなくなってしまうんです」

「だから、自分の中に、奔放な女性の人格を生み出すことで、納得させたということですか？」

「そうです」

「なんてこと……」

敦也は、過酷な環境で生き残るために、新たな人格を生み出していくしかなかったということか……。

「四人目は、快活で明るい青年です。仕切りたがりな一面を持っていました。彼は、三回目の催眠療法のときに、主に発現しています」

久賀が指を四本立てる。

確かに三回目の催眠療法のとき、敦也の口調はそれまでより明瞭だった。幼少期ではなく、少年期の記憶を呼び覚ましたからだと感じていたが、人格そのものが、変わっていたということか。

「彼は、メガネをかけていて、喋り口調からしても、知的な人物という印象ですね」

「メガネ？」

「はい。ときどき、メガネを押し上げる仕草をしていましたよね」

――そうだったのか。

あのとき、敦也は何度か眉間に人差し指を当てる仕草をしていた。あれは、メガネを押し上げる仕草だったというわけだ。

「四人目は、どうして生み出されたのですか？」

「はっきりしたことは、分かりませんが、おそらくは、児童養護施設や叔父の家に預けられるという環境の変化の中で、上手く生きていくために、社交性が必要だと感じたのではないでしょうか」

「社交性……」

母親とその恋人の死後、敦也の環境は大きく変化することになった。

その中で、自分の心を守るために、周囲との軋轢を避ける必要があった。そこで、コミュニケーション能力に長けた人格を生み出したということか。

児童養護施設の伊東が、敦也は「快活で明るい子だった」と証言していたが、四人目の人格が表に出て来たと考えれば納得できる。

「ついでに言うと、この人格は音楽が好きなようですね」

「音楽？」

「ええ。二回目の催眠のときに、女性の人格が、歌の話をしていました。そこで、試しに三回目のときに、音楽を聴かせてみたんですよ」

「それが、四人目の人格を表に出すきっかけだった……」

紗和の言葉に、久賀は「おそらく」と頷いてみせた。

既に解離性同一性障害であることを見抜いていた久賀は、五感を刺激することで、敦也の中にいる別人格を引っ張り出していた――ということか。

「どうして、別人格を呼び出す必要があったのですか？」

「解離性同一性障害の人格同士というのは、お互いの存在を認知している場合と、そうでない場合があります。別人格が体験した記憶を、一切知らない場合もあれば、記憶を共有していることもあります。これらが複雑に絡み合っていることもあります」

「お互いを、知っている場合も、そうでない場合もあるということですね」

「はい。だから、敦也さんの過去を知るためには、それぞれの人格が持っている記憶を、並べてみる必要があるんです」

久賀がそこまで計算していたことに、驚きを覚えるのと同時に、怖くなった。

「………」

「話を戻しましょう。五人目は、粗暴で荒っぽい男性です。彼も、三回目の催眠のときに発現しています」

久賀が指を五本立てた。

三回目の催眠の後半で、急に敦也は乱暴で、攻撃的な言動を繰り返し、久賀を殴りつけたりもした。あれもまた、人格が入れ替わっていたからなのか。

「五人目は、どうして？」

「中学三年生のときに起きた傷害致死事件が、きっかけだと思います」

「そうか……あの事件では、同級生の男子生徒に襲撃され、性的暴行をされそうになり、反撃したことになっています。つまり、命の危険を感じ、自分の身体を守るために、粗暴な人格を誕生させたということですね」

「おそらく」

これまで懐疑的だったが、もはや疑いの余地はない。

敦也は、解離性同一性障害を負っていた。そして、催眠療法によって記憶を呼び覚ましたように見えていたが、実際は、そうではなかった。人格が随時入れ替わっていて、それぞれが保持する記憶を語っていたのだ。

ただ、これで全てが明らかになったわけではない。久賀は、最低でも六人——と言っていた。

「六人目は、どんな人格なのですか？」

「六人目は催眠の際、随所に発現していました。年齢や性別については、はっきりしませんが、幼い子どもだと思います。ゔー、ゔーっと、奇妙な唸り声を上げる癖がある」

敦也の唸り声は、紗和も耳にしている。

「あれも、別人格のものだった——と」

「ええ。推測に過ぎませんが、彼が、最初に生まれた別人格ではないかと——」

「最初の？」

「はい。彼は、ああやって唸り声を上げることで、全てを遮断して、自分の殻に閉じこもっているのだと思います」

敦也の中に、様々な人格が存在することは分かった。

だが、逆に見えなくなったことがある。それは、久賀の意図だ。

「そこまで分かっているなら、催眠療法による事情聴取を行うのではなく、適切な治療を行うべきですよね？」

「それはできません」

紗和の視線から逃れるように、久賀が背を向けた。

「なぜですか?」

「解離性同一性障害の専門家である、コリン・A・ロスは、次のように表現しています。『多重人格者は複数の人格を持っているのではない。別の人格たちは一つの人格の断片である。別の人格はそれぞれ異常な形で擬人化され、お互いを分離し、相互に記憶喪失の状態に陥っている』——と」

「何が言いたいんですか?」

「前にも言いました。私は、罪を犯しておきながら、解離性同一性障害だからといって、無罪になるのは、納得できません。罪を犯した人格がいるのであれば、その人物に罰を受けさせるべきだと思っています」

久賀が、改めて紗和の方に目を向けた。

その目は、猟奇的な光を宿していた——。

XI

「何を言っているんだ?」

月島は、訳も分からず、目の前にいる永門に聞き返した。

「言葉のままです。別人格なのは、そこにいる人たちの方なんですよ」

永門が、階段に並び立っている五人を指差した。

新城、愛華、亜人夢、アッシュ、篤の五人は、何も言わずに、ただそこに立っていた。微動だにせず、無表情に、まるでマネキンのように——。

「あいつらが別人格？」

「そうです。別人格なのは、私ではありません。彼らです」

――訳が分からない。

永門は、さっきから何を言っているのだ？

理解しようと努めるが、そうするほどに、頭が締め付けられるように痛くなる。

「もう一度、言います。彼らは、あなたの中にいる別人格なのです」

――バカな。

もし、そうだとするなら、彼らと自分は一心同体ということになる。それなのに、彼らは、ぼくを殺そうとしたのか？

全く筋が通らない。

――本当にそうか？

単に理解することを拒絶しているだけではないのか？

分からない……。

「その男の言葉を信じるな！」

ロビーに声が響いた。

新城だった。彼は、真っ直ぐに永門を指差している。他の面々も「そうだ。そうだ」と賛同の声を上げた。

「ぼくは……」

「玲を殺したという現実から逃げるな。お前は、罪を償わなければならない」

「そうか……」

――そうだった。

玲を殺したのは、自分自身だ。

これまで、あれほど拒否していたのに、すんなりとその事実が心に染み込んで行く。

「耳を貸してはいけません」

永門が、月島の肩を強く摑む。

「は、離せ」

「そうはいきません」

「ぼくに触るな！」

月島は、必死に永門の手を振り払おうとするが、彼は決して離さなかった。

「何度も言いますが、私は、あなたの別人格じゃない。私と月島は、完全に別人だ」

永門が小さく笑みを浮かべてみせた。

「嘘を吐くな！　だとしたら、なぜ、お前の記憶が無いんだ？　大学の同級生のはずなのに、お前との思い出が一つもないのは、どうしてだ？」

「それについては……」

「ぼくが、お前に作り出された別人格だからだろ?!」

「月島。違うんだ」

「よせ！　ぼくをその名前で呼ぶのはやめろ！」

月島は、叫びながら自分の両耳を塞ぎ、固く目を閉じた。

もう、何も信じられない。自分自身の存在が揺らいでいるのだから、当然のことだ。

――消えてなくなりたい。

「消えろ！　消えろ！　消えろ！　消えろ！……」

月島は、呪文のように繰り返し叫び続けた。

脳の芯の部分が、じわっと熱を持ったような気がした。身体の内側から、何かがぶわっとあふれ出てくる。

バキッと物が割れる音がした。

――何だ？

目を向けると、床にひびが入っていた。

そのひびは、地割れのようにメリメリと音を立てながら広がり、月島のいる床もろとも崩れ落ちた。

「あっ！」

声を上げたときには、もう遅かった。

月島は、突如として床に現れた裂け目に呑み込まれ、落下していく。

不思議と怖さはなかった。

この裂け目が、何処に通じているのかはわからないが、それでも、今と違う場所に行けるなら、それもいいと思った。

だが、月島の落下はすぐに止まった。

永門が、月島の腕を摑んで、落ちて行くのを阻止していたのだ。

「なぜ……」

「ここから落ちるのは、逃げです。あなたには、まだやらなければならないことがある」

永門は、そう言いながら月島を裂け目から引き揚げてしまった。

「ぼくは、もう終わりにしたいんだ……」

月島は、床の上に仰向けに倒れたまま、声を上げて泣いた。

こんな世界から、今すぐに逃げ出したい。

それなのに――。

「いいえ。まだ終わらせません。あなたには、犯人を見つけてもらわなければならないんです」

永門の声が冷たく響いた。

この期に及んで、まだ謎解きイベントを続行するつもりなのか？　何のために？　そこに、いったい何の意味がある？

「お前は、いったい何なんだ……」

「あなたの、たった一人の友人です」

「ふざけるな！　もう嫌だ！　嫌だ！　嫌だ！　死にたい！　死なせてくれ！　頼む！」

月島は、永門の足にすがりつくようにして懇願した。

「もう終わりにしましょう――」

不意に声が響いた。

正面の扉の方からだった。

視線を向けると、さっきまで固く閉ざされていた正面の扉が開き、そこから光が差し込む。

そして、その光の中に立つ女性の姿があった――。

「M――」

イベントのナビゲーターにして、諸悪の根源であるMが、そこに立っていた。

12

「彼を、どうするつもりですか？」

紗和は、不気味に笑う久賀を見返しながら訊ねた。

地震が起きているわけでもないのに、地面がぐらぐらと揺れる感覚がある。それは、紗和自身の心の揺らぎがもたらすものだった。

「もちろん、このまま催眠療法を続けます」

久賀は、淡々と告げると、書斎を出てカウンセリングルームに向かう。

「もう、真実は明らかになったんです。これ以上は、意味がありません」

紗和は、久賀を追いかけながら、その背中に訴える。

久賀はカウンセリングルームのドアの前で足を止め、不思議そうに首を傾げた。

「真実は、まだ明らかになっていませんよ」

「敦也が玲さんを殺害した。証拠が証明します。それが真実です」

「それは、真実ではありません。警察が彼を起訴するのに必要な、条件に過ぎません」

「それでいいのではありませんか？」

「本気で言っていますか？」

「もちろんです」

「だとしたら、美波さん。あなたに失望しました」

久賀の口調は、のっぺりとしていた。

抑揚も無ければ感情もこもっていない。それ故に、余計に怖さを感じた。

「私は……」

紗和の言葉を遮るように、久賀はドアを開けてカウンセリングルームに入った。

部屋の白さが、いつにも増して眩しく感じられる。

「彼の中の、どの人格が玲さんを殺害したのか、まだそれが明らかになっていません」

久賀は、リクライニングチェアに座っている敦也を指差した。

「そうですが……」

「さっきも言いましたが、解離性同一性障害だからといって、責任能力無しで、無罪という判決を受けることに、私は違和感を覚えます」

「考え方としては分かります。犯行を行った人格がいるのだとしたら、罰を受けさせるべきだということですよね」

「そうです」

「でも、それだと、罪を犯していない人格にも、罰を与えることになりませんか？」

解離性同一性障害ということは、一人の身体の中に、複数の人格が存在するということだ。誰かに与えた罰は、他の人格にも及ぶ。

それこそ、死刑になれば、他の人格もろとも殺すことになるのだ。

「だからこそ——催眠療法を続ける必要があるんです」

さっきから、話が嚙み合っていない。

「私の話を聞いていましたか？」

「もちろんです。私は、罪を犯した人格を引き摺り出して、罰を受けさせるべきだと言っているんです」

久賀が言わんとしていることは分かる。だが——。

「そんなことは不可能です」

それぞれの人格に、受け皿を用意するわけにはいかない。身体は一つしかないのだ。

「どうでしょう。今のままでは、難しいかもしれませんね。我々には、時間もありませんし」

「時間？」

「ええ。今は、何とか止めていますが、間もなく警察は、彼の容疑を固めて逮捕に踏み切るでしょう。彼は身柄を拘束され、型どおりの取り調べが行われることになります。その後は、言わなくても分かりますよね？」

きっと敦也は、容疑否認のままタイムリミットを迎え、検察に起訴される。そして、検察の捜査において、解離性同一性障害の可能性が示唆され、精神鑑定に回されるといった流れになるだろう。精神鑑定の結果、敦也は解離性同一性障害だという診断が出れば、後は、心神喪失により責任能力無しと判断され、無罪になる。

久賀は、どうしてもそれを避けたいのだろう。

「気持ちは分かります。しかし……」

紗和のその先の言葉を断ち切るように、久賀は「彼が――」と口を挟んだ。

「殺したのは、玲さんだけではありません」

「どういうことですか？」

他にも、あのペンションで殺された人間が、いるとでもいうのか？

血痕などの遺留品からみて、あの場所で死んだのは、玲一人であることは明らかだ。紗和がそのことを主張すると、久賀は小さく首を左右に振った。

「思い出して下さい。彼は中学生のときにも、傷害致死事件を起こしています――」

――そうだった。

目先のことに捕らわれ過ぎていた。敦也は、中学の時に、同級生に対する傷害致死事件で補導されている。

玲を含めて、二人の人間を殺害していることになる。

「それだけではありません。彼は、自分の母親とその恋人の殺害にも、関与していると思われます」

「無理心中を図ったのではないのですか？」

過去の資料では、そうなっていたはずだ。

「記録によれば、彼は家の前で泣いているところを、警察官に保護されたということでしたね」

「はい」

「その後、警察官がアパートの部屋に入ったところ、二人が死亡しているのを発見した。警察は、敦也君の母親が、ドアに寄りかかるように倒れていたことから、現場は密室だったと判断した」

「そうです」

「第三者の介在がない、密室状態だったことから、警察は無理心中だと判断したんでしたよね」

「それが何か？」

「もし、そうだとすると、敦也さんが催眠療法の中で証言した記憶と、矛盾が生じます」

何が矛盾なのか、紗和には分からない。

紗和は、当時の現場検証の写真を含め、くまなく目を通した。諍（いさか）いから発展して、殺害に至ったという警察の見解に、間違いはない。

「矛盾は無いように思います」

「本当にそうでしょうか？　私は、どうしても引っかかるんです」

「何がですか？」

「彼は、血塗れになっている母親の恋人の死体を見ているんです――」

――あっ！

敦也は、血塗れになった母親の恋人について語っていた。その記憶を呼び覚ましたことで、パニックに陥り、催眠療法が中断したのだ。

警察の資料が正しいとするなら、敦也が、彼の死体を見ているはずがない。言わんとしていることは分かる。

だが――。

「窓から、部屋の中を覗いたという可能性も……」

「美波さんも、図面を見ていますよね」

「はい」

「だとしたら、分かるはずです。外から部屋の中を覗くことは、できませんでした」

犯行現場となったアパートの部屋は、玄関のドアに面した外廊下側には窓が設置されていなかった。

犯行が起きた部屋は二階だから、窓側から覗くこともできなかった。

――そうだ。

「警察がドアを開けたとき、中の様子を見てしまった――とも考えられます」

「そうだとすると、不自然な点があります」

――不自然な点？

紗和は、あのときの敦也の言動を頭の中で整理してみる。そして、思わず「あっ」と声を上げる。

「敦也さんは、血塗れになった母親から、『お前のせいだ』という言葉を浴びせられている……」

「その通りです。恋人の血を浴び、血塗れになった母親と、言葉をかわしているのです」

そうなると、事件の調書にあった、「部屋の中に入ろうとしたけど、入れなかった」という敦也の証言が成立しなくなる。

「でも、だからと言って、敦也さんが殺害に関与していることにはなりません」

「それを確かめるために、真実を追求するべきだと思います」

久賀の言わんとしていることは分かるが――。

「いったいどうやって追求するつもりですか？」

「そうですね――彼に謎を解いてもらいましょう」

「本人に――ですか？」

「正確には、現在頻繁に表面に出てきている、記憶を失った人格に――です」

「記憶を失った人格……」

「そうです。正直、現段階では、どの人格が三件の殺人事件に関与しているのか不明です。でも、記憶を失っている人格が事件に関与していないことだけは、確かです」

「玲さんの事件以降に、誕生した人格だから――ですか？」

「はい」

理屈は分かる。だが――。

「正気ですか？」

紗和が訊ねると、久賀はニコッと無邪気な笑みをみせた。

「もちろんです。記憶を失ったままだと、色々と不都合なので、まずは、彼に名前を与えなければなりませんね」

久賀は、真っ直ぐに敦也の元に歩み寄って行く。

「あなたの名前は、分かりますか？」

久賀が敦也の耳許で訊ねる。

「わ、分かりません」

敦也が瞼を閉じたまま、首を左右に振った。

久賀は、少し考えるような素振りを見せたあと、一度席を外し、一冊の本を持って舞い戻って来た。

病院の前で、久賀が読んでいた本だった。

「あなたの名前は、月島です。月島理生です」

久賀が、作品の著者名を告げる。

「月島……」

敦也が、譫言のように反芻する。

「そうです。月島です。大学在学中に新人賞を受賞してデビューした、新進気鋭の小説家です」

久賀は、暗示をかけることで、記憶を失った人格に、名前と設定を刷り込んでいる。

真実を追求するのではなかったのか？　第三者のプロフィールを吹き込んだところで、何も変わらない。

「久賀さん」

紗和が呼びかけると、久賀は手を翳してそれを制した。

話しかけるな——という強い意志に気圧され、その先の言葉を発することができなかった。

「もう一度、訊ねます。あなたの名前を、教えて頂けますか？」

久賀が改めて問うと、彼は「月島です」と名乗った。

——何ということだ。

久賀が与えた暗示により、彼は、自分が推理作家の月島理生だと信じ込んでしまった。

「そうです。あなたは、月島理生です。そして、今、話しかけている私の名前は——」

「久賀さん……」

「いいえ。違います」

久賀は即座に否定する。

「いったい何を……」

紗和が堪らず口を挟むと、久賀は唇の前に人差し指を立て、静かにするように促した。

「私は、他の人格に会ってしまっています。彼らは、私のことを久賀という警察官だと認知してしまっています」

久賀が、声のトーンを落として言う。

「では、どうするんですか？」

紗和も釣られて声を低くしながら訊ねた。

「別人になりすましましょう。念のために、他の人格とは直接コンタクトを取らずに、全て月島を通すことにします。月島にだけ、私を認知してもらうのです」

久賀は、そう言うと、改めて敦也に向き直った。

「私の名前は……そうだな。永門。永門学」

久賀が口にした名前は、適当に創作したものではない。

KUGA EITO→EITO GAKUと入れ替えたアナグラムに漢字を当てたのだ——。

「永門……」

「そうそう。月島とは、大学の同級生だった。サークルが一緒で、よくミステリ談義に花を咲かせたよな」

久賀の口調が、急にフランクなものになった。

月島の大学時代の同級生の永門という人物を、演じているのだ。

「そうだな……そうだった……」

敦也は、久賀の暗示を受け容れてしまったらしく、小さく笑みを浮かべてみせた。

紗和の中に、久賀の謎の言動を止めようという意思は消えていた。いつの間にか、彼が何をしようとしているのか、それを見届けたいという欲求に変わっていた。

「今、月島は車を運転している——」

久賀は、敦也の向かいのソファーに座りながら、語りかけた。

「車……」

「そう。山を抜けるワインディングロードだ。西日が眩しい。この道は、湖畔のペンションへと通じている」

「なぜ、車に？」

「そうだな……イベントに参加するために、車で移動しているんだ」

「イベント？」

「そう。参加型の謎解きイベントだ。ぼくが誘った。イベントの名前は――『ラザロの迷宮』だ」

「な、何を言っているんですか？」

紗和は、堪らず口を挟んだ。

さっきから、久賀の言っていることは、意味不明だ。ワインディングロードとか、謎解きイベントとか、事件とは全く関係の無い話を続けている。

「彼に謎を解いてもらうための演出ですよ。事件を、〝再演〟するんです」

久賀が、唇を舐めた。

その表情は、これから起こることを、心の底から愉しみにしているようだった。それ故に、怖ろしく感じた。

「うっ」

敦也が、呻くような声を上げた。

「疲れたのか？」

久賀が敦也に声をかける。

「大丈夫。ただ、ちょっと西日が目に入っただけだ」

敦也が目を擦りながら答える。

リクライニングチェアに座っているが、彼の意識の中では、山道を抜けるワインディングロードを車で走っているのだろう。

「なら良かった」

「それで、何の話だっけ？」

「あ、そうそう。この前、ミステリ好きの集まりで、芥川龍之介の『藪の中』で、真実を語っているのは誰か――って話になったんだ」

久賀と敦也――いや、今は月島か。二人は、延々と奇妙な会話を続けている。こんなことをして、本当に事件の真相が明らかになるのか？

考えるほどに、分からなくなっていく。

気付くと、いつの間にか久賀が紗和の前に立っていた。

「美波さん。あなたにも、手伝ってもらいます」

久賀がずいっと顔を近付けて来る。

彼の息が耳にかかり、ぞわっと総毛立つ。嫌な予感しかしなかった。拒絶するべきだと頭では分かっているのに、なぜか抗うことができなかった。

「手伝うって、何をすれば……」

「ナビゲーターを務めて頂きます。そうですね。名前は、Mとでもしておきましょう――」

久賀の声が、酷く遠くに聞こえた。

XIII

Mが、ゆっくり月島の方に歩み寄って来る――。

最初のときのような、メイド服ではない。スーツ姿であるせいか、印象がこれまでとは違っていた。

Mは、座り込んでいる月島に、「大丈夫ですか？」そっと手を差し伸べた。

手を伸ばしかけた月島だったが、慌てて引っ込めた。

Mは、イベントのナビゲーターで、主催者側の人間だ。単純な好意で月島に手を差し伸べたのではないはずだ。

「何をしているのですか？　勝手に入って来ないで下さい」

抗議の声を上げたのは、永門だった。

永門は、Mを押し戻そうとするが、彼女は、それに応じることなく、彼の腕を振り払った。

「もう充分です。こんなことは、終わりにしましょう」

「いいえ。まだ終わっていません」

「最初から、無理だったんです。こんな方法で、真実を明らかにするなんて……」

「判断するのは、まだ早いです」

月島は、口論を続ける永門とMを、呆然と見つめた。

この二人は、いったい何を言い合っているんだ？　方法とは？　真実とは？　分からない。分からないけれど、一つだけはっきりしたことがある。

こうしてMと会話をしているということは、やはり永門は主催者側の人間なのだ。

永門こそが黒幕だ。

「さあ。目を覚まして下さい」

Mが急に月島の腕を摑んだ。

「え？」

――目を覚ます？

月島は、眠ってなどいない。それなのに、目を覚ませとは、どういうことだ？

「目を覚まして、もう終わりにするんです。こんなことに、何の意味もありません」

Mの言葉が、月島の琴線に触れた。

「意味がない？」

「はい」

「な、何を言っているんだ。人が……玲が死んでいるんだぞ……」

血塗れの玲の死に顔が、月島の脳裏にフラッシュバックして声が震えた。

「分かっています」

「それなのに、関係ないと言うのか？」

「はい」

平然と答えるMに、烈火の如く怒りが湧き上がった。

「ふざけるな！　関係ないって何だよ！　人の命を奪っておいて、関係ないで済むわけないだろ！」

「分かっています」

Mが、困ったように眉を顰（ひそ）める。

その表情を見れば分かる。Mは、言葉に反して、何一つ分かっていない。

「玲が死んだんだ！　お前らは、ぼくから玲を奪ったんだ！」

「彼女の死は、本来、あなたには関係のないことなのです」

その言葉を聞いた月島は、頭の奥で何かがぶつっと切れる音を聞いた。

「関係ないって何だよ！　玲が死んだのに、それを物みたいに扱うな！　彼女は、ぼくの大切な人だったんだ！」

月島は、爆発する感情を抑えることができず、Mに飛びかかり、その首を力いっぱい絞め上げた。

「ち、違うんです……彼女は……」

Mは苦しそうにしながらも、月島に何かを伝えようとしている。

だが、もう言い訳はたくさんだ。

呼吸ができず、顔を真っ赤にしてもがくMの姿を見ても、月島の衝動はとどまることがなかった。むしろ、これまで蓄積された鬱屈した感情が、膨らんでいくような気がした。

こいつさえいなければ、玲は死ななかった。

「死ね！　死んでしまえ！」

月島は、Mの首を絞めながら、これまで感じたことのない高揚感を味わっていた。

14

紗和は、ただ啞然と久賀と敦也――いや、月島との会話を聞いていた。

催眠療法を使って、敦也の失われた記憶を取り戻すことが当初の目的だったはずだ。だが、今、目の前で繰り広げられているのは、全く異質なものだった。

久賀は、敦也の中にいる記憶喪失の人格に、月島理生という名前を与えた。その上で、自らは永門と名乗り、大学時代の友人だと思い込ませた。

おまけに、架空の謎解きイベントに、一緒に参加したという体を取り、参加者として、他の人格も引っ張り出した。

その上で、敦也が過去に起こした事件を、イベントの中で〝再演〟させ、月島に、その謎を解かせることで、犯行を行った人格を特定しようとしているのだ。

当初、久賀の目論みは上手くいっているように見えた。

敦也の中にいる人格は、亜人夢、愛華、新城、アッシュ、篤、そして月島の六人であることが分かった。それぞれの特徴も、把握できたし、これまで見えなかった事件の概要が浮かび上がってきたのも事実だ。

だが、最後の事件——玲の殺害を再演したところで、事態は思わぬ方向に転がった。

敦也は、冷静さを失い、起きている状況に混乱し、完全に我を失ってしまっている。

久賀は状況を立て直すために、必死に敦也——いや、月島に呼びかけを行ったが、彼はもはや聞く耳を持っていなかった。

「死にたい！　死なせてくれ！　頼む！」

敦也は、椅子から滑り落ち、久賀の足にすがりつくようにして懇願し始めた。

自らの死を渇望するほど、精神が崩壊してしまったのだとしたら、これ以上続けても意味はない。

そもそも、久賀の計画は破綻していたのだ。

解離性同一性障害であったとしても、罪を犯した人格には、罰を受けさせるべきだという久賀の考えは、分からないでもない。

だが、それは捜査の過程で警察がやることではない。

設備の整った施設で、及川のような、治療を目的とした医師に任せるべきだ。

かれこれ、三時間以上に亘って催眠療法による事情聴取が行われている。素人である紗和から見ても、もう敦也は限界だ。

紗和は、久賀を押しのけて敦也の前に立った——。

「もう充分です。こんなことは、終わりにしましょう」

「いいえ。まだ終わっていません」

久賀が反論してきた。

「最初から、無理だったんです。こんな方法で、真実を明らかにするなんて……」

「判断するのは、まだ早いです」

今、久賀がやっていることは、捜査でも何でもない。催眠療法を使った実験だ。マッドサイエンティストと大差ない。

以前に及川が言っていた台詞が過る。

――患者は、あなたのおもちゃじゃない。

久賀のことを知る彼女は、最初から、こういう事態を懸念していたからこそ、ああいう言い方をしたのかもしれない。

何れにしても、これ以上の議論を続けても、平行線を辿るだけだ。紗和は、敦也の肩を掴みながら「さあ。目を覚まして下さい」と呼びかける。

「え？」

「目を覚まして、もう終わりにするんです。こんなことに、何の意味もありません」

紗和が口にした途端、敦也の表情が急変した。

「意味がない？」

「はい」

「な、何を言っているんだ。人が……玲が死んでいるんだぞ……」

「分かっています」

「それなのに、関係ないと言うのか？」

「はい」

「ふざけるな！　関係ないって何だよ！　人の命を奪っておいて、関係ないで済むわけないだろ！」

「分かっています」

「玲が死んだんだ！　お前らは、ぼくから玲を奪ったんだ！」

「彼女の死は、本来、あなたには関係のないことなのです」

今、表層に出てきている人格——月島は、事件の後に発現したようなのだ。だとしたら、実際の玲と会ったことすら無い。

イベントの中で、月島が言葉をかわした玲は、久賀によって誘導され、彼自身が作り出したイメージの存在に過ぎない。

いわば偽物の玲なのだ。

「関係ないって何だよ！　玲が死んだのに、それを物みたいに扱うな！　彼女は、ぼくの大切な人だったんだ！」

敦也は顔を真っ赤にして、叫び声を上げながら、紗和に襲いかかって来た。

咄嗟のことに、すぐに反応することができなかった。

紗和は後方に倒れ込んでしまった。

敦也は、紗和に馬乗りになると、両手で首を絞めて来た。もの凄い力だった。敦也の指が喉に食い込み、気道と血管を圧迫していく。

「ち、違うんです……彼女は……」

必死に抗ったが、思うように声が出なかった。

「死ね！　死んでしまえ！」

敦也が、鬼気迫る表情で叫ぶ。

「月島。もうやめろ」

久賀が止めに入ったが、敦也は紗和の首から手を離すどころか、どんどん絞める力を強めていく。

「さっさと死ねよ——」

敦也の憎しみに満ちた声を、遠くに聞いた。

——もうダメだ。

そう思ったところで、突如としてカウンセリングルームのドアが開いた。

XV

ぐわんぐわんと耳鳴りがした。

地面が揺れる。

呼吸が乱れる。

額から流れ出た汗が止まらなかった。

ぼやけた視界の向こうに、女性の顔が見えた。

それは玲の顔だった。

——どうして彼女が？

疑問を持つのと同時に、玲の顔が歪み、気付くとＭの顔に変貌していた。

「はっ」

月島は、ようやく自分がＭに馬乗りになり、首を絞めていたことに気付き、慌てて手を離した。

だが、もう手遅れだった。

Ｍは白目を剝き、だらしなく口を開き、涎を垂れ流していた。首には、月島の指の痕が、くっきり残っている。

彼女が、既に死んでいることは、確認するまでもなく分かった。

「ぼ、ぼくが殺した……」

月島は、自分の両手に目を向ける。

焼け爛れた両手が、小刻みに震えていた。

月島は、Mを殺そうとして殺した。そのことが、恐怖となって襲いかかってくる。

「月島――」

名前を呼ばれた。

顔を上げると、そこには永門の姿があった。

「ぼくは、とんでもないことを……」

月島は永門に向かって、赦しを乞うように両手を伸ばした。

永門は、小さく笑みを浮かべると、優しく包み込むように、月島の手を握ってくれた。

「大丈夫だ。月島は、誰も殺していない」

かたちだけの慰めの言葉に、月島は失望した。

「何を言っているんだ？　死んでるじゃないか！　ぼくは、Mを殺してしまったんだ！」

Mは、イベントのナビゲーターで、こんな狂ったゲームを仕掛けた側の人間かもしれない。

だが、それでも命を奪っていいものではない。

月島は、人として越えてはいけない一線を、越えてしまった――いや、そうではない。もうとっくに越えていた。

自覚がないだけで、こんな風に、自分自身の手で玲を殺したのかもしれない。

「違うんだ。月島。これは……」

「どけ」

永門を押しのけるようにして、恰幅のいい中年の男が間に割って入って来た。

――誰だ？

イベントの参加者の中にはいなかった。

もしかしたら、この男が黒幕なのかもしれない。

「木村敦也だな」

男は、月島に訊ねてきた。

――敦也って誰だ？

少なくとも、月島の名前ではない。

「違います」

月島が答えると、男は聞こえよがしに、深いため息を吐いた。

生臭い息が顔にかかり、気分が悪くなる。

「こいつは、自分の名前も分かっていないんですか？　時間をかけた割に、何も思い出せていませんね」

男は、永門に向かって吐き捨てるように言った。

永門は何も答えず、ただ哀しげに月島の顔を見ていた。

――なぜ、そんな顔をするんだ？

「まあいい。お前を、辻村玲殺害の容疑で逮捕する。これが令状だ」

男は、月島の眼前に白い紙を突きつけた。

そこには、逮捕者として、さっき男が口にした〈木村敦也〉という名前が記されていた。

「違う。人違いです。ぼくの名前は月島です。月島理生です」

月島が主張すると、男は舌打ちをして立ち上がった。

「詳しいことは、署で聞かせてもらう。連れて行け」

男が、顎をしゃくるように合図すると、何処からともなく、スーツを着た別の男が二人現れた。

彼らは、月島を強引に立たせると、両手首に手錠を掛けた。

――え？

そのまま、月島は男たちに引き摺られるように、正面の扉に向かって歩かされた。

このペンションから出ることを、望んでいた。

だが、それは、こんな形ではない。

正面の扉を潜るとき、月島は足を止めて振り返る。

円卓の前に、新城、愛華、亜人夢、アッシュ、篤が並び立っているのが見えた。

彼らは、人形のように微動だにせず、ただ月島のことを見ていた。

もう二度と、このペンションに戻って来ることもなければ、彼らと顔を合わせることもない。

そう思うと、不思議と寂しい気持ちになった――。

16

「これから、どうするのですか？」

紗和は、さっきまで敦也が座っていた、白いリクライニングチェアに腰掛け、久賀と向き合った。

敦也に首を絞められたときの影響が残っていて、声が幾分掠(かす)れている。

「どうもこうもありません。私の役割は、これで終わりです」

久賀が静かに言った。

確かに、その通りではある。

これまで久賀が何とか抑えていたものの、物的証拠が集まったことで、敦也の逮捕状が下りてしまった。

結果として、敦也は降田たちによって、逮捕、連行されていった――。

この先は、久賀が予想していた通りの展開になるだろう。

「久賀さんは、それでいいんですか?」

紗和が訊ねると、久賀は怪訝な表情を浮かべた。

「美波さんも、私の行動を止めようとしていたのではありませんか?」

質問を返され、言葉に詰まる。

確かに、紗和は久賀の行動を止めようとしていた。だが、同時に可能性も感じていた。止めようとしたのは、敦也の精神状態が限界に達していると感じたことと、真相を突き止めようとする久賀の言動に、一種の異常性を感じたからだ。

「久賀さんは、どうして、そこまで真相究明に拘るのですか?」

紗和は、思い切って訊ねる。

「捜査とは、そういうものではないのですか?」

「久賀さんは極端です。異常な執着と言ってもいいです」

率直な言葉をぶつけると、久賀は、ふっと息を漏らして笑った。

「そうですね。私は異常かもしれませんね」

「自覚があるんですか?」

「いいえ。ありません。私には、感情というものがありませんから」

久賀が暗い目をした。

「どういう意味ですか?」

「そうですね。きっと、言葉で説明するより、見てもらった方がいいですね」

久賀は、口許を隠すように手を当てながら呟く。

「見る?」

「ついて来て下さい」

久賀は、そう告げると、ソファーから立ち上がり、カウンセリングルームを出て行ってしまう。

訳が分からなかったが、紗和は久賀の背中を追いかけることにした。

彼は、さっき入った書斎の隣にあるドアを開けた。

遮光性の高いカーテンを閉じてあるらしく、部屋の中は真っ暗だった。

久賀が、中に入るように手で指し示す。

――この部屋に何があるの？

紗和は、警戒しながらも、ゆっくりと部屋の中に足を踏み入れる。

空気が淀んでいた。

――この部屋はいったい？

部屋に明かりが点き、混乱していた紗和の思考を断ち切った。

目の前に広がる光景に言葉を失う。

窓際には、学習机が置かれていて、教科書やノートが広げられている。壁際には、木製のベッドがあり、枕元にはアニメキャラクターのぬいぐるみがちょこんと乗っていた。

シンプルで、綺麗に整頓された部屋だったが、部屋のあちこちに、赤黒い染みが点々と飛び散っていた。

古い血の痕だ――。

それだけではない。部屋の中央の床に、血液によると思われる、大きな染みが広がっていた。

「こ、これは……」

紗和は、背後にいる久賀に目を向けた。

「妹の部屋です」

久賀が、無表情に答えた。

「妹さんがいたんですね……」

「はい。歳は三歳離れていて、とても仲が良かった。私にとって、かけがえのない存在でした。母は、シングルマザーで、家を空けることが多かった。だから、余計に二人で支え合っていました」

久賀は、昔を懐かしむように、ふっと笑みを零した。

だが、その先に待っていたのが、幸せでないことは、この部屋の状況を見れば明らかだ。それ故に、切り裂かれるような痛みを覚えた。

「私が高校に入学するタイミングで、母が再婚をすることになりました。相手は、仕事で知り合った心理カウンセラーで、佐山という人でした」

「佐山……」

「私も、妹も、佐山の姓になりました」

「そうだったんですか……」

久賀自らが被害者遺族であるかのように語ったとき、紗和は該当する事件を検索してみたが、見つけることができなかった。

姓が違ったことで検索から外れていたというわけだ。

「このマンションは、母が再婚した後、私たち家族が四人で住んでいた家です」

「………」

「義父は、とても穏やかな人でした。彼は、私によく勉強を教えてくれました。自分に父親ができたことが、素直に嬉しかった。妹の手前、我慢していただけで、本当は寂しかったのだということに、気付かされました」

「………」

紗和は固唾(かたず)を飲んだ。

久賀が幸せそうな顔をすればするほどに、この先の話を聞きたくないと思う。だが、それでも聞かなければならない。それが自分の使命であるように感じた。

「ある日、義父の患者の一人が、義父に会うために、このマンションを訪れました。そのとき、義父は不在でした。ただ、運悪く妹が在宅していたんです……」

久賀が目頭を押さえて顔を伏せる。

「妹さんが、殺されたのですね……」

紗和は、胸に突き刺さる痛みを感じながらも、敢えて言葉にした。

「そうです。犯人は、すぐに逮捕されました。しかし、起訴後の精神鑑定の結果、心神喪失により、責任能力無しと判断され、無罪になりました」

「無罪……」

「あのとき、何があったのか？　なぜ妹が殺されたのか？　何一つ分からないまま、捜査が終わってしまったのです」

「…………」

言葉が出ない。

警察は、被疑者の送検までが仕事だ。今回の敦也の件でもそうだが、物的証拠が集まり、要件が揃えば、真相がどうあれ令状を請求して逮捕に踏み切る。

起訴後の裁判においても、精神鑑定が求められ実施されると、真相究明ではなく、犯人の精神状態に争点が移る。

「結局、犯人は無罪だと言われ、真相も明かされなかった。でも、妹は殺されているんです。その罪は、いったい誰が背負うべきなのでしょうか？　残された被害者遺族は、堪ったものではありません」

「…………」

「判決の後、犯人は閉鎖病棟に入院しましたが、自殺したそうです。真相は、永久に分からなくなりました。それだけでなく、義父もまた責任を感じたのか、人が変わったようになり、自ら命を絶ちました……」

久賀の義父にとっては、自分の患者が起こした事件だ。止められたかもしれない――という自責の念が強かったに違いない。

「母もまた、自分を責めてしまった。心を病んで、今もなお、病院に入院しています」

久賀の過去は、想像していたものより、はるかに凄絶だった。

それ故に、どうして彼が精神医学を学び、警察に入庁したのか――その理由も分かった気がする。

久賀は、未だに被害者遺族という呪縛に囚われている。

妹が殺害された現場を、そのまま保持していることこそが、その証拠だ。

「私は、あの事件から、何も感じなくなった。喜びも、悲しみも、おおよそ人間らしい感情を、全て失ってしまいました」

及川の話が脳裏を過る。

大学生時代の久賀は、他人の感情と、それに対してどう対応すべきか、会話のフローチャートまで作っていたという。

及川は、久賀が生まれながら感情の希薄な男だと思っていたようだが、そうではなかった。

彼は、失われた感情を取り戻そうとしていた。

だから、フローチャートを作り、その通りの言動をすることで、感情があった頃の自分を呼び覚まそうとした。

「久賀さんは、それをずっと一人で抱えてきたのですか？」

紗和が訊ねると、久賀は苦笑いを浮かべた。

この表情もまた分析の結果、作っているものだろうか？

「そうですね。理解されないでしょうから、誰にも言っていません。余計なことは言わない方が、人間関係が円滑に進むことを学びましたから」

もし、久賀が及川に真実を打ち明けていたなら、二人の関係は変わっていたのだろうか？

今さら、紗和が考えても仕方のないことだ。

でも——。

久賀は、一つ大きな勘違いをしている。

「久賀さん。あなたは、感情を失ってなどいません」

「どういうことです？」

久賀がこちらに顔を向けた。

確かに、表情は固まっていて、一見すると心が動いていないように見える。だけど——。

「久賀さんの中には、強い怒りがあるような気がします。犯人を許せないという怒りです。だから、敦也さんのことも、自分を重ねて執着した」

「執着ではありません。理論だけで動いたために、度を越してしまったんです」

「本当にそうでしょうか？」

「え？」

「もしそうなら、妹さんの部屋を事件当時のまま残している理由を、理論的に説明して下さい」

「…………」

「久賀さんは、未だに妹さんの死を受け容れられていないんです。だから泣けない。だから、笑えない」

「そんなはずはありません」

「だとしたら、なぜ泣いているのですか？」

紗和の言葉に、久賀は一瞬、きょとんとしたあと、指先で目頭に触れる。その指先には、涙の水滴が付いていていた。

久賀は、しばらく呆然とそれを見つめていたが、そのうち「ああっ……」という呻き声を上げげた。

その呻きは、次第に大きくなり、やがて哀哭へと変わった――。

XVII

気付くと、月島は湖の畔に立っていた――。

空には青い月が浮かんでいて、スポットライトのように、葉を落とした桜の木を照らしている。

夜風は冷たく、吐く息が白かった。

ふと人の気配を感じ、目を向けると、白いワンピースを着た女性が、ゆっくりと桜の木に向かって歩いていく。

玲だった――。

彼女は死んだはず。いや、そうではない。きっと、あれは月島が見た幻なのだ。玲は、生きている。

月島は、歓喜に打ち震えた。

玲は、一瞬だけ月島の方に顔を向けると、小さく笑みを浮かべた。

それは、とても無邪気な笑いで、幼い玲の姿が見えた気がした。

玲は、桜の木の前に立つと、慈しむように幹に手を当てる。そして、大きく息を吸い込んでから、歌い始めた。

その調べは、透明で美しかった。

自然と、月島もその歌を口ずさむ。

もしも　あなたが私を愛しているのなら
どうか　私を殺してください

「おい！　聞いてんのか?!」

玲とは似ても似つかない、醜い声がしたかと思うと、白い光が月島の視界を覆い、玲を呑み込んでしまった。

──ああ。玲が消えてしまう。

月島は、手を伸ばして、彼女の手を摑もうとしたが、届かなかった。

「話を聞け」

再び、耳障りなダミ声が鼓膜に響く。

月島は狭い部屋の中にいた。スチール製のデスクと、パイプ椅子が置いてあるだけの殺風景な部屋──。

「ここは？」

左側の壁一面に、大きな鏡が設置されていて、そこに自分の顔が映った。

髪はぼさぼさだし、目の下には隈ができている。まるで、何日も漂流したような、酷い有様だった。

「何処を見ている。こっちを向け」

ダミ声が言う。

月島が、顔を向けると、でっぷりとした中年の男が、向かいの椅子に座っていた。

——こいつは誰だ？

いや、この男が何者かなんて、どうでもいい。それより、

「玲は？　玲は何処にいますか？」

月島が訊ねると、男は苦い顔で舌打ちをした。

「ふざけたことを言うな。木村敦也、お前が殺したんだろうが」

「え？」

玲が殺されたって、どういうことだ？　木村敦也って誰だ？

「え？——じゃない。辻村玲は、お前が殺したんだよ。証拠も揃っている」

男が、デスクの上に写真を並べる。

血で赤黒く染まった部屋、血痕がこびりついたナイフと衣類——それらの写真を見ていると、後頭部が強烈に痛んだ。

目眩がする。

堪らず目頭を押さえる。

再び目を開けたときには、月島は、さっきまでとは別の場所にいた。

ベッドがあって、ピアノが置いてある部屋——。

「ここは？」

ふと目を向けると、すぐ傍らに白いワンピースを着た女性が倒れていた。

彼女は血塗れで、ひと目見ただけで死んでいると分かった。

あまりに凄惨な光景に、思わず目を背ける。

だが、月島は、この光景を見たことがある気がした。いつ？　何処で？　思い出せない——。

再び頭が痛む。

頭蓋骨の内側から、押し広げられているような強烈な痛み。

額に汗が滲む。

「ねぇ――」

月島の耳に、美しく柔らかい声が届いた。

顔を向けると、倒れていたはずの血塗れの女性が立っていた。

「どうして、私を殺したの？」

女性は、そう言いながら、月島に向かって手を伸ばして来た。

「よせ！　やめろ！」

月島は、叫ぶことしかできなかった――。

18

「白井！」

署に戻った紗和は、自席で作業をしていた白井を入り口から呼んだ。

急に大声で呼ばれたことで驚いたのか、白井は飛び跳ねるように振り返る。

「美波か。いきなりデカい声を出すなよ」

気怠げに答える白井の許に歩み寄った紗和は、「ちょっといい？」と廊下に出るように合図した。

紗和の只ならぬ雰囲気を察したのか、白井は「何だよ」とぼやきながらも、素直に従った。

廊下を進んだ紗和は、会議室のドアを開けて、白井に中に入るように促す。

「あれ？」

会議室に入ったところで、白井が声を上げた。

「初めまして。本庁の久賀です」

会議室で待っていた久賀が、白井に丁寧に挨拶をする。

白井は、戸惑いながらも「あ、白井です」と頭を下げた。その後、すぐに紗和に顔を向ける。

「どういうこと？　まさか結婚報告？」

白井がおどけた調子で、耳打ちしてくる。

こういう緊張感の無さが、白井のいいところではあるが、今はそれが煩わしい。

「そんなわけないでしょ。あんたは、何処まで恋愛脳なのよ」

「は？　おれは、ちゃんと仕事とプライベートを分けるタイプだよ」

「どの口が言ってんのよ」

「この口だよ。おれは、お前と違って、ちゃんとしてんだよ」

「私を何だと思ってんのよ」

「お互い様だろ」

いつもの言い合いをしていると、久賀が声を上げて笑った。

作られた笑いではなく、思わず出た笑いに見えた。彼が、こんな風に笑うのを、初めて見たかもしれない。

「すみません。何だか、漫才のコンビみたいで面白くて」

自分に視線が集まっていることを自覚したのか、久賀は笑いを引っ込めて答える。

白井とコンビ扱いされるのは心外だ。

だが、紗和と違って、白井の方は嬉しそうだ。

「本庁の刑部さんっていうから、もっとお堅い印象があったんですけど、意外と話せますね」

こういう人懐こさが、白井の特性だ。

このまま、雑談をしていてもいいのだが、残念ながら紗和たちにその余裕はない。

「そういうのは、後にして。それより頼みがあるんだけど……」

紗和は、強引に話を進める。

「頼みって何？」

「今、例の被疑者は何処にいるの？」

「今日の分の取り調べが終わって、留置場にいるはずだ」

「取り調べは誰が？」

「降田さんだよ。点数稼ぎになると思ってんだろ」

「で、何か聞き出せたの？」

「直接は立ち会っていないから、詳しいことは分からない。だけど、同席した奴の話では、そもそも会話が成立していないらしい。降田さんは、ただでさえ、あんな感じだから、まあ何も聞き出せないだろうな」

白井は、乾いた笑い声を上げる。

降田が高圧的な態度に出るのは、紗和にだけではない。被疑者に対しても同じだ。降田が首を突っ込んだことで、余計に口を閉ざすということは、往々にしてある。

「まあ、おれから出せる情報は、こんなところだ」

白井は、肩を竦めた後、刑事部屋に戻ろうとした。紗和は、慌ててその腕を摑んで制した。

「何だよ」

「まだ、頼みを言ってない」

「情報提供ってことじゃないのか？」

白井が首を傾げる。

「この程度なら、わざわざ連れ出したりしないわよ」

「嫌な予感しかしないな」

「多分、それ、当たってるわ」

紗和が答えると、白井が深いため息を吐いた。

「お前、本気なのか？　バレたら、目を付けられるどころじゃ済まないぞ」

白井の言う通りだ。

これから、紗和がやろうとしていることがバレれば、何らかの処分を受ける可能性が極めて高い。

「そうです。やはりやめましょう。美波さんに迷惑がかかるのは、本意ではありません」

久賀が首を左右に振りながら言う。

「今さら何言ってるんですか。私は、覚悟を決めました。久賀さんが、腹を括らなくてどうするんですか？」

紗和が主張すると、久賀はぶはっと噴き出すようにして笑った。

「あなたは、本当に凄まじい人です」

「それ、バカにしてます？」

「いいえ。褒めています」

何だか釈然としないが、ここで時間を浪費しているわけにはいかない。

紗和は、改めて白井に向き直る。

これから、紗和が何を言おうとしているのかを察した白井は項垂れた。

19

寒い――。

息が苦しい――。

ごぼごぼと籠（こ）もった水の音がする。

気付くと、月島は水の中にいた。

何度も浮上しようと足掻（あが）いたが、そうすればするほど、身体はどんどん水中に引き込まれていく。

――もうダメだ。

月島は、死を覚悟した。

そもそも、なぜ生きようとしていたのかすら分からない。月島には、もう何もない。このまま死んだ方が、はるかに楽だ。

――もういい。疲れた。

月島は、抗うのを止めた。

身体が沈んでいく。

暗くて、冷たい水の中に――。

意識が遠のいたところで、月島の腕を誰かが摑んだ。

そのまま、強い力で引っ張られ、身体は水面へと浮上していく。

気付くと、月島は地上に引き揚げられていた。

ここは、あの湖畔だ。枯れた桜の木があって、その向こうに白い壁のペンションが見える。

「月島――」

呼びかける声がした。

顔を上げると、そこには、メガネをかけ、知的で上品な顔立ちをした男の姿があった。

——この男は誰だ？

思い出せない。それなのに、知っている気がする。何処かで会ったことが、あるのだろうか？

「あなたは、誰ですか？」

「私は……永門です。あなたの、大学時代の友人ですよ」

——ああ。そうだった。

「永門か……」

一緒に、謎解きイベントに参加したんだった。それから——。

月島の脳に、痺れるような痛みが走った。

それと同時に、これまで月島に起きた様々なことが、走馬灯のように駆け巡る。

亜人夢、愛華、新城、アッシュ、篤——島田、かなえ、夏野の死体。そして——玲。それだけではない。月島に手錠をかけた男たち。

何が真実で、何が嘘なのか分からない。月島とは、いったい何処の誰なのか？

——違う。

本当はそうじゃない。

分かっている。だけど、それを認めたくなかっただけだ。

月島は、顔を上げて目の前の男を見据えた。

「あなたは永門じゃない。あなたは、久賀という名前のはずだ。警察官で、ぼくに催眠療法を施した——」

月島が告げると、目の前の男は、意外なことに嬉しそうに笑った。

「そうです。あなたの言う通り、私は久賀です」

久賀が言うのと同時に、目の前の景色が歪んだ。気付くと、月島はスチール製のデスクと、パイプ椅子だけがある、殺風景な部屋の中にいた。

桜の木もペンションもない。ここは——取調室だ。月島は、壁面に設置された鏡を見て理解した。

久賀の隣には、一人の女性が座っていた。

彼女にも見覚えがある。イベントのナビゲーターだった女性——Mだ。

ペンションでは、似合わないメイド服を着ていたが、今の彼女はかちっとしたスーツを着ている。

「月島さん。全てを理解したようですね」

久賀が訊ねてきた。

「ぼくは、月島じゃない。それは、あなたが付けた名前だ」

自分は作家の月島理生だと思い込まされていただけに過ぎない。本当は木村敦也という名だ。でも、それも自分だけのものではない。

自分は、敦也という人間の中に存在する人格の一人に過ぎない。

「そうでしたね。でも、私にとっては、月島さんです」

「好きにしてくれ」

月島は、ため息を吐いた。

呼称なんて何だっていい。どうせ、大差はない。月島は、空っぽなのだ。

記憶を失った人格。それが、月島だ。文字通り過去もなければ、未来だって何もない。

「これまで、月島さんがペンションで経験した事件は、あなたの肉体である敦也さんが、過去に関わった事件の〝再演〟です」

久賀は、デスクの上に様々な資料を並べて見せた。

その資料には、写真が添付されていた。どれも、血塗れの死体が写った、無残なものばかりだった。

月島は、これらの写真に見覚えがあった。ペンションで起きた殺人事件の現場、そのものだ。

「月島さん。もし、あなたにまだ意思があるなら、玲さんを殺害した犯人を見つけに行きませんか？」

——こいつは、何を言っているんだ？

「殺したのは敦也だ」

「違います。敦也さんの中にいる、人格の誰か——です」

「別に、今さらそんなのどうだっていい」

「本当にそうですか？」

「は？」

「玲さんの敵を討ちたいとは、思いませんか？」

久賀の言葉が空虚に響いた。

月島は、玲に想いを寄せていた。だが、それは現実の玲ではない。久賀が催眠療法を行う中で、与えられた情報。それを元に、月島がイメージした架空の存在に過ぎない。

月島は、実在した玲に会ったことすらないのだ。

「どうでもいい……」

月島は、ぽつりと呟いた。

自分のイメージから作り上げた、架空の存在の敵を討ったところで、何かが変わるわけではない。

全て、どうでもいいことだ。今から、月島が何かしたところで、玲が死んだという事実は変わらないし、自分が犯人であることは覆らない。

久賀に言わせれば、別人格の中の誰かなのだろうが、それが分かったところで、自分の処遇が変わることはない。

「本当に、どうでもいいのですか？」

久賀が訊ねてきた。

「ああ」

「だったら、どうして泣いているのですか？」

久賀に言われて、視界が歪んでいることに気付いた。

それは、涙のせいだった。

「ペンションでの出来事が、イメージの世界の中で起きたのだとしても、月島さんに起きた感情は、偽りではなかったはずです」

久賀が静かに言った。

涙で歪んだ視界の向こうで微笑む久賀は、最初に見たときとは、全く印象が異なっていた。

笑っていても、凍てつくような冷たい目をしていたのに、今の久賀の目は、慈しむような優しさに溢れていた。

まるで、玲に見つめられているようだ――。

「私と一緒に、犯人を見つけに行きませんか？」

久賀はポケットから懐中時計を取り出し、それをデスクの上に置く。

今さら犯人を見つけても、何一つ変わらない。その考えは揺るがない。でも――。

「ぼくは……」

「行きましょう。私と一緒に――」

久賀が手を差し出して来た。

この手を握ったら、きっともう二度と戻って来られない。そんな気がした。

それでも月島は、震えながらも久賀の手を取った。

「ありがとうございます。では、目を閉じて、リラックスして下さい」

久賀に指示されるままに、月島は目を閉じた。

暗闇の中で、久賀が、10、9、8……とカウントダウンしていく声が聞こえた。少しずつ、身体の力が抜けて行く。

久賀がゼロをカウントしたところで、一瞬、意識が飛んだような気がした。

「今、何が見えていますか？」

久賀の声が、月島の耳に届いた。

瞼は閉じたままなのに、ゆっくりと視界が開けてくる。

枯れた桜の木が見えた。そしてその向こうには――。

「あのペンションがある」

「戻って来られたようですね」

すぐ後ろで声がした。

振り返ると、そこには久賀の姿があった。白いシャツの袖を捲り、ベストを着たその姿は、紳士然としていた。

「そうだな」

「まず、何から調べますか？」

久賀が訊ねてきた。

「推理は、ぼくに任せきりなのか？」

「ええ。残念ながら、私は、あなたを通じてしか、この世界を見ることができません」

――ああ。そういうことか。

だから、永門は――いや、久賀は、最初から推理を放棄していたのかと、今さらのように納得する。

「もう一度、最初から事件を見直す――」

月島は、ペンションに向かって歩き始めた。

不思議な気持ちだった。以前は、あれほど怖ろしい場所に思えたペンションが、今は違った趣に見える。

正面の扉を押すと、すんなりと開いた。

この中に閉じ込められていたのが、嘘のようだ。実際、嘘だったのだろう。久賀の誘導により、出られないと思い込まされていたに過ぎないのだから。

何れにしても、全てを終わらせる。覚悟を持って、月島はペンションの中に足を踏み入れた。

20

ロビーに人の姿はなかった――。

不気味なくらいに静まり返っているせいか、これまでよりも空間が広く見えた。

月島は、円卓の前まで歩みを進め、大きくため息を吐く。

椅子は散乱し、円卓の上は、落下したシャンデリアの破片で、ぐしゃぐしゃになっている。見るも無惨な有様だが、それでも、故郷に戻って来たかのような、奇妙な懐かしさを覚える。

「何から始めますか？」

久賀が声をかけてくる。

「そうだな……」

月島は、呟きながら状況を整理する。

まず、前提条件を再構築しなければならない。

月島を含め、亜人夢、愛華、新城、アッシュ、篤の六人は、敦也という人間の中に存在する別人格だ。

そして、このペンションで起きた事件は、敦也が過去に関わった事件の〝再演〟だった。

そう考えると、各部屋のレイアウトが異なっていたことも、妙に納得してしまう。それぞれの部屋は、犯行現場だったのだ。

まずは、犯行理由から考えてみる。

第一の事件で殺害されたのは、島田とその内縁の妻のかなえ。第二の事件では、夏野。そして、第三の事件の被害者は玲――。

第一の殺人が、幼少期の事件の〝再演〟だとすると、敦也の中の人格である、亜人夢、愛華、新城、アッシュ、篤の全員に犯行動機がある。

島田とかなえは、敦也を虐待していた。その苦痛は、相当なものだっただろう。第三の事件後に誕生し、記憶を失っているはずの月島自身ですら、虐待の記憶だけは残っていた。

――第二の殺人はどうだ？

真っ先に容疑者として浮上するのは、アッシュだ。

彼は、中学時代に、強姦されそうになった玲を守るため、夏野を殴りつけたことを、自分で認めている。

あの犯行現場が、中学時代の事件の再現だとしたら、玲を守るために、アッシュが夏野を手にかけたという推理が、もっとも自然だ。

そして第三の殺人だが――。

どうしても引っかかることがある。

アッシュは、良くも悪くも、愚直な男だ。殺したなら、殺したと言いそうなものだ。それだけじゃない。自らを玲の守護者だと考えていたアッシュが、玲を殺害するとは、到底、考えられない。

玲を殺害する動機を持つ人間は、一人もいない。

「いや、違うぞ」

月島は、思わず声を漏らした。

考えようによっては、殺害動機は全員にある。玲を独占したかった。他の人格に、彼女を奪われたくなくて、自分だけのものにするために、玲を殺した――。

そう考えると、全員に犯行動機が生まれる。

考えるほど、思考の迷路に迷いこんで行くような気がする。

「落ち着いて考えましょう」

久賀が、月島の肩に手を置き、囁(ささや)くように言った。

「ぼくは落ち着いている」

「私には、焦っているように見えます。一気に全体を見るのではなく、一つ一つの事件を切り離して考えるべきではないでしょうか？」

確かに久賀の言う通りだ。早く犯人を見つけようと焦っていた。

そうなると、まず着目すべきは第一の事件だ――。

「そうだな。最初の事件から振り返ろう」

月島はフロントの奥にある、スタッフルームのドアを見据えた。

「一つ訊いていいか？」

月島は、歩みを進めながら疑問を投げかける。

「何です？」

「事件が終わった後、ぼくはどうなるんだ？」

自分が、事件後に誕生した新たな人格で、久賀によって月島と名付けられ、事件解決の役割を担わされた。

事件を解決したら、もはや月島の存在意義が無くなる。

「それは、難しい質問ですね。ただ、かつて同じように、解離性同一性障害により、二十三人の人格を宿したビリー・ミリガンは、長い時間をかけて治療を行い、人格を一つに統合したそうです」

「ぼくも、統合されるのか？」

「どうでしょう。それは、これからの判断になります」

「統合されたら、ぼくは消えるのか？」

「消えはしませんよ」

久賀が、目を細めて笑った。

「でも……」

「人は誰しも、一面だけでできているわけではありません。複数の面が集まった多面体なのです」

「多面体……」

「そうです。もちろん、私もそうです。陽気だったり、陰湿だったり、はたまた暴力的だったり。あなたたちは、そうした様々な側面が、分離してしまっているのです。だから、それを繋ぎ合わせるんです」

「よく分からないな」

「私も同感です。ただ、少なくとも、私は事件が終わってからも、あなたと付き合って行くつもりです」

「警察官としてか？　それとも、カウンセラーとして？」

「友だちだから――です」

久賀の思いがけない言葉に、月島は思わず足を止めた。

「今、何て？」

「友だちだと言ったんです」

冗談かと思ったが、久賀は真顔だった。

この先、どうなるかは、月島自身には分からない。おそらく、久賀も分かっていないのだろう。

それでも――久賀がいてくれるなら、それでいいかと思えた。

偽りから始まった関係だが、それでも、この男は、別人格の一人に過ぎない自分のことを、友だちだと言ってくれる。

「お前が、友だちだなんて、とんだ災難だな」

月島は照れ隠しの言葉を投げると、スタッフルームのドアと向き合った。

事件を解決しなければ何も始まらない。

月島は、覚悟を決めてドアを開けた。

暗くてよく見えない。

月島の考えを察したように、久賀がランタンで室内を照らしてくれた。

薄明かりの中、月島は改めて犯行の状況に目を向ける。

ポイントになるのは、なぜ密室になったのか？　その謎を解き明かせば、犯人が誰なのか自ずと浮かび上がってくるように思う。

ドアに付着した血痕を見る限り、彼女の首の高さに、血が飛び散った痕が残っている。そのまま、ドアに寄りかかるように倒れ、ずるずると沈み込んで行った。

結果として、彼女自身が重しとなり、ドアを開けることができなくなった。

――犯人は、どうやって、かなえの首を刺したのか？

月島は、ドアに凭れかかり、瞼を閉じる。

頭の中で、様々なシミュレーションを行ってみるが、これといったアイデアが浮かばない。

さっき、久賀に焦っていることを指摘されたばかりなのに、またこうして気持ちが逸る。

「くそっ」

吐き捨てるように言ったところで、ふと閃いたことがあった。

月島は、事件後に誕生した人格のはずなのに、幼少期の虐待の記憶が残っていた。

――それはなぜだ？

もしかしたら、月島は、他の人格との記憶を共有しているのに、それを忘れているだけなのかもしれない。

額に手を当てたところで、ふっと島田の顔がフラッシュバックする。

死体ではない。生きているときの顔だ。

粘着質な笑みを浮かべながら、こちらを覗き込んでいる。

――ちゃんとシテあげるから、乱暴にしないでよ。

頭の奥で声がした。

月島は、その声に聞き覚えがあった。

この声は――。

それを悟ると同時に、バラバラだったピースが一気に繋がり、この部屋で何があったのか合点がいった。

「そうか。そういうことだったのか……」

「犯人が分かったのですか？」

月島が返事をしようとしたところで、「やめて！」と叫ぶ悲鳴が聞こえてきた。

21

紗和は、固唾を吞んで久賀と敦也——いや、月島のやり取りを見守った。

これまでとは異なり、月島は、全てを承知した上で、イメージの中のペンションに足を踏み入れ、殺人を犯した人格を見つけ出そうとしている。

この先に、久賀と月島が、どんな結論を導き出すのか、紗和には分かるはずもない。

法的に考えれば、解離性同一性障害の、どの人格が罪を犯したかが明らかになったからといって、敦也の扱いが変わるわけではない。

それでも——。

汗の滲む拳を、ぎゅっと握り締めたところで、スマートフォンが着信の振動をした。表示されたのは、白井の名前だった。

——嫌な予感しかしない。

「もしもし」

紗和は、席を立って久賀たちから離れ、部屋の隅に移動してから、声を潜めて電話に出た。

〈早速バレたぞ。今、そっちに向かってる〉

白井の切羽詰まった声が聞こえてきた。

それだけで、紗和は全てを察した。今、行われている取り調べは、許可を取っていない。白井に協力してもらい、留置場から敦也を連れ出して、久賀と紗和とで勝手にやっているものだ。

かなり強引な手法を取ったので、何れは降田にバレると分かっていたが、予想よりはるかに早かった。

「分かった。何とかする」

紗和は、電話を切ると、久賀に目で合図してから取調室を出た。

「勝手なことをしてくれたな！」

廊下に出た途端、降田の怒声が飛んできた。

汗をかき、息を切らしながら、紗和に詰め寄って来る。こういうときだけ、動きが早いというのが、いかにも降田らしい。

「何のことでしょう？」

紗和は、惚けてみせたが、案の定、通用しなかった。

「誰の許可を得て、被疑者の取り調べをやっているんだ？」

「誰の許可も取っていません」

紗和は、開き直ることにした。

「何？」

「許可は得ていません。これは、私と久賀さんが判断して、やっていることです」

「だったら、すぐに終わらせろ！　好き勝手やりやがって！」

降田が、取調室の中に入ろうとしたので、ドアの前に立ち塞がり、強引に押しのけた。

今、降田に中に入られたら、全てが台無しになる。それだけは、何としても阻止しなければならない。紗和は、降田を押し留める。

「貴様……何のつもりだ？」

降田が睨みを利かせながら、ずいっと顔を近付けてくる。

脅しをかけているつもりかもしれないが、一ミリも怖いと思わなかった。それは、覚悟の問題だろう。

紗和は、とっくに腹を括っている。この程度で心が折れたりしない。

「降田さんの指示で、取り調べを中止して、よろしいですか？」

「何が言いたい？」

「先ほども言いましたが、この取り調べは、本庁の刑部である久賀さんと私が、勝手にやったことですから、降田さんの管理責任が問われるようなことはないでしょう」

紗和の主張に、降田は怪訝な表情を浮かべる。

「それがどうした」

「もし、ここで、降田さんが事を荒立てた場合、話は違ってきます」

「どういうことだ？」

「降田さんは、事態を把握していたことになります。知らなかったという言い訳は、通用しません」

「だから、見逃して、知らなかったふりをしろ――と？」

「はい」

降田は、すぐに返答しなかった。

頭の中で、どうすればいいか算段しているはずだ。その基準は、事件を解決することでも、部下である紗和を守ることでもない。ただ保身だけだ。

上司としては、最低だと思うが、その分、扱い易い。

「お前らは信用ならん」

降田が、吐き捨てるように言った。

言葉では拒否を示しているが、心が揺れているのが手に取るように分かる。

「事件の真相が明らかになるかもしれないんです」

「真相なんて、もう分かっている」

「本当に、そうでしょうか？　今、久賀さんは、被疑者に対して、過去の事件についても追及しています」

「過去の事件だと？」

「はい。被疑者は、幼少期に自分の両親を殺害している可能性があります」

「何?!」

　降田が目を剝いた。

「上手くいけば、当時の自供が引き出せるかもしれません。そうなった場合、私は降田さんの手柄だと報告を上げるつもりです」

「…………」

「問題が発生した場合は、私と久賀さんの責任。降田さんは、何も知らなかったのですから。新たな事実を明らかにできた場合は、降田さんの手柄。ノーリスク・ハイリターン。悪い話ではないと思います」

　紗和は、一息に言って降田を見据えた。

　降田が懸念するリスクを排除した上で、手柄をチラつかせた。降田のような自尊心の強い男なら、条件に食いつくはずだ。

　上司にこんな交渉を持ちかけるなんて、自分もたいがいだな――と思う。だが、今は降田に邪魔させるわけにはいかない。

「その言葉に、嘘はないいな」

　――食いついた！

「はい」

「おれは、お前には会っていない。お前たちがやっていることは、何も知らなかった」

降田は捨て台詞のように言うと、廊下を引き返して行った。

紗和は、ほっと胸を撫で下ろす。

「お前、凄いな」

急に聞こえてきた声に振り返ると、そこには白井の姿があった。

紗和を心配して、駆けつけてくれたのだろう。

「話を聞いてたんなら、助け船とか出してよ」

「必要なかっただろ？」

白井が、おどけたように肩をすくめた。

22

悲鳴は、ロビーの方から聞こえてきた。

月島は弾かれたように、踵を返し、円卓のあるロビーに向かって駆け出した。

円卓の前には、篤を連れた愛華の姿があった。何かに怯えて、真っ青な顔をしている。

「何かあったんですか？」

訊ねる月島を見て、愛華は驚愕の表情を浮かべる。

「どうして、戻って来たの？」

「もちろん事件を解決するためです」

月島が答えると、愛華は信じられない——という風に首を左右に振った。

「余計なことをしないで。事件なんて、どうでもいいのよ。謎を解く必要なんて……」

――どういう意味だ？

訊ねようとした月島だったが、円卓に広がる光景を見て愕然とした。

新城とアッシュが、円卓の椅子に座っていた。

二人とも、首から大量の血を流していた。椅子の下には、赤黒い血溜まりができている。

――死んでいるのか？

月島は、新城とアッシュの許に歩み寄る。

二人とも、首を横一文字に切りつけられている。多分、座っているところを、忍び寄り、背後から切り付けたのだろう。

瞳孔が開いていて、呼吸もしていない。死んでいることは明らかだった。

抵抗した形跡が無い。新城はともかく、アッシュが大人しく殺されるとは思えない。眠っているうちに犯行に及んだのかもしれない。

「君が……やったのか？」

月島は、篤を庇（かば）うように立っている愛華に目を向けた。彼女は、何も答えなかった。それこそが、答えである気がした。

「君は……」

「見つけた！」

追及しようとした月島の言葉を遮るように、階段の上に亜人夢が姿を現した。

興奮しているのか、肩を大きく上下させていて、額にはどっぷりと汗を滲ませていた。そして、その手にはナイフが握られていた。

「に、逃がさない」

亜人夢は、階段を下りて愛華に近付いて行く。

「何をしているんだ？」

月島は、堪らず亜人夢と愛華との間に割って入った。

「そ、そこを、どけ」

亜人夢は、僅かに顔を上げる。

前に垂らした長い髪の隙間から見える目は、真っ赤に充血していた。それだけではない。うつろに据わっていて、常軌を逸しているのが分かった。

「落ち着くんだ。ナイフなんて持って、何をしようとしているんだ？」

「み、見れば分かるだろ。こ、殺すんだよ。そいつを！」

亜人夢は、月島の背後にいる愛華たちに目を向けた。

「なぜ、殺そうとするんだ？　そんな必要はないだろ！」

「ひ、必要がないだと？　何を言っているんだ！　玲さんが死んだのも、母さんが死んだのも、新城さんも、アッシュさんだって、ぜ、全部、こいつらのせいなんだ！」

亜人夢が、持っていたナイフをずいっと突き出す。

完全に正気を失っている。

だが、月島に、それを責めることはできない。

さっきまでの月島も似たようなものだった。感情の抑制ができなくなり、暴走していたのだ。

何れにしても、このまま見合っていても、何の解決にもならない。

「まずは、何があったか、聞かせてくれないか？」

月島は、そう呼びかけた。だが、亜人夢は「う、うるさい！」と叫んだだけで、会話にならなかった。

それればかりか、月島に向かって、いきなりナイフで斬りかかって来た。

めちゃくちゃに振り回すだけの切っ先なので、避けることはできたが、何度も同じことをやられると、かなり厄介だ。

やはり亜人夢は、月島と同じように、自分以外の全てがおかしいと感じているのだ。

「し、死にたくなかったら、そこをどけ！」

亜人夢が再び叫ぶ。

さっきよりも、興奮が増していて、口の端から涎が滴り落ちる。

「それはできない。言いたいことがあるなら、ナイフを振り回すべきじゃない」

月島は、亜人夢を落ち着けようと、できるだけゆっくりとした口調で語りかけた。

「お、お前は、何も分かってない！　お前なんて……」

亜人夢は、叫びながらさらにナイフを振り回した。だが、バランスを崩して、前につんのめる。

──今が好機だ。

月島は、一気に亜人夢に飛びかかった。

そのまま、もつれ合うようにして床の上を転がる。

月島は、何とか亜人夢を押さえつけようとしたが、彼は信じられないほどの力で、強引に月島を押し返す。

体型からして、力は無いと高をくくっていたが、誤算だった。

気付けば、月島は亜人夢にマウントを取られていた。

「じゃ、邪魔をするなら、お前から、こ、殺してやる！」

亜人夢は、両手でナイフを握り、頭上高く振り上げた。

──マズい。

月島は、咄嗟に両手で自分の頭を庇ったが、そんなことをしても、ナイフの攻撃を防ぐことはできない。

死を意識して、固く目を閉じたのだが、月島にナイフが振り下ろされることはなかった。

——何があった？

ゆっくり目を開けると、亜人夢が、信じられないという顔で、月島を見下ろしていた。

亜人夢は、がはっと咳をする。

それと同時に、口から血が噴き出し、月島の顔にびちゃびちゃと降りかかった。

亜人夢は、そのままゆっくりと横に倒れた——。

その向こうから現れたのは、愛華だった。

驚愕の表情を浮かべる彼女の顔には、血が飛び散っていた。

そして、震える愛華の手には、何処から手に入れたのか、刃渡り十五センチほどのナイフが握られていた。

「ち、違うの……こんなつもりじゃ……」

愛華は、慌ててナイフを放り投げ、自分の顔を両手で覆った。

不可抗力とはいえ、人を刺してしまったことで、パニックに陥っているようだ。彼女を落ち着かせたいところだが、それより亜人夢だ。

「大丈夫ですか？」

月島は、横向きに倒れている亜人夢に声をかける。

亜人夢は「ううう」と唸っている。幸いにして、まだ死んでいないようだ。

すぐに傷口を確認する。

左の背中に、深い刺し傷があって、そこから脈打つように血が流れ続けている。

まだ血を吐いていた。

傷は、肺にまで達しているかもしれない。そうなると、応急処置でどうにかなるものではない。それでも、このまま放置するわけにはいかない。

月島は、自分のシャツの袖を破り、それを亜人夢の背中の傷口に押し当て、止血をしようとした。

だが、いくら強く押さえても、彼の血を止めることができない。

――どうする？　何か方法は？

使える物を探して、視線を巡らせていると、いきなり亜人夢に腕を摑まれた。彼の口が、もごもごと動いた。

何かを言おうとしているようだ。

「何が言いたい？」

月島は、亜人夢の口許に耳を近付ける。

「ぼ、ぼくたちは……り、利用されたんだ……ぜ、全部、あいつがやった……れ、玲を、こ、殺すために……」

唸るように言ったあと、亜人夢の目から光が消え、身体が弛緩した。

――死んだ。

そのことが、実感となって、じわじわと月島の中に広がって行く。

だが、同時に、今の行動で確信を持つことができた。

「そうか。君だったんだな」

月島が言うと、愛華は「何のこと？」と惚けてみせた。

あくまでシラを切るという選択をしたようだが、逃がすつもりはない――。

月島は、改めて愛華と向き合い、真っ直ぐ彼女を指差した。

23

「君がやったんだな――」

紗和が取調室に戻ったタイミングで、催眠中の月島が言った。

――今のは？

久賀を見ると、彼は大きく頷いてみせた。

紗和が外で降田の相手をしている間に、月島は犯人を見つけ出したようだ。

「なぜ、彼女が？」

久賀が訊ねると、月島は小さく頷いてから説明を始めた。

「愛華は、島田から性的虐待を受けていた……」

愛華というのは、島田から性的虐待を受けていた敦也が、自分を納得させるために生み出した女性の人格だ――。

「島田は、事件のあった日も、愛華を部屋に連れ込み、彼女を犯そうとしていた。だが、その姿をかなえに見つかってしまった……」

月島がそう続けた。

「かなえさんは、どうしたのですか？」

久賀が疑問をぶつける。

「かなえさんは、島田の所業を目撃し、愕然としました。自分の恋人の不貞に怒りを爆発させたのはもちろん、その相手は、自分の息子だったのです……」

月島の説明に、紗和は一瞬、混乱を来したが、すぐに愛華が敦也の中にいる人格の一人であることを思い出した。

かなえから見れば、島田が性的関係を持っていたのは、自分の息子である敦也だったのだ。

「かなえさんは錯乱し、近くにあった包丁で、愛華さんに覆い被さっている島田さんの背中を、何度も刺しました」

月島が瞼を閉じたまま天井を見上げ、ふっと息を吐いた。

紗和の脳裏に、血だらけになり、呆然と佇(たたず)むかなえの姿が浮かんだ。

「島田を殺害したあと、かなえさんは、我に返りました。自分のやったことに恐怖し、その責任を、息子である敦也さんに転嫁したのです――」

――そういうことか。

催眠療法の中で、敦也は、母親であるかなえから「お前のせいだ」という言葉を浴びせられている。彼女は、逆上して島田を殺しておきながら、その責任を息子である敦也になすりつけた。何処までも、自分勝手な女性だ。

敦也は――いや、この時は愛華だ。彼女は、そのことが許せなかったに違いない。

「それで殺したんですか？」

久賀が先を促す。

「かなえさんは、島田を殺害した証拠隠滅を図ろうと、タオルで自分の顔に付着した血痕を拭い、死体を処分しようとしたのだと思います。そんな彼女の前に、愛華さんが立ち塞がりました。そして――」

月島は、途中で言葉を切り、脱力したように頭を垂れた。

しばらく、そのまま動かなかったが、やがて、月島はゆっくりと顔を上げた。

「愛華さんは、母親であるかなえさんの喉元に、包丁を突き刺しました。そして、そのまま、部屋を出たんです」

「…………」

「かなえさんは、刺されてすぐには死にませんでした。パニックに陥り、ドアの前まで後退ったあと、包丁を抜いてしまったんです」

かなえの首に刺さっていた包丁は、動脈を傷つけていた。そんな状態で包丁を抜いたことで、一気に血が噴き出した。

彼女は、そのままドアに凭れるようにして、絶命してしまった。

結果として、部屋は密室状態となった。

そのことから、警察は、当時、敦也を疑うことなく、かなえが島田を殺害し、その後、自殺した無理心中と断定したのだ。

「夏野さんの事件も、愛華さんの犯行ですか?」

久賀の問いに、月島は「多分……」と、微かに頷いた。

「夏野さんは、玲に想いを寄せていました。でも、彼女は、決して彼になびかなかった。彼は、彼女の父親が起こした事件を触れ回り、彼女を追い込みましたが、それでも、玲さんは毅然と振る舞った。夏野さんは、それが許せなかった」

「夏野さんが襲ったのは玲さんだったんですね」

久賀が訊ねる。

「ええ。夏野さんは、玲さんを待ち伏せして、彼女を廃ビルに連れ込みました。玲さんが抵抗しているときに、駆けつけた人物がいます。それが、アッシュさんです」

アッシュもまた、敦也の中に眠る、粗野で乱暴なタイプの人格。自分を、玲の守護者と考えていた。

彼が、玲を救うため表層に現れた——ということだ。

「アッシュさんは、夏野さんを殴りつけ、玲さんを逃がしました」

「そのとき、夏野さんは、まだ死んでいなかったのですか？」

「ええ。彼は、意識を失っていただけです。夏野さんは、すぐに目を覚ましました。そこで、再び愛華さんが登場します」

途中で、人格交代が起こったというわけか。

「彼女は玲さんのことを、唯一無二の親友だと思っていました。辛い幼少期を支えてくれた、たった一人の友だちだった」

「そうですね」

「愛華さんは、玲さんを守りたかった。母親の恋人から性的暴行を受けた忌まわしい記憶があります。このまま、夏野を生かしておけば、玲さんが同じ目に遭う——そう考えたんだと思います」

月島が、途中で言葉を呑み込んだ。

その先は、口に出さなくても分かる。愛華は、玲を守るためには、夏野を殺す必要があると考え、彼を近くにあった鉄パイプで滅多打ちにして殺害した。

警察からの事情聴取において、夏野から性的暴行を受けそうになった——という趣旨の証言をしたのは、そのとき、愛華が表層に現れていたからなのだろう。

自分が夏野に襲われそうになっていたと証言することで、玲に害が及ぶことを避けたのだ。

敦也が、玲の存在を隠蔽し、玲もまた、被害を名乗り出なかったことで、傷害致死事件ということでカタが付いてしまった。

「では、玲さんの事件については、どうなんですか？」

久賀が核心部分に切り込む。

月島は、眉間に皺を寄せると、すうっと視線を上げた。

「それについては――彼女自身に、聞くことにします」

24

「なぜ、玲を殺したんだ?」

月島が愛華に目を向けると、その視線から逃れるように、彼女は篤をロビーに残したまま、階段を上って行く。

「あなたは、何も分かっていない」

階段の踊り場まで来たところで、愛華は振り返り、月島を見下ろした。

「何がです?」

「全ては、玲のためだったのよ……」

「玲さんのためだって? ふざけるな! 彼女は死んだんだぞ! それが、どうして彼女のためになるんだ!」

「偉そうに言わないでよ。あんたは、本物の玲を知らない癖に」

愛華の言葉は、鋭利な刃物となって、月島の心の一番深いところに突き刺さった。

「ぼくは……」

確かにその通りだ。

月島は事件の後に誕生した人格だ。月島が会っていた玲は、あくまでイメージの中の存在に過ぎない。

唯一、本物の玲を知らないと言ってもいい。

「あなたが思っている以上に、玲は苦しんでいたの。父親の起こした事件以来、夏野のような男が、次々と湧いてきて、彼女を虐げ、搾取しようとするの。それは、一生、逃れることのできない血の呪縛なのよ。玲は、何一つ悪くないのに、呪われ続けるのよ」

「それは……」

「あなたは、玲の一部分しか見ていない」

「………」

「玲は、何度も死のうとしていたのよ。生きる意味を見失っていた。父親の呪縛から逃れるためには、自分が死ぬしかないって……」

　確かに玲の父親の起こした事件は、彼女にとって呪縛だったに違いない。

「だけど、生きていれば可能性は……」

「あるわけないでしょ！　どう足掻いたって、彼女に逃げ道は無かったのよ！」

　愛華の声は、悲鳴によく似ていた。

　彼女は、玲を心の底から愛していたのだ。でも、だとしたら――。

「そこまで玲さんのことを想っていて、どうして殺したんだ？」

「最初に言っておくけど、あんたの推理は、間違えてんのよ」

　愛華が、腕で無造作に涙を拭いながら言う。

「え？」

「え？　――じゃないわよ。殺したのは、うちじゃないって言ってんの」

　涙でマスカラが落ち、愛華の目許は真っ黒になっていた。

「じゃあ誰が……」

　愛華が犯人でないとしたら、いったい誰が殺したというんだ？　亜人夢も、アッシュも、新城も、みんな死んでしまっている。

愛華以外、人格は誰も残っていないじゃないか——。

「あっ！」

月島は、気付くのと同時に、脇腹に強烈な痛みを感じた。

振り返ると、そこには篤の姿があった。

篤は、ナイフを月島の脇腹に深く突き刺している。

月島は、堪らずその場に頽れるように座り込んでしまった。

ナイフの刃が抜け、脇腹からとくとくと血が流れ出て行く。手で押さえたが、溢れ出た血を止めることは、できなかった。

「どうして君が……」

「どうしてだって？　ぼくこそが最初の使徒。全ての人格を統べる者だからだよ」

篤が喋っているのを、初めて聞いた。

その声は、子どものそれではなかった。声変わりした、成人男性の声だった。

「ぼくの存在は、敦也が自殺を図ったときに、生きたいという願望が生み出したんだ」

篤は、円卓の奥まで歩みを進め、椅子に座っているマネキンの頭に手を置き、笑みを浮かべてみせた。

「もしかして、それが敦也なのか？」

「そう。彼は、起きると、すぐに自殺をしようとするから、ずっと眠ってもらっているんだ」

「眠る……」

「敦也は、あのとき自分が死んだと思っている。でも、ぼくは、死ぬわけにはいかない。玲のためにも——」

「何だって？」

「もう分かっているだろ。入水自殺をしたとき、ぼくを助けてくれたのは、近所に住んでいた玲だったんだ。彼女のお陰で、ぼくはこの世に生を受けた。ぼくにとって、彼女は母親なんだよ」

「恋人ではないのか……」

「そう思っていたのは新城だ。愛華にとっては親友だった」

篤は、口にしながら軽快に階段を上り、踊り場に立っている愛華の横に並んだ。

並び立つ二人を見て、月島は、今さらのように理解した。

篤は、常に愛華と行動を共にしていた。それは、彼女が姉となり、母となり、篤を庇護していたからだ。

いや、もしかしたら、篤は愛華を支配していたのかもしれない。

「あんたが推理した通り、島田を殺したのは、かなえだ。だけど、かなえを殺したのは、ぼくなんだよ」

篤が、月島の考えを見透かしたように答えた。

「どうして……」

「どうしてだって？　わざわざ言う必要はないだろ。君にも、虐待の記憶だけは、残っているんだから」

声は大人のそれだが、口調は無邪気そのものだった。

それ故に、余計に怖ろしいと感じる。

「そうか、夏野さんも、君がやったんだな」

「ああ。そうだよ。ぼくにとって、玲はかけがえのない存在だった。それを汚す奴を、放っておくわけないだろ」

――ダメだ。意識が遠のいていく。

月島は、痛みを堪えて何とか身体を起こした。

自分が敦也という人間の中にいる、別人格の一人だとするなら、イメージの世界で死んだら、いったいどうなるのだろう？

考えてみたが、答えなど出るはずもなかった。

「君は、今、自分が死んだら、どうなるかって考えているんだろ」

「え？」

「ここは、敦也の頭の中だ。ここで、死ねば、きっとぼくらも消える。だから、もう亜人夢も、新城も、アッシュも、戻って来ることはない」

「そんな……」

「そうだ。愛華。君もだった」

篤は、冷淡に言うと、何の躊躇もなく愛華の首筋にナイフを当て、真っ直ぐに引いた。

鮮やかに血を撒き散らしながら、愛華は倒れ、そのまま階段をゴロゴロと転げ落ちた。

——なぜだ？

愛華は、自分が殺されると分かっていながら、抵抗すらしなかった。愛華の目は、何も語らず、ただ天井を見つめていた。

月島は、痛みを堪えながら、円卓に手をつき、強引に身体を引き起こした。

篤のような殺人鬼に、主導権を握らせてはいけない。そんなことをすれば、また、新たに人を殺す。

「君は、そうやって自分勝手な理由で、玲を殺したのか？」

声を上げると、出血がより一層、酷くなった。

痛みも増したが、それでも、篤を止められるのは、自分だけだという強い使命感が生まれていた。

25

「自分勝手だって？　これは、彼女自身が望んだことだ――」

月島が、口許に笑みを浮かべながら言った。

――いや、違う。

紗和は、混乱する頭を整理する。今、語っているのは、敦也でも月島でもない。最初に生まれた人格――篤だ。

「彼女が、死ぬことを望んでいただって？　バカなことを言うな！　彼女には、歌手になるという夢があった。そんな人が、死を望むわけないだろ」

強い口調で主張したのは月島だ。

顔は同じなのだが、声色が全く異なる。目の前で、次々と人が入れ替わっているような、奇妙な感覚だった。

「さっき、愛華が言っただろ。その夢も、握り潰された。彼女は、自分の父親の呪縛から、逃れることができなかったんだよ」

篤が、拳をぎゅっと握り込んだ。

彼の言う通りだ。玲は、シンガーソングライターとしてデビュー目前だったが、彼女の父親の起こした事件のせいで、その夢は潰(つい)えた。

玲からすれば、それは絶望に等しかっただろう。この先、どんなに努力しようと、自分は絶対に夢を叶えることができないという現実を突きつけられたのだ。

父親の起こした殺人事件を、無かったことにはできない。

「たとえ、夢が叶わなかったとしても、生きる道を見つけられる。彼女は、そういう女性だ」

そう反論する月島の言葉には、熱が籠もっていた。

「夢の話だけじゃない。彼女はずっと、父親の起こした事件のせいで、縛られ続けてきたんだ。学校では虐めに遭い、夏野のような連中が、玲を食い物にしようとする。ぼくは、夏野を殺したことで、玲を守ったつもりでいた。だけど、保護観察処分が解けて、玲に再会したとき、愕然としたよ……」

「………」

「彼女は、ボロボロだった。結局、玲は高校に進学することすらできなかった。母親が病を患い、それどころではなかった。親戚も、関わるのを嫌がり、玲たち親子を見捨てた。だから、彼女が働いて、母親を支えるしかなかったんだ」

篤の目から、涙が零れ落ちる。

「彼女は、身を粉にして働き続けた。友人ができても、父親が起こした事件のことがバレると、人は離れて行く。職場を解雇され、アパートを追い出される。おまけに、夏野のような連中は後を絶たない……」

篤の語る玲の人生は、あまりに残酷だった。

彼女自身が、何か悪いことをしたわけでもないし、それを望んだわけでもない。にもかかわらず、彼女は苦しみ続けていたのだ。

彼女を助ける者は、誰一人としていない。それは、凄まじいまでの孤独だっただろう。

「あのとき、玲は、必死に支えていた母親すら失い、もう何もない抜け殻になっていたんだ。だから、彼女に希望を与えたくて、彼女の歌のMVを亜人夢に作らせて、動画配信サイトにアップしたんだ。みるみる再生数が伸びた。彼女の歌は、やはり人の心を動かすのだと実感したよ。ぼくが、そうであったように……」

篤は、ここで一旦、言葉を止めると、右耳に手を当てがい、恍惚とした表情を浮かべた。

紗和には何も聞こえない。

だけど、彼には、玲の――ノルのあの美しい歌声が響いているのだろう。

あくまで、紗和の推測でしかないが、彼が虐待を受けていたとき、聞こえてくる玲の歌声だけが、支えだったに違いない。

歌を聴くことで、彼は地獄のような環境を耐え抜いていたのだ。

しばらくして、篤はだらりと手を垂らす。

「メジャーレーベルから、デビューの話がきて、全てが上手く行くと思っていた。玲には、苦しんだ分だけ、この先の人生に、幸せが待っているのだ――と。だけど、その結果は、どうなった？　彼女の夢は、脆くも崩れ去ったんだ」

玲の父親が起こした事件が、再び彼女の足枷となったのだ。

いや、呪いと言った方がいい。

どんなに頑張っても、彼女は、父親の血の呪縛から逃れることはできない。

玲の歌の本当の意味が、今になって紗和の胸に突き刺さる。

彼女は、「私の血肉に刻まれた罪――」と歌の中で訴えていた。それは、まさにこのことだったのだ。

「彼女は、ぼくに殺して欲しいと懇願してきた。だから、ぼくは、彼女を自由にすることにしたんだ」

篤が絞り出すように言った。

玲が自分で死ぬことを願った――と篤が主張したとき、彼は歪んでいると思った。

屈折した愛情表現が、玲の命を奪ったのだと感じた。

だが、そうではなかった。とても純粋な想いから、篤は玲を手にかけたのだ。玲の歌の歌詞のように、彼女は、もうこの血肉では生きていけないのだと感じ、その呪縛から解放するために殺した。

玲の心を、これ以上、傷つけないように――。

玲が、これ以上、苦しまないように――。

「違う！」

篤が――いや、月島が叫んだ。

26

月島は、脇腹を押さえながら、篤に向かって歩み寄って行った――。

「違う。お前は、間違えている」

月島を突き動かしているのは、怒りの感情だった。

今になって、月島たちの部屋に差し込まれた手紙の意味を知る。あれは、篤が書いたのだ。玲を殺すという予告だった。

そして、その行為に対して、自己を正当化する言い訳だ。

「何が違う？　ぼくは、彼女の望みを叶えただけだ」

「それが間違いだと言っているんだ。彼女を想うなら、お前が彼女の支えになれば良かったんだ。彼女の孤独と苦しみを、一緒に背負って生きる道もあったはずだ」

月島の主張を、篤は鼻で笑った。

「バカなことを。それができなかったのは、これまでの人生が証明しているじゃないか」

「違う。彼女には、歌があった」

「だから……」

「デビューなんて、どうでも良かったはずだ。彼女は、歌えれば、それで良かったはずなんだ。それなのに、お前は彼女の歌を、動画で配信した。それが間違いなんだ」

「何を言っているんだ？」

「考えてもみろ、彼女は、華やかなスポットを浴びたくて、歌っていたのか？　違うはずだ。彼女は、ただ歌いたかったから、歌っていたんだ。だからこそ、人の心を動かした。それを、引っ張り出した挙げ句、絶望を与えたのは、お前自身なんだ」

月島は、一歩、また一歩と階段を上って行く。

足を踏み込む度に、ドクッと傷口から血が溢れる。だけど、それでも、月島は歩みを止めなかった。

「お前に、彼女の何が分かる？　生まれたばかりの人格の癖に――」

篤の言葉が、月島の動きを一瞬だけ止めた。

彼の言う通りだ。月島は、事件の後に生まれた人格だ。直接には玲のことを知らない。彼女と一緒に歩んで来た、篤や亜人夢、新城や愛華、アッシュたちとは、立場が全然違う。

だけど、だからこそ――分かることがある。

「もし、お前が玲さんのために、彼女を殺したというなら、どうして一緒に死ななかった？」

月島は、叫ぶように言いながら、再び足を踏み出した。

激痛のあまり、意識を持っていかれそうになるが、何とか堪えた。もし、ここで意識を失ったら、二度と戻って来られないような気がした。

月島という人格が、完全に失われる。

「ぼくは……」

「お前は、ただ苦しむ玲さんの姿を見ていたくなかったんだ。彼女をイメージの中に留めておきたかった」

「何を言っている。ぼくは……」

「こうやって、お前自身が生きていることが、何よりの証拠だ。結局はエゴなんだよ。ぼくを生み出したのもそうだ」

「………」

「お前は、自分のことを優先しているんだ。玲さんを殺した後、記憶を失ったぼくという人格を生み出し、その上で、わざわざ警察に足を運ぶ。そうすることで、自分が精神疾患を抱えていることを、印象付けようとしたんだ」

「ち、違う」

「違わない。お前は、明確な意思を持って、玲さんを殺しておいて、心身喪失による無罪を勝ち取ろうと、下らない算段をしていた」

月島は、ようやく篤の許に辿り着いた。

呼吸が乱れる。

篤は、動揺しているのか、月島が、すぐ目の前に立っているのに、呆けたようにそこに突っ立っていた。

「お前は罰を受けるべきだ」

月島は、篤が持っていたナイフを奪い取る。

篤は、その段階になって、ようやく我に返り、抵抗を試みたが、もう遅い――。

月島は、奪い取ったナイフを、迷うことなく篤の胸に突き立てた。

確かな手応えがあった。

篤は、胸を押さえて、その場に頽れた。

月島もまた、限界だった。

膝の力が抜け、篤の隣に突っ伏すように倒れ込んでしまった。

篤と目が合った。

彼は、笑っていた――。

「ありがとう……これで計画は成った……」

囁くように言ったあと、篤の目から完全に光りが消えた。

今の言葉――自分という人格が消えることも、全て想定していたとでもいうのか？　思考しようとしたが、もう頭が働かなかった。

視界が真っ暗になる。

寒い。

とにかく寒い――。

「月島。しっかりしろ」

誰かが、月島の許に駆け寄って来た。

聞き覚えのある声。

永門――いや、久賀だったか。

どっちだったかなんて、もうどうでもいい。

もうすぐ、月島という人格は消える。

ただ、だからこそ――。

「永門……お前が友だちなんて、本当に災難だよ……」

月島は、言いながら笑みを浮かべる。

「酷い言い草だな」

永門の声は、普段と変わらない軽い調子のものだった。

「ぼくのことを、忘れないでくれよ」

「ああ。忘れない」

——良かった。

誰かの記憶に残るのであれば、自分が確かに存在したのだという証になる。

「ぼくは、月島。月島理生……」

声に出せたかどうかは分からない。

ただ、それを最後に、月島の意識は途絶えた——。

終章

ラザロ

1

「色々と、ありがとうございました――」

ナミが、腰を折って深々と頭を下げると、首にかかったロザリオが小さく揺れた。

お世話になったお礼に――と、警察署まで挨拶に来たのだ。

「いえ。残念な結果になってしまい……」

紗和は途中で言葉を呑み込み、唇を噛んだ。

ナミが、ミオ――玲を捜して欲しいと警察署に足を運んだときには、彼女は既に死んでいた。

どうすることもできなかったのだが、それでも、忸怩(じくじ)たる思いがある。

隣に立つ白井も、神妙な顔で俯(うつむ)いている。

「そんなことありません。刑事さんたちには、本当に良くして頂きました。お陰で、玲の亡骸(なきがら)も見つかりました」

ナミは、玲の骨壺の入った箱を抱き締めた。

あの後、ペンションの庭にある桜の木の下から、玲の死体が発見された。

父親が起こした殺人事件のせいで加害者遺族となったことで、玲の人生は悲劇的なものになってしまった。

友人らしい友人は、できなかっただろう。理不尽な誹謗中傷に晒され、支えだった母親を失い、夢を奪われ、彼女は人生に絶望し、自ら死ぬことを望んだ。

敦也――いや、彼の中にいる人格たちは、その願いを叶えるべく、彼女を殺したのだ。

思い出の詰まった、あのペンションで――。

もちろん、人格全員がその考えで一致していたわけではない。久賀の話では、玲の殺害計画を把握していたのは、篤、愛華、新城の三人だった。亜人夢、アッシュの二人は、何が起こるのかを報されていなかった。

あの二人は玲を崇拝していた。聞けば、反対したはずだ。

人格内で生まれた対立が、記憶喪失の月島という、新たな人格を生み出してしまったのではないかと思う。

敦也は警察署までレンタカーを使用して移動している。そのレンタカーは、玲の名義で借りられていた。

当初の計画では、玲を殺害後に、警察に自首するつもりだったはずだ。だが、記憶喪失の月島が表層に出てきたことで、迷宮に入り込むことになってしまった。

いや、もしかしたら、それすらも計画だったのかもしれない。すんなり事件を解決したのでは、単なる痴情のもつれという決着を迎えていたと思う。

複雑化することで、紗和たちは玲の、そして敦也の人生に深く触れることになった。

敦也の中にいる人格たちと玲は、自分たちの生きた証を、残したかったのではないかとも思う。

「これから、どうされるのですか？」

紗和が訊ねると、ナミは、署の玄関前から青く広がる空を見上げた。

「海外に行こうと思います。玲は、ずっと死ぬことを願っていました。だけど、あるとき、言ったんです。誰も自分のことを知らないところに行きたいって……」

「そうですか」

玲は、国外に行くことで、血の呪縛から、逃れようとしていたのだろう。

「だから、私が代わりに行くんです。玲ほどじゃないけど、私も音楽が好きなので、留学して音楽を勉強しようと思っています」

ナミの顔がほころんだ。

彼女の目には、きっと希望が映っていることだろう。

最初は、玲とナミが、ルームシェアをするほど仲良くなった理由が分からなかった。だけど、今なら理解することができる。

死を望む二人が、身を寄せ合っていたのだ。玲は、結局、死ぬことを選んだが、そのことが、ナミに生きる希望を与えたのだとしたら、彼女がこの世に存在した意味もある。

「本当に、ありがとうございました。玲の願いを叶えることができました」

ナミは、再び頭を下げると、背中を向けて歩き去って行った。

髪色や化粧のせいもあるのだが、最初に会ったときとは異なり、凜としたその姿で、まるで別人のようだった。

玲の事件もあるだろうが、きっと白井の存在も大きかっただろう。

「追いかけなくていいの？」

余計なお世話だと思いながらも、隣に立つ白井に声をかけた。

「止められるわけねぇだろ。彼女は、前に進もうとしてんだ」

白井が、自嘲気味に笑った。

分かり切った答えだった。白井が何も言わなかったのは、既にナミとの間で、今後の話があったからだろう。

「かっこつけるじゃない」

「別に、そんなんじゃねぇよ。そもそも、もう振られてるしな」

白井が、深いため息を吐いた。

知らなかったとはいえ、酷いことを言ってしまった。もう、告白して、結果が出た後だったとは――。

「そのうち、いい出会いがあるわよ」

「うるせぇよ。おれのことより、そっちはどうなんだ？」

「何のこと？」

「久賀警部だよ。何か進展はあったのか？」

白井は、紗和が久賀に想いを寄せていると、思い込んでいるようだ。

「あるわけないでしょ。あなたと違って、公私混同しないのよ」

「相変わらず、自分の気持ちに鈍感だな」

「何それ？　そんなに傷ついてるなら、久賀さんにカウンセリングしてもらったら？」

「アホか」

白井は、吐き捨てるように言うと、署内に戻って行く。紗和も、その後に続いた。

警察署のエントランスに入ったところで、紗和はふと足を止めた。

敦也が、血塗れでこのエントランスに現れたのが、ずいぶん昔のことのように感じられる。

――玲の願いを叶えることができました。

さっき、ナミが言っていた言葉が、脳裏を過った。

果たして、本当に玲の願いは叶えられたのだろうか？　もっと違う選択があったのではないか――と考えずにはいられない。

そういえば、以前に、ナミが言ったのと同じような台詞を聞いたような気がする。

「そうだ……」

久賀だ。山梨に向かう車の中で、かつての患者とのエピソードを語ったときだ。

――私は彼女の願いを叶えることができませんでした。

それを思い出すのと同時に、紗和の中で違和感が広がった。何がどうとは説明できない。ただ、もやっとした嫌な感覚があった。

「どうした？」

白井が足を止め、振り返った。

少し感傷に浸り過ぎていたようだ。紗和は、「何でもない」と首を左右に振った。

「ならいいけど。まあ、何にしても、これで事件も終わったな」

「そうね」

「敦也が血塗れで現れたときは、本当に、どうなることかと思ったよ」

白井は、軽い調子で言いながら、再び歩き出す。

――助けて。

その背中を追いかけようとした紗和の耳許で声がした。

慌てて振り返るが、そこには誰もいなかった。現実に聞こえた声ではない。これは、紗和の記憶の中にある声だ。

あのとき、血塗れで現れた敦也が言ったのだ。

助けて――と。

なぜ、彼は助けを求めたのだろう？

ほんの小さな疑問だったのだが、それは、ぐるぐると渦を巻くように大きくなり、紗和の頭の中を埋め尽くしていく。

やがて、紗和は一つの恐るべき推論に辿り着いた――。

2

その部屋は、相変わらず白かった――。

最初は、穢れを覆い隠すような過剰な白さが、好きになれなかった。

「どうぞ――」

久賀が、リクライニングチェアに座る紗和に、ティーカップを差し出してくれた。

紗和は礼を言って受け取りつつ、紅茶を一口含み、気持ちを落ち着かせようとする。だが、昂ぶりのせいか、何の味も感じられなかった。

「それで、用件とは何ですか？」

久賀が向かいのソファーに腰掛けながら、落ち着いた口調で訊ねてきた。

話がある――と久賀にアポイントを取ったのは、紗和の方だった。面会の場所として、カウンセリングルームを指定したのは久賀だ。

「どうして、黙っていたのですか？」

紗和は、ティーカップをテーブルに置き、汗の滲んだ掌をぎゅっと握ったあとに切り出した。

「何のことですか？」

久賀は惚けた調子で聞き返してくるが、本当は、分かっているはずだ。

「久賀さんは、玲さんのことを、知っていたんですね」

「そのことですか――」

久賀も、ティーカップをテーブルに置き、白い天井を見上げた。

そのまま、何の返答も無かった。

「答えて下さい。どうして、玲さんを知っていたことを、黙っていたのですか?」

「言い忘れた——と言ったら、信じてもらえますか?」

「いいえ」

「そうですか」

久賀は、小さく笑みを浮かべながら、紗和を見た。

玲の父親の起こした殺人事件とは、久賀の妹が殺された事件のことだった。

久賀から、事件の概要を説明されていたので、改めて調べることをしなかった。白井に指摘されたように、久賀に個人的な感情を抱き、同情していたせいで、自分で調べることなく、彼の言葉を鵜呑みにしてしまっていた。

「前に、久賀さんが話をしていた、自分を殺して欲しいと懇願してきた女性というのが、玲さんだったんですね」

玲は、ずっと死にたがっていた。

自分の父親のせいで妹を失った、被害者遺族である久賀に殺されることを、望んだのだろう。

「美波さんの言う通りです。私は、彼女と会っています」

「だったらなぜ……」

「私が、今回の事件に玲さんが関係していると気付いたとき、彼女はもう死んでいました。美波さんに伝えなかったのは、自分の無力さを認めたくなかったからかもしれませんね」

「嘘です」

紗和は、強い口調で断言した。

「どうして嘘だと思うのですか?」

「ここからは、あくまで私の推測ですが、よろしいですか?」

そう前置きすると、久賀が「どうぞ」と先を促してくれた。紗和は、覚悟を決めて語り出す。

「私は、今回の事件には、敦也さんに共犯者がいたと考えています」

「どうして、そう思うんですか？」

「理由は幾つかあります。まず、敦也さんの後頭部に、殴打された傷がありました」

「共犯者によって、つけられた傷だと？」

「はい。その証拠に、敦也さんは警察署に来たとき、『助けて』と言っていました。共犯者の裏切りにあって、殴打されたと考えれば筋が通ります」

「なるほど」

追い詰めているはずなのに、久賀の口ぶりには、まだ余裕がある。

「掌の火傷も不自然です」

「どう不自然なのですか？　捜査本部は、敦也さんが指紋から身許が割れることを恐れ、あのペンションの暖炉で火かき棒を熱して自分で握り、火傷を負ったと考えているようですが……」

確かに、捜査本部はその見解だ。だが――。

「一人でそれができたとは、思えません」

「共犯者が、それをやったと？」

「私はそう考えています」

「何のために？」

「もちろん、敦也さんの身許を隠すためではなく、その発覚を遅らせるのが目的だったと私は考えています」

「発覚を遅らせる？」

「身許不明の上に、記憶喪失という状況を作り出すことで、共犯者である久賀さんが、事件に関与できるようになります」

紗和が言葉を切ると、久賀は小さく笑みを浮かべた。

「私が、共犯者だと考える理由は何ですか？」

「久賀さんは、玲さんとずっと連絡を取っていたんです。やがて、彼女の死にたいという願いを、叶えてあげようと思うようになった。でも、自分でそれを実行するわけにはいかない。そこで、別の人間に動いてもらうことにしたのです」

「それが敦也さんだったと？」

「そうです。久賀さんは、敦也さんを言葉巧みに誘導することで、玲さんを殺害させたんです」

「どうやって？」

「催眠療法を使ったのではないかと――」

「最初にも話しましたが、催眠療法は超能力の類いではありません。本人が望まない行動を、強制することはできません」

「本人が望む行動であったなら、可能ということですよね」

紗和の言葉に、久賀は押し黙った。

そのまま、静かにティーカップの紅茶を口に含む。優雅なその態度が、紗和の苛立ちを増幅させる。

「そうなりますね」

長い沈黙のあと、久賀が言った。

「久賀さんは、敦也さんに、何度も玲さんが死にたがっていることを、刷り込んだ。特に、篤の人格に。その上で、今回の計画を立て、彼女を――玲さんを殺したのです」

「…………」

「催眠療法による事情聴取を主張したのも、実行犯である敦也さんに催眠療法を施しながら、自分が関与していることを喋らせないように、誘導していたのではありませんか？」

「………」

「久賀さんは、玲さんの願いを叶えるだけでなく、妹さんの復讐を果たそうとしていたんですよね。実際に罪を犯した玲さんの父親は、無罪判決を受けた上に、閉鎖病棟で自殺しています。久賀さんは、ずっと罰を与えるべき相手を捜していたんです」

久賀は、敦也に催眠療法を施している最中から、罪を犯した人格を見つけ出そうと躍起になっていた。

あの執着は、自分自身の中にある、鬱積した感情の表れだった。

「それだけではありません。私は、玲さんが死にたがっていたとは思っていません」

「というと？」

「玲さんに、死にたいという願望を植え込んだのは、久賀さん。あなただと思っています」

紗和は、真っ直ぐに久賀を見据えた。

重い沈黙が流れる。

時間が止まってしまったのではないかと錯覚するほどだ。

「根拠が希薄ですね」

しばらくして、久賀がぽつりと言った。

彼の指摘は正しい。

「仰る通りです。あくまで、私の推測に過ぎません。でも、必ず証拠を見つけ出します」

久賀を罪に問うことができるのだとしたら、殺人幇助といったところだ。立証が難しい犯罪ではある。だが、それでも、久賀の所業は、罰を受けさせるべきだ。

「無駄なことはやめましょう」

久賀が、静かに言った。

「無駄ではありません」

「無駄ですよ」

「どうして、そうだと思うのですか?」

「騙されていたからです」

「え?」

「美波さんは騙されていた。もちろん、私も騙されていました」

——騙されるとは、どういうことだ?

「何の話を……」

紗和の疑問を遮るように、久賀が一枚の絵葉書を取り出し、テーブルの上に置いた。

湖畔のペンションと、桜の木が写った、あの場所の写真が印刷されていた。

久賀は何も言わず、「どうぞ」という風に目で合図する。

紗和は戸惑いながらも、絵葉書を手に取る。

差出人の名前は、書かれていなかった。そして、写真の隅に小さい文字で一文だけ書かれていた。


〈先生にお詫びすることができなかったのが、私の唯一の後悔です〉


「この葉書は、誰からのものですか?」

「おそらく玲さんです」

「死ぬ前に?」

「違います。日付を確認して下さい」

指摘されて消印を確認する。成田から送られたもので、日付は昨日になっていた。

「そんな……玲さんはもう……」

「そうですね。彼女は法的には既に死んでいます。――言い方を変えましょう。それを送ってきたのは、藤木ナミさんです――」

久賀からその名前を聞いた瞬間、背筋がぞわっと震えた。

様々な出来事が、頭の中で繋がっていく。

「美波さんの言うように、玲さんは、死にたがってなどいなかった。彼女は、生きる道をずっと模索していたんです」

「………」

「でも、何処に行っても、彼女は父親が起こした事件によって縛られる。自由に生きるためには、別の誰かになるしかなかったんです」

「何を言っているんですか？」

「美波さんも、もう分かっているでしょう。玲さんと、ナミさんは、入れ替わっていたんです」

「そんなはずありません！　ＤＮＡ鑑定で一致したじゃないですか！」

紗和は、興奮のあまり立ち上がった。

上手く呼吸ができない。

額から流れ出た汗が止まらない。

久賀は、そんな紗和を、無表情に見上げていた。

「そのＤＮＡは、どうやって採取したものですか？」

久賀の言葉が、耳の奥で反響した。

ルームシェアをしていたナミが警察に提出した、玲の所持品からＤＮＡを採取したのだ。

DNA鑑定とは、個人を特定するものではない。比較して一致するかどうかを確認するものだ。

「で、でも、私たちは、ナミさんに会っています。玲さんではありませんでした」

「ナミさんは、整形依存だったのですよね？　親ですら、彼女の顔を正確に把握していないと思います」

――そうだった。

最初に会ったときも、整形のダウンタイムと思われる腫れが、顔に残っていた。

玲は、整形してナミになりすましていたということか？

金髪に派手なメイク――そうした身なりも、自分が玲だと気付かせないためのものだった。

考えてみれば、最後に会ったとき、ナミはまるで別人のようだった。雰囲気は、むしろ玲に近かった。

白井との関係と、玲の死によって、もたらされた変化だと感じていたが、そうではなかったと――。

「今になってみれば、玲さんを捜して欲しいと相談に来たというタイミングにも、作為がありますよね」

「もしかして、玲さんは最初から……」

「私は、そう考えています。玲さんは、自分が死にたがっていることを、様々な場面でアピールしていた。私の許を訪れたときも、そうでした」

「…………」

「その上で、自殺願望に取り憑かれているナミと、ルームシェアをすることにしたんです。彼女と入れ替わるために」

「…………」

「敦也さんの後頭部の傷についても、私はずっと引っかかっていました。あれをやったのは、おそらく玲さんです」

「え？」

「そうやって、第三者の存在を匂わすことで、警察を混乱させたんです。敦也さんが『助けて』と訴えたのも、同じ理由でしょう。玲さんに協力するため、掌に火傷を負って身許を隠し、記憶喪失の人格を生み出し、敢えて、警察署に姿を現しました」

「それって……」

「ご推察の通り、私を引っ張り出すためでしょう。玲さんは、私が警察に入庁していることを知っていましたから」

「久賀さんが、事件にかかわれば、敦也さんの解離性同一性障害に気付くと踏んでいた――ということですか？」

「ええ。彼女は、私が事件にのめり込むことも分かっていた。記憶喪失、解離性同一性障害といった方向に捜査の目を向けさせることで、入れ替わりの事実を巧妙に隠したのです。それだけでなく、ナミに成りすまし、入れ替えたＤＮＡ検体を提出し、捜査を誤った方向に導いたんです」

久賀の言う通りかもしれない。

紗和たちは、まんまと翻弄され、玲とナミが入れ替わっているなどとは、露ほども思わなかった。

「敦也さんの中にいる、他の人格たちは、そのことを知っていたんですか？」

「篤、新城、愛華の三人は、知った上で玲さんに協力したんです。今回の事件は、死にたがっている玲さんを、彼らが殺して解放するための計画なんかじゃなかった。玲さんを、ナミとして蘇らせるための儀式だったんです――」

「だから――ラザロ」

これまで、ずっと謎だったラザロの言葉の意味が、今になって腑に落ちた。

イエス・キリストによって、死から蘇ったラザロは、復活の象徴とされている。玲が、ナミとして蘇ることを、暗示していたのだ。

「すぐに、ナミさんを手配しましょう」

今からでも遅くない。

もし、発見された死体が、玲ではなくナミのものだとしたら、事件の全容を、暴く必要がある。

「もう手遅れです」

久賀が、苦笑いとともに言った。

「どうしてですか?」

「警察は既に、あの死体が玲さんのものだと断定してしまったのです。それを覆すには、あまりに証拠が無さ過ぎる」

確かに、確固たる証拠が無ければ、捜査のやり直しをすることはできない。DNAが別人のものだと証明する何か——。

考えを巡らせた紗和は、いかにそれが困難かを思い知る。

ナミは——いや、玲は、住んでいた部屋を既に引き払ってしまった。何も残っていない。遺骨を彼女が引き取ったのも、証拠隠滅が目的だったのか。

いや。まだだ。まだ方法はある。

「敦也さんに事情聴取を行って、証言を引き出せれば……」

「無理です」

久賀が即答する。

「どうしてですか?」

「今、彼の中に残っているのは、幼少期に眠らせた、元々の人格の敦也本人だけです」

「ああ……」

思わず落胆の声が漏れた。

最後に、イメージの中で起きたあの惨劇。あれは、証拠隠滅だったのだ。

篤が、全員を殺害し、最後に自分自身を月島に殺させることで、今回の計画を記憶している人格の全てが消滅した。

いくら、事情聴取をしたところで、何も出てこない。

おそらく彼らは、そこまで分かっていて計画を実行したのだ。玲をナミとして生き返らせるために、自分たちの存在を消し去った。

「玲さんは、何時から、この計画を……」

「おそらく、ノルとして歌っていた時からでしょうね。最初から、私たちに勝ち目は無かったんです」

久賀は、全てを悟ったように言うと、スマートフォンを取り出し、ノルの歌を流し始めた。

凪(な)いだ湖面　月が浮かぶ
枯れた桜は　やがて芽吹くけれど
私の心は　抜け出せない憂愁の中

私の血肉に刻まれた罪は
全てを奪い　蝕(むしば)み続ける
決して逃れることのできない呪縛

もしも　あなたが私を愛しているのなら
どうか　私を殺してください
それが　私のたった一つの願い

今になって、彼女の歌の本当の意味を理解した——。

悲しまないで
私は消えるけれど
ラザロのように蘇り　あなたを想い続けるから

これは、悲嘆に暮れて死を願う歌ではなかった。
生きたいという強い願いの込められた、希望の歌だったのだ——。

催眠術師・漆原正貴氏には、取材にご協力いただき、実際に催眠術を体験するという貴重な機会をいただきました。大変お世話になりました。
この場を借りて、お礼申し上げます。

神永　学

この作品は、書下ろしです。

神永 学（かみなが・まなぶ）
1974（昭和49）年、山梨県生れ。日本映画学校（現日本映画大学）卒。自費出版した「赤い隻眼」が編集者の目に留まり、大幅に改稿の上、2004（平成16）年『心霊探偵八雲　赤い瞳は知っている』として刊行され作家デビュー。「心霊探偵八雲」シリーズとして人気を集める。小説の他、舞台脚本の執筆なども手がけている。他の著作に、「怪盗探偵山猫」「天命探偵」「確率捜査官 御子柴岳人」「革命のリベリオン」「浮雲心霊奇譚」「悪魔と呼ばれた男」の各シリーズ、『コンダクター』『イノセントブルー 記憶の旅人』『ガラスの城壁』などがある。

ラザロの迷宮（めいきゅう）

著　者
神永（かみなが） 学（まなぶ）

発　行
2023年 9月15日

発行者　佐藤隆信
発行所　株式会社新潮社
〒162-8711　東京都新宿区矢来町71
電話　編集部　03-3266-5411
読者係　03-3266-5111
https://www.shinchosha.co.jp

装幀　新潮社装幀室
印刷所　株式会社光邦
製本所　加藤製本株式会社

乱丁・落丁本は、ご面倒ですが小社読者係宛お送り下さい。
送料小社負担にてお取替えいたします。
価格はカバーに表示してあります。

ISBN 978-4-10-306608-8 C0093